Ce monde disparu

Du même auteur
chez le même éditeur

Série Kenzie et Gennaro

Un dernier verre avant la guerre
Ténèbres, prenez-moi la main
Sacré
Gone, Baby, Gone
Prières pour la pluie
Moonlight Mile

Mystic River
Shutter Island
Coronado
Un pays à l'aube
Ils vivent la nuit

Anthologie (sous la direction de Dennis Lehane)
Boston noir

Dennis Lehane

Ce monde disparu

Traduit de l'anglais (États-Unis)
par Isabelle Maillet

Rivages/noir

Retrouvez l'ensemble des parutions
des Éditions Payot & Rivages sur

payot-rivages.fr

Titre original : *World Gone By*
William Morrow, an Imprint of HarperCollins Publishers

Pour Keeks,
Aux yeux si bleus et au sourire si éclatant

… I'm driving a stolen car
On a pitch black night
And I'm telling myself I'm gonna be alright.

BRUCE SPRINGSTEEN, « Stolen Car »

PROLOGUE

Décembre 1942

Avant d'être décimés par leur petite guerre, ils se rassemblèrent pour soutenir la grande. Un an après Pearl Harbor, ils se retrouvèrent tous dans la salle de bal Versailles du Palace Hotel, dans Bayshore Drive, à Tampa, afin de lever des fonds pour les troupes stationnées en Europe. Ce fut une réception raffinée, en smoking et nœud papillon, par une nuit douce et sans nuages.

Six mois plus tard, par une soirée brumeuse au début du mois de mai, l'un des chroniqueurs judiciaires du *Tampa Tribune* tomberait sur des photographies de l'événement. Il serait alors frappé par le nombre de personnes mentionnées récemment dans la presse locale pour avoir tué, ou été tuées, qui avaient assisté à la collecte de fonds.

Il penserait tenir un sujet ; son rédacteur en chef ne serait pas d'accord. « Mais regardez, bon sang ! dirait le journaliste. Regardez ! Là, au bar, c'est Dion Bartolo avec Rico DiGiacomo. Ici, je suis presque sûr que le petit maigrichon coiffé d'un feutre, c'est Meyer Lansky lui-même. Tenez, le type qui parle à la femme enceinte ? Il a fini à la morgue en mars dernier. Et là, c'est le maire et son épouse en grande conversation avec Joe Coughlin. Et sur celle-là, encore Joe Coughlin, en train d'échanger une poignée de main avec ce gangster nègre, Montooth Dix. Boston Joe, qui a toujours fui l'objectif, s'est fait prendre en photo deux fois pendant la fête… ! Et ce gars, qui fume une cigarette près de la dame en blanc ? Il est mort. Pareil pour celui-ci. Quant au type sur la piste de danse, en veste de smoking blanche, il est dans un fauteuil roulant aujourd'hui. »

Et de conclure : « Ils étaient tous réunis ce soir-là, patron. »

Le rédacteur en chef répliquerait que, sous ses allures de ville d'une certaine importance, Tampa n'était guère plus qu'un gros village. Tout le monde s'y croisait tout le temps. La réception avait eu pour but de soutenir l'effort de guerre ; à ce titre, elle comptait parmi les *causes de rigueur*[1] pour les riches oisifs, de celles qu'on se devait de soutenir quand on était quelqu'un. Il ferait remarquer à son jeune reporter exalté que bien d'autres invités à cette soirée – deux chanteurs célèbres, un joueur de base-ball, trois comédiens prêtant leur voix aux feuilletons radiophoniques les plus populaires de la région, le président de la First Florida Bank, le P.D.G de Gramercy Pewter et même le directeur de leur journal, P. Edson Haffe – étaient totalement étrangers au bain de sang qui, en mars, avait entaché la réputation de Tampa.

Le journaliste insisterait encore un peu, pour s'apercevoir que son chef était inflexible sur la question.

1. En français dans le texte.

Alors, il finirait par reprendre ses recherches sur les rumeurs qui circulaient au sujet d'espions allemands infiltrés sur les docks de Port Tampa. Un mois plus tard, il partirait au front. Les clichés resteraient dans la morgue à photos du *Tampa Tribune* longtemps après que tous ceux qui y figuraient seraient passés de vie à trépas.

Le reporter, qui mourrait deux ans plus tard sur la plage d'Anzio, n'aurait aucun moyen de savoir que le rédacteur en chef, appelé à lui survivre encore trente ans avant de succomber à une crise cardiaque, avait reçu l'ordre de ne plus rien publier sur la famille du crime dirigée par Dion Bartolo, ni sur Joseph Coughlin, ni sur le maire de Tampa, un jeune homme tout à fait honorable issu d'une famille tout à fait honorable. L'image de la ville, lui avait-on dit, n'avait déjà été que trop ternie.

Quoi qu'il en soit, les participants à cette soirée de décembre avaient tous été conviés – du moins l'avaient-ils compris ainsi – à une rencontre purement innocente entre gens de bonne volonté désireux d'aider les soldats américains de l'autre côté de l'Atlantique.

C'était Joseph Coughlin, l'homme d'affaires, qui avait organisé l'événement, parce qu'un grand nombre de ses anciens employés s'étaient engagés ou avaient été enrôlés.

Vincent Imbruglia, dont deux des frères étaient partis se battre – un dans le Pacifique et l'autre quelque part en Europe, personne ne savait où exactement –, fut le grand gagnant de la tombola. Ce fut lui qui rafla le lot le plus convoité : deux places de choix pour le concert que donnerait Sinatra au Paramount, à New York, à la fin du mois, et voyage en première classe à bord du

Tamiami Champion. Tous les invités avaient acheté quantité de billets, même s'ils soupçonnaient que le tirage serait truqué pour avantager la femme du maire, une inconditionnelle de Sinatra.

Le boss en personne, Dion Bartolo, fit la démonstration de ses talents de danseur, qui lui avaient valu des prix dans sa jeunesse. Il donna du même coup aux mères et aux filles de certaines des meilleures familles de Tampa des histoires à raconter à leurs petits-enfants. (« Aucun homme capable de danser avec une telle maestria ne pourrait être aussi mauvais que certains le prétendent. »)

Rico DiGiacomo, l'étoile la plus brillante de la pègre de Tampa, arriva accompagné de son frère Freddy et de leur mère adorée, déployant un charme redoutable que seule éclipsa l'arrivée de Montooth Dix, un géant noir arborant un haut-de-forme assorti à son smoking qui le faisait paraître encore plus grand. Si la plupart des représentants de la fine fleur de Tampa n'avaient jamais vu un nègre dans une réception sans un plateau à la main, Montooth Dix, lui, évoluait parmi les Blancs avec l'aisance du maître au milieu de ses domestiques.

L'un dans l'autre, la soirée offrait un vernis de respectabilité suffisant pour qu'on puisse y participer la conscience tranquille, en même temps qu'elle laissait planer une impression de danger susceptible de nourrir les conversations pendant tout le reste de la saison. Joe Coughlin avait l'art de confronter l'élite de la ville à ses démons en donnant le sentiment qu'il s'agissait d'un simple divertissement – un talent favorisé par le fait que l'homme lui-même, dont on disait qu'il avait été autrefois un gangster, et pas des moindres, avait manifestement renoncé au monde de la rue pour s'élever vers de plus hautes sphères. C'était l'un des principaux bienfaiteurs du centre-ouest de la Floride, qui avait apporté sa contribution à de nombreuses bonnes œuvres : hôpitaux, soupes populaires, bibliothèques, refuges pour nécessiteux… Et s'il y avait du vrai dans les autres rumeurs à son sujet – selon lesquelles il n'aurait pas entièrement coupé les ponts avec son passé criminel –, eh bien, comment lui reprocher de se montrer loyal envers ceux qu'il avait connus au cours de son ascension ? Après tout, quand certains des magnats de l'industrie, des propriétaires d'usines et des entrepreneurs rassemblés ce soir-là souhaitaient calmer des foyers d'agitation parmi les ouvriers ou débloquer leurs circuits d'approvisionnement, ils savaient à qui s'adresser : Joe Coughlin était le seul homme en ville capable d'établir une passerelle entre le discours officiel et les moyens officieux mis en œuvre. Lorsqu'il donnait une réception, on y allait juste pour voir qui viendrait.

Joe lui-même n'accordait pas aux festivités plus d'importance qu'elles n'en méritaient. S'il était possible d'organiser une soirée où la crème de la crème se mêlait aux malfrats, où les juges bavardaient avec les *capos* comme s'ils ne s'étaient jamais rencontrés, ni au tribunal ni dans une arrière-salle, où le prêtre du Sacré-Cœur faisait une apparition et bénissait l'assistance avant de se saouler avec le même enthousiasme que ses ouailles, où Vanessa Belgrave, l'épouse du maire, aussi ravissante que glaciale, levait son verre en direction du maître de cérémonie, où un nègre aussi redoutable que Montooth Dix pouvait régaler un groupe de vieillards blancs compassés du récit de ses exploits pendant la Grande Guerre… et tout cela sans qu'on puisse déplorer le moindre mot de travers ni faux pas dû à l'alcool – alors, cette soirée n'était pas seulement une réussite, c'était sans nul doute le clou de la saison.

Le seul incident notable se produisit après que Joe, sorti prendre l'air dans le parc, eut aperçu le petit garçon. Celui-ci avait émergé de l'obscurité tout au bout de la pelouse ; il courait en zigzag, comme s'il jouait à chat avec d'autres enfants – sauf qu'il n'y en avait pas. À en juger par sa taille, il devait avoir six ou sept ans. Les bras écartés pour imiter des ailes d'avion, il fit d'abord le bruit des hélices, ensuite celui du moteur, avant de filer le long de la lisière d'arbres en criant : « Vrrroum, vrrroum… »

De prime abord, Joe n'aurait su dire ce qui le troublait au juste chez lui, à part sa présence incongrue à une soirée entre adultes. Puis il se rendit compte que ses vêtements étaient passés de mode depuis au moins dix ans, peut-être même vingt : le gosse portait des knickerbockers, il l'aurait juré, et l'une de ces casquettes larges en vogue chez les garçons quand lui-même avait son âge.

L'enfant était trop loin pour qu'il puisse distinguer ses traits, mais il eut la sensation étrange que, même s'il était plus près, cela ne changerait rien : son visage demeurerait flou.

Joe traversa la terrasse dallée, puis s'engagea sur l'herbe. Le garçonnet, qui faisait toujours des bruits d'avion, disparut au cœur d'un bosquet. Joe l'entendit s'enfoncer dans les ténèbres.

Il était au milieu de la pelouse quand quelqu'un à sa droite chuchota :

– Pssst ! M'sieur Coughlin ? Joe ?

Celui-ci porta la main au Derringer glissé dans son dos. Ce n'était pas son arme de prédilection, mais il la trouvait plus commode à dissimuler sous une tenue de soirée.

– C'est moi, dit Bobo Frechetti en émergeant de derrière un grand banyan.

Joe ramena sa main devant lui.

– Bonsoir, Bobo. Comment tu vas ?

– Pas trop mal, Joe. Et vous ?

– Bien, bien, répondit Joe. (Il avait beau scruter la lisière des arbres, il ne voyait que l'obscurité. Il n'entendait plus l'enfant.) Qui a amené un gosse ici ?

– Hein ?

– Le gosse, là-bas... (Joe lui indiqua le bosquet.) Celui qui s'amusait à faire l'avion.

Le nouveau venu se contenta de le dévisager en silence.

– Tu ne l'as pas vu ? insista Joe, qui lui montra de nouveau l'endroit.

Bobo Frechetti, tellement chétif que personne ne doutait qu'il avait été jockey autrefois, secoua la tête, puis ôta son chapeau et le tint à deux mains.

– Vous avez entendu parler de ce coffre qui a été forcé à l'entreprise de concassage de Lutz ?

– Non, prétendit Joe, qui n'ignorait rien des six mille dollars dérobés à Bay Palms Aggregate, filiale d'une des sociétés de transport appartenant à la Famille.

– Ben, voilà : mon partenaire et moi, on se doutait pas que c'était à Vincent Imbruglia... (Frechetti écarta les bras tel l'arbitre officiant derrière le marbre.) Je vous jure, on n'était pas au courant.

Joe était bien placé pour comprendre le problème : sa propre destinée s'était jouée le jour où Dion Bartolo et lui, à peine sortis de leurs couches, avaient dévalisé un tripot sans savoir qu'il appartenait à un gangster.

– Bon, et après ? Ce n'est pas la fin du monde, déclara-t-il. (Il alluma une cigarette avant de tendre le paquet au petit perceur de coffres.) Rendez le fric.

– C'est ce qu'on a voulu faire.

Frechetti prit une cigarette, l'alluma avec le briquet de Joe, et le remercia d'un signe de tête.

– Phil, mon partenaire… Vous le connaissez ?

– Oui.

Phil Cantor. Surnommé « Bec d'aigle » en raison de son appendice nasal imposant.

– Phil est allé voir Vincent, poursuivit Frechetti. Il lui a dit qu'on avait fait une connerie, qu'on avait le fric et qu'on allait le lui rapporter. Devinez comment Vincent a réagi…

S'il avait bien une idée sur la question, Joe s'abstint néanmoins de tout commentaire.

– Il l'a balancé sur la route, devant les bagnoles. Dans Lafayette Street, en pleine journée ! Phil a rebondi sur le radiateur d'une Chevy comme la bille blanche au moment de la casse. Résultat, une hanche fracturée, les genoux bousillés, la mâchoire bloquée par du fil de fer. Et alors qu'il était là, allongé au milieu de la rue, Vincent lui a dit : « Ton copain et toi, vous me devez le double, maintenant. Vous avez une semaine. » Et il lui a craché dessus. Franchement, Joe, quel genre de bête crache sur un homme – n'importe quel homme ? Sans parler d'un blessé à terre, qui a des os en miettes…

Joe secoua de nouveau la tête, puis écarta les mains.

– Qu'est-ce que t'attends de moi ?

Frechetti lui tendit un sac en papier.

– Tout est là.

– Tout quoi ? répliqua Joe. La somme initiale ou le double réclamé par Vincent ?

Son interlocuteur se dandina d'un pied sur l'autre et parcourut du regard les arbres avant de reporter son attention sur lui.

– Vous êtes pas une brute, vous. Vous pourriez peut-être leur parler, leur expliquer qu'on a fait une connerie et que mon partenaire est à l'hosto pour, je sais pas, au moins un mois… Ça paraît déjà cher payé. Vous voulez bien leur passer le message ?

Joe fuma en silence quelques instants.

– Si je te sors de ce pétrin…

Déjà, Frechetti le saisissait par le poignet pour lui embrasser la main, pressant maladroitement les lèvres sur sa montre.

– J'ai bien dit : « si ». (Joe dégagea son bras.) Qu'est-ce que tu feras pour moi en retour ?

– Tout ce que vous voudrez.

– Y a le compte ? lança Joe en indiquant le sac.

– Au dollar près.

Joe tira une bouffée de sa cigarette et souffla lentement la fumée. Il attendait de revoir le gosse, ou du moins de le réentendre, mais à l'évidence il n'y avait plus personne dans le bosquet.

Il regarda Frechetti droit dans les yeux.

– D'accord.

– C'est vrai ? Oh, merde ! Vrai de vrai ?

– Oui. Mais attention, rien n'est gratuit en ce monde, Bobo.

– Je sais, je sais. Merci.

– Si je te demande un jour quelque chose, n'importe quoi… (Il se rapprocha du petit maigrichon.) Tu rappliques aussitôt. C'est clair ?

– Comme de l'eau de roche, Joe.

– Avise-toi de me faire faux bond, et…

– Non ! Ça risque pas.

– … je m'arrangerai pour qu'on te jette un sort. Du sur mesure. Je connais un sorcier à La Havane, un foutu démon qui ne rate jamais son coup.

Comme beaucoup d'hommes qui avaient grandi autour des champs de courses, Bobo Frechetti était profondément superstitieux. Il écarta les mains, paumes vers le ciel.

– Ce sera pas la peine, je vous assure.

– Je ne te parle pas d'un petit charme de rien du tout, du genre concocté dans le New Jersey par une grand-mère italienne à moustache…

– Vous pouvez compter sur moi, Joe. Je vous jure, j'honorerai ma dette.

– Je te parle d'une putain de malédiction haïtienne revisitée à la mode cubaine ! Du style à hanter ta descendance.

– Je… je vous donne ma parole, affirma Frechetti, le front luisant d'un fin voile de sueur. Que Dieu me foudroie dans l'instant si j'y manque.

– Ce serait dommage, Bobo, déclara Joe en lui tapotant le visage. Tu ne pourrais plus me rembourser.

Vincent Imbruglia serait bientôt nommé capitaine, une décision qu'il ignorait et dont Joe n'était pas certain du bien-fondé. Mais les temps étaient durs, les gagneurs se faisaient rares – parmi les meilleurs, beaucoup étaient partis à la guerre –, aussi Imbruglia recevrait-il sa promotion le mois suivant. En attendant, il travaillait encore pour Enrico DiGiacomo, dit

« Rico » ; par conséquent, l'argent volé sur le site de concassage appartenait en réalité à Rico.

Joe trouva ce dernier au bar. Il lui remit discrètement l'argent et lui expliqua la situation.

Rico porta son verre à ses lèvres et fronça les sourcils en apprenant ce qui était arrivé au malheureux Phil Bec d'aigle.

– Ils l'ont balancé au milieu des bagnoles ?

– Tout juste, confirma Joe, qui avala à son tour une gorgée d'alcool.

– Ça manque vraiment d'élégance.

– Exact.

– On se doit d'avoir un minimum de classe, merde !

– Je suis bien d'accord.

L'air songeur, Rico commanda une autre tournée.

– Pour moi, ils ont déjà payé le prix de leur connerie, avec un supplément en prime, déclara-t-il. Bon, dis à Bobo que c'est réglé, mais qu'il évite de se pointer dans nos bars pour le moment. Le temps que tout le monde se calme. Et ce pauvre couillon de Phil a eu la mâchoire fracturée ?

– Mouais, c'est ce que Bobo m'a raconté.

– Dommage que ce soit pas son pif qui ait pris ! Il aurait pu, je sais pas, en profiter pour se le faire arranger, histoire qu'on n'ait pas l'impression que le bon Dieu était bourré le jour de sa création et lui avait fichu le coude à la place…

Sa voix se perdit dans un murmure tandis qu'il contemplait la salle de bal.

– Chouette soirée, boss.

– Je ne suis plus ton boss, répliqua Joe. Je ne suis plus le boss de personne.

Rico arqua un sourcil en signe d'incrédulité, puis balaya de nouveau la pièce du regard.

– N'empêche, ça a de la gueule. *Salud.*

Joe reporta son attention sur la piste de danse, où les notables dansaient avec les anciennes débutantes, tous plus élégants les uns que les autres. Il vit encore l'enfant, ou du moins crut le voir, à travers le tourbillon des robes longues et des jupes à crinoline. Le gosse lui tournait le dos. Il portait toujours ses knickerbockers mais avait enlevé sa casquette, et Joe remarqua un petit épi à l'arrière de son crâne.

Un instant plus tard, il avait disparu.

Joe reposa son verre sur le bar en se jurant qu'il ne boirait plus rien ce soir-là.

Avec le recul, il en viendrait à considérer l'événement comme la « dernière fête », les ultimes réjouissances avant que tout se précipite vers ce mois de mars impitoyable.

Mais, sur le moment, c'était juste une belle réception.

1

Où il est question de Mme Del Fresco

Au printemps 1941, un certain Tony Del Fresco épousa une certaine Theresa Del Frisco à Tampa, en Floride. Ce fut hélas le seul détail un tant soit peu amusant qui devait rester dans les mémoires à propos de leur mariage. Il la frappa un jour avec une bouteille ; elle le frappa en retour avec le maillet de croquet qu'il avait rapporté d'Arezzo quelques années plus tôt, avant d'installer des arceaux et des piquets dans leur jardin marécageux du quartier ouest de Tampa. Tony réparait des horloges la journée et perçait des coffres la nuit. Il affirmait que le croquet était le seul loisir capable d'apaiser son esprit qui, de son propre aveu, bouillait d'une colère permanente, d'autant plus noire qu'elle était inexplicable : après tout, il avait deux bons boulots, une jolie femme et du temps le week-end pour jouer au croquet.

Quoi qu'il en soit, toutes les pensées noires de Tony le désertèrent quand Theresa lui fracassa le crâne au début de l'hiver 1943. Les enquêteurs conclurent qu'après avoir donné le premier coup de maillet paralysant, elle avait placé un pied sur la pommette de son mari pour lui maintenir la tête sur le sol de la cuisine, puis lui avait défoncé l'occiput jusqu'à lui donner l'aspect d'un flan écrabouillé.

Si Theresa était fleuriste de métier, elle tirait l'essentiel de ses revenus d'autres activités, telles que les cambriolages et un meurtre de temps en temps, commis en général pour le compte de son patron, Lucius Brozjuola, plus connu sous le nom de King Lucius. Celui-ci, qui payait le tribut requis à la famille Bartolo, dirigeait une organisation indépendante dont il réinvestissait les gains mal acquis dans l'empire du phosphate qu'il avait créé le long de la Peace River, et dans son commerce de fleurs en gros au cœur du port de Tampa. C'était lui qui avait appris le métier de fleuriste à Theresa, et lui aussi qui avait financé la boutique qu'elle avait ouverte en ville, dans Lafayette Street. King Lucius était le chef d'un gang de voleurs, de receleurs, d'incendiaires et de tueurs à gages auxquels il n'imposait qu'une seule règle concrète : on ne monte pas de coup dans son État natal. Au fil des ans, Theresa avait ainsi tué cinq hommes et une femme hors de Floride – tous des inconnus : deux hommes à Kansas City, un à Des Moines, un autre à Dearborn, un à Philadelphie et la femme à Washington DC. Elle l'avait croisée à Georgetown par une douce soirée printanière, dans une rue bordée d'arbres qui gouttaient encore après l'averse de l'après-midi, et s'était retournée au bout de deux pas pour lui tirer une balle à l'arrière de la tête.

D'une façon ou d'une autre, toutes ces exécutions la hantaient. L'homme à Des Moines avait brandi devant son visage une photo de sa famille, l'obligeant à faire feu sur l'image pour lui loger une balle dans le cerveau ; celui de Philadelphie n'arrêtait pas de répéter : « Pourquoi ? Dites-moi juste pourquoi » ; la femme à

Georgetown avait laissé échapper un soupir plaintif avant de s'écrouler sur le trottoir mouillé.

Le seul meurtre qui ne hantait pas Theresa était celui de Tony. Elle regrettait au contraire de ne pas s'être débarrassée de lui plus tôt, quand leur fils Peter était encore trop jeune pour souffrir de l'absence de ses parents. À la veille de ce week-end fatidique où elle avait prévu de mettre de l'ordre dans ses affaires conjugales, elle avait confié l'enfant à sa sœur, qui habitait Lutz, parce qu'elle ne voulait pas l'exposer à une scène violente lorsqu'elle flanquerait Tony à la porte. Les excès de boisson de son mari, ses visites aux prostituées et ses sautes d'humeur étaient devenus incontrôlables depuis l'été, et Theresa avait atteint sa limite – contrairement à lui, ce qui expliquait pourquoi il l'avait attaquée avec une bouteille de vin et pourquoi elle lui avait défoncé la tête à coups de maillet.

Theresa appela King Lucius de la prison de Tampa. Une demi-heure plus tard, Jimmy Arnold, l'avocat attaché à King Lucius et à ses diverses entreprises, était assis en face d'elle. Theresa avait deux motifs d'inquiétude : une possible condamnation à la chaise électrique et la nécessité de subvenir aux besoins de Peter. Depuis la mort de Tony, elle n'avait plus aucun moyen d'agir sur le cours des événements et d'échapper à une éventuelle électrocution au pénitencier d'État de Raiford. Mais pour ce qui était d'assurer l'avenir de son fils, elle attendait de son employeur le paiement d'une mission, laquelle avait généré un bénéfice tel que ses cinq pour cent d'intérêt garantiraient que Peter, les enfants de Peter et ses petits-enfants auraient toujours la peau du ventre bien tendue, merci King Lucius.

Jimmy Arnold lui assura que, sur ces deux points, la situation se présentait sous un jour moins sombre qu'elle ne le supposait. Concernant le premier, il avait déjà personnellement informé le procureur du comté d'Hillsborough, Archibald Boll, des mauvais traitements infligés à l'accusée par feu son époux, lesquels avaient d'ailleurs été constatés les deux fois où la colère de Tony lui avait valu un séjour à l'hôpital. Le procureur, dont l'intelligence n'avait d'égale que la conscience politique, n'enverrait certainement pas une femme battue dans le couloir de la mort, alors qu'il y avait tant d'espions allemands et japonais à asseoir sur cette bonne vieille rôtisseuse. Pour ce qui était du règlement de l'opération de Savannah, il était autorisé à dire que King Lucius cherchait toujours un acheteur pour la marchandise, mais que le processus était en bonne voie ; dès qu'il en aurait trouvé un et que la somme lui serait versée, Theresa serait la seconde à toucher sa part, après King Lucius lui-même, naturellement.

Trois jours après son arrestation, Theresa reçut la visite du procureur en personne, qui venait lui proposer un marché. La cinquantaine séduisante, vêtu d'un costume en lin brut complété par un canotier assorti, Archibald Boll avait le regard malicieux d'un galopin de l'école primaire. Theresa eut tôt fait de conclure qu'elle lui plaisait, pourtant il n'en adopta pas moins une attitude purement professionnelle pour lui exposer la façon dont elle devrait plaider. Elle reconnaîtrait devant le juge qu'elle avait commis un homicide volontaire en état de légitime défense – un acte qui, en temps normal, aurait valu douze ans d'emprisonnement à un accusé avec un dossier criminel aussi chargé que le sien. Mais ce jour-là, et ce jour-là seulement, insista

Archibald Boll, le bureau du procureur de la ville de Tampa lui proposait une peine de soixante-deux mois, à purger dans le quartier des femmes à la prison d'État de Raiford. Où se trouvait aussi cette bonne vieille rôtisseuse, certes, mais Boll lui promit qu'elle ne la verrait jamais.

– Cinq ans…, murmura-t-elle, incrédule.

– … et deux mois, précisa Archibald Boll, dont les yeux rivés sur la taille de Theresa remontèrent jusqu'à ses seins. Acceptez de plaider coupable demain, et nous vous mettrons dans le fourgon pour Raiford après-demain matin.

Et le lendemain soir, elle le savait, il lui rendrait visite dans sa cellule.

Quelle importance ? Pour une peine de cinq ans et une chance de fêter en femme libre le huitième anniversaire de Peter, elle était prête à coucher non seulement avec le procureur, mais aussi avec tous ses adjoints, en remerciant le ciel de lui avoir évité une calotte métallique sur la tête et une décharge de dix mille volts dans le corps.

– Marché conclu ? demanda Boll, qui reluquait à présent ses jambes.

– Marché conclu.

Lors de l'audience, quand le juge lui demanda ce qu'elle plaidait, elle répondit : « Coupable », et le magistrat prononça à son encontre une peine n'excédant pas « mille huit cent quatre-vingt-dix jours, moins la durée déjà effectuée ». Elle fut ensuite reconduite en prison pour y attendre le fourgon qui l'emmènerait à Raiford le lendemain matin. Ce même jour, en début de soirée, quand son premier visiteur fut annoncé, elle s'attendit à voir Archibald Boll longer le couloir jusqu'à sa cellule, le piquet de tente déjà dressé dans son beau pantalon en lin.

Au lieu de quoi, ce fut Jimmy Arnold qui se présenta. Il lui apportait un repas – poulet froid et salade de pommes de terre – bien meilleur que tout ce qu'elle aurait à manger au cours des soixante-deux mois à venir, et elle engloutit la volaille en se léchant les doigts sans retenue. Arnold n'en tint aucun compte. Quand elle lui rendit l'assiette, il lui donna la photographie d'elle et Peter qu'elle gardait chez elle, sur sa commode. Il lui remit également le dessin que son fils avait fait d'elle : un ovale approximatif et vide en guise de visage, surmontant un triangle bancal doté d'un seul bras. Dans la mesure où Peter l'avait exécuté peu après son deuxième anniversaire, c'était néanmoins pour elle l'équivalent d'un Rembrandt. Theresa contempla les deux présents en essayant de ne pas laisser l'émotion envahir ses yeux et sa gorge.

Jimmy Arnold croisa les jambes, puis s'étira sur sa chaise, bâilla largement et étouffa dans son poing une petite toux sèche.

– Vous allez nous manquer, Theresa.

Elle termina la salade de pommes de terre.

– Je serai de retour avant même que vous vous soyez aperçus de mon absence, répliqua-t-elle.

– Rares sont ceux qui possèdent vos talents.

– En matière de compositions florales, vous voulez dire ?

Il partit d'un petit rire qu'il laissa mourir tout en l'observant attentivement.

– Non, dans l'autre domaine.

– Il suffit d'avoir le cœur sec.

– Pas seulement. (Il agita l'index dans sa direction.) Ne vous dévalorisez pas.

Theresa haussa les épaules et reporta son attention sur le dessin de son fils.

– Bon, reprit-il. Maintenant que vous êtes hors circuit pour un certain temps, dites-moi : quel serait d'après vous le meilleur dans votre partie ?

Elle contempla un instant le plafond, avant de jeter un coup d'œil en direction des autres cellules.

– En matière de compositions florales ?

Il sourit.

– On va dire ça. Qui est le meilleur fleuriste de Tampa maintenant que vous n'êtes plus dans la compétition pour le titre ?

Elle n'eut pas à réfléchir longtemps.

– Billy.

– Kovich ?

– Oui.

Jimmy Arnold considéra un instant cette réponse.

– Vous l'estimez meilleur que Mank ?

Theresa hocha la tête en signe d'assentiment.

– Mank, on le voit venir, précisa-t-elle.

– Et qui devrait être en service à ce moment-là ?

Sur le coup, elle ne comprit pas la question.

– Comment ça ?

– Quels inspecteurs, précisa-t-il.

– Ici, vous voulez dire ? En ville ?

– Oui.

– Vous… (Elle balaya la cellule du regard, comme pour s'assurer qu'elle y était toujours enfermée et qu'elle n'avait pas changé de planète.) Vous voulez confier un contrat local à un sous-traitant local ?

– J'en ai bien peur.

Il s'agissait d'une entorse inédite à la règle prônée par King Lucius depuis deux décennies.

– Pourquoi ?

– Il est nécessaire de choisir quelqu'un que la cible connaît. Personne d'autre ne pourrait se rapprocher suffisamment d'elle. (Arnold décroisa les jambes et s'éventa avec son chapeau.) Si vous pensez que Kovich est l'homme de la situation, je prendrai des renseignements.

– La cible a-t-elle des raisons de craindre pour sa vie ?

Jimmy Arnold s'absorba quelques instants dans ses pensées, avant d'opiner du chef.

– C'est l'un des nôtres. Et on ne dort tous que d'un œil, n'est-ce pas ?

Theresa confirma d'un signe de tête.

– Alors, oui, Kovich est le mieux placé, déclara-t-elle. Tout le monde l'aime bien, sans que personne puisse se l'expliquer.

– Bon. Intéressons-nous maintenant à la question des postes de police concernés et à la personnalité des inspecteurs en service ce jour-là.

– Quel jour ?

– Un mercredi.

Elle passa mentalement en revue toute une série de noms, d'équipes, de scénarios.

– Idéalement, il faudrait que Kovich agisse entre midi et huit heures du soir, à Ybor, Port Tampa ou Hyde Park. Auquel cas, il y aurait de fortes chances pour que ce soient les inspecteurs Feeney et Boatman qui répondent à l'appel.

Le front légèrement plissé, Arnold articula les noms en silence tout en rajustant le pli de sa jambe de pantalon.

– À votre avis, Theresa, les policiers observent les fêtes religieuses ?

– S'ils sont catholiques, j'imagine que oui… Laquelle en particulier ?

– Le mercredi des Cendres.

– Il n'y a pas grand-chose à faire, le mercredi des Cendres.

– Ah bon ? s'étonna Arnold, l'air sincèrement déconcerté. Il y a bien longtemps que je ne suis plus pratiquant…

– Vous allez à la messe, le prêtre trace le signe de la croix sur votre front avec de la cendre humide, et vous repartez. C'est tout.

– C'est tout, répéta-t-il dans un souffle. (Il examina la cellule en affichant un sourire distrait, comme s'il était un peu surpris de se retrouver dans un tel environnement, puis il se leva.) Eh bien, bonne chance, madame Del Fresco. Nous nous reverrons.

Elle le regarda récupérer sa mallette posée par terre. Elle savait qu'elle ne devrait pas poser la question, mais ce fut plus fort qu'elle.

– Qui est la cible ?

Immobile de l'autre côté des barreaux, il la dévisagea quelques instants. Tout comme elle savait qu'elle n'aurait pas dû poser la question, il savait sans doute qu'il ne devrait pas y répondre. Mais Jimmy Arnold était connu dans leurs cercles pour avoir un côté paradoxal intéressant : qu'on lui demande l'information la plus anodine sur l'un de ses clients, et il ne parlerait pas même si on lui faisait griller les bourses ; qu'on lui réclame les détails les plus scabreux sur tout autre sujet, et il devenait aussi bavard qu'une pie.

– Vous tenez vraiment à ce que je vous le dise ?

Theresa hocha la tête.

Après avoir jeté un coup d'œil à droite et à gauche pour s'assurer que le couloir vert foncé était désert, Arnold se pencha vers les barreaux, avança les lèvres et prononça le nom :

– Joe Coughlin.

Le lendemain matin, Theresa monta dans le fourgon qui devait l'emmener à trois cents kilomètres vers le nord-est. La Floride intérieure n'avait rien à voir avec la Floride du littoral et son océan bleu, son sable clair et ses parkings tapissés de coquillages blancs écrasés. C'était un paysage décoloré par le soleil, dévasté par les sécheresses et les incendies à répétition. Pendant six heures et demie, le véhicule cahota sur les routes secondaires et les chaussées défoncées, et la plupart des gens que les passagers aperçurent sur le trajet – qu'ils soient blancs, noirs ou indiens – semblaient trop maigres.

La femme enchaînée au poignet gauche de Theresa garda le silence sur environ soixante-dix kilomètres, puis se présenta : Mme Sarah Nez, de Zephyrhills. Elle lui serra la main en affirmant qu'elle était innocente de tous les crimes dont elle avait été accusée, et resta ensuite tranquille sur une bonne trentaine de kilomètres. Theresa appuya son front contre la vitre pour regarder défiler, à travers la poussière soulevée par les pneus, les étendues de terre brûlée. Au-delà des champs, si secs que l'herbe ressemblait à du papier, elle devinait la présence de marécages à l'odeur et à la brume verte qui s'élevait au loin. Elle songea à son fils, ainsi qu'à la somme due qui lui permettrait d'assurer son avenir, et espéra que King Lucius respecterait ses engagements, parce qu'elle ne pouvait compter sur personne pour aller réclamer l'argent s'il se mettait en tête de ne pas payer.

Sur la question des dettes à acquitter, justement, elle avait été stupéfaite la veille au soir de ne pas voir Archibald Boll, le procureur, se présenter devant sa cellule. Elle était restée allongée sur sa couchette, le corps reconnaissant mais l'esprit en ébullition. S'il n'avait pas prévu d'exiger un paiement en nature, pourquoi lui avoir proposé un marché aussi intéressant pour elle ? Les actes de générosité n'existaient pas dans son secteur d'activité ; seule comptait la ruse. On n'offrait pas de cadeaux, seulement des délais pour le règlement des factures. Alors, si Boll n'avait pas l'intention de lui demander de l'argent – et à aucun moment il n'y avait fait la moindre allusion –, ne restaient que le sexe ou les informations.

Ou alors, peut-être qu'il avait cherché à l'amadouer en brandissant l'argument d'une peine légère, et qu'il allait la laisser mariner un moment pour s'assurer qu'elle comprenait bien à quel point elle lui était redevable. Ensuite, il viendrait la voir à Raiford pendant l'été afin de lui rappeler sa dette… Sauf que ce n'était pas la façon d'agir habituelle des procureurs : s'ils vous agitaient bien la carotte sous le nez, ils ne la lâchaient pas tant que vous n'aviez pas accepté leur offre. Ils ne commençaient jamais par la donner. C'était décidément incompréhensible.

Et ce qui l'était encore plus à ses yeux, c'était le contrat lancé sur Joe Coughlin. Elle avait eu beau se triturer les méninges toute la nuit, elle ne parvenait pas à trouver d'explication. Depuis qu'il avait abandonné son fauteuil de chef dix ans plus tôt, Joe Coughlin s'était révélé être un atout plus précieux pour la famille Bartolo et toutes les autres familles et gangs de la ville qu'à l'époque où il tenait lui-même les rênes. Dans leur milieu, il incarnait l'idéal de la profession : il faisait gagner de l'argent à ses amis. Résultat, il en avait beaucoup.

Mais des ennemis ?

Theresa savait qu'il en avait eu quelques-uns autrefois. Cette période-là remontait cependant à une décennie, et ils avaient tous été éliminés en un seul jour. La police et le grand public étaient au courant de la balle qui, en traversant la gorge de Maso Pescatore, avait mis un terme aux espoirs, aux rêves et aux habitudes alimentaires du vieux chef de famille – une balle dont on disait qu'elle avait été tirée par Coughlin lui-même. Personne en revanche, à part Theresa et ses associés – tous des acteurs du milieu –, n'avait entendu parler de la dizaine d'hommes qui, sortis en bateau pour jeter Coughlin par-dessus bord, avaient été hachés menu par des tirs de mitraillettes et de .45 à courte portée. Ils avaient fini dans le golfe du Mexique, transformés en chair à pâté pour requins affamés par une journée particulièrement chaude et impitoyable.

Ces victimes, ainsi qu'un policier mort depuis des lustres, étaient les derniers ennemis connus de Joe Coughlin. Après avoir renoncé à ses fonctions, il s'était tenu à l'écart de toutes les opérations d'envergure, sur le modèle de Meyer Lansky, avec qui il avait investi dans plusieurs affaires à Cuba. Rarement photographié, et jamais en compagnie de gangsters, il semblait passer ses journées à concevoir de nouveaux moyens de faire gagner à tout le monde encore plus d'argent que l'année précédente.

Bien avant Pearl Harbor et le début de la guerre, il avait conseillé aux principaux représentants de la filière des spiritueux en Floride et à Cuba de commencer à entreposer de l'alcool industriel destiné à la fabrication de caoutchouc synthétique. Aucun d'eux ne voyait de quoi il était question : quel rapport entre l'alcool et le caoutchouc, et surtout, en quoi étaient-ils concernés ? Néanmoins, parce qu'il leur avait permis d'amasser une fortune dans les années 1930, ils l'avaient tous écouté. Et quand les Japonais avaient mis la main sur la moitié des régions productrices de caoutchouc au printemps 42, l'oncle Sam n'avait été que trop content de payer à prix d'or tout ce que le gouvernement pouvait utiliser pour fabriquer des bottes, des pneus, des pare-chocs et même de l'asphalte, d'après ce que Theresa avait entendu dire. Les gangs qui écoutaient Coughlin – dont celui de King Lucius – avaient gagné tellement d'argent qu'ils ne savaient plus quoi en faire. L'un des rares à n'avoir pas suivi ses conseils, Philly Carmona, à Miami, en avait tellement voulu à l'imbécile qui l'avait dissuadé de prendre cette voie qu'il lui avait tiré une balle dans le ventre.

Tout le monde dans leur milieu avait des ennemis, bien sûr. Pour autant, alors qu'elle somnolait dans le fourgon, Theresa ne parvenait pas à imaginer que Joe Coughlin puisse en avoir. Qui voudrait tuer la poule aux œufs d'or ?

Elle aperçut derrière la vitre un serpent qui se déplaçait dans le fossé asséché au bord de la route – noir, et aussi grand qu'elle. Il émergea de la rigole, puis se coula entre les herbes, et Theresa fit une sorte de rêve à moitié éveillé où elle le voyait glisser sur le plancher de sa chambre à Brooklyn, dans l'immeuble où elle avait habité à son arrivée aux États-Unis, quand elle avait dix ans. Elle songea que ce serait bien d'avoir un serpent dans cette pièce, parce que les rats avaient toujours infesté ces bâtiments, et que les serpents mangeaient les rats. Mais ensuite, le serpent disparut, et elle le sentit s'avancer vers elle sur le lit. Elle ne le distinguait cependant pas, et elle ne pouvait pas bouger parce que son rêve ne le lui permettait pas. Les écailles du reptile étaient râpeuses et froides sur sa peau. Il s'enroula autour de sa gorge, et ses anneaux métalliques s'enfoncèrent dans sa trachée.

Theresa tendit la main au jugé et saisit l'oreille de sa voisine, qu'elle agrippa avec tant de force qu'elle aurait pu l'arracher si elle en avait eu le temps. Mais elle manquait déjà d'oxygène. Sa voisine s'était servie pour l'étrangler de la chaîne qui reliait leurs poignets. Elle serra plus fort en poussant de petits grognements, comprimant la gorge de Theresa comme dans un étau.

– Acceptez le Christ..., chuchota-t-elle. Si vous acceptez le Christ votre Sauveur, Il vous accueillera dans Sa maison. Il vous aimera. Acceptez-Le et vous n'aurez plus peur.

Theresa se tourna vers la vitre et parvint à appuyer ses pieds contre la paroi. Lorsqu'elle rejeta la tête en arrière, elle entendit le nez de son assaillante se briser, en même temps qu'elle poussait de toutes ses forces sur ses jambes. Elles s'effondrèrent dans l'allée centrale, et Sarah relâcha sa prise suffisamment longtemps pour que Theresa puisse croasser un semblant de cri. Il lui sembla voir l'un des gardiens se diriger vers elles, mais sa vision se brouillait de plus en plus. Puis tout devint noir.

Deux semaines plus tard, elle parlait toujours avec la plus grande difficulté, et sa voix se réduisait à un chuchotement éraillé. Les hématomes sur sa gorge avaient depuis peu viré du violet au jaune. Elle avait mal quand elle mangeait, et une simple toux lui faisait monter les larmes aux yeux.

La seconde femme qui tenta de la tuer se servit d'un plateau métallique volé à l'infirmerie. Elle le lui abattit à l'arrière du crâne pendant que Theresa prenait sa douche, avec une violence qui rappela aussitôt à cette dernière celle de Tony. L'erreur commise par la plupart des gens quand ils se battent, c'est de marquer des temps d'arrêt. Cette femme ne fit pas exception à la règle. La force du premier coup envoya Theresa au sol, ce qui parut surprendre son assaillante. Celle-ci la regarda un instant de trop avant de se laisser tomber à genoux et de brandir de nouveau le plateau. Si elle avait été plus expérimentée – comme Theresa, par exemple –, elle se serait jetée à terre en même temps que sa victime et, lâchant son arme improvisée, lui aurait cogné la tête sur le carrelage. En l'occurrence, au moment où elle levait le plateau, Theresa serra le poing, jointure du majeur en avant, et l'expédia dans la gorge de l'inconnue, non pas une fois, ni deux, mais quatre. Le récipient claqua sur le sol, et Theresa s'appuya sur le corps de la femme pour se redresser, tandis que celle-ci, la bouche ouverte, tentait désespérément de recouvrer son souffle.

Elle était devenue bleue quand les gardiens arrivèrent. Ils appelèrent le médecin. Ce fut une infirmière qui se présenta en premier. À ce stade, la blessée avait recommencé à respirer laborieusement, par saccades précipitées. Immobile au fond de la pièce, Theresa observait la scène. Elle s'était essuyée et avait renfilé son uniforme de prisonnière. Elle avait aussi demandé une cigarette à l'une des filles, lui promettant en échange de lui enseigner la technique de combat qu'elle avait employée avec l'apprentie tueuse – qui, avait-elle appris, s'appelait Thelma.

Lorsque les gardiens s'approchèrent pour l'interroger sur ce qui s'était passé, elle leur raconta tout.

– Vous êtes consciente que vous auriez pu la tuer ? s'enquit l'un d'eux.

– Il semblerait que j'aie un peu perdu la main..., ironisa Theresa.

Les autres s'éloignèrent, la laissant seule avec celui qui avait posé la question – le plus jeune.

– Henry, c'est ça ?

– Oui, m'dame.

– Vous croyez que vous pourriez me donner un peu de cette gaze que l'infirmière a rangée dans sa sacoche ? J'ai une coupure au front.

– Comment savez-vous qu'il y a de la gaze dans sa sacoche ?

– Que voulez-vous qu'il y ait d'autre, Henry ? Des bandes dessinées ?

Il hocha la tête en souriant, puis alla lui chercher ce qu'elle demandait.

Plus tard ce soir-là, après l'extinction des feux, Henry lui rendit visite dans sa cellule. Elle avait déjà été envoyée en prison, aussi ne fut-elle pas surprise. Au moins, il était jeune, plutôt joli garçon et propre.

Après, elle lui dit qu'elle avait besoin de faire passer un message à l'extérieur.

– Allons bon, marmonna Henry Ames.

– Un message, c'est tout.

– Ben, je sais pas trop…

Henry Ames, qui avait perdu sa virginité deux minutes plus tôt, avait désormais une bonne raison de regretter de ne pas l'avoir conservée encore un moment.

– Écoute, Henry, reprit-elle. Quelqu'un de très puissant cherche à me faire assassiner.

– Je te protégerai.

Elle lui sourit. Quand, de sa main droite, elle lui caressa le côté de la gorge, Henry se sentit plus grand, plus fort et plus vivant qu'il ne l'avait été au cours de ses vingt-trois années d'existence.

De la main gauche, elle lui appuya la lame de rasoir sur l'oreille. C'était une lame à double tranchant, semblable à celles que Henry insérait dans le rasoir en laiton que son père lui avait offert à la fin de ses études secondaires. Aujourd'hui, compte tenu des restrictions sur le métal, Henry les utilisait jusqu'à ce qu'elles soient aussi émoussées qu'une cuillère, mais celle de Theresa n'avait apparemment jamais servi quand elle lui écorcha légèrement le lobe. Avant qu'il puisse réagir, elle lui avait pris son mouchoir dans sa poche de poitrine et essuyait le sang.

– Tu n'es même pas capable de te protéger toi-même, chuchota-t-elle.

Il ne sut jamais où elle dissimula la lame ; une seconde plus tard, elle avait disparu. Dans les yeux bruns de Theresa, légèrement arrondis, brillait une lueur chaleureuse.

– Bon, reprit-elle d'une voix douce. Si je ne réussis pas à prévenir une certaine personne des difficultés de ma situation, je ne tiendrai pas un mois entre ces murs. Et mon fils sera orphelin. Ça, je ne peux pas le concevoir. Tu comprends, Henry ?

Il hocha la tête, tandis qu'elle lui tamponnait l'oreille. Surpris, et un peu honteux, il se rendit compte qu'il bandait à nouveau. Henry Ames, d'Ocala, Floride, fils de fermier, demanda alors à la détenue 4773 à qui elle voulait transmettre son message.

– Va au siège de Suarez Sugar, dans Howard Avenue, à Tampa, et dis au vice-président, Joe Coughlin, que je veux le voir. Fais-lui bien comprendre que c'est une question de vie ou de mort. La sienne et la mienne.

– Je t'assure, je peux te protéger, répéta-t-il.

Il perçut la note de désespoir dans sa voix. Il avait tellement envie qu'elle le croie !

Elle lui rendit son mouchoir, puis le dévisagea longuement.

– C'est gentil, Henry. Surtout, n'oublie pas : Suarez Sugar, dans Howard Avenue, à Tampa. Joe Coughlin.

2

Le tenant du titre

Comme Henry Ames ne travaillait pas le vendredi, il prit le volant dès la fin de son service le jeudi soir pour se rendre à Tampa. Pendant le trajet, il eut amplement le temps de réfléchir à ses fautes. Son père et sa mère, aussi intègres que pouvaient l'être deux personnes sans auréole, auraient probablement eu une attaque fatale s'ils avaient découvert que leur fils aîné forniquait avec une meurtrière placée sous sa responsabilité. Et si les autres gardiens fermaient les yeux sur sa liaison avec la détenue 4773, en se fendant parfois d'un petit sourire goguenard, c'était uniquement parce qu'ils faisaient tous pareil, ou même pire – ce qui ne changeait rien à la situation : ils enfreignaient tous la loi. Celle des hommes, mais aussi, Henry Ames en avait bien peur, celle de Dieu.

Et pourtant…

Pourtant…

Avec quelle impatience il avait attendu toute la semaine le moment de se glisser dans la cellule de Theresa à la fin de son service et d'être accueilli par elle !

Depuis quelque temps, Henry courtisait Rebecca Holinshed, la fille du médecin de Lake Butler, la petite ville où il habitait lui-même, située à vingt-cinq kilomètres à l'ouest de la prison. Ce rapprochement avait été initié par sa tante qui, vivant elle aussi à Lake Butler, avait été chargée par sa sœur, la mère d'Henry, de veiller sur lui. Rebecca Holinshed était une ravissante blonde au teint de lait. Elle avait confié à Henry, d'une voix très douce, qu'elle espérait épouser un homme dont l'ambition ne se limiterait pas à surveiller une meute de pouilleuses n'ayant pas plus de moralité qu'un chimpanzé pouilleux. Rebecca Holinshed utilisait beaucoup le mot « pouilleux », qu'elle prononçait toujours dans un souffle, comme si elle rechignait à le laisser franchir ses lèvres. Depuis qu'ils se fréquentaient, elle n'avait jamais regardé Henry droit dans les yeux. S'il y avait eu un témoin à leurs promenades au crépuscule, il aurait pu croire que Rebecca conversait non pas avec Henry, mais avec la route, les vérandas des maisons ou les troncs d'arbres.

Néanmoins, pour prouver qu'il avait bel et bien de l'ambition, Henry s'était inscrit à des cours de droit pénal le soir, ce qui l'obligeait à faire tout le trajet jusqu'à Gainesville. Ainsi, après son service, au lieu d'aller boire quelques bières au Dickie's Roadhouse avec les autres gardiens, ou de s'occuper de son linge sale, voire – sacrilège ! – de se détendre, tout simplement, il faisait trois heures de route aller et retour pour avoir le privilège de s'asseoir dans un réduit étouffant situé au fin fond du campus de l'université de Floride, où il écoutait le professeur Blix, un avocat radié du barreau et porté sur la bouteille, débiter d'une voix pâteuse ses cours sur les différents types d'escroquerie et les divers moyens de saisir la justice.

Henry savait cependant qu'il avait pris la bonne décision. Tout comme il savait que Rebecca était la personne qu'il lui fallait. Elle ferait une excellente mère. Bientôt, du moins l'espérait-il, il pourrait peut-être même l'embrasser.

La détenue 4773, elle, l'avait embrassé à peu près partout. Elle lui avait parlé de son fils Peter, de son rêve de le rejoindre dans cinq ans et, pourquoi pas, d'aller s'établir en Italie avec lui, à condition que cette guerre finisse un jour et que Mussolini et ses Chemises noires soient chassés du pouvoir. Henry avait bien conscience qu'elle se servait de lui – il avait beau être originaire d'une petite ville, il n'était pas idiot –, mais il comprenait ses motivations : elle agissait ainsi pour assurer sa sécurité et celle de son fils, ce qui lui semblait tout à fait louable. Elle au moins ne lui demandait pas d'aller à l'encontre de ses désirs en devenant avocat, elle voulait juste qu'il l'aide à sauver sa vie.

Oh oui, il faisait une connerie en couchant avec elle. Probablement la plus grosse connerie de son existence, du genre à lui coûter cher si elle était exposée au grand jour. Il perdrait tout : sa famille, Rebecca, son boulot… Dans la foulée, on l'enverrait sans doute combattre les nazis, pieds plats ou pas. Il mourrait au milieu de nulle part, dans les ruines d'un village bombardé, le long d'un cours d'eau stagnant dont personne n'aurait entendu parler. Sans laisser derrière lui ni descendants ni la moindre trace de son passage sur terre. Un vrai gâchis.

Alors, pourquoi ne pouvait-il pas s'empêcher de sourire ?

Joe Coughlin, l'homme d'affaires au passé trouble qui s'était illustré par une grande bienveillance envers sa ville d'adoption, Ybor City, avait rendez-vous ce matin-là avec le lieutenant Matthew Biel, du renseignement naval, dans son bureau de Suarez Sugar.

Biel était un jeune homme aux cheveux blonds coupés si court qu'ils laissaient entrevoir son cuir chevelu rose. Il portait un pantalon de toile au pli impeccable et un blazer noir à manches contrastantes, avec des carreaux gris et noir, sur une chemise blanche. Il dégageait une odeur d'amidon.

– Si vous voulez ressembler à un civil, vous devriez éplucher les catalogues de J.C. Penney, plaisanta Joe.

– Pourquoi ? C'est là que vous vous habillez ?

Joe envisagea de lui dire ce qu'il pensait des grands magasins comme J.C. Penney – il était lui-même vêtu d'un costume taillé sur mesure à Lisbonne –, au lieu de quoi il lui servit une tasse de café qu'il lui apporta.

Après l'avoir remercié d'un hochement de tête, Biel fit remarquer :

– Ce bureau me paraît bien modeste pour un homme de votre envergure.

Joe alla s'asseoir derrière sa table de travail.

– J'estime au contraire qu'il convient parfaitement au vice-président d'une compagnie sucrière.

– Mais vous dirigez également trois sociétés d'import-export, n'est-ce pas ?

Pour toute réponse, Joe trempa les lèvres dans son café.

Biel sourit.

– Vous avez aussi des parts dans deux distilleries, une entreprise d'extraction de phosphate et plusieurs affaires à Boston, dont une banque… (Il examina de nouveau la pièce.) Voilà pourquoi je trouve fascinantes vos tentatives d'humilité entre ces murs.

Joe reposa sa tasse sur le bureau.

– Si vous m'expliquiez ce qui me vaut l'honneur de votre visite, lieutenant.

Son interlocuteur se pencha en avant.

– Un type s'est fait tabasser sur les docks, à Port Tampa, l'autre soir. Vous êtes au courant, monsieur Coughlin ?

– Il ne se passe pas un soir sans qu'un type se fasse tabasser à Port Tampa. Ce sont les docks qui veulent ça.

– Peut-être, mais c'était l'un des nôtres.

– C'est-à-dire ?

– Renseignement naval. Apparemment, il aurait posé une question de trop à vos gars, et…

– Comment ça, « mes » gars ?

Biel ferma les yeux, prit une profonde inspiration, et les rouvrit.

– D'accord. Mettons, les gars de votre ami, Dion Bartolo. La section 126 du syndicat des dockers, ça vous dit quelque chose ?

Il s'agissait bien des hommes de Dion. Sans le moindre doute.

– Donc, lieutenant, un de vos moussaillons s'est fait éclater le nez. Qu'est-ce que vous voulez ? Que je paie la facture du blanchisseur ?

– Non. Il s'en remettra, merci pour lui.

– Excellente nouvelle ! Je dormirai mieux, maintenant que je le sais.

– Le problème, reprit le lieutenant, c'est qu'on a des histoires de ce genre dans tout le pays : Portland, Boston, New York, Miami, Tampa, La Nouvelle-Orléans…

Merde, notre gars à La Nouvelle-Orléans a bien failli y rester. Le fait est qu'il a perdu un œil.

– Ah oui ? Personnellement, j'éviterais d'aller chercher les emmerdes à La Nouvelle-Orléans. Dites à votre collègue qu'il a de la chance de ne pas être aveugle et mort.

– On ne peut pas infiltrer les docks, déclara Biel. Chaque fois qu'on y introduit un de nos hommes, il est passé à tabac et on nous le renvoie dans un sale état. Or il est entendu que vous possédez les docks et que vous faites la loi sur le front de mer. Bien. Je ne suis pas là pour ça, vous n'êtes pas dans le collimateur. Ni vous ni aucun de vos associés.

– De quoi me parlez-vous ? Je suis un homme d'affaires exerçant une activité tout à fait légale.

Biel grimaça.

– Vous êtes le *consiglierie* – est-ce que j'ai bien prononcé le terme ? – de la famille Bartolo, monsieur Coughlin. Vous agissez comme négociateur pour tout le syndicat du crime de la Floride. Cerise sur le gâteau, Meyer Lansky et vous contrôlez Cuba, ainsi que le circuit des narcotiques qui prend naissance quelque part en Amérique du Sud et arrive quelque part dans le Maine. Alors, faut-il vraiment qu'on joue à ce petit jeu du « vous êtes rangé et je ne suis qu'un crétin complètement bouché » ?

Joe se borna à le dévisager si longtemps que le silence entre eux se chargea de tension. Au moment où Biel, n'y tenant plus, ouvrait la bouche pour reprendre la parole, Joe demanda :

– Vous en avez après qui, au juste ?

– Les saboteurs nazis, les saboteurs japonais… tous ceux qui sont susceptibles d'infiltrer les docks et de commettre des actes de violence contre le gouvernement.

– Alors, je dirais que vous pouvez rayer de la liste les Japonais. Ils ont tendance à ne pas passer inaperçus, même à San Francisco.

– Bien.

– À votre place, je chercherais plutôt un Boche qui a grandi chez nous, expliqua Joe. Un individu qui pourrait se prétendre d'origine irlandaise ou suédoise. Lui serait un problème.

– Est-ce qu'il serait capable de vous noyauter ?

– Je vous répondrai juste que ce serait possible. Peu probable, mais possible.

– Alors, l'oncle Sam a besoin de votre aide.

– Et qu'est-il prêt à m'offrir en échange ?

– Les remerciements d'une nation reconnaissante et l'arrêt immédiat de toutes les opérations de harcèlement.

– C'est ce que vous appelez du « harcèlement » ? Le fait que vos hommes soient régulièrement tabassés ? Eh bien, ne vous gênez pas pour me harceler tous les jours de la semaine !

– Vos entreprises légales survivent grâce aux contrats du gouvernement, monsieur Coughlin.

– Certaines, oui.

– Rien ne nous empêche de rendre cet arrangement moins profitable pour vous.

– Sachez qu'une demi-heure après votre départ, lieutenant, je recevrai un représentant du ministère de la Guerre, qui tient à nous passer plus de commandes, pas moins. Alors, avant d'y aller au bluff, tâchez de vous renseigner, d'accord ?

– Très bien. Dites-nous ce que vous voulez.

– Vous le savez déjà.
– Je n'en suis pas sûr.
– Libérez Charlie Luciano. C'est aussi simple que ça.

Le visage de Biel se ferma.

– Pas question. Lucky Luciano moisira au pénitencier de Dannemora jusqu'à la fin de ses jours.

– D'accord. Il préfère qu'on l'appelle « Charlie », à propos. « Lucky » est réservé à ses amis les plus proches.

– Peu importe. On ne lui offrira pas l'amnistie.

– Ce n'est pas ce qu'on vous demande, répliqua Joe. Après la guerre – à condition, évidemment, que vous autres militaires assuriez le coup et qu'on remporte la victoire –, vous l'extraderez. Il ne remettra plus les pieds sur ces côtes.

– Mais ?

– Mais il sera libre d'aller où il veut et de gagner sa vie comme il l'entend.

– Impossible. Roosevelt n'acceptera jamais.

– Ce n'est pas à lui de décider, il me semble.

– Au niveau des relations publiques ? Bien sûr que si ! Luciano dirigeait l'organisation criminelle la plus violente que le pays ait jamais connue. (Biel réfléchit encore quelques instants, puis secoua la tête avec vigueur.) Demandez-nous autre chose. N'importe quoi.

C'était typique du gouvernement, songea Joe. Il était tellement habitué à payer avec de l'argent qui ne lui coûtait rien qu'il ne savait même pas négocier un vrai contrat d'affaires. *On aimerait bien quelque chose pour rien, s'il vous plaît ; alors donnez-nous ce que nous voulons, allez vous faire foutre, et estimez-vous heureux d'avoir eu le privilège de nous servir.*

Joe étudia le visage ouvert, cent pour cent américain, du jeune lieutenant en face de lui. Il avait sûrement joué au poste de *quarterback* dans l'équipe de son lycée. À l'époque, toutes les filles devaient se battre pour porter son maillot.

– On ne veut rien d'autre, déclara-t-il.

– Alors, on en reste là ? C'est votre dernier mot ?

Biel paraissait sincèrement dérouté.

– C'est mon dernier mot, affirma Joe, qui se carra dans son fauteuil et alluma une cigarette.

Le lieutenant se leva.

– Vous risquez de ne pas aimer ce que nous allons bientôt faire, monsieur Coughlin.

– Vous êtes le gouvernement. Je n'ai jamais eu la faiblesse d'aimer ou pas ce que vous faites.

– Ne venez pas dire que vous n'avez pas été prévenu.

– Vous connaissez notre prix, lieutenant.

Biel s'arrêta près de la porte, la tête baissée.

– Nous avons un dossier sur vous, monsieur Coughlin.

– Je m'en serais douté.

– Il est moins épais que les autres, parce que vous êtes extrêmement doué pour vous cacher au vu et au su de tous. Je n'ai jamais rencontré quelqu'un d'aussi habile. Vous savez comment on vous surnomme, chez nous ?

Joe haussa les épaules.

– Le « tenant du titre ». Parce que vous avez jusque-là eu la main et assuré un parcours sans faute. Mais vous possédez un casino à La Havane, n'est-ce pas ?

– Exact.

– Alors vous savez que la chance tourne.

Joe sourit.

– Message reçu, lieutenant.

– Vous en êtes bien sûr ? lança Biel, avant de s'éclipser.

Dix minutes après le départ du lieutenant, l'interphone bourdonna sur le bureau de Joe.

Celui-ci appuya sur la touche de communication.

– Oui, Margaret ?

Margaret Toomey, sa secrétaire, annonça :

– Il y a ici un monsieur qui voudrait vous voir. Il dit qu'il est gardien à la prison de Raiford et qu'il doit vous parler de toute urgence.

Joe souleva le combiné.

– Qu'il aille se faire foutre.

– C'est la réponse que j'ai essayé de lui donner. En termes plus choisis, bien sûr.

– Alors, utilisez les miens.

– Il m'a dit de vous dire : « Theresa Del Fresco demande une audience. »

– Sans déconner ?

– Sans déconner, confirma Margaret.

Joe réfléchit quelques secondes, avant de pousser un soupir.

– D'accord, envoyez-le-moi. C'est un péquenaud ou un sous-traitant du milieu ?

– Première option, monsieur. Il arrive.

Le gamin qui se présenta semblait s'être échappé de son parc. Il avait des cheveux d'un blond presque blanc, dont une mèche se dressait au sommet de son crâne tel un doigt tordu. Sa peau était si lisse qu'il semblait l'avoir étrennée le matin même. Ses yeux d'un vert limpide rappelaient ceux d'un bébé, et ses dents étaient aussi blanches que ses cheveux.

Et ce gosse était gardien ? Dans le quartier des femmes, qui plus est ?

Theresa Del Fresco avait dû fondre sur lui comme un matou des villes sur une souris des champs.

Joe lui serra la main, puis l'invita d'un geste à s'asseoir. Henry Ames s'installa sur la chaise indiquée, en prenant soin de remonter ses jambes de pantalon.

Il expliqua qu'il était gardien dans le quartier des femmes de la prison d'État à Raiford, et que la détenue 4773 – Theresa Del Fresco dans le monde libre – l'avait chargé d'aller trouver M. Coughlin, parce qu'elle pensait que sa vie – et la sienne – était menacée.

– La vôtre ? s'enquit Joe.

Le jeune homme eut l'air dérouté.

– Non, non, monsieur. La vôtre.

Joe éclata de rire.

– Monsieur ? s'étonna le blondinet. Je…

L'hilarité de Joe redoubla. Plus il y pensait, plus l'idée lui paraissait comique.

– C'est vraiment ce qu'elle vous a raconté ? lança-t-il, lorsque son fou rire se calma.

– Pardon ? Je ne vous suis pas, monsieur.

D'un revers de main, Joe s'essuya les yeux.

– Ah, c'est trop drôle. Alors comme ça, Mme Del Fresco pense que je cours un grave danger ?

– Oui, monsieur. Et elle aussi.

– Au moins, elle ne prétend pas être motivée par l'altruisme…

– Excusez-moi, monsieur Coughlin, mais j'ai du mal à vous comprendre. Mme Del Fresco m'a demandé de faire tout le trajet jusqu'ici pour vous avertir qu'une menace pesait sur vous, et vous réagissez comme s'il s'agissait d'une espèce de blague. Eh bien, je n'ai pas envie de rire, monsieur.

Joe le contempla quelques secondes.

– C'est bon ? Vous avez fini ?

Le gamin déplaça son chapeau d'un genou à l'autre, puis tritura nerveusement son lobe droit.

– En fait, je n'en sais trop rien, monsieur.

Joe se leva, contourna son bureau, alla se camper devant lui et lui proposa une cigarette. Henry Ames la saisit d'une main légèrement tremblante, et Joe la lui alluma avant d'allumer la sienne. Il posa un cendrier sur la table à côté de sa hanche et tira une longue bouffée avant de reprendre la parole :

– Écoutez, fiston, je suis bien certain que, dans son désir de devenir votre amie, Mme Del Fresco vous a fait découvrir toutes sortes de plaisirs lascifs. Et je…

– Je ne vous permets pas d'insinuer qu'il y ait quoi que ce soit de… d'inconvenant dans mes rapports avec Mme Del Fresco.

– Oh, fermez-la un peu, répliqua gentiment Joe, qui lui tapota l'épaule. Où en étais-je, déjà ? Ah oui. Je suis bien certain, donc, que vous envoyer en l'air avec Mme Del Fresco a été l'expérience la plus jouissive de toute votre vie, et que, à en juger uniquement sur les apparences, elle le restera jusqu'à votre dernier souffle.

Le gamin, dont la pâleur s'était encore accentuée – ce que Joe n'aurait jamais cru possible –, le regardait comme s'il était sur le point de faire une embolie.

– Alors, un bon conseil : au lieu d'aider Mme Del Fresco dans son projet d'évasion, vous devriez au contraire tout mettre en œuvre pour vous assurer qu'elle reste où elle est, et en profiter pour faire grincer les ressorts du matelas tant qu'elle accepte de vous accueillir sur sa couchette. (Il sourit, tapota de nouveau l'épaule du gardien et retourna s'asseoir derrière sa table.) Maintenant, rentrez chez vous, mon garçon. Allez, ouste ! ajouta-t-il en le congédiant d'un geste.

Henry Ames cilla à plusieurs reprises, puis se leva. Il tripota l'intérieur de son chapeau en s'approchant de la porte. Au moment de sortir, il se retourna en jouant avec la bordure du couvre-chef.

– Ils ont déjà essayé de la tuer à deux reprises, monsieur Coughlin. La première fois dans le fourgon qui l'emmenait à la prison, la seconde dans les douches. Mon oncle a travaillé à Raiford toute sa vie ; d'après lui, quand ils ont décidé de vous éliminer, ils vont jusqu'au bout de leur entreprise. Alors… (Il baissa les yeux vers la poignée de la porte, puis vers le sol, en remuant la mâchoire d'un air pensif.) Ils la tueront. Elle n'en doute pas. Ensuite, ils vous tueront, vous.

Joe fit tomber sa cendre dans le cendrier.

– Qui, « ils » ?

– Elle seule le sait, monsieur.

Henry Ames avait répondu en le regardant droit dans les yeux, ce qui amena Joe à réviser son opinion de lui : de toute évidence, le gamin avait plus de cran qu'il ne l'avait pensé.

– Elle m'a dit de vous donner un nom.

– Celui de la personne qui doit me tuer ou de son commanditaire ?

– Je n'en ai aucune idée, monsieur Coughlin. Elle m'a juste dit de vous donner le nom.

Joe écrasa sa cigarette. Il devinait Henry Ames prêt à s'en aller, maintenant qu'il avait ferré son interlocuteur. Il y avait chez lui une détermination que la plupart de ses amis et voisins n'avaient probablement jamais vue ; il était sans doute possible de le bousculer un peu, mais l'acculer dans un coin pourrait se révéler dangereux.

– Alors ? le pressa-t-il. Je vous écoute.

– Vous l'aiderez, si je vous donne ce nom ?

– Vous m'en demandez trop. Votre maîtresse s'est d'abord illustrée dans l'arnaque, avant de devenir une sacrée bonne voleuse et ensuite une tueuse à gages. Elle n'a pas d'amis, parce que ses connaissances ont trop peur d'être escroquées, dévalisées ou trucidées – voire, les trois. Alors, désolé, mon garçon, même si vous sortez de mon bureau en emportant ce nom, je n'en perdrai pas une minute de sommeil pour autant. Maintenant, si vous avez envie de me le confier…

Sur un hochement de tête, Henry Ames quitta le bureau.

Joe en resta interdit. Bon sang, ce gosse en avait !

Il décrocha le téléphone pour appeler Richie Cavelli, qui surveillait la porte de service, par laquelle arrivaient la plupart de leurs visiteurs. Il lui demanda de se rendre à l'entrée du bâtiment et d'intercepter le gamin blond qui venait vers lui.

Il récupéra ensuite sa veste drapée sur le dossier de son fauteuil, l'enfila et ouvrit la porte.

Henry Ames, son chapeau toujours à la main, l'attendait à l'accueil.

– Vous irez la voir, monsieur Coughlin ?

Joe regarda autour de lui – Margaret qui tapait sur sa Corona, les yeux plissés à cause de la fumée de sa cigarette ; le représentant d'un grossiste en céréales installé à Naples ; un rond-de-cuir du ministère de la Guerre. Il les gratifia tous d'un hochement de tête amical qui signifiait « Replongez-vous dans vos magazines, il n'y a rien à voir », puis se concentra sur le blondinet.

– D'accord, dit-il, dans le seul but de pouvoir l'entraîner dehors.

Le gamin hocha la tête et se remit à triturer son chapeau.

– Gil Valentine, déclara-t-il enfin.

Joe s'efforça de conserver son sourire insouciant malgré la sensation de froid glacial qui lui étreignait le cœur et les testicules.

– C'est le nom qu'elle a mentionné ?

– Gil Valentine, oui, répéta Ames, qui coiffa son feutre. Bonne journée, monsieur.

– À vous aussi, fiston.

– J'espère vous revoir bientôt, monsieur.

Cette fois, Joe garda le silence. Le jeune gardien inclina son chapeau pour saluer Margaret et sortit.

– Margaret ? Appelez Richie. Dites-lui d'oublier l'ordre que je viens de lui donner et de reprendre ses activités. Il est près du téléphone à l'entrée.

– Bien, monsieur Coughlin.

Joe sourit au rond-de-cuir.

– David, c'est ça ?

L'homme se leva.

– C'est ça, monsieur Coughlin.

– Entrez, je vous en prie. J'ai cru comprendre que l'oncle Sam avait besoin de plus d'alcool.

Durant tout l'entretien avec le fonctionnaire du ministère de la Guerre et ensuite avec le représentant de Wylie Wholesale, Joe ne put chasser de son esprit le souvenir de Gil Valentine. Celui-ci avait incarné un modèle dans leur milieu. Il avait gravi les échelons, comme beaucoup d'autres, pendant la période fastueuse de la prohibition, et s'était illustré par ses talents de distillateur et de bootlegger. Mais son véritable point fort, c'était son oreille musicale. Assis au dernier rang dans un cabaret pour assister à une revue, il était capable de repérer parmi vingt chanteuses-danseuses celle qui avait le potentiel d'une star. Il faisait le tour des night-clubs et des boîtes de jazz du pays – aussi bien à Saint Louis, à Saint Paul, à Cicero ou à Chicago que, plus au sud, à Helena, Greenwood et Memphis, ou encore du côté des lumières de New York et des paillettes de Miami –, où il avait déniché certains des plus grands artistes-interprètes que la pègre ait jamais financés. Quand l'alcool était redevenu légal, c'était l'un des rares, avec Joe, à s'être préparé une transition en douceur vers des activités essentiellement honnêtes.

Gil Valentine avait déplacé toutes ses opérations à l'ouest. Lorsqu'il était arrivé à Los Angeles, il avait payé le tribut requis à Mickey Cohen et à Jack Dragna, même s'il ne faisait déjà plus grand-chose d'illégal à ce stade. Il avait ensuite fondé Cupid's Arrow Records et sorti de son chapeau une ribambelle apparemment inépuisable de succès. Il avait continué à verser une contribution aux hommes de Kansas City qui l'avaient aidé à ses débuts, et il avait accordé un pourcentage aux familles possédant les clubs où il avait trouvé ses vedettes. Au printemps 1939, il avait monté une tournée qui rassemblait les Hart Sisters et le Johnny Stark Orchestra, les chanteurs noirs Elmore Richard et Toots McGeeks, et les deux chanteurs de charme les plus populaires de l'époque, Vic Boyer et Frankie Blake. Dans chaque ville où ils se produisaient, ils avaient dû ajouter deux dates pour répondre à la demande. Il s'agissait de la plus grande tournée musicale jamais organisée en Amérique du Nord, et toutes les relations de Valentine, les gars de Kansas City comme ceux qui avaient des intérêts dans l'affaire, avaient eu droit à leur part du gâteau.

Gil Valentine, c'était l'équivalent de l'hôtel de la Monnaie avec une porte à tambour au lieu d'une chambre forte : il faisait gagner de l'argent à ses amis qui, eux, n'avaient plus qu'à le dépenser. Il ne suscitait pas l'hostilité. Il menait une vie tranquille dans les Holmby Hills avec sa femme Masie, deux filles qui portaient un appareil dentaire et un fils dans l'équipe de course à pied du lycée de Beverly Hills. Il n'avait pas de maîtresse, pas de vices cachés, pas d'ennemis.

Au cours de l'été 1940, Gil Valentine avait été enlevé sur un parking à West Los Angeles. Pendant six mois, les soldats de Cohen, ceux de Dragna et tous les « hommes d'honneur » avaient fouillé Los Angeles pour retrouver le petit prodige de la pègre. Des mains avaient été cassées, des crânes défoncés, des genoux bousillés – en vain : personne n'avait le moindre tuyau.

Et un jour, alors que la plupart des équipes de recherche s'étaient lancées à la poursuite d'une rumeur d'origine indéterminée, selon laquelle Valentine aurait été aperçu en train de boire de la bière dans le village de pêcheurs de Puerto Nuevo, au sud de Tijuana, son fils était rentré d'une course matinale pour découvrir son père dans des sacs en toile disséminés sur la pelouse de leur maison à Holmby Hills. Il y avait un sac pour chaque bras, un sac pour chaque main, un gros sac pour le torse, un plus petit pour la tête. Treize au total.

Et personne – ni les chefs de gang à Kansas City et à Los Angeles, ni les centaines d'hommes qui l'avaient cherché, ni aucun de ses associés dans ses entreprises légales ou illégales – ne savait pourquoi il était mort.

Trois ans plus tard, rares étaient ceux qui prononçaient encore son nom. Le seul fait de l'énoncer revenait en effet à reconnaître l'existence de forces supérieures au syndicat du crime le plus puissant de l'hémisphère occidental. Car le message transmis par la mort de Gil Valentine devenait de plus en plus clair au fil du temps, et il était simple : n'importe qui peut être tué, à n'importe quel moment, pour n'importe quelle raison.

Après le départ du représentant de Wylie Wholesale, Joe resta un bon moment assis dans son bureau, à regarder par la fenêtre les rangées d'entrepôts et d'usines qui se succédaient jusqu'au port. Pour finir, il décrocha son téléphone et demanda à Margaret de chercher dans son emploi du temps de la semaine suivante un créneau libre, qui lui permettrait de faire un saut à Raiford.

3

Père et fils

Tomas Coughlin, presque dix ans, n'était pas un menteur. C'était un trait de caractère embarrassant qu'il n'avait certainement pas hérité de lui, se disait Joe. Du côté des Coughlin, les branches de l'arbre généalogique ployaient depuis des siècles sous le poids de troubadours, de tenanciers de pubs, d'écrivains, de révolutionnaires, de magistrats et de policiers – tous des menteurs invétérés –, et voilà qu'aujourd'hui, son fils avait réussi à braquer contre eux Mlle Narcisa : quand elle lui avait demandé ce qu'il pensait de sa couleur de cheveux, il avait répondu que ça ne faisait pas naturel.

Mlle Narcisa Rusen était la gouvernante de leur maison à Ybor. Elle veillait à approvisionner la glacière, lavait les draps deux fois par semaine, préparait les repas et s'occupait de Tomas lorsque Joe devait s'absenter pour raison professionnelle, ce qui lui arrivait souvent. La cinquantaine bien tassée, elle se teignait les cheveux tous les deux ou trois mois, comme beaucoup de ses semblables, sauf que la plupart choisissaient une nuance en rapport avec leur âge. Mlle Narcisa, elle, avait ordonné à la coloriste du Continental Beauty Shop de lui choisir un noir d'encre – le noir d'une route mouillée par une nuit sans lune –, qui contrastait d'autant plus avec son teint d'un blanc crayeux.

– C'est comme une perruque, insista Tomas, tandis qu'ils traversaient Tampa pour se rendre à la messe du dimanche au Sacré-Cœur.

– Peut-être. N'empêche, ce n'était pas la chose à dire.

– C'est elle qui m'a demandé.

– Quand elle te pose une question de ce genre, tu dois lui répondre ce qu'elle veut entendre.

– Mais c'est mentir, papa !

– Pas exactement, commença Joe, qui tenta de refréner son exaspération. C'est plutôt un petit arrangement avec la vérité. Il y a une différence.

– Laquelle ?

– Les petits arrangements avec la vérité sont inoffensifs. Les mensonges normaux sont souvent graves et font du mal.

Tomas l'observa quelques instants, les yeux plissés. Joe lui-même s'était perdu dans ses explications. Il tenta une autre approche.

– Lorsque tu fais une bêtise, et que tu affirmes que tu n'y es pour rien quand quelqu'un – moi, les bonnes sœurs, les prêtres ou Mlle Narcisa – te demande si c'est toi le responsable, alors c'est un mensonge et ce n'est pas bien.

– C'est un péché.

– D'accord, c'est un péché, convint Joe, avec le sentiment que son fils cherchait à l'acculer dans ses retranchements. Mais si tu dis à une femme qu'elle est jolie dans cette robe alors que tu ne le penses pas, ou si tu dis à un ami… (Joe claqua des doigts.) Comment s'appelle ton copain, déjà ? Celui qui porte d'énormes lunettes.

– Matthew ?

– Matthew Rigert, c'est ça. Bon, imagine que tu dises à Matthew qu'il joue bien au base-ball. Ce serait gentil de ta part, pas vrai ?

– Je risque pas de lui dire ça : il est même pas fichu de frapper ! Ni de rattraper. Il lance la balle à presque deux mètres au-dessus de ma tête.

– Il pourrait te demander s'il a des chances de s'améliorer un jour…

– Je répondrais que ça m'étonnerait.

Joe regarda son fils. Il en venait parfois à s'interroger sur leur lien de parenté.

– Tu tiens de ta mère.

– Tu me le répètes tout le temps, en ce moment.

– Ah bon ? Alors, c'est que ça doit être vrai.

Si Tomas avait les cheveux noirs de Graciela, ses traits rappelaient ceux de son père : nez fin et bouche bien dessinée, mâchoire carrée, pommettes saillantes. Il avait également hérité des yeux bruns de sa mère, mais aussi de sa myopie, et il portait des lunettes depuis qu'il avait six ans. C'était un petit garçon d'un naturel plutôt réservé, pourtant Joe savait que ce calme apparent dissimulait un penchant et un don pour le mélodrame qu'il attribuait à Graciela, ainsi qu'un humour pince-sans-rire et un goût pour l'absurde qu'il se souvenait d'avoir eus au même âge.

Quand Joe tourna dans Twiggs Street, il vit apparaître la flèche du Sacré-Cœur, qui se trouvait trois cents mètres plus loin, tandis que les voitures devant lui ralentissaient jusqu'à rouler au pas. Tous les parkings alentour se remplissaient peu à peu, et les files d'attente s'étiraient jusque dans les rues voisines. Il était impossible de s'y garer le dimanche, à moins d'arriver une bonne demi-heure avant le début de l'office. Et encore, ce n'était pas gagné. Joe jeta un coup d'œil à sa montre : ils avaient quarante-cinq minutes d'avance.

En ce printemps 1943, tout le monde priait. L'église pouvait accueillir huit cents fidèles, qui se retrouveraient serrés sur les bancs plus étroitement que des sardines dans une boîte. Des mères prieraient pour leurs fils partis en Europe ; d'autres, pour l'âme de ceux qui leur étaient revenus récemment dans un cercueil. Des épouses et des fiancées se joindraient à elles. Des hommes qui n'avaient pas été appelés sous les drapeaux prieraient pour avoir une seconde chance ou, secrètement, pour que leur numéro ne soit jamais tiré. Des pères prieraient pour que leurs fils rentrent au bercail ou, sinon, pour qu'ils se comportent bien sur le champ de bataille – « quoi qu'il advienne, mon Dieu, faites qu'il ne se conduise pas en lâche. » Des citoyens de tous bords s'agenouilleraient et prieraient pour que la guerre reste « là-bas » et ne revienne plus jamais « ici ». Certains, pressentant l'imminence de la Fin des Temps, demanderaient à Dieu de poser Son regard sur eux et de les considérer tels qu'ils étaient : des membres de Son équipe, pieux et suppliants.

Joe tendit le cou pour compter les voitures qui le séparaient de l'entrée du parking le plus proche. Il dénombra une vingtaine de véhicules jusqu'à celui situé juste après Morgan Street. Des feux de stop s'allumèrent brusquement devant lui, l'obligeant à piler net encore une fois. Le chef de la police et sa femme passèrent sur le trottoir en bavardant avec Rance Tuckston, le président de la First National Bank. Ils étaient suivis par Hayley Gramercy, propriétaire de la chaîne de magasins d'alimentation All American, et son épouse, Trudy.

– Regarde ! s'exclama Tomas en agitant la main. C'est oncle D., là-bas.

– D'où il est, il ne peut pas nous voir, dit Joe.

Dion Bartolo, chef de la famille qui portait son nom, venait d'émerger d'un parking un peu plus loin sur la droite, où une pancarte à l'entrée indiquait : « COMPLET ». Il était flanqué de deux gardes du corps, Mike Aubrey et Geoff le Finlandais. Dion était grand, et il avait toujours été gros, mais depuis quelque temps il flottait dans ses vêtements et ses joues s'étaient creusées. Des rumeurs circulaient dans leurs cercles d'associés et de partenaires, selon lesquelles il serait malade. Joe, qui le connaissait mieux que quiconque, savait qu'il n'en était rien. Pour autant, personne d'autre n'avait besoin de connaître la vérité.

Dion boutonna sa veste puis fit signe à ses hommes de l'imiter. Ils se dirigèrent ensuite vers l'église, offrant l'image même de la toute-puissance. Joe en avait fait l'expérience lui aussi, autrefois ; à une certaine époque, il n'allait jamais nulle part sans ses gardes du corps, qui le protégeaient jour et nuit. Aujourd'hui, il ne les regrettait pas. Pas un seul instant. Ce qu'on ne dit pas à propos du pouvoir absolu, c'est qu'il n'est jamais absolu : à partir du moment où on le détient, il y a toujours quelqu'un pour chercher à s'en emparer. C'est ainsi que les princes peuvent dormir sur leurs deux oreilles, mais pas les rois, qui guettent toujours le craquement d'une latte de plancher, le plus léger couinement d'une charnière…

Une nouvelle fois, Joe compta les voitures devant lui : neuf ou dix.

Toutes les personnalités qui se placeraient au premier rang pendant l'office marchaient sur les trottoirs ou se rassemblaient devant l'église. Le jeune maire séduisant, Jonathan Belgrave, et sa ravissante épouse Vanessa, encore plus jeune, échangeaient des plaisanteries avec Allison Picot et Deborah Minshew, dont les maris étaient partis se battre en Europe. S'ils ne devaient pas revenir, chuchotait-on dans la bonne société, elles surmonteraient l'épreuve plus facilement que d'autres : toutes deux appartenaient à de vieilles familles de Tampa, de celles qui avaient des rues et des services hospitaliers à leur nom. Leurs conjoints, eux, s'étaient mariés au-dessus de leur condition.

Tomas, qui avait toujours le nez dans un bouquin, tourna une page de son livre d'histoire et déclara soudain :

– Je t'avais bien dit qu'on serait en retard.

– On n'est pas en retard, répliqua Joe. On est même encore en avance, sauf que les autres le sont plus que nous.

Son fils le gratifia d'un regard appuyé en relevant un sourcil.

Joe vit le feu de circulation au croisement suivant passer du rouge au vert. Aucune voiture ne bougea, et le feu passa à l'orange, puis de nouveau au rouge. Pour se changer les idées, il alluma la radio, pensant entendre des nouvelles de la guerre, qui étaient diffusées en permanence, comme s'il n'y avait rien d'autre à annoncer, comme si les gens n'avaient plus besoin de connaître les conditions météo ni les cotations boursières. Il fut cependant désagréablement surpris d'entendre le compte-rendu haletant du vaste coup de filet opéré la veille à la sortie d'Ybor contre les trafiquants de narcotiques.

« Ici, dans le quartier nègre de la ville, au sud de la Onzième Avenue, disait le présentateur d'un ton laissant supposer qu'il parlait d'un quartier où seuls les têtes brûlées et les inconscients osaient s'aventurer, la police a saisi quatorze livres de narcotiques et échangé des coups de feu avec des gangsters violents, tous des nègres et des ressortissants italiens. Le capitaine Edson Miller, de la police de Tampa, a déclaré que ses hommes fouillaient dans le passé de tous les Italiens arrêtés pour s'assurer qu'aucun n'était un saboteur envoyé par Mussolini. Quatre suspects ont été tués par la police, et un cinquième, Walter Grimes, s'est suicidé alors qu'il était en garde à vue. Le capitaine Miller a également déclaré que la police avait surveillé l'entrepôt de narcotiques pendant des mois avant d'organiser la descente d'hier soir… »

Refusant d'écouter d'autres mensonges, Joe éteignit l'autoradio. Wally Grimes, se donner la mort ? Est-ce que le soleil était suicidaire ? Sans compter que tous les « ressortissants italiens » étaient nés aux États-Unis, et que l'« entrepôt » de narcotiques n'en était pas un : il s'agissait d'un laboratoire clandestin qui avait été mis en service pour la première fois le vendredi soir, aussi était-il impossible qu'on l'ait surveillé depuis « des mois ».

Ce n'étaient cependant pas les mensonges qui le consternaient le plus, mais le nombre de morts, dont un expert ès stupéfiants et plusieurs bons soldats de rue, à une époque où les hommes courageux, compétents et valides faisaient cruellement défaut.

– Est-ce que je suis un nègre ? demanda soudain Tomas.

Joe tourna vivement la tête vers lui.

– *Quoi ?*

Du menton, l'enfant indiqua la radio.

– J'en suis un, moi aussi ?

– Qui t'a dit ça ?

– Martha Comstock. Y a des garçons à l'école qui m'ont traité de métèque, mais Martha a dit : « Non, c'est un nègre. »

– Tu veux parler de cette petite truie à triple menton qui la ramène tout le temps ?

Un sourire fugace éclaira le visage de Tomas.

– C'est ça.

– Elle a vraiment employé ce mot ?

– Oui, mais ça me dérange pas.

– Faux, je sais que ça te dérange.

– Je suis quoi, alors ? À moitié nègre ?

– Eh ! Tu m'as déjà entendu employer ce mot ?

– Non.

– Tu sais pourquoi ?

– Non.

– Personnellement, il ne me choque pas, mais ta mère le détestait.

– Bon, d'accord. Est-ce que je suis à moitié noir ?

Joe haussa les épaules.

– Tout ce que je peux te dire, c'est que certains de ses ancêtres étaient des esclaves. Donc, elle devait descendre d'une lignée africaine, qui s'est ensuite mélangée à des Espagnols et à quelques Blancs. (Une nouvelle fois, Joe écrasa la pédale de frein pour ne pas percuter la voiture devant eux. Il appuya ensuite sa nuque contre le dossier du siège.) Ce que j'aimais chez ta mère, entre autres, c'est que le monde entier se reflétait sur son visage. Quand je la regardais, j'avais parfois l'impression de voir une *condesa* se promener dans son vignoble en Espagne. À d'autres moments, je voyais une Africaine rapporter à sa tribu de l'eau de la rivière. Je voyais tes ancêtres traverser des déserts et des océans, ou marcher dans les rues de la vieille ville en chemise à manches bouffantes, une épée au côté… (Le véhicule qui les précédait avança. Joe se redressa, relâcha le frein et enclencha la première, avant de soupirer si doucement que Tomas se demanda s'il en avait eu conscience.) Ta mère avait un visage magnifique.

– Et t'y voyais vraiment tout ça ?

– Pas tous les jours. La plupart du temps, je voyais juste ta mère. (Joe lui adressa un clin d'œil.) Mais après quelques verres, qui sait ce que je pouvais encore découvrir ?

Tomas pouffa, et Joe lui tapota la nuque.

– Est-ce que les gens traitaient maman de « négresse » ?

– Pas devant moi, répondit Joe d'un ton glacial.

– Mais tu savais qu'ils le pensaient, hein, papa ?

Joe esquissa un sourire.

– Je ne me suis jamais trop soucié de l'opinion des inconnus, fiston.

– Est-ce que tu te soucies de l'opinion de quelqu'un, papa ?

– De la tienne, oui. Et de celle de ta maman.

– Elle est morte.

– Oui, mais j'aime croire qu'elle nous voit. (Joe baissa sa vitre et alluma une cigarette. Il la tint de la main gauche et laissa pendre son bras le long de la portière.) Je prends aussi en compte l'opinion de ton oncle Dion.

– Même si c'est pas ton frère.

– À bien des égards, il m'est plus proche que mes vrais frères. (Joe ramena son bras gauche le temps de tirer une bouffée de sa cigarette, puis le laissa de nouveau pendre à l'extérieur.) Je me souciais aussi de ce que pensait mon père, même s'il ne s'en jamais douté. Voilà, je crois que j'ai fait le tour de la question. (Il adressa un sourire triste à son fils.) Il n'y a pas de place dans mon cœur pour les autres. Oh, je n'ai rien contre eux, c'est juste qu'ils m'indiffèrent.

– T'es pas triste pour les gens qui sont partis à la guerre ?

– Je ne les connais pas. (Joe tourna la tête vers la vitre.) Alors, qu'ils vivent ou qu'ils meurent, ça m'est parfaitement égal.

Tomas songea à tous les morts en Europe, en Russie et dans le Pacifique. Il rêvait parfois de milliers de corps ensanglantés et brisés gisant sur la terre noire des champs ou sur le pavé des places, membres tordus, bouche à jamais ouverte sur un cri. Il aurait tellement voulu se battre à leurs côtés, et tenter d'en sauver au moins un…

Mais son père, lui, portait sur la guerre le même regard que sur beaucoup de choses : pour lui, c'était avant tout une occasion de gagner plus d'argent.

– Alors, je devrais pas écouter les autres, c'est ça ?

– Exactement, confirma Joe. La bave du crapaud, blablabla…

– D'accord. Je vais essayer.

– C'est bien.

Joe lui adressa un sourire confiant, comme si tout était arrangé, et ils se rapprochèrent encore du parking.

Ils croisèrent Rico DiGiacomo qui en sortait. Joe l'avait employé comme garde du corps avant de comprendre, six ans plus tôt, qu'il n'avait plus besoin de protection et que, de toute façon, cet homme-là était trop intelligent et doué pour se retrouver cantonné dans ce rôle. En guise de salut, Rico donna un petit coup sur le capot en se fendant de ce sourire éblouissant pour lequel il était célèbre – un sourire capable d'illuminer un terrain de foot la nuit suffisamment longtemps pour terminer le match. Il était accompagné de son frère Freddy, et de leur mère Olivia. La vieille dame, tout de noir vêtue, évoquait une apparition malfaisante dans un film de Karloff, surgie de la lande pendant que tout le monde dormait.

Alors que les DiGiacomo s'éloignaient, Tomas lança :

– Qu'est-ce qu'on fera si toutes les places sont prises ?

– Il ne reste qu'une voiture devant nous, répondit Joe.

– Mais peut-être qu'ils en laisseront pas entrer d'autres…

– À quoi ça pourrait m'avancer de tenir un raisonnement pareil ?

– Je me disais juste que c'était une possibilité.

Surpris, Joe le regarda une nouvelle fois.

– Des fois, je me demande si t'es bien mon fils…

– Ça, y a que toi qui le sais, répliqua Tomas, avant de se replonger dans son livre.

4

Absence

Joe et Tomas s'assirent au fond de l'église, parce qu'ils étaient arrivés plus tard que la majorité des paroissiens, mais aussi parce que Joe préférait toujours se placer près d'une issue, quelle que soit la pièce où il entrait.

Outre Dion (à gauche sur le premier banc) et Rico DiGiacomo (à droite sur le cinquième), Joe repéra certains de ses associés – tous des tueurs –, et se demanda ce que Jésus penserait S'il les voyait en ce moment même et lisait dans leurs pensées.

Eh, une minute ! se dirait-Il. *Je crois que vous n'avez pas bien saisi le message.*

En chaire, le père Ruttle s'était lancé dans un sermon sur l'enfer. Il cita tous les tourments attendus – flammes, démons armés de fourches, oiseaux qui vous dévorent le foie –, avant de donner à son discours une tournure que Joe trouva déconcertante.

– Mais qu'y a-t-il de pire que tous ces châtiments ? La Genèse nous apprend que notre Seigneur vit Adam et dit : « Il n'est pas bon que l'homme soit seul. » Alors Il créa Ève. Oui, c'est vrai, Ève introduisit le chaos et la trahison au paradis, et nous condamna à tous subir les conséquences du péché originel. C'est vrai, et le Seigneur savait forcément que cela se produirait, car Il sait tout. Pourtant, il l'a créée pour Adam. Pourquoi ? Interrogez-vous : pourquoi ?

Joe balaya l'assemblée du regard, à la recherche de quelqu'un qui, en plus de Tomas, aurait réellement l'air de réfléchir à la question. Pour la plupart, les fidèles donnaient l'impression de récapituler mentalement leur liste de courses ou de composer le menu du dîner.

– Il a créé Ève, reprit le père Ruttle, parce qu'Il ne supportait pas de savoir Adam seul. La solitude, voyez-vous, est le plus terrible des châtiments de l'enfer. (Il frappa le pupitre avec le côté de son poing, et les fidèles parurent s'éveiller.) L'enfer, c'est l'absence de Dieu. (Nouveau coup de poing sur le bois ouvragé.) C'est l'absence de lumière. L'absence d'amour. (Il tendit le cou pour embrasser du regard les huit cents âmes rassemblées devant lui.) Vous comprenez ?

Les fidèles n'étaient pas baptistes ; ils n'étaient pas censés répondre. Des murmures s'élevèrent néanmoins de la foule.

– Ayez foi en Dieu, dit le prêtre. Honorez-Le et repentez-vous de vos péchés, dit-il encore, et Il vous accueillera en Son royaume. Mais si vous ne vous repentez pas… (Il s'interrompit un instant pour les regarder.) Vous serez chassés de Sa vue.

C'étaient les intonations du père Ruttle, comprit Joe, qui avaient frappé son auditoire. En temps normal, sa voix était douce et plutôt neutre, mais le sermon du jour l'avait altérée, de même qu'il l'avait altéré, lui. Elle s'accompagnait d'une profonde expression de détresse et de chagrin, comme si le sujet de son prêche – l'enfer en tant que vide abyssal auquel il était impossible d'échapper – était presque trop désespérant pour qu'il puisse le concevoir.

– Veuillez vous lever.

Père et fils se mirent debout en même temps que le reste de l'assemblée. Joe avait toujours réussi à s'arranger avec la notion de repentir. Pour se racheter – dans la mesure où un homme ayant commis autant de péchés que lui pouvait envisager un salut –, il avait investi des milliers de dollars dans des hôpitaux, des écoles, des refuges, des routes et des installations sanitaires, non seulement à Boston, où il avait grandi et possédait plusieurs affaires, et à Ybor City, sa ville d'adoption, mais aussi à Cuba, au pays du tabac, où il vivait une bonne partie de l'année.

Pendant quelques minutes, pourtant, il en vint à se dire que le vieux prêtre avait peut-être raison. L'un de ses secrets les mieux gardés, c'était la terreur que lui inspirait la solitude. Il n'avait pas peur d'être seul – au contraire, il aimait cela –, mais la solitude qu'il avait choisie était de celle qu'on peut rompre d'un claquement de doigts. Il la comblait par le travail, la philanthropie, l'éducation de Tomas. Il la maîtrisait.

Enfant, il n'avait eu aucun contrôle sur elle. Par une cruelle ironie du sort, elle lui avait été imposée par cette même famille qui voyait en lui un enfant trop solitaire.

Il jeta un coup d'œil à son fils, dont il ébouriffa les cheveux. Tomas le gratifia en retour d'un coup d'œil légèrement intrigué, suivi d'un sourire plein de douceur. Il reporta ensuite son attention sur l'autel.

Tu te poseras beaucoup de questions à mon sujet quand tu grandiras, songea Joe en posant sa main sur la nuque de l'enfant, mais tu ne te sentiras jamais mal-aimé, indésirable ou seul.

5

Négociations

Les conversations après la messe duraient souvent aussi longtemps que l'office lui-même.

À la sortie de l'église, le maire et sa femme s'immobilisèrent en haut des marches dans la belle lumière matinale, et aussitôt la foule se pressa autour d'eux. Dion inclina la tête à l'adresse de Joe, qui lui rendit son salut, avant d'entraîner Tomas au milieu des groupes, puis de tourner au coin de l'édifice. L'école paroissiale située derrière possédait deux cours de récréation. Les hommes de la Bande se retrouvaient tous les dimanches dans la première, clôturée, pour parler affaires ; leurs proches se rassemblaient dans l'autre, moins grande, réservée la semaine aux plus jeunes écoliers.

Alors que son père s'arrêtait à l'entrée de la première, Tomas se dirigea vers la seconde. Un sentiment d'impuissance teinté de tristesse serra le cœur de Joe quand il vit son fils s'éloigner. La vie était un deuil permanent, il le savait. Néanmoins, il en avait une conscience plus aiguë qu'avant. D'ici à huit ans, Tomas entrerait à l'université, et chaque fois qu'il partait faire seul quelque chose – n'importe quoi –, Joe avait l'impression qu'il sortait de sa vie.

Il avait longtemps eu peur que son enfant, privé trop tôt de sa mère, ne s'endurcisse au point de devenir insensible. Tomas avait grandi dans un monde d'hommes ; même Mlle Narcisa, avec ses manières brusques, son air sévère et sa répulsion viscérale envers toute forme d'effusion, était, comme l'avait souvent fait remarquer Dion, plus masculine que la plupart d'entre eux. Depuis son plus jeune âge, il baignait dans une culture militaire, où les soldats autour de lui portaient tous une arme cachée sur eux ; il n'était pas aveugle, il en avait forcément aperçu quelques-unes au fil des ans. Certains d'entre eux disparaissaient parfois du jour au lendemain, sans qu'il sache ce qui leur était arrivé, puisque personne ne les mentionnait plus. Dans ces conditions, Joe était toujours étonné de voir son fils, qui n'avait jamais connu la tendresse dans sa vie, affirmer un caractère tranquille et doux. S'il trouvait sur la galerie un lézard affaibli par la chaleur (il y en avait beaucoup l'été, déjà en voie de calcification), il le récupérait à l'aide d'une pochette d'allumettes et l'emportait dans le jardin, où il le relâchait sur la terre humide à l'ombre des feuillages. Plus jeune, il s'était toujours lié d'amitié avec les garçons malmenés chez eux ou à l'école. Il n'était pas sportif, ou du moins ne manifestait aucun intérêt pour le sport. Ses notes étaient moyennes, pourtant tous ses professeurs s'accordaient à dire qu'il avait l'esprit vif. Il aimait peindre et dessiner au crayon gras. Ses peintures figuraient en général des villes aux édifices toujours inexplicablement penchés, comme s'ils étaient bâtis sur un sol instable ; tous ses dessins représentaient sa mère. Il n'y avait qu'une photographie d'elle dans la maison, qui la montrait le visage en partie dans l'ombre, mais avec le temps les illustrations de Tomas avaient atteint un degré de ressemblance d'autant plus troublant qu'il venait de fêter son deuxième anniversaire lorsqu'elle était morte.

Joe lui avait posé la question une fois : « Comment peux-tu savoir à quoi elle ressemblait à partir d'une seule photo ? Tu te souviens d'elle ?

– Non », avait répondu Tomas. Sa voix n'exprimait pas d'émotion particulière. C'était comme si son père évoquait n'importe quel autre élément caractéristique de cette période : Est-ce que tu te souviens de ton berceau ? De ton ours en peluche ? De ce chien qu'on avait à Cuba, qui s'est fait écraser par un camion de tabac ? Non.

« Alors, comment se fait-il que tu parviennes à rendre aussi bien son visage ?

– C'est grâce à toi.

– À moi ? »

Tomas avait confirmé d'un signe de tête. « T'étais toujours en train de la comparer à quelque chose. Des fois, tu me disais : "Ta mère avait les cheveux de cette couleur, mais ils étaient plus épais", ou "Ta mère avait aussi des grains de beauté, mais sur l'épaule".

– Ah bon ? »

Nouveau signe de tête. « Tu me parlais tout le temps d'elle, avant.

– Comment ça, "avant" ? »

Tomas l'avait regardé droit dans les yeux. « Plus maintenant. Plus beaucoup, en tout cas. »

Contrairement à son fils, Joe savait pourquoi, et il avait adressé des excuses silencieuses à Graciela. « Pardon, mon amour. Même toi, tu t'effaces. »

Après avoir ordonné à ses gardes du corps de s'éloigner, Dion échangea une poignée de main avec Joe, puis ils attendirent les frères DiGiacomo dans les longues ombres que projetait l'église.

Les deux hommes étaient amis depuis l'époque où, gamins, ils traînaient ensemble dans les rues de Boston. Ils avaient tous les deux été des hors-la-loi, avant de devenir des criminels et des gangsters. Dion avait autrefois travaillé pour Joe. Aujourd'hui, c'était Joe qui travaillait pour lui – plus ou moins : les détails de leur arrangement pouvaient paraître nébuleux. Joe lui avait cédé son fauteuil de grand patron, mais restait un membre actif de la Commission. Or, si un chef de famille avait plus de pouvoir que n'importe lequel de ses membres, la Commission dans son ensemble en avait plus que n'importe quel chef de famille – un principe qui, parfois, compliquait les choses.

Ils n'eurent pas à patienter longtemps pour voir arriver les frères DiGiacomo, même si le charme de Rico, associé à son physique d'idole du cinéma, lui avait valu pas mal de poignées de main en cours de route. Pour sa part, Freddy avait comme d'habitude l'air renfrogné et dépassé par les événements. C'était l'aîné, mais la loterie génétique avait favorisé son cadet : Rico possédait le physique, la suavité et l'intelligence ; Freddy n'avait reçu en héritage que le gène de l'insatisfaction permanente, le sentiment obsessionnel d'avoir été lésé. De l'avis général, Freddy DiGiacomo était un bon gagneur – beaucoup moins bon que son frère, s'entend –, mais étant donné son penchant pour la violence inutile et les questions suscitées par ses pratiques sexuelles, personne ne doutait que, sans Rico, il serait resté à jamais simple soldat de rue.

Ils se serrèrent tous la main, Rico accompagnant le geste d'une bourrade sur l'épaule de Joe et d'une pichenette amicale sur la joue de Dion, avant d'entrer dans le vif du sujet.

Le premier point à l'ordre du jour concernait les mesures à prendre vis-à-vis des proches de Shel Gold, maintenant que ce dernier avait contracté une maladie musculaire qui le clouait dans un fauteuil roulant. Shel Gold était juif, aussi n'appartenait-il pas à la Famille, mais pendant des années il avait fait gagner beaucoup d'argent à ses membres, sans compter que c'était un sacré comique. Au début, quand il avait commencé à chuter sans raison, et qu'une de ses paupières avait obstinément refusé de se relever, ils avaient tous cru à une blague. Mais aujourd'hui, il passait ses journées dans son fauteuil, ne parlait presque plus et était sans cesse agité de spasmes convulsifs. Il avait seulement quarante-cinq ans, trois gosses avec sa femme Esther et trois autres disséminés dans des quartiers de la ville à dominante basanée. Les quatre hommes décidèrent d'envoyer cinq cents dollars à Esther, ainsi qu'une corbeille de fruits.

Venait ensuite la question de savoir s'ils devaient demander à la Commission d'introniser Paul Battalia, qui avait calmé le jeu avec le syndicat local des éboueurs et réussi à doubler en six mois les bénéfices de la loterie héritée de Salvy Lapretto – preuve que ce dernier, mort six mois auparavant après trois crises cardiaques en une semaine, avait été le gangster le plus flemmard depuis Ralph Capone.

Rico DiGiacomo se demandait si Battalia n'était pas trop jeune pour être initié. Six ans plus tôt, alors que lui-même n'était encore qu'un gamin – il avait peut-être dix-neuf ans –, Joe l'avait encouragé à penser plus grand. Aujourd'hui, Rico se retrouvait à la tête de plusieurs officines de paris, de deux maisons closes et d'une société de transport de phosphate. Surtout, il contrôlait presque tous les hommes qui travaillaient sur les docks. Et, à l'image de Joe, il semblait avoir réussi à s'imposer sans se faire d'ennemis – un vrai miracle, dans leur milieu, encore plus impressionnant que transformer l'eau en vin ou diviser les flots d'une mer presque asséchée à marée basse. Dion lui fit remarquer que Paul Battalia avait un an de plus que lui quand il avait été accueilli dans l'organisation, et tous deux se tournèrent vers Joe. En tant qu'Irlandais, ce dernier ne pouvait pas être accepté dans la Famille mais, en tant que membre de la Commission, il était bien placé pour estimer les chances de Battalia.

– Même s'il est toujours possible de faire une exception, je dirais que les intronisations sont suspendues pendant toute la durée du conflit en Europe, déclara-t-il. Reste donc à déterminer si Battalia mérite d'être cette exception. (Il regarda son ami.) À ton avis ?

– On va le laisser encore un an sur le banc de touche, décréta Dion.

Plus loin, dans l'autre cour de récréation, Mme DiGiacomo chassait de la main un gosse qui s'était aventuré trop près d'elle. Freddy, le plus dévoué de ses fils, ne la quittait pas des yeux. Mais était-ce bien elle qu'il observait dans ce coin-là ? s'interrogea Joe une nouvelle fois. Il arrivait que l'aîné des DiGiacomo aille sous un prétexte quelconque chercher sa mère dans cette cour avant qu'elle n'en sorte, et quand il revenait, il y avait toujours des gouttes de sueur sur sa lèvre supérieure, et une lueur distraite dans son regard étrangement trouble.

En l'occurrence, il se détourna rapidement de Mme DiGiacomo et de la cour remplie d'enfants, puis plaqua le journal du matin contre son torse.

– Quelqu'un veut en parler ?

Un article sur la descente de police la veille dans l'entrepôt de la Ville brune occupait l'angle inférieur droit de la première page.

– Ça nous a coûté combien ? demanda Dion à l'adresse de Joe et de Rico.

– Jusque-là, environ deux cents mille dollars, répondit Joe.

– *Quoi ?*

– On y a laissé deux mois de stock, précisa-t-il.

– Sans parler des futures pertes quand la concurrence s'engouffrera dans la brèche et récupérera la clientèle, intervint Rico. Et sans parler non plus des pertes en effectifs : un mort dans le camp de Montooth, un dans le nôtre, plus neuf gars en taule, dont une moitié se chargeait des loteries, et l'autre de la collecte des taxes de protection. Il va falloir qu'on leur trouve des remplaçants, donc qu'on fasse monter en grade un certain nombre de soldats, à qui il faudra aussi trouver des remplaçants. Bref, c'est le bordel.

Dion posa la question à laquelle tous pensaient sans vouloir la formuler :

– Comment les flics ont-ils eu le tuyau ?

Rico agita les mains. Joe relâcha son souffle.

Ce fut Freddy qui énonça la conclusion évidente :

– On a une balance dans nos rangs. Ou les nègres en ont une dans les leurs. Je parierais sur les nègres.

– Pourquoi ? demanda Joe.

L'aîné des DiGiacomo parut dérouté.

– Ben, parce que c'est des nègres, Joe.

– Et d'après toi, ils ne se doutent pas qu'après une perte pareille pour nous, nos soupçons se porteront en premier sur eux ? Montooth Dix n'a rien d'un imbécile, Freddy. C'est même une putain de légende. Et il nous aurait balancés ? Dans quel but ?

– Ah ça..., répliqua Freddy. Peut-être qu'il s'est fait serrer par les flics ou qu'une de ses régulières avait pas sa carte verte ? Va savoir ce qui peut pousser un nègre à devenir une balance.

Joe jeta un coup d'œil à Dion, qui écarta les bras comme pour signifier que Freddy avait marqué un point.

– Les deux seules personnes en dehors de nous qui connaissaient l'emplacement du labo, c'étaient Montooth Dix et Wally Grimes, souligna-t-il.

– Et Wally Grimes n'est plus de ce monde, renchérit Rico.

– Ce qui est bien commode pour quelqu'un qui aurait dans l'idée de détrôner Montooth pour récupérer les loteries et la vente de narcotiques dans la Ville brune, conclut Joe.

– T'es en train de dire qu'on chercherait délibérément à faire passer Montooth Dix pour une balance ? s'enquit Freddy avec un petit sourire intrigué.

– Non, répondit Joe. Je dis juste que si Montooth nous a réellement balancés, ça ne peut qu'arranger tous ceux qui convoitent son commerce lucratif.

– Moi, je suis ici pour gagner du fric, affirma Freddy. C'est pour ça que notre Seigneur m'a mis sur cette terre. (Il se signa rapidement, puis haussa les épaules.) Alors, je vois pas pourquoi j'en aurais honte. Et Montooth Dix se fait tellement de pognon que c'est une menace pour nous tous.

– Pour nous tous, ou plus particulièrement pour toi ? rétorqua Joe. J'ai cru comprendre que tes gars avaient dérouillé quelques Noirs là-bas, Freddy.

– Quand on nous provoque, on répond.

– Tu ne crois pas qu'ils tiennent le même raisonnement ?

– Mais enfin, Joe, ce sont des nègres ! répliqua posément Freddy.

En plus d'être imbu de sa personne, arrogant et secrètement convaincu qu'il n'avait encore jamais rencontré d'esprit aussi brillant que le sien, Joe n'avait pas hésité, au cours de ses trente-six années d'existence, à tuer, voler, mutiler ou attaquer ses adversaires pour faire son chemin. Par conséquent, il s'estimait assez mal placé pour en remontrer à quiconque sur le plan de la morale. Mais dût-il vivre une centaine de vies, il ne comprendrait jamais les racistes. Il lui semblait que tous les peuples avaient, à un moment donné de leur histoire, été considérés comme les nègres d'un autre. Ainsi, dès que les Noirs accéderaient à la respectabilité, de nouveaux boucs émissaires seraient forcément désignés, peut-être par ceux-là mêmes qui venaient d'échapper à l'indignité.

Une énième fois, il en vint à se demander comment ils avaient pu laisser un homme tel que Freddy diriger sa propre bande. La réponse était cependant simple, liée au même problème qui se posait pour tout le monde depuis le début de cette guerre : on ne trouvait plus d'employés valables. En outre, c'était le frère de Rico, et il fallait parfois se résigner à ne pas séparer le bon grain de l'ivraie.

– Alors, qu'est-ce qu'on décide ? demanda-t-il à Dion.

Celui-ci, un œil fermé, tira sur son cigare.

– On trouve un moyen de débusquer cette taupe. D'ici là, personne ne fait rien, personne ne cherche les emmerdes. (Il rouvrit son œil et riva les deux sur les frères DiGiacomo.) C'est clair ?

– Comme de l'eau de roche, répondit Rico.

Quand Tomas eut rejoint son père dans la grande cour de récréation, tous deux retournèrent devant l'église. Ils se dirigeaient vers le parking lorsqu'ils croisèrent le maire et sa femme. Jonathan Belgrave porta la main à son chapeau en guise de salut. Sa jeune épouse gratifia le père et le fils d'un sourire aussi éclatant que dénué de chaleur.

– Ah, monsieur le maire ! lança l'élu, qui assortit sa plaisanterie d'un rire franc et d'une poignée de main ferme.

À l'époque où Joe dirigeait les opérations, dans les années 1920 et au début des années 1930, les Cubains et les Espagnols lui avaient donné le titre de « maire d'Ybor ». Même maintenant, l'expression apparaissait encore quelquefois dans certains articles de journaux où il était cité.

Il vit bien, à l'air pincé de Vanessa Belgrave, qu'elle ne l'appréciait pas.

Joe serra la main du maire officiel.

– C'est vous qui êtes à la tête de cette ville, monsieur. Personne n'en doute. Vous connaissez mon fils, Tomas ?

Jonathan Belgrave remonta son pantalon avant de se pencher pour serrer la main de l'enfant.

– Comment vas-tu, Tomas ?
– Bien, monsieur, merci.
– J'ai cru comprendre que tu parlais couramment espagnol ?
– Oui, monsieur.
– Il faudra que tu viennes m'épauler la prochaine fois que je négocierai avec le Circulo Cubano et les syndicats ouvriers du cigare.
– D'accord, monsieur.
– Très bien, mon jeune ami. Très bien. (Le maire étouffa un rire, donna une petite tape sur l'épaule de Tomas, puis se redressa.) Et vous connaissez Vanessa, bien sûr.
– Madame Belgrave, dit Joe.
– Monsieur Coughlin…

Même dans les plus hautes sphères de la société de Tampa, où l'on cultivait le snobisme et une réserve de rigueur, la froideur glaciale que Vanessa Belgrave manifestait envers ceux qu'elle ne jugeait pas convenables était légendaire.

Or elle n'appréciait pas du tout Joe. Il avait un jour refusé d'accéder à sa requête, parce qu'elle l'avait présentée comme s'il s'agissait d'un dû, et non d'une faveur qu'elle sollicitait. Son mari, fraîchement élu, était alors loin d'être aussi puissant qu'il l'était aujourd'hui, pourtant Joe avait arrondi les angles en acceptant de lui prêter une grue pour placer une statue du major Francis Dade devant la nouvelle station d'épuration. Depuis, les deux hommes se retrouvaient de temps à autre devant un verre et un steak au Bern's, mais Vanessa Belgrave avait de son côté fait clairement savoir qu'on ne l'amadouerait pas ainsi, que son opinion ne changerait pas. On l'avait entendue qualifier

Joe Coughlin de « gangster yankee, avec sa grossièreté de Yankee et son manque de tact de Yankee ».

Le maire adressa à sa femme un sourire encourageant.

– Vas-y, demande-lui.

Joe inclina la tête et se prépara à affronter la jeune femme. Sa réputation était si intimidante qu'il en oubliait souvent à quel point elle était jolie, avec sa chevelure d'un brun-roux profond qui rappelait la couleur du sang séché.

– Vous avez quelque chose à me demander, madame Belgrave ?

Elle dut se rendre compte qu'il prenait plaisir à cet échange, car ses lèvres se crispèrent légèrement avant que ses yeux bleu électrique ne se posent sur lui.

– Vous connaissez ma fondation, monsieur Coughlin ?

– Naturellement, répondit Joe.

– Eh bien, comme la plupart des œuvres de bienfaisance en ces temps de guerre, elle rencontre de grandes difficultés.

– J'en suis désolé.

– Pourtant, les vôtres semblent florissantes.

– Pardon ?

– Allons, monsieur Coughlin, je vous parle de vos réalisations ici même, à Tampa – dont ce nouveau foyer Corrales que vous avez fait construire à Lutz, destiné aux femmes.

– C'est la guerre qui veut ça, expliqua Joe. De plus en plus de femmes se retrouvent privées de leur mari et des moyens de subvenir aux besoins de leurs enfants. Et de plus en plus d'enfants perdent leur père.

– Oh, bien sûr, Joe, intervint Jonathan Belgrave. C'est incontestable. En attendant, toutes les organisations caritatives qui ne contribuent pas directement à l'effort de guerre ont vu leurs coffres se vider. Or, les vôtres ne paraissent pas trop affectées. Remarquez, grâce à cette réception que vous avez donnée juste avant Noël, vous avez dû réunir une coquette somme.

Un petit rire échappa à Joe, qui alluma une cigarette.

– Qu'attendez-vous de moi au juste ? Que je vous fournisse la liste de mes donateurs ?

– En fait, c'est exactement ce que j'espérais, répondit Vanessa Belgrave.

Joe toussota en soufflant la fumée.

– Vous êtes sérieuse ?

– Ce serait très maladroit de ma part de vous prier de me la remettre ici même. J'aimerais vous proposer une place au sein du conseil d'administration de la fondation Sloane.

Vanessa Belgrave, née Vanessa Sloane, était la fille unique d'Arthur et Eleanor Sloane, d'Atlanta. Les Sloane – célèbres pour leur place prépondérante dans le bois de construction, la banque et le textile, pour leurs villégiatures sur Jekyll Island, et pour leurs deux galas par semestre qui donnaient le ton de toutes les autres réceptions organisées chaque saison par la bonne société du Sud – pouvaient se targuer d'avoir eu des ancêtres généraux pendant la révolution et la guerre de Sécession. Ils représentaient ce que la Géorgie avait de plus proche à offrir en matière d'aristocratie.

– Il y a un siège vacant ?

– Oui, répondit le maire. Jeb Toschen est décédé.

– Navré de l'apprendre, dit Joe.

– Il avait quatre-vingt-douze ans, souligna son interlocuteur.

Joe sonda les yeux clairs de Vanessa Belgrave. Cette offre coûtait manifestement beaucoup à la jeune femme. En attendant, toutes les organisations caritatives coulaient, à part celles de Joe qui, sans être prospères, n'en étaient pas moins solides. Leur bonne santé financière tenait en partie aux fonds qu'il collectait, mais surtout à une stratégie qui visait à réduire les frais en diminuant de moitié les achats et les matériaux de construction.

– Demandez à quelqu'un d'appeler ma secrétaire, dit-il enfin.

– Dois-je considérer que c'est un oui ? s'enquit-elle.

– C'en est presque un, ma chérie, intervint son mari, qui sourit à Joe. Nous n'avons pas encore abordé la phase où elle se rend compte qu'une absence de négation induit toujours une réponse positive.

Elle sourit.

– À vrai dire, nous en sommes encore à celle où j'aime entendre un « oui » franc.

Joe lui tendit la main. Elle la serra.

– Faites appeler ma secrétaire demain matin. Je vous promets d'accorder à votre proposition toute l'attention qu'elle mérite.

La pression qu'elle exerçait sur les doigts de Joe s'accentua fortement, au point qu'il n'aurait pas été surpris de sentir ses propres os craquer ou d'entendre les dents de la jeune femme grincer.

– Entendu. Merci encore de m'avoir écoutée, monsieur Coughlin.

– Tout le plaisir a été pour moi, madame Belgrave.

6

Des noms portés par le vent

Lorsque Freddy DiGiacomo rejoignit Wyatt Pettigrue à la maternité de l'hôpital St. Joseph, celui-ci serrait dans ses bras sa fille qui venait de naître, tandis que sa cigarette se consumait dans le cendrier posé à côté de son genou. Sa femme Mae et lui n'avaient pas encore choisi le prénom du bébé, même si elle penchait pour « Velma », comme sa grand-mère. Wyatt avait bien tenté de défendre « Greta », mais Mae ne voulait plus en entendre parler depuis qu'elle l'avait surpris en train de feuilleter trop lentement un numéro de *Photoplay* dont Greta Garbo faisait la couverture.

Lorsque sœur Mary Theodore lui eut repris sa fille, Wyatt les regarda s'éloigner, son orgueil de père le disputant au soulagement d'être débarrassé de cette petite créature qui piaillait comme un porcelet tombé au fond d'un puits. Durant tout le temps où il l'avait tenue contre lui, il avait eu peur de la lâcher. Il avait aussi eu le sentiment qu'elle ne l'aimait pas ; elle ne le regardait pas – à vrai dire, elle ne regardait rien de particulier –, mais il lui avait semblé qu'elle percevait son odeur et qu'elle ne la trouvait pas à son goût. Il n'avait aucune idée de ce qu'il était censé faire à présent, de la façon dont il devrait réorganiser sa vie et ses priorités afin de satisfaire aux exigences de cet être minuscule et impossible à raisonner. Sa seule certitude, c'était qu'avec l'arrivée du bébé, il y aurait encore moins de place pour lui dans le cœur de Mae.

Oh, bon sang ! songea-t-il. Et dire qu'elle en veut encore trois…

– C'est une vraie beauté, Wyatt, déclara Freddy DiGiacomo. Elle n'a pas fini de briser les cœurs, celle-là. Ça se voit déjà.

– Merci.

– Tu dois être très fier.

– Je le suis.

Freddy lui donna une grande claque dans le dos.

– Alors, où sont les cigares ?

Wyatt les sortit de la poche de son veston. Il coupa la tête du premier puis l'alluma pour Freddy, qui tira dessus jusqu'à faire rougeoyer l'extrémité.

– Il va falloir que tu fasses ce que je t'ai demandé, Wyatt, dit-il.

– Maintenant ?

– Ce soir, ça ira.

Toute la famille de Mae était là, songea Wyatt. Une partie de ses membres s'entassait dans la chambre avec la jeune maman, les autres étaient restés au domicile des Pettigrue. Ces derniers attendaient qu'il rentre pour remplir la glacière qu'ils avaient vidée la veille au soir ; les autres, à l'hôpital, attendaient de lui qu'il soit aux petits soins pour sa femme, qui avait eu un accouchement difficile, ou du moins qu'il demeure auprès d'elle pendant qu'ils la réconfortaient. Quoi qu'il fasse, il en mécontenterait certains. Tous les proches de Mae – ses cinq frères, ses quatre sœurs, leur mère habitée par une colère rentrée et leur père par une colère débordante – l'avaient depuis longtemps jugé inférieur à eux. Aujourd'hui, les rares fois où ils lui prêtaient attention, c'était seulement le temps d'obtenir une confirmation de leur impression initiale.

– Je me demande comment je vais annoncer à Mae que je dois partir bosser, marmonna Wyatt.

Freddy sourit, le regard réchauffé par une lueur bienveillante.

– Tu sais ce que j'ai découvert ? C'est beaucoup plus facile de demander à une femme son pardon que sa permission. (Il récupéra son pardessus posé sur le dossier de sa chaise.) Tu viens ?

Wyatt Pettigrue avait été chargé, au cours des quelques semaines précédentes, de filer Montooth Dix dans le quartier nègre d'Ybor City. Si la tâche relevait de la mission impossible pour la plupart des Blancs, Wyatt pouvait compter sur sa seule caractéristique distinctive : sa capacité à passer inaperçu depuis qu'il était gamin. Quand il était encore à l'école, non seulement les enseignants ne l'interrogeaient jamais, mais ils avaient oublié à au moins deux reprises de le noter. Les bus transportant les équipes partaient souvent sans lui, ses collègues de travail l'affublaient régulièrement d'un autre prénom (« William », « Wesley » ou, inexplicablement, « Lloyd »), et on disait même que son père avait dû claquer des doigts plusieurs fois avant de se rappeler comment il s'appelait. Au cours des trois semaines écoulées, Wyatt Pettigrue avait pris sa voiture tous les jours pour se rendre à Ybor City, il avait traversé sans encombre la frontière entre Blancs et Noirs au niveau de la Onzième Avenue, et sillonné des rues où les seuls visages pâles que les habitants avaient vus en cinq ans étaient ceux de laitiers, de vendeurs de glace, de pompiers, de policiers et à l'occasion de leur propriétaire.

Il avait suivi Montooth Dix depuis les appartements qu'il occupait au-dessus d'une académie de billard jusque dans tous les lieux qu'il fréquentait : le café de la 10e Rue, la blanchisserie de la Huitième Avenue, le drugstore de Nebraska Avenue, la rôtisserie dans Meridian Avenue, et le cimetière minuscule mais bien entretenu de la 9e Rue. À l'exception du cimetière où, ainsi que l'avait découvert Wyatt, étaient enterrés le père du grand nègre, sa mère, deux de ses tantes et un de ses oncles, tous les autres établissements soit le payaient pour les protéger, soit collectaient pour lui les paris sur les numéros de la loterie, soit servaient de façade à ses distilleries illégales, qui représentaient encore une activité lucrative pour tous les vendeurs d'alcool dont les clients se foutaient royalement que leur bouteille comporte un sceau fédéral ou pas. Ceux de Montooth Dix en faisaient partie, et c'étaient les seuls individus encore plus invisibles que Wyatt Pettigrue. À Ybor City, au sein d'une communauté déjà amputée, les Afro-Cubains et les Afro-Américains se retrouvaient encore plus isolés par cette nuance de brun supplémentaire qui sépare une peau noire d'une peau caramel.

Montooth Dix était leur maire, leur gouverneur, leur roi. S'il prélevait une taxe en échange de ses services, il veillait à les assurer : il défendait les grévistes contre les casseurs de grève, laissaient des provisions sur le perron des malades, et était même allé, au cours d'une décennie marquée par les privations et la famine, jusqu'à effacer quelques ardoises quand les hommes partaient pour ne jamais revenir. La plupart de ses protégés l'aimaient, même ceux qui avaient une dette envers lui.

Et dont le nombre, récemment, avait eu une fâcheuse tendance à augmenter, ce qui n'était pas arrivé depuis un certain temps – du moins, depuis le début du redémarrage économique initié en 1938. Pour la seconde fois en un mois, plusieurs d'entre eux avaient pleuré misère au moment des versements hebdomadaires, aussi Montooth avait-il décidé d'aller personnellement jeter un coup d'œil à leurs comptes. Kincaid, le vendeur de fruits de la Neuvième Avenue, obtempéra dès qu'il le vit franchir l'entrée de son magasin. Du haut de son mètre quatre-vingt-cinq, généralement coiffé d'un chapeau qui le grandissait de presque dix centimètres, Montooth en imposait, et Kincaid fut le premier de trois débiteurs à trouver comme par miracle, et en un éclair, l'argent qu'il devait.

Ce qui permit à Montooth, qui se sentait de plus en plus fatigué – pas fatigué genre malade, plutôt fatigué genre lassé de tout ce bordel, de tout ce qu'il fallait mettre en œuvre pour tenir la barre avec fermeté –, d'éluder la question de savoir *pourquoi* les débiteurs s'étaient montrés aussi réticents à régler leur dû. S'il avait très exactement l'âge du siècle, il lui semblait néanmoins avoir pris un sacré coup de vieux en quelques mois. Au fond, se disait-il, le temps qui passe ne nous apprend qu'une chose : les nouvelles générations font les mêmes conneries que les précédentes. Personne ne retient la leçon. Personne n'évolue.

Montooth avait la nostalgie des jours d'antan, quand tout ronronnait, quand chacun était content de gagner de l'argent, d'en dépenser et de se lever le lendemain matin pour recommencer. Depuis longtemps déjà, il avait compris que l'époque où Joe Coughlin régnait en maître sur la ville avait constitué l'âge d'or pour tous ceux de leur milieu. Aujourd'hui, du moins tant que la guerre continuerait de les priver de leurs plus gros bras et de leurs meilleurs clients, ils étaient obligés de vivre dans l'expectative. Ce n'était pas la fin du monde, bien sûr, mais ce genre de situation avait tendance à agiter les esprits et à mettre les nerfs en pelote.

Ce fut seulement en fin de soirée, lorsqu'il débarqua chez Pearl Eyes Milton, le tailleur de la 10e Rue, pour s'entendre expliquer qu'on ne pouvait pas le payer, « pas cette semaine en tout cas, et peut-être pas la semaine prochaine non plus », que Montooth posa la question dont il ne voulait pas connaître la réponse :

– Pourquoi tu me fais ça, Pearl ?

– C'est pas contre vous, monsieur Dix, vous le savez bien.

– Non, justement, j'en sais rien.

– Je suis pas en fonds, c'est tout.

Montooth saisit une cravate en soie sur le présentoir près de lui et la fit glisser sur sa paume. Bon sang ! Depuis le début de cette guerre, il avait oublié à quel point la caresse de la soie était agréable.

– J'ai plus rien, insista Pearl Eyes, un gentil petit vieux, neuf fois grand-père.

Les yeux fixés sur le sol de son côté du comptoir, Montooth observa :

– Pourtant, tu laisses traîner par terre un billet de dix…

– Hein ?

– Un billet de dix dollars, négro, précisa Montooth, qui lui indiqua l'endroit avant de reculer d'un pas.

Pearl Eyes posa les coudes sur le comptoir et baissa la tête pour mieux voir. Montooth lui passa prestement la cravate autour du cou et serra fort en se penchant pour glisser quelques mots dans l'oreille rose et broussailleuse du vieil homme.

– Tu paies qui, puisque c'est pas moi ? Alors, qui ?

– Personne, je…

Montooth tira sur les extrémités de la cravate, hissa Pearl Eyes par-dessus le comptoir, le traîna sur le plancher et le relâcha. Le vieux tailleur s'effondra et resta un moment à gémir et à geindre.

Après avoir épousseté le sol avec un mouchoir qu'il avait pris sur un autre présentoir, Montooth s'assit en face de lui.

– Qu'est-ce que tu vends dans ta boutique, pépé ?

– Quoi ? articula le vieil homme entre moult toussotements et crachotements. Quoi ?

– Dis-moi ce que tu vends.

Pearl Eyes arracha la cravate toujours enroulée autour de son cou comme s'il s'agissait d'une créature vivante et la jeta loin de lui.

– Des… des vêtements.

– Non, les vêtements, c'est ce que tu entreposes. (Montooth secoua la tête et fit claquer sa langue.) Toi, tu vends de la classe. Quand nos frères entrent ici, ils veulent de l'élégance, ils cherchent une touche de raffinement. Tiens, prends ce costume que tu portes. À combien tu l'affiches ?

Nouvelle quinte de toux, cette fois plus sèche.

– Dans les quatre-vingts dollars.

– Quatre-vingts… Waouh ! (Montooth laissa échapper un petit sifflement admiratif.) La plupart des frères que je connais se les font même pas en un mois, mais toi, tu te fringues comme un prince et tu viens me dire que tu peux pas régler tes dettes ?

– Je…, commença Pearl Eyes, le regard rivé sur le sol.

– Alors, qui fauche mon fric dans ta poche avant que tu puisses me le donner ?

– Personne.

– D'accord, déclara Montooth en se redressant. C'est bon, j'ai compris.

Il se dirigea vers la porte.

– Hein ? Qu'est-ce que vous avez compris ? lança Pearl Eyes.

Montooth s'arrêta près d'une table couverte de chemises blanches et tourna la tête.

– Je vais envoyer un de mes gars te rendre visite, peut-être chez toi plus tard dans la soirée, ou peut-être demain matin ici, mais bientôt. Je ne peux pas m'en charger moi-même, vois-tu, parce qu'on a beau faire attention, y a toujours du sang qui gicle, et que j'ai rendez-vous tout à l'heure au Gin Gin Club avec ma deuxième femme.

– Du sang ? répéta le vieil homme, l'air abasourdi.

Montooth opina du chef.

– Il va te taillader la face, Pearl. La découper comme un poulet avant un pique-nique. Je ne suis pas sûr que tu puisses encore vendre de la classe et de l'élégance après ça. Bien le bonsoir.

Au moment où il atteignait la porte, il vit dans la rue une Plymouth grise se diriger vers le nord. Quelque chose dans cette voiture lui déplut, sans qu'il puisse se l'expliquer, mais il n'eut pas le loisir de s'interroger plus avant, car Pearl Eyes, près du comptoir, déclara soudain :

– Little Lamar.

Le vieil homme se leva en se frottant la gorge.

– Il dit qu'il va prendre le contrôle, monsieur Dix. Que vous êtes fini et que cette ville a maintenant un nouveau chef.

Montooth sourit.

– Toi et moi, on en reparlera quand je l'aurai chassé de ces rues et poussé dans sa tombe.

– Il dit qu'il a de quoi soutenir ses arrières.

– Moi aussi.

Le regard du tailleur s'emplit d'une pitié teintée de lassitude qui ébranla Montooth jusqu'au plus profond de son être.

– Le bruit circule que la seule chose qui soutient encore vos arrières, fils, c'est votre fichue colonne vertébrale. Vous aviez peut-être vos entrées dans le monde des Blancs, mais c'est terminé.

Montooth regarda le vieil homme s'avancer vers lui d'un pas traînant. Pearl Eyes Milton tira sur les poignets de sa chemise, révélant la paire de boutons de manchettes en diamant dont il ne se séparait jamais, censée avoir appartenu à un Blanc de Philadelphie qui avait été député-maire au moins un siècle plus tôt. Il les ôta et les lui tendit.

– Ça représente plus d'un mois de ce que je vous dois. Prenez-les. C'est tout ce que j'ai.

Il les fit tomber dans la paume de Montooth.

– Je vais m'occuper de Lamar, déclara ce dernier. Tout ce que t'as entendu, c'est que du vent.

– Le vent du changement, peut-être, murmura Pearl Eyes. Je suis assez vieux pour savoir le reconnaître quand je le sens dans mes cheveux.

De nouveau, Montooth sourit.

– T'en as plus beaucoup, des cheveux.

– Parce que le vent les a emportés, répliqua le vieil homme, qui lui tourna le dos et rentra dans sa boutique.

À peine Montooth était-il sorti sur le trottoir que la Plymouth P4 grise émergea de l'obscurité. Elle se dirigeait vers le sud, cette fois. Droit vers lui. Remarquant la vitre arrière baissée, Montooth n'attendit pas de voir surgir le canon d'une arme ; il se jeta derrière la voiture en stationnement la plus proche et progressa à quatre pattes.

Les douilles métalliques crépitèrent sur la carrosserie comme si on y avait jeté un plein seau d'écrous. Certaines touchèrent aussi le bâtiment derrière lui, faisant jaillir des étincelles de la brique. Les vitres des véhicules garés en amont et en aval explosèrent, tandis que Montooth crapahutait vers la ruelle latérale. On lui avait déjà tiré dessus à la mitraillette, pendant la guerre, mais ça remontait à presque vingt ans. Or un vacarme pareil – cette averse de grêle mortelle, toutes ces putains de balles qui ricochaient partout, *ping ping ping* – avait de quoi faire perdre la tête et, pendant un moment, il en oublia pourquoi il était dans cette rue. Il en oublia même son nom.

Mais pour rien au monde il ne se serait arrêté. Il comprenait à un niveau instinctif, comme un bébé sait qu'il doit pleurer pour signifier qu'il a faim, qu'il devait continuer d'avancer, quitte à ramper, à s'arracher les ongles sur le trottoir. Au moment où il atteignait la dernière voiture avant l'entrée du passage, elle s'affaissa brusquement ; le salopard à la mitraillette avait tiré dans les pneus côté passager.

La fusillade cessa.

Première possibilité : le salopard rechargeait. Deuxième possibilité : il avait une idée plus ou moins précise de l'endroit où se cachait sa cible, et il le visait en attendant qu'elle se montre. Montooth Dix dégaina une de ses armes : le .44 Spécial à canon long que son oncle Reno lui avait donné en 1923 – la plus fiable de son artillerie personnelle.

Il y avait une troisième possibilité : le salopard savait exactement où se cachait sa cible et se préparait à aller finir le boulot.

C'était le pire scénario. Si le tireur descendait maintenant de cette Plymouth, il n'aurait qu'à faire trois grandes enjambées pour le rejoindre, mitraillette au poing. Fin de la putain de discussion. Alors que l'écho des détonations refluait peu à peu, Montooth distingua le bruit du moteur qui tournait au ralenti, puis le claquement, reconnaissable entre tous, d'un chargeur inséré dans la Thompson.

Bon, songea-t-il en levant les yeux vers le ciel d'encre envahi par des nuages gris et bas, on juge toujours mieux d'une situation avec un peu de recul, non ?

Il glissa le revolver dans sa poche, appuya ses paumes sur le trottoir et bondit tel un coureur s'élançant des starting-blocks. Il fonça droit vers la ruelle, dont il venait d'atteindre l'entrée quand il entendit les deux Blancs crier. Il n'eut pas besoin de comprendre ce qu'ils disaient : la teneur de leur échange ne laissa planer aucun doute quand la nuit s'emplit de nouveau d'un fracas de marteau-piqueur.

Montooth courut sous les balles qui entaillaient les murs de part et d'autre, lui projetant au visage des fragments de brique. Il courut comme il n'en avait plus eu l'occasion depuis l'époque des tranchées, en France – comme s'il était redevenu un jeune homme, comme si ses poumons ne risquaient pas de lâcher et son cœur de flancher. « Eh, gamin, qu'est-ce que tu fous de ta jeunesse, toi ? aurait-il voulu crier au tireur. Même si tu vivais dix vies, tu verrais pas la moitié des jolis minous que j'ai vus, tu connaîtrais pas la moitié de mes joies, tu ferais pas la moitié de ce que j'ai fait ! T'es rien, t'entends ? Moi, je suis Montooth Dix, maître d'Ybor la Noire, et toi t'es qu'une merde ! »

Il avait opté pour la ruelle à cause de la dizaine de bennes à ordures qui s'alignaient de chaque côté, empêchant les voitures de circuler. De toute façon, même si un véhicule avait pu s'y engager, il aurait fini par être bloqué : l'arrière de la pension tenue par Little Bo occupait une telle place dans le dernier tiers de l'allée que même un pet aurait dû s'y reprendre à deux fois pour passer.

Ping ping ping ping ping ping…

Puis, brusquement, plus rien, à part le vrombissement du moteur. Les Blancs venaient sans doute de comprendre qu'ils ne pourraient pas le suivre.

Montooth se trouvait à mi-chemin, réfugié derrière la benne partagée par le cabinet d'ophtalmologie et la boucherie, quand la Plymouth fit marche arrière. Il l'entendit foncer dans la 10e Rue pour contourner le pâté de maisons. Ses poursuivants pensaient certainement le coincer au moment où il déboucherait de l'autre côté de la pension… Sans hésiter, il repartit en sens inverse, prit à gauche au sortir de la ruelle et se dissimula sous le premier porche qu'il croisa, celui d'un établissement qui, comme tant d'autres, avait coulé durant la décennie précédente et ne s'était pas vu offrir de seconde vie. Les fenêtres avaient été remplacées par de grandes plaques de métal vert foncé, et la douille de la lampe au-dessus de la porte était vide depuis 1938. À moins de se tenir à cinquante centimètres de ce porche avec un projecteur sur l'épaule, on ne pouvait qu'au tout dernier moment distinguer un homme réfugié dans son ombre, quand il était foutrement trop tard pour l'éviter.

La Plymouth revenait. Quand elle ne fut plus qu'à trois mètres environ de la ruelle, Montooth alla se placer au milieu de la chaussée, visa soigneusement en prenant une longue inspiration et tira droit dans le pare-brise.

Lorsqu'ils débouchèrent dans la 10e Rue après avoir contourné le pâté de maisons, Wyatt, assis sur la banquette arrière avec sa Thompson, sentit l'incrédulité le gagner en découvrant toutes les voitures qu'il avait touchées la première fois. Était-ce vraiment lui qui avait causé tant de dégâts ? Il lui semblait impossible que le jeune Wyatt Pettigrue, de Slausen Avenue, ait pu devenir un homme qui tirait à la mitraillette sur ses congénères. Mais c'était un monde étrange. S'il avait été envoyé de l'autre côté de l'Atlantique faire la même chose sur ordre du gouvernement, il aurait été considéré comme un héros. Or il le faisait dans les rues d'Ybor sur ordre de son patron. Si la différence lui échappait, il se doutait néanmoins que, pour beaucoup de gens, elle était évidente.

Kermit, le chauffeur, ne vit pas la silhouette qui s'engageait sur la chaussée. Une petite pluie fine tombait de nouveau, et il cherchait la commande des essuie-glaces quand Wyatt aperçut, ou plutôt devina, un mouvement sur leur gauche. Seul le visage de Montooth Dix lui apparut à la lueur de la flamme de bouche de son arme, surgissant de l'obscurité comme s'il était détaché du corps – une tête de mort dans la Maison Hantée à la fête foraine –, puis le pare-brise s'étoila. Kermit n'eut que le temps de pousser un grognement, tandis que des bouts de sa cervelle étaient projetés au visage de Wyatt, avant de s'effondrer sur le volant, la tête en sang, en produisant des bruits d'égout bouché. Wyatt le tira par l'épaule pour tenter de dégager son pied de l'accélérateur, mais la Plymouth monta sur le trottoir et percuta un poteau. Sous le choc, Wyatt sentit son nez se briser contre le dossier du siège, et il fut rejeté violemment sur la banquette arrière, où il demeura immobile quelques secondes, sonné.

Soudain, ses cheveux prirent feu – ou, du moins, en eut-il l'impression. Mais lorsqu'il se donna des claques sur le crâne, ce fut une main qu'il y rencontra, et non des flammes. Une grosse main, qui assurait sa prise. Il fut soulevé puis hissé à travers la vitre ouverte, et son dos racla l'encadrement. Au moment où ses pieds quittaient le véhicule, Montooth Dix le fit pivoter et le lâcha. Wyatt se retrouva à genoux au milieu de la 10e Rue, les yeux fixés sur le canon d'un Smith .44.

– C'est mon oncle qui m'a offert ce flingue, déclara Dix. Il m'a dit que je pourrais toujours compter dessus, et c'est vrai : il m'a jamais laissé tomber. Ce que j'essaie de t'expliquer, p'tit Blanc, c'est que moi, j'ai pas besoin de faire pleuvoir les balles sur toutes les bagnoles de la rue pour atteindre ma cible. Alors, qui t'a envoyé ?

Wyatt savait qu'au moment où il répondrait à la question, il serait un homme mort. S'il pouvait amener le grand nègre à parler encore un peu, peut-être que les flics – ou quelqu'un, n'importe qui – finiraient par arriver ? Après tout, il avait fait un sacré raffut pendant quelques minutes.

– Je te le demanderai pas deux fois, gronda Montooth Dix.

– C'est vraiment un cadeau de votre oncle, ce flingue ?

Dix acquiesça, sans chercher à dissimuler son impatience.

– Vous aviez quel âge ? demanda Wyatt.

– Quatorze ans.

– Je vous ai vu deux ou trois fois aller sur sa tombe. Sur celle de vos parents aussi. C'est important, la famille.

– Tu trouves ?

Wyatt hocha la tête d'un air solennel. Il sentait l'humidité de la chaussée imprégner son pantalon, et il était presque sûr d'avoir le bras gauche fracturé. Était-ce une sirène qu'il entendait au loin ?

– Je suis devenu papa aujourd'hui, révéla-t-il.

– Ah ouais ?

Montooth Dix lui tira deux balles dans la poitrine. Il lui en logea aussi une troisième dans le front, par acquit de conscience, puis contempla les yeux éteints de l'homme à ses pieds et cracha sur le bitume.

– Qu'est-ce qui te dit que t'aurais été un bon père, hein ?

7

Chambre 107

Le Sundowner Motor Lodge, à St. Petersburg, avait été fermé au public dans les années 1930. Ses deux corps de bâtiment en stuc blanc, tout en longueur, ainsi que le bureau de la réception, formaient un fer à cheval autour d'un ovale de terre où l'herbe refusait de pousser et les palmiers de prendre racine. L'ensemble, situé derrière un magasin d'appâts et d'articles de pêche dans Gandy Boulevard, était à l'abandon depuis sept ou huit ans, et le chiendent s'en donnait à cœur joie sur les bordures. Patrick et Andrew Cantillon, les deux frères qui possédaient le magasin d'articles de pêche, étaient également propriétaires de la boutique voisine, qui vendait des sandwichs, et de l'atelier de réparation de bateaux derrière le motel. Ils avaient aussi la mainmise sur presque tous les petits pontons qui s'avançaient dans la baie de Tampa, et s'assuraient ainsi de confortables revenus en vendant des blocs de glace et de la bière fraîche aux pêcheurs qui quittaient le littoral tous les matins avant le lever du jour et revenaient vers midi, plus rouges que des rubis, la peau aussi râpeuse que les cordages dont ils se servaient pour amarrer leurs embarcations.

Les Cantillon étaient en affaires avec Joe depuis l'époque où ils transportaient tous du rhum dans le détroit de Floride. C'était à lui qu'ils devaient la plus grosse part de leur fortune personnelle. Alors, en modeste gage de gratitude, ils lui garantissaient l'usage exclusif de la meilleure chambre de l'ancien Sundowner. Les autres, tout aussi bien entretenues, servaient essentiellement à certains de leurs vieux amis qui traversaient une mauvaise passe, quelle qu'elle soit : divorce, nécessité de disparaître un moment…

Mais la chambre 107, qui donnait sur la baie, était réservée à Joe. C'est là qu'il fit l'amour à Vanessa Belgrave le lundi en fin de matinée, entre des draps qui sentaient la Javel, l'amidon et les embruns. Dehors, les mouettes se battaient pour des queues de crevettes et des arêtes de poissons. À l'intérieur, un ventilateur noir en fer forgé grinçait et cliquetait.

Parfois, lorsque Vanessa et lui faisaient l'amour, Joe avait l'impression d'être emporté par un courant sous-marin, de tournoyer lentement dans des eaux sombres et chaudes dont il n'était pas sûr de vouloir émerger. Dans ces moments-là, et tant qu'il ne pensait pas à son fils, il se sentait heureux à la perspective de ne plus jamais revoir le monde extérieur.

L'image que Vanessa Belgrave offrait en société – celle d'une créature froide, intransigeante, qu'une éducation stricte avait privée de tout aspect intéressant ou spontané – ne correspondait en rien à sa véritable personnalité. Derrière des portes closes, elle n'était que curiosité charnelle et remarques cocasses – la femme la plus drôle que Joe ait jamais rencontrée. Parfois, elle riait tellement fort qu'elle reniflait bruyamment, produisant une sorte de braiment sonore d'autant plus réjouissant qu'il émanait d'une personne aussi gracieuse.

Ce rire avait toujours déplu à ses parents, de même que son goût pour les pantalons, mais ils n'avaient pas pu avoir d'autres enfants. Sept fausses couches, pas de fils, plus aucune fille. À leur décès, Sloane Amalgamated Industries – une entreprise qui était dans la famille depuis cent cinquante ans – reviendrait à Vanessa.

Elle avait dit un jour à Joe : « Si ces gentlemen sudistes qui constituent la majorité des actionnaires voient en moi une écervelée qui préfère lire Emily Dickinson plutôt qu'un rapport d'activité, la guerre pour m'évincer sera immédiatement déclarée. Et elle sera terminée avant même d'avoir commencé. Mais s'ils pensent que je suis comme mon père, à quelques appendices près, et s'ils me craignent autant que lui, alors les affaires pourront continuer encore cent ans, pourvu que j'aie un fils à un moment ou à un autre.

– C'est ce que tu veux ? Prendre la tête de l'entreprise familiale ?

– Non. Oh non, certainement pas ! En attendant, est-ce que j'ai le choix ? Est-ce que j'ai le droit de laisser péricliter de mon vivant une firme multimillionnaire ? Il n'y a qu'un enfant pour imaginer que tous ses rêves vont se réaliser.

– D'accord, mais qu'est-ce que tu veux, toi ? Si tu pouvais décider ?

– Quelle question, Joe ! avait-elle répliqué en battant des cils. Toi, voyons ! » Elle avait sauté sur lui et, le temps de saisir un oreiller, le lui avait appuyé sur le visage. « Allez, avoue ! Avoue que c'est ce que t'avais envie d'entendre. »

Il avait secoué la tête en lâchant un « Non » étouffé.

Elle l'avait encore taquiné un peu avant d'ôter l'oreiller. À cheval sur lui, légèrement hors d'haleine, elle avait avalé une gorgée de vin. « Je voudrais qu'il n'y ait plus de désirs inconciliables. Ah ! » Elle lui avait fait les gros yeux. « Débrouille-toi avec ça, gros malin ! » Puis elle lui avait vidé le reste de son vin sur le torse et l'avait léché.

Cette scène s'était déroulée trois mois plus tôt, par un après-midi frais et pluvieux.

En ce lundi matin, chaud et ensoleillé mais pas encore étouffant, Vanessa alla se poster près de la fenêtre, un drap enroulé autour de la taille, et jeta un coup d'œil dehors par la fente entre les rideaux.

Joe la rejoignit et écarta un pan de tissu pour regarder lui aussi l'atelier de réparation avec ses blocs-moteurs abandonnés noircissant au soleil, ses glacières abîmées et ses pompes diesel écaillées. Et au-delà, le ponton branlant et les nuées d'insectes noirs qui stagnaient en permanence au-dessus de cette partie fétide de la baie.

Puis il lâcha le rideau et laissa courir ses mains sur le buste de Vanessa, s'enivrant à nouveau d'elle alors que quelques minutes à peine s'étaient écoulées depuis qu'il l'avait possédée. Il bandait déjà lorsqu'il ôta le drap qui l'enveloppait pour se plaquer contre elle. Il ne voulait pas aller plus loin pour le moment, juste appuyer le torse contre son dos, la cuisse contre ses fesses, et enfouir le nez dans ses cheveux.

– Tu crois qu'on en a trop fait, hier ? demanda-t-elle.

– Comment ça ?

– En simulant notre antipathie mutuelle ?

– Non, répondit Joe. C'est le début de notre période de dégel. La prochaine étape, ce sera la naissance d'un respect réticent entre nous. On ne s'appréciera jamais, toi et moi, mais les gens admireront notre professionnalisme quand on mettra de côté nos sentiments personnels dans l'intérêt de ta fondation.

Il fit glisser sa main vers la toison pubienne de Vanessa.

Elle rejeta la tête en arrière et gémit contre son cou.

– Tu ne peux pas savoir à quel point tout ça me fatigue.

– Tout ça quoi ?

Il retira sa main.

Vanessa la saisit et, d'autorité, la replaça où elle était. Un léger soupir lui échappa quand il glissa son majeur au bon endroit.

– Pas ça, en tout cas. Non, j'en ai assez de jouer un rôle : la garce coincée, la fille à papa… (Nouveau soupir d'aise.) Oui… Là, c'est parfait.

– Ici ?

– Mmm…

Joe la sentit inspirer à fond, puis relâcher longuement son souffle.

– Si t'en as assez de jouer la comédie, arrête tout, lui chuchota-t-il à l'oreille.

– Impossible.

– Pourquoi ?

– Oh, mon chou, comme si tu ne le savais pas.

– Ah oui, c'est vrai… L'entreprise familiale.

Elle pivota entre ses bras, lui attrapa la main et la ramena entre ses cuisses. Sans le quitter des yeux, elle s'assit sur le rebord de fenêtre pour mieux s'offrir à ses caresses. Une lueur de défi brillait dans ses yeux bleus. Il avait touché une corde sensible, comprit Joe, avant de se dire qu'on ne pouvait pas être aussi doué pour se construire un personnage si on n'y mettait pas un peu de son véritable tempérament.

– Est-ce que toi, tu serais prêt à renoncer à tes affaires ? demanda-t-elle.

Son souffle se faisait saccadé, son regard reflétait un mélange complexe d'indignation et de désir.

– Possible.

Elle lui enfonça ses ongles dans les fesses.

– N'importe quoi.

– Pour une raison valable, oui, j'y renoncerais.

– N'importe quoi, répéta-t-elle.

Elle se mordit la lèvre et lui griffa la hanche.

– Tu... (Elle gonfla les joues, puis relâcha de nouveau son souffle.) Tu aurais tort de croire que je renoncerais à quelque chose que toi, tu n'abandonnerais pas.

Elle pencha la tête de côté et lui agrippa l'épaule en même temps. Quand il la pénétra, elle écarquilla les yeux et lui mordilla doucement les lèvres tandis qu'il la soulevait du rebord de fenêtre. Jamais, au cours des sept années écoulées depuis la mort de Graciela, Joe n'aurait imaginé cela possible, pourtant il n'aspirait qu'à rester avec cette femme, pour toujours, dans cette chambre.

Ils se laissèrent tomber sur le lit. Lorsqu'elle jouit, tout son corps fut parcouru de frissons et un long râle assourdi lui échappa. Puis ses yeux recouvrèrent leur vivacité, elle sourit et le regarda tout en continuant à se mouvoir sur lui.

– Fais-moi un sourire, dit-elle.

– Je pensais que je souriais.

– Fais-moi ton plus beau sourire.

Il s'exécuta.

– Bon sang ! s'exclama-t-elle. Entre ton sourire et tes yeux, t'as dû échapper à toutes les punitions… Je suis sûre que t'en as usé et abusé pour te sortir du pétrin quand t'étais gosse !

– Oh, non…

– Foutaises !

Joe secoua la tête.

– Gamin, je ne souriais pas. Un de mes frères m'avait surnommé le « trou du Cumberland ».

Elle éclata de rire.

– Pourquoi ?

– J'avais perdu mes deux dents de devant. Je t'assure, c'est vrai ! À cause d'une gamelle lorsque j'avais, je sais pas, peut-être trois ans. Je ne me rappelle pas la scène, mais mon frangin m'a raconté que je m'étais étalé tête la première, et que j'avais atterri contre le bord d'un trottoir. D'où le « trou du Cumberland ».

– Je n'arrive pas à t'imaginer moche.

– Pourtant, je l'étais. Et tu veux que je te raconte la meilleure ? Les dents définitives apparaissent en général vers six ans, pas vrai ? Chez moi, les autres ont poussé, mais pas celles de devant. J'avais huit ans quand elles ont enfin daigné pointer.

– Non !

– Eh, si. C'était rudement embarrassant. Je n'ai commencé à sourire la bouche ouverte que vers vingt ans.

– Est-ce qu'on est amoureux ? demanda Vanessa à brûle-pourpoint.

– *Quoi ?*

Il voulut s'écarter, mais elle lui résista.

– Ou juste très doués pour feindre ?
– Très doués, répondit-il.
– Même si on était amoureux…
– T'es amoureuse ?
– De toi ? (Elle arrondit les yeux.) Grands dieux non !
– Alors tout va bien.
– N'empêche, si je l'étais…
– Mais tu ne l'es pas.
– Et toi non plus.
– Exact.
– N'empêche, si on l'était… (Elle lui prit les mains, les plaça sur ses hanches et lui adressa un sourire à la fois doux et triste.) Ça ne nous sauverait pas, hein ?
– De quoi ?
– De ce qu'on attend de nous.
Comme il gardait le silence, elle se pencha vers lui.
– Il y a encore eu une fusillade.
Elle fit courir ses doigts sur sa clavicule en lui soufflant dans le cou son haleine tiède.
– Comment ça, encore une ? s'étonna Joe.
– Eh bien, d'abord, il y a eu celle d'avant-hier soir… Ces revendeurs de drogue abattus par la police. Et l'homme qui s'est suicidé dans sa cellule.
– Mmm…
– Et puis, ce matin, j'ai entendu à la radio en arrivant qu'un nègre avait tué deux Blancs à Ybor.
Montooth Dix, songea aussitôt Joe. Ce connard de Freddy DiGiacomo avait dû foncer directement dans la Ville brune après la réunion à l'église pour remuer la merde.
– C'est arrivé quand ? murmura-t-il.

– Jonathan s'est rendu sur place vers… (Elle réfléchit.) Deux heures du matin, je dirais. Il veut donner l'image d'un maire qui n'hésite pas à mettre les mains dans le cambouis.

Et moi, je mets les miennes sur sa femme, songea Joe. Il envisagea de les enlever, au lieu de quoi il lui caressa lentement les hanches. Pour le moment, quels que soient les événements qui agitaient les quartiers noirs d'Ybor, il n'y pouvait rien.

– Quand tu vas chez le coiffeur, quelle porte tu surveilles ? demanda Vanessa. Celle de devant ou celle de derrière ?

Joe grimaça. Merde. Leur vieille querelle. Celle qui avait commencé cinq minutes après qu'ils avaient fait l'amour pour la première fois.

– Je ne suis pas le genre d'homme qu'on abat, affirma-t-il.

– Ah non ? répliqua-t-elle d'un ton léger, une note de curiosité dans la voix. Et quel genre d'homme es-tu, alors ?

– Un homme d'affaires un tout petit peu plus corrompu que la moyenne, répondit-il en lui caressant le buste.

– Les journaux te traitent de gangster.

– Parce qu'ils manquent d'imagination, c'est tout. Tu tiens vraiment à parler de ça ?

Elle se dégagea et s'allongea à côté de lui.

– Oui.

– Je ne t'ai jamais menti, Vanessa.

– Pour autant que je le sache.

– Eh…

Elle ferma les yeux, les rouvrit.

– D'accord. Tu ne m'as jamais menti.

– Bon. J'ai été un gangster, c'est vrai, mais aujourd'hui je conseille les gens.

– Les criminels.

Il haussa les épaules.

– Un de mes amis, qui était l'ennemi public numéro trois il y a six ans…

Vanessa se dressa sur son séant.

– Ah. Tu vois ? C'est bien ce que je disais : qui d'autre que toi peut commencer une phrase par « Un de mes amis était l'ennemi public numéro tant » ?

– Bref, il y avait ce type qui vivait dans la propriété voisine de la sienne, poursuivit Joe d'un ton neutre. Il gagnait sa vie en jetant à la rue les pauvres couillons incapables de rembourser leurs emprunts, parce que les banques avaient joué à la Bourse avec leur argent en 1929, et qu'elles avaient tout perdu. Résultat, ils n'avaient plus un sou, et pas de boulot non plus, parce que leurs employeurs ou les banques avaient saisi leurs économies et leurs maisons. Ceux qui les expulsaient, en revanche, prospéraient. Pour en revenir à mon ami, il truquait les courses de chevaux et vendaient des narcotiques ; le FBI l'a abattu alors qu'il déchargeait un bateau près de Pass-a-Grille. Son voisin a racheté sa baraque, et il a eu sa photo dans le journal la semaine dernière quand ton mari lui a remis la médaille du bon citoyen. Alors, pour moi, la seule différence qui existe entre un voleur et un banquier, dans la plupart des cas, c'est un diplôme universitaire.

– Les banquiers ne se tirent pas dessus dans la rue, Joe, objecta-t-elle.

– Non, ils ont trop peur de froisser leur beau costume. Ce n'est pas parce qu'ils font leurs saletés armés d'un stylo que ça les rend plus propres.

Pendant quelques instants, elle se borna à scruter ses traits, les yeux écarquillés et l'air troublé.

– Tu y crois vraiment, dit-elle enfin.

– Oui, j'y crois.

Ils gardèrent le silence jusqu'au moment où Vanessa tendit le bras par-dessus le torse de Joe pour saisir sa montre sur la table de chevet.

– Il est tard, observa-t-elle.

Joe lui tendit son soutien-gorge et sa culotte, qu'il avait récupérés entre les draps.

– On échange ? lança-t-elle en lui rendant son caleçon.

À peine eut-elle enfilé ses sous-vêtements qu'il eut envie de la déshabiller. Il éprouvait de nouveau le désir presque irrépressible de ne plus sortir de cette chambre.

Elle lui sourit.

– Chaque fois qu'on remet ça, on se découvre un peu plus l'un l'autre.

– C'est un problème ?

– Bien sûr que non ! Comment une idée pareille a-t-elle pu germer dans ta belle petite tête ? (Elle éclata de rire et regarda autour du lit.) T'aurais pas vu mon chemisier quelque part, beau gosse ?

Il le retrouva derrière une chaise.

– Comme tu l'as dit toi-même, on est très doués pour feindre.

Elle lui prit le vêtement.

– N'est-ce pas ? En attendant, Joe, on sait tous les deux que ça ne dure pas.

– Quoi ? L'estime ou le désir ?

– Oh. C'est comme ça que tu appelles ce qu'il y a entre nous – de l'« estime » ?

Il hocha la tête.

– Eh bien, les deux, dans ce cas. Et que restera-t-il pour nous rapprocher s'ils disparaissent tous les deux ? Certainement pas notre éducation.

– Ni nos valeurs.

– Ni notre profession.

– Et merde ! (Il étouffa un petit rire et secoua la tête.) Qu'est-ce qu'on fait ensemble, franchement ?

– Bonne question ! (En voulant lui expédier un oreiller à la tête, elle renversa une lampe de chevet.) Je vais te dire, Joseph Coughlin, on est mal barrés. (Elle termina de boutonner son chemisier.) C'est toi qui paies la lampe, à propos.

Ils dénichèrent sa jupe et le pantalon de Joe, puis enfilèrent leurs chaussures en se décochant des sourires béats et des coups d'œil mi-embarrassés, mi-concupiscents. Ils ne prenaient jamais le risque de s'attarder sur le parking, préférant se donner un dernier baiser à la porte – lequel, en l'occurrence, se révéla presque aussi intense que le premier qu'ils avaient échangé ce matin-là. Lorsqu'ils s'écartèrent, Vanessa garda quelques instants les yeux fermés et la main sur le chambranle.

Elle les rouvrit et contempla tour à tour le lit, le vieux fauteuil installé près de la vieille radio, les rideaux blancs, la cuvette de porcelaine blanche, la lampe renversée.

– J'adore cette chambre, murmura-t-elle.

– Moi aussi.

– Je crois – non, je suis sûre – que je n'ai jamais été aussi heureuse. (Elle lui prit la main, en embrassa la paume, la fit glisser sous sa mâchoire et dans son cou. Après l'avoir relâchée, elle regarda de nouveau la pièce.) Mais ne va pas t'imaginer que le jour où papa me dira : « Mon canard en sucre, le moment est venu pour toi de prendre la relève, de perpétuer le nom des Sloane et d'élever un p'tit gars appelé à te succéder », je ne ferai pas très exactement ce qu'on attend de moi. (Elle leva vers lui ses yeux d'un bleu limpide, aussi perçants qu'une pointe d'acier.) Parce que, mon grand, je t'assure que je le ferai.

Elle fut la première à sortir de la chambre. Joe lui donna dix minutes d'avance. Assis près de la fenêtre entrouverte, il écouta le bulletin d'informations à la radio. Le ponton en contrebas grinçait sans raison, peut-être sous la caresse de la brise, ou seulement parce qu'il était vieux. Le bois avait été rongé au-delà de toute mesure par les termites, l'eau de mer et l'attaque corrosive inexorable de l'humidité. Le prochain gros coup de vent risquait d'en emporter une partie, la prochaine tempête tropicale de l'effacer définitivement des mémoires.

Un petit garçon se tenait tout au bout.

Une seconde plus tôt, le ponton était désert. À présent, il ne l'était plus.

C'était le même gamin, celui qui courait dans le parc, le long des arbres, lors de la réception en décembre. Au fond de lui, Joe avait toujours su qu'il le reverrait.

L'enfant lui tournait le dos. Il était tête nue. L'épi à l'arrière de son crâne, qu'il avait essayé d'aplatir, dessinait néanmoins une arche minuscule. Ses cheveux étaient si blonds qu'ils paraissaient presque blancs.

Joe souleva la fenêtre à guillotine.

– Eh ! cria-t-il.

Un vent chaud et paresseux agitait la surface de l'eau mais pas les cheveux du garçon.

– Eh ! répéta Joe, un peu plus fort.

Aucune réaction.

Joe baissa les yeux vers l'appui de fenêtre, dont il contempla le bois fendillé en comptant jusqu'à cinq. Quand il reporta son attention sur le ponton, le petit garçon se tenait toujours au même endroit, le visage de profil. Ainsi que Joe l'avait remarqué la première fois, ses traits demeuraient en grande partie indistincts, comme s'ils n'étaient pas encore tout à fait formés.

Il sortit de la chambre, puis contourna le bâtiment pour se diriger vers la grève. L'enfant n'était plus là. Le ponton affaissé grinçait sans relâche, et Joe l'imagina emporté par les flots déchaînés. On en construirait sans doute un autre à la place. Ou peut-être pas.

Des hommes avaient édifié ce ponton. Ils avaient enfoncé les pilotis, pris des mesures, scié et cloué les planches. Une fois leur ouvrage terminé, ils avaient été les premiers à y poser le pied. Ils en avaient retiré de la fierté – au moins un peu. Ils avaient conçu et concrétisé un projet. Ce ponton existait grâce à eux. Ils étaient probablement morts aujourd'hui, et le ponton ne tarderait pas à disparaître à son tour. Un jour, le motel serait démoli au bulldozer. Le temps ne nous appartient pas, se dit Joe. On ne fait que l'emprunter.

À une quarantaine de mètres en face du ponton s'étendait une petite lagune sur laquelle poussaient quelques arbres, le genre d'îlot miniature qui n'émerge qu'à marée basse. L'enfant aux traits indistincts s'y était posté et, de face cette fois, le regardait les yeux fermés.

Jusqu'au moment où il s'évapora parmi les hauts roseaux et les arbres malingres.

Comme si je n'avais pas assez de problèmes, songea Joe, il faut maintenant que je voie des fantômes.

8

Un air de famille

Son projet de départ pour Raiford se trouva contrarié lorsque Joe rentra du Sundowner pour découvrir que Tomas avait la varicelle. Mlle Narcisa, qui avait consigné le petit garçon dans sa chambre à l'étage, déambulait de pièce en pièce avec un linge humide plaqué sur le nez et la bouche, maintenu en place par une ficelle enroulée autour de sa tête. Elle l'informa qu'elle n'avait pas contracté le virus dans sa jeunesse et qu'elle n'avait certainement pas l'intention de l'attraper maintenant qu'elle était adulte.

– Ah non ! dit-elle. (Elle lui agita sa main libre sous le nez, tandis que de l'autre elle fourrait des objets dans le sac de toile qui l'accompagnait partout.) Non, non et non.

– Je comprends, déclara Joe en espérant qu'elle l'avait déjà – une réaction de défense instinctive envers une personne qui avait osé traiter son fils comme un paria.

Et j'espère aussi que vous aurez des croûtes partout.

Lorsqu'elle lui annonça qu'elle avait préparé des plats pour trois jours, entreposés dans la glacière, repassé quatre de ses costumes et fait le ménage dans la maison, il se rappela néanmoins à quel point il avait besoin d'elle.

À la porte, il s'efforça de ne pas prendre un ton suppliant pour demander :

– Et quand comptez-vous revenir ?

Elle le considéra un instant, une expression impassible sur son visage lunaire.

– Quand il ne sera plus malade.

Joe, qui avait eu la varicelle enfant, monta voir son fils et s'assit dans le fauteuil.

– Il m'a semblé que tu n'étais pas dans ton assiette, hier.

Tomas tourna une page de son roman : *Vingt ans après*, de Dumas.

– Ça me fait quelle tête ?

– Comment veux-tu que je le sache, mon grand ? Tu te caches derrière ton bouquin.

L'enfant baissa l'ouvrage, révélant un visage qui semblait avoir été attaqué par une nuée d'abeilles et exposé des heures à un soleil de plomb.

– T'as une mine superbe ! Ça se remarque à peine.

– Aha, très drôle, maugréa Tomas en replaçant le livre devant lui.

– D'accord, t'es défiguré, admit Joe.

Son fils le regarda en relevant un sourcil.

– Je t'assure, tu fais peur à voir.

Tomas grimaça.

– Il y a vraiment des fois où je regrette de pas avoir de mère !

Joe délaissa son fauteuil, s'approcha du lit et s'allongea près de lui.

– Oh, mon petit cœur, tu as mal ? susurra-t-il. Tu veux que je t'apporte du lait chaud ?

Tomas lui donna une tape sur le crâne, et Joe le chatouilla si fort que le garçonnet laissa tomber son livre par terre. Joe se leva pour le ramasser. Au moment où il allait le lui redonner, il remarqua le regard étrange, presque hésitant, que son fils posait sur lui.

– Quoi ? Qu'est-ce qu'il y a ? demanda-t-il, tandis qu'un sourire s'épanouissait sur son visage.

– Tu pourrais me lire mon livre ?

– Hein ?

– Tu sais, comme tu faisais avant. Tu te rappelles ?

Joe s'en souvenait. Les frères Grimm, Ésope, la mythologie grecque et romaine, Verne, Stevenson, H. Rider Haggard et, bien sûr, Dumas. Sans quitter son fils des yeux, il tenta de lui aplatir son épi.

– Tu parles !

Il se débarrassa de ses chaussures, grimpa sur le lit et ouvrit le roman.

Une fois Tomas endormi, Joe se rendit dans son bureau, au rez-de-chaussée. C'était surtout à la tombée de la nuit, quand il se retrouvait seul, qu'il repensait à ce que le gardien de Raiford lui avait confié le vendredi. Il savait que c'était ridicule – personne ne serait assez stupide pour tenter de le tuer –, pourtant il tira les rideaux devant les portes-fenêtres, même si l'épaisseur du verre et la hauteur du mur au fond du jardin rendaient difficile, voire impossible, de l'apercevoir de la rue.

Sauf que, si un tireur avait escaladé le mur, il pouvait très bien distinguer la forme de sa tête à travers la vitre.

– Arrête, bon Dieu ! marmonna-t-il en prenant la carafe pour se servir un scotch. (Il croisa son reflet dans le miroir du bar au moment où il la débouchait.) D'accord ? Arrête.

Il songea à ouvrir les rideaux, pour finalement y renoncer.

Au lieu de quoi, il s'assit à sa table de travail, avec la ferme intention de ne rien faire d'autre que revivre sa dernière rencontre avec Vanessa. Un instant plus tard, cependant, le téléphone sonna.

– Et merde ! (Il ôta ses pieds du plateau, se redressa et souleva le combiné.) Allô ?

– C'est moi.

Dion.

– Salut. Quelles nouvelles ?

– C'est le bordel, Joseph. Un sacré bordel.

– Explique-toi, Dionysius.

– Aha. Tu préférerais que je t'appelle « Joe », hein ?

– Toujours, mon bon monsieur. Toujours.

Joe replaça ses pieds sur la table. Dion et lui avaient treize ans quand ils s'étaient liés d'amitié. Ils s'étaient sauvé la vie plus d'une fois. Chacun était capable de déchiffrer l'état d'esprit et les pensées de l'autre mieux que dans la plupart des couples mariés. Joe savait que Dion se révélerait tout au plus un chef de famille passable ; c'était souvent le cas avec les meilleurs soldats, et il avait été un soldat exceptionnel. Il savait que les accès de rage de Dion, toujours redoutables, n'avaient fait qu'empirer avec l'âge, et que la plupart des hommes dotés d'une cervelle avaient une peur bleue de lui. Il savait aussi – et ils n'étaient pas nombreux dans la confidence – que le penchant de Dion pour la cocaïne qu'ils recevaient de Bolivie une fois par mois semblait aggraver ses sautes d'humeur et sa violence. Mais il avait beau savoir tout cela, Dion restait son ami. Son plus vieil ami. La seule personne à l'avoir connu avant l'époque des beaux costumes, des coupes de cheveux à quatre dollars et des plaisirs de la bonne chère et des alcools fins. Quand ils s'étaient rencontrés, lui-même n'existait que dans l'ombre de son père et de ses frères, il n'était encore qu'un gamin inexpérimenté, impulsif et immature. Et Dion était plus gai, plus gros et beaucoup plus enjoué. Joe regrettait ce Dion-là, qu'il ne désespérait cependant pas de retrouver un jour.

– T'as entendu parler de ce qui s'est passé dans la Ville brune ? demanda Dion.

– Oui.

– Ton avis ?

– Freddy DiGiacomo n'est qu'un putain de connard.

– Tu pourrais me dire quelque chose que j'ignore ?

– Montooth fait partie de nos meilleurs gagneurs depuis quatorze ans. Depuis le jour où je suis arrivé ici, D.

– C'est un fait.

– Dans un monde qui tourne rond, on irait lui présenter des excuses. Et pour nous racheter, on défoncerait le crâne de Freddy à coups de pierre avant de le balancer dans la baie.

– Exact, dit Dion. Dans un monde qui tourne rond. Mais deux de nos gars sont morts, et on ne peut pas laisser passer ça. Réunion demain.

– À quelle heure ?

– Dans l'après-midi. Quatre heures, c'est bon pour toi ?

Joe calcula le temps qu'il lui faudrait pour aller à Raiford et revenir.

– On peut dire cinq ?

– On peut.

– Parfait. J'y serai.

– Bien. (Dion tira sur l'un de ses éternels cigares.) Comment va mon neveu ?

– Il a la varicelle.

– Sans blague ?

– Sans blague. Et Narcisa refuse de remettre les pieds chez nous tant qu'il ne sera pas guéri.

– Eh ! Qui bosse pour qui, chez toi ?

– C'est la meilleure gouvernante que j'aie jamais eue.

– Sûrement, puisque tu lui permets de fixer elle-même ses horaires.

– Et de ton côté, quoi de neuf ?

Dion bâilla.

– Bah, c'est toujours la même merde.

– Ahhhh. La couronne est trop lourde à porter, peut-être ?

– Elle l'était bien pour toi, vieux !

– Faux. Charlie m'a écarté du trône parce que je n'étais pas rital.

– C'est ce que tu te racontes ?

– C'est comme ça que ça s'est passé.

– Mmm. Moi, je me souviens d'un gars qui pleurnichait parce qu'il n'en pouvait plus. Tout ce sang, toutes ces responsabilités… bla-bla-bla.

Joe gloussa.

– Bonne nuit.

– Bonne nuit.

Après avoir raccroché, il songea de nouveau à écarter les rideaux. Le soir, en général, il ouvrait les portes-fenêtres pour respirer le parfum de la menthe et des bougainvillées, contempler le bassin, le jardin sombre, le mur de stuc couvert de lierre et de mousse espagnole.

Mais si quelqu'un était posté sur ce mur avec un fusil…

Et alors ? Il avait pris soin d'éteindre toutes les lumières derrière lui. On ne pouvait rien distinguer de l'extérieur. Il allait juste jeter un œil dehors.

Il fit pivoter son fauteuil, glissa un doigt entre les deux pans de tissu et regarda à travers la fente le mur de stuc ocre, couleur d'un penny neuf, ainsi que le seul oranger dans son champ de vision.

L'enfant blond se tenait devant l'arbre, en marinière blanche sur des culottes bouffantes assorties. Il inclina la tête de côté, comme s'il était surpris de le voir, puis s'éloigna en sautillant. Il ne marchait pas, il faisait des petits bonds.

Sans réfléchir, Joe écarta les rideaux en grand et contempla le jardin paisible et désert.

Une seconde plus tard, il imagina une balle tirée d'un fusil, et il recula précipitamment en laissant retomber les pans.

Il repoussa son fauteuil à roulettes jusqu'à l'angle de la pièce où deux de ses bibliothèques se rejoignaient. Au même moment, il vit le blondinet passer devant la porte de son bureau et se diriger vers l'escalier.

Le siège tournoya quand Joe se redressa brusquement. Il traversa le vestibule en trombe et grimpa l'escalier quatre à quatre. À l'étage, Tomas dormait tranquillement. Il regarda sous le lit. Ouvrit la penderie. Retourna vérifier sous le lit. Rien.

Il inspecta rapidement les autres chambres, conscient de la petite veine qui palpitait sous sa mâchoire et des picotements le long de sa colonne, comme si des fourmis couraient sous sa peau. Il faisait si froid dans la maison qu'il claquait presque des dents.

Il explora toutes les pièces. Pour finir, il entra dans sa propre chambre, où il s'attendait à découvrir l'enfant, mais il n'y avait personne.

Cette nuit-là, il resta longtemps éveillé. Lorsque le jeune garçon était apparu à la porte de son bureau, il lui avait semblé que ses traits étaient plus distincts que lors de leurs précédentes rencontres. Il lui avait même trouvé un air de famille : il avait la mâchoire allongée des Coughlin et leurs petites oreilles. S'il s'était tourné vers lui à ce moment-là, Joe n'aurait pas été surpris de reconnaître le visage de son père.

Mais pourquoi son père se montrerait-il ainsi ? Même petit, Joe en était presque sûr, Thomas Coughlin devait déjà avoir l'air d'un adulte.

Il n'avait encore jamais vu de fantôme. À vrai dire, il ne pensait pas spécialement en voir un jour. Après la mort de Graciela, il avait longtemps espéré qu'elle lui reviendrait sous une forme ou sous une autre, il avait même prié pour qu'elle lui adresse un signe. Mais, la plupart des nuits, elle refusait même de le visiter en songe. Et quand il rêvait d'elle, c'était toujours dans une situation banale. Le plus souvent, ils étaient à bord de ce bateau qu'ils avaient pris pour quitter La Havane le jour où elle avait été tuée. Tomas, qui venait d'avoir deux ans, ne tenait pas en place. Joe n'avait pas arrêté de lui courir après sur le pont, parce que Graciela avait le mal de mer. Elle avait vomi une fois et passé le reste de la traversée à respirer par saccades, une serviette humide pressée sur le front. Alors que les immeubles de Tampa grandissaient sur la ligne d'horizon, à l'endroit où le ciel menaçant rencontrait les eaux du détroit de Floride, Joe lui avait apporté une autre serviette humide, mais elle n'en avait pas voulu. « J'ai changé d'avis, avait-elle dit. Deux, c'est suffisant. »

Dans ses rêves, il y avait des serviettes éparpillées partout sur le pont, accrochées au bastingage, pendues aux mâts. Des serviettes humides et des serviettes sèches, des blanches et des rouges, certaines pas plus grandes que des mouchoirs de poche, d'autres aussi larges que des matelas.

Une heure plus tard, Graciela baignait dans son sang sur le quai, et son assassin finissait écrasé par un camion de charbon. Joe ne se rappelait même plus combien de temps il était resté à genoux près d'elle, serrant contre lui Tomas qui s'agitait et criait parfois, tandis que la vie désertait le regard de sa femme. Il l'avait vue franchir le passage qui sépare ce monde de l'autre, ou du néant au-delà. Dans les trente dernières secondes de sa vie, elle avait fermé et rouvert les yeux neuf fois. Puis elle ne les avait plus rouverts.

Il était toujours à genoux quand la police était arrivée, et aussi quand le chauffeur de l'ambulance avait placé un stéthoscope sur la poitrine de Graciela, puis s'était tourné vers l'inspecteur Poston en secouant la tête. Lorsque le légiste s'était présenté à son tour, Joe se tenait à quelques pas du corps, et de ceux de Seppe Carbone et d'Enrico Pozzetta, et répondait aux questions de l'inspecteur et de son équipier.

Au moment d'emporter la dépouille de Graciela, le légiste, un jeune homme débraillé à la peau d'un blanc jaunâtre et aux cheveux trop longs d'un brun terne, s'était approché de lui.

« Je suis le docteur Jefferts, avait-il dit à voix basse. Je dois emmener votre femme, monsieur Coughlin, mais j'ai peur que ce ne soit un spectacle difficile à supporter pour votre fils. »

Tomas, par terre, s'était cramponné à la jambe de Joe durant tout le temps qu'avait duré l'entretien avec les policiers.

Joe avait contemplé le jeune médecin qui, sous son costume fripé, portait une chemise et une cravate éclaboussées de taches de soupe. Sur le moment, il lui avait semblé inconcevable qu'un homme d'apparence aussi négligée puisse avoir la responsabilité d'une autopsie. Mais, en découvrant dans le regard du praticien de la compassion pour un petit garçon qu'il n'avait jamais rencontré et pour son père en deuil, il était revenu sur son jugement et l'avait remercié d'un hochement de tête.

Il avait ensuite doucement écarté son fils, l'avait pris dans ses bras et plaqué contre sa poitrine. Tomas avait posé le menton sur son épaule. Il n'avait toujours pas versé une larme, se bornant à répéter « maman », en une sorte de litanie entrecoupée. Il s'arrêtait un instant, puis recommençait : « Maman, maman, maman… »

« Nous la traiterons avec respect, monsieur Coughlin, lui avait assuré le Dr Jefferts. Vous avez ma parole. »

Incapable de prononcer un mot, Joe lui avait serré la main, avant de s'éloigner avec l'enfant.

Aujourd'hui, sept ans après cette journée pourrie entre toutes, il ne rêvait presque plus de Graciela.

La dernière fois remontait à quatre ou cinq mois. Dans ce rêve, au lieu de lui apporter une serviette humide, il lui avait tendu un pamplemousse. Allongée sur son transat, elle avait levé vers lui son visage amaigri, presque émacié, et dit de nouveau : « J'ai changé d'avis. Deux, c'est suffisant. »

Il avait balayé du regard le pont, sans voir d'autres pamplemousses nulle part.

« Mais je ne t'en ai apporté qu'un. »

Elle avait posé sur lui un regard où se lisait une incompréhension si totale qu'elle confinait au mépris.

« Il y a des choses avec lesquelles on ne plaisante pas, Joe. »

Aussitôt après, une fleur de sang s'était épanouie sur sa robe, ses paupières avaient papilloté à plusieurs reprises, puis s'étaient définitivement closes.

À son réveil, Joe avait emporté un verre de scotch sur la galerie et fumé la moitié d'un paquet de cigarettes.

Ce soir-là, il alla chercher le scotch et les cigarettes, mais il resta à l'intérieur et fuma moins. Il s'endormit assis, en attendant le petit garçon.

9

« In the Pines, In the Pines »

Depuis sa sortie de prison, en 1929, Joe n'avait jamais remis les pieds dans un établissement carcéral. Il avait passé trois années au pénitencier de Charlestown, à Boston, l'un des plus durs du pays. Quatorze ans plus tard, le claquement des grilles qui se refermaient au moment de l'extinction des feux, à huit heures du soir, empoisonnait encore ses rêves. Il se réveillait affolé, en nage, et jetait autour de lui des coups d'œil éperdus jusqu'à avoir la certitude qu'il se trouvait bel et bien dans sa chambre. Il n'avait révélé qu'à Graciela la cause de ses terreurs nocturnes. Elle lui avait dit qu'elle comprenait : elle l'avait toujours connu incapable de rester en place, et elle ne l'imaginait pas confiné dans une cage.

Tomas et lui embarquèrent dans l'avion-cargo de Suarez Sugar, qui les déposa à Crystal Springs, près de Jacksonville, puis effectuèrent en voiture les quarante-cinq kilomètres vers le sud jusqu'à Raiford. Leur escorte dans la région était un certain Al Butters, bouilleur de cru et chauffeur hors pair pour le gang Bunsford. Les Bunsford, qui dirigeaient le comté de Duval et une petite partie du nord de la Géorgie, l'avaient mis à sa disposition parce qu'il avait eu la varicelle enfant. Lorsque Tomas, écrasé de chaleur, s'assoupit sur la banquette arrière, Butters déclara que toutes les dispositions nécessaires avaient été prises et toutes les bonnes pattes, graissées. De fait, à leur arrivée à Raiford, le directeur adjoint, un certain Cummings, se porta aussitôt à la rencontre de Joe devant les portes et le précéda le long du grillage qui délimitait le côté ouest de la prison. Au bout de cinq cents mètres, ils aperçurent Theresa Del Fresco dans un coin de la cour – frêle silhouette assise sur un cageot retourné.

– Bon, je vous laisse, déclara Cummings, qui redescendit la pente sur une bonne centaine de mètres avant de s'arrêter et d'allumer sa pipe.

Joe avait toujours entendu dire que Theresa Del Fresco était petite, et il estima à première vue qu'elle ne devait pas peser plus de cinquante kilos. Mais la souplesse de ses mouvements quand elle délaissa son siège de fortune pour s'approcher de la clôture lui rappela une panthère qu'il avait vue un jour dans les marécages aux environs de Tampa. À l'image du félin, elle se déplaçait avec une indolence trompeuse, comme pour laisser à sa proie une chance de s'échapper. Il était cependant prêt à parier qu'elle pourrait escalader la clôture en moins de temps qu'il ne lui en faudrait, à lui, pour consulter sa montre.

– Vous êtes venu, finalement, observa-t-elle.

Joe acquiesça d'un signe de tête.

– Il aurait été difficile de résister à une telle invitation.

– Que vous a-t-il dit ?

– Qui ? Votre… ami ?

– C'est une façon de présenter les choses.

– Il a déjà appris à faire sur le pot ?

– Oh, monsieur Coughlin… C'est indigne de vous.

Il alluma une cigarette, puis ôta un brin de tabac collé sur sa langue.

– Il a dit qu'il y avait un contrat sur vous…

– C'est le mot qu'il a utilisé ? s'étonna-t-elle. Il a parlé de « contrat » ?

– Non, je ne crois pas, répondit Joe. C'est un péquenaud. Je ne me souviens plus des termes exacts qu'il a employés, mais je pense avoir saisi l'idée générale : si vous mourez, vous ne pourrez jamais me révéler qui veut prétendument ma mort.

– Le « prétendument » est de trop.

– Theresa… Vous permettez que je vous appelle Theresa ?

– Bien sûr. Comment dois-je vous appeler ?

– Joe, ça ira très bien. Alors, Theresa, pourquoi voudrait-on me tuer ?

– C'est la question que je me suis posée. Pour tout le monde, vous êtes la poule aux œufs d'or, le jeune prodige…

– Un prodige grisonnant, depuis quelque temps.

Elle sourit.

– Quoi ?

– Rien.

– Non, quoi ?

– On m'avait dit que vous étiez vaniteux.

– En quoi est-ce de la vanité de mentionner que je grisonne à l'approche de la quarantaine ?

– Ça tient plutôt à votre manière de vous exprimer. Comme si vous espériez que j'allais vous reprendre, affirmer que ce n'est pas si terrible, que vos grands yeux bleus candides suffisent sans doute toujours à faire chavirer le cœur des filles…

Il lâcha un petit rire.

– On m'avait dit que vous n'aviez pas la langue dans votre poche, Theresa. Il semblerait qu'on nous ait bien cernés tous les deux.

Elle alluma à son tour une cigarette, et ils se mirent à marcher, elle de son côté du grillage, lui du sien. Le directeur adjoint les suivit de loin, en veillant à maintenir une distance d'environ cent mètres.

– Bon, commençons par vous, proposa Joe. Qui voudrait vous éliminer ?

– Si je devais me prononcer, je pencherais pour mon patron.

– Pourquoi ? Qu'est-ce que Lucius aurait à y gagner ?

– On a braqué un navire allemand il y a trois mois à Key West.

– Quoi ?

Theresa hocha la tête à plusieurs reprises.

– Il naviguait sous pavillon britannique au large de St. Thomas, officiellement pour ravitailler nos troupes en Afrique du Nord. En fait, il transportait des diamants sortis clandestinement d'Allemagne des mois plus tôt, qui avaient transité par l'Argentine avant d'être envoyés à St. Thomas. L'équipage s'est arrêté à Key West sous prétexte de se ravitailler en fioul, sauf qu'il s'agissait en réalité de débarquer la cargaison sur l'île pour la faire parvenir à un agent à New York, où elle devait servir à financer les futures opérations de sabotage. On leur est tombés dessus au moment où ils déchargeaient. On en a liquidé huit – tous des Boches.

Alors, vous devriez peut-être songer à nous remercier pour notre participation à l'effort de guerre.

– Merci. C'est chic de votre part.

Elle le gratifia d'une révérence moqueuse.

– C'est Lucius qui a monté l'opération ?

– Oui.

– Et il a raflé combien ? demanda Joe.

– Je vous préviens, ça fait peur.

– Allez-y, je ne suis pas facilement impressionnable.

– Deux millions.

Bon sang ! Jamais Joe n'avait entendu parler d'un coup aussi faramineux. Dieu sait pourtant qu'il avait eu vent de bon nombre de braquages juteux, auxquels il avait même participé pour certains. Mais deux millions de dollars… C'était l'équivalent de ce que les compagnies de transport ferroviaire et les compagnies pétrolières engrangeaient en une année. L'organisation Bartolo au grand complet avait totalisé seulement un million et demi l'année précédente – un chiffre d'affaires brut –, et elle nageait dans les billets verts.

– Et vous, vous deviez toucher combien ? demanda-t-il.

– Cinq pour cent.

Autant dire, de quoi mener jusqu'à la fin de ses jours un train de vie bien supérieur à celui qu'elle avait connu jusque-là.

– Vous avez peur qu'il ne vous paie pas ? s'enquit-il.

– Oh, je sais qu'il ne me paiera pas. On a déjà essayé de me tuer deux fois, alors que je n'ai été jugée que la semaine dernière. Je ne comprenais pas pourquoi le procureur – Archie Boll, vous le connaissez ?

Joe hocha la tête.

– Je ne comprenais pas pourquoi il était d'humeur si charitable. Merde, j'ai tapé si fort sur le crâne de mon mari qu'il y avait des petits bouts de lui collés partout aux placards de la cuisine ! Et on m'a laissée plaider la légitime défense ? Je me suis d'abord dit qu'Archie Boll voulait me sauter, qu'il me rendrait visite en prison la veille de mon transfert ici. Mais quand j'ai vu qu'il ne revenait pas, j'ai commencé à me poser le genre de questions que j'aurais dû me poser quand il m'a fait son offre.

– Qu'est-ce qui vous a retenue ?

– À cheval donné, on ne regarde pas les dents... J'ai un casier, je suis italienne et, oh, j'ai expédié mon mari *ad patres* à coups de maillet. Ça aurait pu me valoir la chaise électrique. Au lieu de quoi, j'écope de cinq ans. Quand je sortirai, mon fils en aura huit. Il sera encore assez jeune pour repartir de zéro avec moi. (Elle hocha la tête comme pour elle-même.) En attendant, si je m'étais renseignée sur le moment, je serais sûrement parvenue à la conclusion que vous avez sans doute vous-même déjà tirée.

Elle le gratifia d'un regard appuyé à travers le grillage.

– Archie Boll est à la solde de King Lucius, déclara-t-il d'une voix douce.

– Exact.

– Donc, tout l'enjeu consistait à vous faire transférer ici au plus vite.

Theresa confirma d'un signe de tête, avant de souffler la fumée de sa cigarette en un long soupir amer.

– Après le meurtre de Tony, King Lucius a dû se dire qu'il allait pouvoir garder mes cent mille dollars. Il pense peut-être aussi que quelqu'un va bientôt venir me proposer un marché pour le balancer. Dans un cas comme dans l'autre, il n'a pas intérêt à ce que je reste en vie. Si je n'étais plus dans le tableau, son horizon serait dégagé.

– Vous voulez que j'aille lui parler, c'est ça ?

Elle se mordilla le pourtour d'un ongle.

– À vrai dire, j'y comptais un peu.

– Et qu'êtes-vous prête à lui offrir en échange de votre vie ?

Theresa prit une profonde inspiration, puis relâcha son souffle.

– Quatre-vingt-dix pour cent de ma part. King Lucius verse dix mille dollars sur un compte pour mon fils, et il me laisse vivre. Pour moi, ça vaut bien quatre-vingt-dix mille dollars.

Joe réfléchit un moment.

– C'est une grosse somme et c'est bien vu. Le problème, c'est que même si Lucius accepte dans un premier temps, il risque de revenir sur sa décision après coup, et de se dire : « Elle sera en rogne à sa sortie de taule. Pour le moment, ce n'est pas le cas, mais plus tard, elle sera furieuse d'avoir passé ce marché. Alors, elle redeviendra une menace pour moi. »

– J'ai aussi envisagé cette hypothèse, souligna-t-elle.

– Votre conclusion ?

– Si vous allez le voir, il faut que vous soyez accompagné d'un témoin. Dans notre milieu, ça compte. S'il parle, tout le monde saura.

– Tout le monde saura aussi que Lucius a essayé de vous éliminer pour cent mille dollars.

– Et alors ? Si mon employée se faisait pincer par les flics alors qu'elle me doit cent mille dollars, je lancerais un contrat sur elle moi aussi. Les affaires sont les affaires, ça tombe sous le sens.

Décidément, les recrues de Lucius n'étaient pas des tendres, songea Joe.

– Mais si on apprend que j'ai racheté ma vie au prix fort et que Lucius n'en a pas tenu compte, eh bien… Même dans notre activité, Joe, il existe ce qu'on appelle une éthique.

– Vous croyez ? (Il s'accorda quelques instants de réflexion.) Bon, j'imagine que votre position se défend. Mettons que je trouve quelqu'un qui ait suffisamment de couilles pour monter avec moi sur le bateau de Lucius, et que j'expose à votre patron les termes du marché. Mettons aussi qu'il les accepte. Qu'est-ce que ça me rapporte ?

– Vous ne sauveriez pas une femme en détresse par pure bonté d'âme ?

– Tout dépend de la femme en question. Vous avez refroidi pas mal de gens, Theresa, dont deux de mes connaissances. Je ne suis pas certain que votre disparition soit aussi tragique que vous semblez le penser.

– Et mon fils ?

– La meurtrière de son père n'est peut-être pas la mieux placée pour l'élever.

– Pourquoi êtes-vous venu, alors ?

– Par curiosité. Je ne m'expliquais pas votre insistance à me voir.

– Oh, il en va juste de votre vie, Joe. (Elle s'autorisa un sourire dédaigneux.) Et de l'avenir de votre fils – pour qu'il ne grandisse pas dans un orphelinat lui non plus.

Joe lui retourna un sourire semblable.

– Vous voulez à toute force me persuader que je suis en danger, Theresa. C'est ridicule, je passe mon temps à créer de la richesse, pas à faire des vagues... Ma mort nuirait gravement à nos marges bénéficiaires à Tampa, à La Havane, à Boston et à Portland, Maine. Dans ces conditions, qui aurait intérêt à ce que je disparaisse ?

– Tous ceux qui voudraient nuire à nos marges bénéficiaires à Tampa, à La Havane, à Boston et à Portland.

Cette fois, Joe dut bien reconnaître qu'elle avait marqué un point.

– Donc, d'après vous, la menace viendrait de l'extérieur ?

– Franchement, j'ignore d'où elle vient – de l'intérieur, de l'extérieur, du haut commandement allemand... Aucune idée. Tout ce que j'ai, c'est un nom et une date.

Joe éclata de rire.

– Vous voulez dire que le commanditaire a choisi un jour spécifique ?

Elle confirma d'un signe de tête.

– Le mercredi des Cendres.

– Oh... Mes assassins seraient pratiquants ? Originaires de La Nouvelle-Orléans, peut-être ?

– Riez tant que vous voulez, Joseph. Même jusqu'à votre tombe si ça vous chante.

Ils tournèrent à l'angle du grillage. Le parking se trouvait désormais sur leur gauche. Joe aperçut Al Butters et Tomas dans la voiture ; Butters avait baissé son chapeau sur ses yeux, et Tomas les regardait. Joe lui fit un petit signe, que son fils lui rendit.

– En fin de compte, conclut-il, vous ne savez pas grand-chose au sujet de ce supposé contrat.

– Je sais qui va s'en charger et je suis presque sûre de savoir qui l'a engagé.

Joe vit Tomas se replonger dans son livre.

– Facile, répliqua-t-il. Si vous êtes au courant, c'est que Lucius est le commanditaire. Et vous voulez que je me jette dans la tanière du loup – non, dans sa putain de gueule – pour acheter votre liberté ?

– Lucius ne tue plus.

– Allez raconter ça aux deux derniers types qui sont montés sur son bateau et n'en sont jamais redescendus.

– Alors, faites-vous accompagner par quelqu'un d'intouchable, un homme à qui personne n'oserait s'en prendre.

Joe se fendit d'un petit sourire crispé.

– Il y a encore deux jours, j'aurais dit qu'un tel homme, c'était moi.

– Gil Valentine aurait dit la même chose en 1940.

– Qui l'a éliminé, Theresa ?

– Je l'ignore, comme tout le monde. J'ai juste mentionné son nom pour que vous compreniez bien – non, en fait, pour que vous gardiez en tête – que personne n'est en sécurité dans notre activité. (Elle expédia sa cigarette dans l'herbe et sourit à travers le grillage.) Pas même vous.

– Vous me révélerez le nom de celui qui a accepté le contrat ?

Hochement de tête.

– À la seconde où mes dix pour cent apparaîtront sur mon compte en banque.

– Il n'y a pas beaucoup de tueurs à la hauteur de la tâche. Et si j'utilisais mon pouvoir de déduction pour l'identifier ?

– Et si vous vous trompiez ?

Derrière Theresa, de l'autre côté de la cour et du grillage opposé, l'enfant blond les observait d'un monticule herbeux.

– Theresa...

– Oui, Joe ?

– Pourriez-vous me rendre un service ? Dites-moi ce que vous voyez à midi.

Si elle parut intriguée, elle tourna néanmoins la tête vers le monticule.

Le gamin, en bermuda bleu foncé retenu par des bretelles et chemise blanche à col large, s'assit sur l'herbe et ramena ses genoux contre sa poitrine.

– Je vois un grillage, déclara-t-elle.

– Et derrière ?

– Où ? (Elle tendit le doigt.) Là-bas ?

– Oui, en face. Vous voyez quelque chose sur cette petite éminence ?

Theresa reporta son attention sur lui en souriant.

– Bien sûr.

– Quoi ?

– Vous êtes myope à ce point ?

– Qu'est-ce que vous voyez ? insista-t-il.

– Un faon. Mignon comme tout. Tenez, il s'en va.

L'enfant, qui s'était redressé, gravit la pente et disparut de l'autre côté.

– Un faon...

– C'est ça, le bébé de la biche. Vous savez, comme Bambi.

– Bambi...

– Ben oui. (Elle haussa les épaules.) Bon, vous avez un stylo sur vous, pour noter mon numéro de compte ?

Tomas, assis à l'arrière de la Packard, essayait de ne pas se gratter le visage ni les bras. Cela lui demandait un tel effort qu'il se sentit de nouveau somnolent.

Alors qu'il regardait son père parler à la petite femme mince en tenue orange de prisonnier, il se demanda pour la énième fois quel était son métier. Il savait que c'était un homme d'affaires, et qu'il possédait une sucrerie et une compagnie de rhum avec oncle Esteban qui, tout comme oncle Dion, n'était pas un vrai oncle. Beaucoup de choses dans leur vie n'étaient pas forcément ce qu'elles paraissaient être.

Il vit son père se retourner et revenir sur ses pas. La femme marchait parallèlement à lui de l'autre côté du grillage. Elle avait des cheveux noirs – un détail qui lui fit penser à sa mère. C'était le seul souvenir qu'il était certain de garder d'elle : il appuyait la joue contre son cou, et sa longue chevelure se déployait autour de lui, pareille à un châle. Elle sentait le savon et fredonnait une chanson. Il n'avait jamais oublié la mélodie. Quand il avait cinq ans, il l'avait chantée à son père, qui avait été tellement bouleversé qu'il en avait eu les larmes aux yeux.

« Tu connais cette chanson, papa ?

– Oh oui, je la connais.

– C'est une chanson cubaine ? »

Son père avait secoué la tête. « Non, américaine. Ta mère l'adorait, même si elle est très triste. »

Il n'y avait pas beaucoup de paroles, et Tomas les avait apprises avant d'avoir six ans. Pour autant, il n'était pas certain d'en avoir bien saisi le sens.

Black girl, black girl, don't lie to me
Tell me where did you sleep last night

In the pines, in the pines
Where the sun don't ever shine
I shivered the whole night through[1]

Suivait une strophe à propos d'un homme fauché par un train, qui était peut-être, ou peut-être pas, le mari de la fille. Tomas savait par son père que la chanson était connue sous plusieurs titres : « In the Pines », « Black Girl », ou encore « Where Did You Sleep Last Night ? ».

Tomas l'avait toujours trouvée effrayante, et la voix du chanteur lui paraissait particulièrement menaçante quand il disait : « Don't lie to me », « Ne me mens pas ». Sa fascination ne provenait pas du plaisir qu'il en retirait, parce qu'il n'en retirait absolument aucun. Au contraire, elle lui fendait le cœur chaque fois qu'il la passait sur le Victrola. Mais c'était justement grâce à cette tristesse qu'il avait l'impression de communiquer avec sa mère. Pour lui, c'était elle la fille sous les pins, qui se retrouvait seule et frissonnait toute la nuit.

D'autres fois, il imaginait qu'elle n'était pas sous les pins, qu'elle vivait dans un monde au-delà de la nuit et du froid, un lieu où il faisait très chaud, où le soleil cuisait la brique des rues sous ses pieds. Elle se promenait sur une place un jour de marché et choisissait des articles en prévision du jour où son père et lui la rejoindraient.

Elle tendait à Tomas un foulard de soie rouge en disant : « Tu veux bien me le tenir, mon petit bonhomme ? »

---

1. Ma beauté noire, ma beauté noire, ne me mens pas / Dis-moi où tu as passé la nuit / Sous les pins, sous les pins / Là où le soleil ne brille jamais / J'ai frissonné toute la nuit.

Puis, tout en choisissant un autre foulard, bleu clair celui-là, elle fredonnait « In the Pines ». Elle se tournait vers lui, le carré d'étoffe à la main, et s'apprêtait à le lui donner… quand la portière de la voiture s'ouvrit. Réveillé en sursaut, Tomas vit son père se glisser à côté de lui sur la banquette arrière.

Quelques instants plus tard, ils s'éloignaient de la prison et s'engageaient sur la route sous un soleil rasant, encore chaud, qui les cernait de toutes parts. Son père baissa sa vitre, ôta son chapeau et laissa le vent lui ébouriffer les cheveux.

– Tu pensais à ta mère, mon garçon, pas vrai ?

– Comment t'as deviné ?

– T'as toujours une expression particulière, dans ces moments-là.

– Laquelle ?

– T'as l'air ailleurs.

– Tu sais, je crois qu'elle est heureuse.

– Ah. La dernière fois, tu m'as dit qu'elle était dans le noir.

– C'est pas tout le temps pareil.

– Ah.

– Et toi, tu crois qu'elle est heureuse, là où elle est ?

Son père se tourna vers lui.

– En fait, oui.

– Elle doit se sentir drôlement seule, pourtant…

– Pas sûr. Si on part du principe que, dans l'autre monde, le temps s'écoule de la même manière qu'ici, alors oui, elle n'a que son père pour toute compagnie, et elle ne l'aimait pas beaucoup. (Il tapota le genou de Tomas.) Mais peut-être que le temps n'existe plus après la mort ?

– Je comprends pas.

– Imagine qu'il n'y ait plus de minutes, plus d'heures, plus d'horloges. Plus de nuit succédant au jour. J'aime à penser que ta mère n'est pas seule, parce qu'elle ne nous attend pas. On est déjà là-bas avec elle.

Les yeux fixés sur le visage paternel, Tomas fut frappé, comme il l'était parfois, par la force de conviction qui émanait de lui. Il ne comprenait pas toutes les raisons qui le poussaient à agir, et son père ne lui donnait pas beaucoup d'explications mais, lorsqu'il décidait quelque chose, il ne revenait jamais en arrière. Si le jeune garçon était déjà en âge de soupçonner qu'une telle détermination pouvait poser des problèmes, il savait aussi qu'elle lui procurait un sentiment de sécurité inégalable. Joe Coughlin, toujours drôle et élégant, parfois aussi irritable, était un homme qui communiquait aux autres son assurance sans faille.

– C'est vrai ? On est avec elle ? reprit-il.

Son père se pencha pour lui déposer un baiser sur les cheveux.

– Oui.

Tomas sourit, toujours somnolent. Il cilla à plusieurs reprises, sa vue se brouilla et il se rendormit en sentant toujours dans ses cheveux la pression des lèvres paternelles, douces comme une caresse.

Quelqu'un veut ta mort.

Joe ne parvenait pas à chasser cette pensée. Son côté rationnel savait pourtant que c'était absurde : s'il y avait bien un atout irremplaçable dans la famille Bartolo, c'était lui. Et il n'était pas seulement indispensable à la famille Bartolo : il était indissociable des opérations de Lansky et, par extension, de celles de Luciano ; il marchait main dans la main avec Carlos Marcello à

La Nouvelle-Orléans, Moe Dietz à Cleveland, Frank Costello à New York et Little Augie à Miami.

Pas moi.

On avait déjà essayé de le tuer autrefois, mais jamais sans raison : un mentor qui l'avait jugé trop ambitieux ; avant, des membres du Ku Klux Klan qui n'appréciaient pas qu'un petit Yankee pâlot débarque sur leur territoire et leur montre comment gagner gros : et encore avant, un gangster qui lui en voulait d'être tombé amoureux de sa petite amie.

Ces motivations-là, il pouvait les comprendre.

Pourquoi moi ?

Joe ne se rappelait même pas la dernière fois où il avait suscité la colère de quelqu'un. C'était Dion qui mettait les autres hors d'eux. Il se faisait tout le temps des ennemis, et le plus souvent il les éliminait afin que leur existence ne perturbe pas son sommeil. Depuis que Joe lui avait cédé sa place à la tête de l'organisation de Tampa, en 1935, Dion avait versé beaucoup de sang – beaucoup moins que s'il n'avait pas eu son ami comme *consigliere*, mais tout de même une quantité non négligeable. Peut-être que le contrat avait été lancé sur lui, et que les commanditaires avaient estimé nécessaire de se débarrasser aussi de son éminence grise ? Non, impossible, se dit-il. L'exécution d'un chef de famille devait toujours être approuvée, et les seules personnes susceptibles de donner leur accord étaient toutes ses associés – des hommes qui se remplissaient les poches grâce à lui et comptaient bien continuer encore longtemps.

Sauf que, d'après Theresa, l'avocat de King Lucius l'avait spécifiquement nommé, lui. Il l'avait désigné comme LA cible, pas comme l'une des cibles.

Mais Theresa était une tueuse doublée d'une arnaqueuse de haut vol qui, en l'occurrence, avait un bon motif de vouloir l'impliquer. Elle savait que Joe Coughlin était l'un des rares à pouvoir approcher King Lucius et, éventuellement, le raisonner. Par conséquent, ce serait bien joué de sa part de le rallier à sa cause en l'avertissant d'un complot pour l'assassiner – une menace à la fois vague et suffisamment précise pour lui mettre en tête un compte à rebours : le mercredi des Cendres tombait huit jours plus tard. Bien sûr, il pouvait toujours se dire qu'il n'y avait aucune raison pour qu'on veuille le tuer, et que s'il y en avait une, il avait suffisamment d'amis dans le milieu pour que l'un d'eux entende parler du contrat et l'en informe à temps. Il pouvait toujours se dire que, en dehors d'un prétendu échange entre un avocat véreux et une tueuse, cette rumeur n'avait pas plus de substance que la fumée qui s'élevait de sa cigarette. Et si la victime désignée avait été quelqu'un d'autre, Joe aurait ri de cette ruse, qu'il aurait prise pour ce qu'elle était : la tentative désespérée d'une femme aux abois cherchant à s'assurer la collaboration d'un homme qu'elle croyait capable de la sauver.

Le problème, c'était que cette rumeur, aussi imprécise, infondée et improbable fût-elle, le concernait.

Il tourna la tête et sourit à son fils, qui papillotait comme s'il luttait contre le sommeil. Tomas lui rendit son sourire et plissa les yeux, l'air perplexe. Joe secoua la tête pour lui signifier : « Rien, ce n'est rien. Tout va bien. » Les paupières du jeune garçon se fermèrent, son menton tomba sur sa poitrine. La nuque offerte à la caresse du vent qui s'engouffrait par la vitre ouverte, Joe le contempla en fumant une cigarette.

Soudain, Al Butters lui dit qu'il avait besoin de s'arrêter pour soulager sa vessie.

– Pas de problème, répondit Joe. Attention aux alligators et aux serpents.

– Bah, ils s'intéressent pas à ma vieille carcasse, y a pas de danger, répliqua le chauffeur.

Quand il se rangea sur le bas-côté, les pneus côté passager s'enfoncèrent dans l'herbe.

Butters descendit de la Packard, puis fit quelques pas avant de baisser sa braguette – ou, du moins, Joe le supposa-t-il ; comme le chauffeur leur tournait le dos, il était impossible de voir ce qu'il tripotait. Une arme, peut-être…

La route dessinait un ruban d'une blancheur éclatante entre des océans de marisques, parsemés de petits chênes et de pins rabougris. Le ciel avait la même couleur.

Le gang Bunsford aurait très bien pu s'adresser à un sous-traitant. Auquel cas, Al Butters risquait de faire volte-face, revolver à la main, et d'abattre le père avant de loger une balle dans le front du fils. Il ne lui resterait ensuite plus qu'à attendre l'arrivée d'un complice peut-être garé un peu plus loin, au détour d'un virage, pour s'enfuir.

Butters se retourna et revint vers la voiture en remontant sa braguette.

Après seulement qu'il eut repris le volant et redémarré, Joe recoiffa son chapeau, le baissa sur son front et ferma les yeux. Il sentait l'ombre des arbres jouer sur son visage et effleurer ses paupières.

Ce fut bientôt Graciela qui lui effleura le visage, tout doucement au début, puis avec une impatience grandissante, comme elle l'avait fait pour le réveiller le jour de la naissance de Tomas. Il était rentré la veille d'un voyage d'affaires qui les avait conduits, Esteban et lui, jusqu'à la pointe septentrionale de l'Amérique du Sud, et il avait mal dormi pendant des jours. En ouvrant les yeux, il avait lu le message dans le regard de Graciela : ils étaient sur le point de devenir parents.

« C'est le moment ?

– Oh oui. » Elle avait repoussé les draps. « C'est aujourd'hui que va arriver le premier. »

Encore vêtu de sa tenue de voyage, il s'était assis en se frottant les joues, et lui avait posé une main sur le ventre.

Au même moment, une contraction avait arraché une grimace à Graciela. « Allez, viens. »

Il s'était levé et l'avait suivie dans l'escalier. « Le premier, tu dis ? »

Elle lui avait jeté un coup d'œil par-dessus son épaule. « Bien sûr, *mi amor.* » Elle agrippait la rampe de la main gauche.

« Ah oui ? » Il avait saisi sa main libre. « Combien veux-tu en avoir ?

– Au moins trois. »

Joe ouvrit les yeux, conscient de la chaleur sur son visage.

Ce jour-là, le dernier de sa vie, Graciela n'avait pas fait allusion aux serviettes de toilette. Ni aux pamplemousses.

Elle lui avait parlé de leurs enfants.

10

Verdict

L'empire de la famille Bartolo avait son siège au dernier étage de l'American Cigarette Machine Company, un bâtiment brun foncé aux encadrements de fenêtres beiges encrassés, situé tout au bout du quai numéro 6 à Port Tampa. À son arrivée, Joe trouva Rico DiGiacomo déjà assis dans la salle d'attente.

Celle-ci était presque aussi belle que le bureau situé derrière. Le plancher se composait de larges lattes de pin couleur miel. Les fauteuils et les canapés en cuir avaient été importés de Birmanie avant la guerre. De grandes photos de Manganaro, la minuscule ville sicilienne où était né Dion, décoraient les murs. Deux ans après avoir pris la direction de l'organisation, Dion avait versé à un photographe du magazine *Life* une somme exorbitante pour qu'il aille prendre des clichés sur place. Les images, sur film Polaroid, déclinaient des teintes ambrées aussi riches et chaudes que le cuir des fauteuils et le bois du parquet. Sur l'une d'elles, un vieil homme et son âne gravissaient une colline, tandis qu'un soleil bas illuminait le champ sur leur droite. Sur une autre, trois vieilles femmes riaient devant une boucherie. Le porche d'une petite église dominait un chien endormi dans son ombre. Un enfant passait à vélo devant des oliviers.

Joe, qui n'éprouvait jamais d'accès de nostalgie, avait toujours l'impression que ces photos manifestaient le désir chez Dion de se réapproprier un monde dont il ne gardait qu'un vague souvenir – un monde qui lui avait échappé avant qu'il n'ait eu le temps d'en apprécier pleinement la saveur et les parfums. Ceux-ci s'étaient pourtant profondément gravés en lui, même s'il avait seulement quatre ans quand il avait quitté l'Italie. Peu à peu, ils étaient devenus synonymes pour lui de la patrie qu'il avait presque connue, du jeune garçon qu'il avait presque été.

Après avoir échangé une poignée de main avec Rico, Joe s'installa sur le canapé à côté de lui.

– Tu crois que ce vieux schnock grimpe là-haut tous les jours ? demanda Rico en montrant la photo de l'homme avec son âne.

– Difficile à dire. Aujourd'hui, avec la guerre et tout, ça m'étonnerait.

– Moi, je te parie qu'il continue, déclara Rico, sans quitter des yeux l'image. Il me rappelle mon père : le boulot avant tout, même si – non, en fait, *surtout si* – les bombes tombent du ciel. À la réflexion, remarque, ce bonhomme et son âne ont dû être pulvérisés depuis longtemps. Mais, à mon avis, il n'a jamais renoncé au but de toute une vie.

– Qui était ?

– Je dirais, emmener son foutu bourricot en haut de cette colline tous les jours.

Joe gloussa. Il avait oublié à quel point la compagnie de Rico DiGiacomo était distrayante. C'était sans doute ce qui avait été le plus difficile pour lui quand il avait décidé de s'en séparer comme garde du corps pour le diriger vers une carrière plus prometteuse : être obligé de se passer de sa présence.

Tous deux tournèrent la tête en même temps vers la porte en chêne qui donnait sur le bureau de Dion.

– Il y a quelqu'un avec lui ? demanda Joe.

– Oui. Mon frangin.

Joe relâcha lentement son souffle.

– Bon, tu me racontes ?

Rico haussa les épaules, puis déplaça son chapeau d'un genou à l'autre.

– Deux des gars de Freddy sont tombés sur Montooth dans la 10e Rue…

– Des Blancs, tu veux dire ?

– Mouais. Kermit…

– On recrute vraiment des types prénommés Kermit, aujourd'hui ? s'étonna Joe.

Nouveau haussement d'épaules.

– Bah, on se débrouille comme on peut. Comme tu le sais, la moitié de nos recrues siciliennes sont de l'autre côté de l'Atlantique.

Joe ferma les yeux et se pinça l'arête du nez avant de soupirer.

– Donc, ce, euh… Kermit et son copain avaient décidé de faire une petite promenade de santé dans la Ville brune à dix heures du soir ?

Un léger sourire étira les lèvres de Rico.

– On va dire ça. Bref, la bagarre a éclaté en pleine rue. À un certain moment, le grand nègre a sorti un flingue et commencé à les canarder. Avant qu'ils aient pu réagir, Montooth avait logé une balle dans le crâne de Wyatt Pettigrue.

– Pettigrue ? Le gamin de la Troisième Avenue, près de l'épicerie mongole ?

– C'est plus un gamin, Joe. Maintenant, c'est même plus rien du tout. Mais, c'est vrai, il devait avoir dans les vingt ou vingt et un ans. Il venait d'être père.

– Merde.

Joe se rappelait encore l'époque où il prenait place sur la chaise du petit cireur installé à l'angle de la Troisième Avenue et de la 6e Rue. Si le gosse n'était pas trop doué pour faire briller les chaussures, il avait du bagout et savait lui résumer les principales informations des journaux du matin.

– Mouais, il est au funérarium Blake, poursuivit Rico. Deux balles dans la poitrine, une en pleine figure. Sa fille n'a que trois jours… Un sacré gâchis, si tu veux mon avis.

D'un même mouvement, ils consultèrent la pendule au-dessus de la porte : déjà dix minutes de retard. C'était une autre caractéristique du règne de Dion Bartolo : les réunions ne commençaient jamais à l'heure.

– Donc, Montooth a descendu deux des nôtres, récapitula Joe. Et lui, comment il s'en est sorti ?

– Oh, il est toujours de ce monde. Peut-être plus pour très longtemps, cela dit, vu comme Freddy est remonté contre lui.

– T'es de son côté ? s'enquit Joe.

Rico changea de position sur le canapé et poussa un profond soupir.

– Tu crois que j'ai le choix ? Quand ton môme foire dans les grandes largeurs, est-ce que tu le renies ? Écoute, Joe, Freddy est un gros con. Je le sais, tu le sais. Il a mis le pied sur le territoire de Montooth en clamant qu'il allait se l'approprier et, évidemment, Montooth a joué les gros durs, genre : « Viens-y, enfoiré ! » En attendant, c'est moi le responsable de ce merdier.

– Pourquoi ?

– Si j'étais intervenu il y a quelques mois, dès les premiers remous, j'aurais peut-être pu empêcher l'explosion. Mais je ne l'ai pas fait. Résultat, Montooth a buté deux des gars de Freddy, ce qui revient à avoir buté deux de nos gars. On ne peut pas laisser passer ça.

Joe demeura pensif quelques instants.

– J'en sais trop rien. Après tout, c'est Freddy qui a lancé l'offensive. Comment voulais-tu que Montooth réagisse ?

Son voisin écarta les mains d'un air à la fois raisonnable et piteux.

– Pas en descendant deux Blancs.

Joe secoua la tête, consterné par l'absurdité de la situation.

– Au fait, tu reviens de voyage ? lui demanda Rico en indiquant sa tenue.

– Ça se voit tant que ça ?

– T'es toujours tiré à quatre épingles, mais là, j'ai l'impression que t'as dormi dans ton costard.

– Ah. Et les cheveux ?

– Ça va. La cravate est un peu de traviole. T'étais où ?

Joe rajusta sa cravate en lui racontant son expédition à Raiford et ce que lui avait confié Theresa au sujet de son décès imminent.

– Un contrat ? Sur toi ? (Rico partit d'un gros rire.) Joe, c'est le truc le plus ridicule que j'aie jamais entendu !

– C'est ce que je lui ai dit.

– Et tu devrais te fier à la parole d'un foutu démon en jupons complètement parano ?

– J'en sais rien. Même si, dans son cas, la paranoïa est justifiée.

– Sûr que quand on bosse pour King Lucius, on accepte de vendre son âme au diable. C'est le fondement même de la relation. (Rico frotta son menton pointu, rasé de près.) Et maintenant, t'as plus que ça en tête, pas vrai ? La possibilité qu'il y ait un type embusqué quelque part, attendant tranquillement de t'avoir dans sa ligne de tir…

– Ce n'est pas rationnel, mais oui.

– Difficile de rester rationnel quand t'apprends qu'on a peut-être lancé un contrat sur toi ! (Rico le dévisagea quelques secondes, les yeux écarquillés.) En attendant, c'est n'importe quoi. Tu t'en rends compte, j'espère !

Joe acquiesça.

– Du grand n'importe quoi, Joe. Merde, à elle seule, la liste des juges que t'as dans ta poche vaut plus que tous les bordels de Tampa réunis ! s'exclama Rico, qui ponctua cette remarque d'un petit rire. T'es la poule aux œufs d'or.

– Alors, pourquoi est-ce que je ne me sens pas en sécurité ?

– C'est sûrement le but recherché.

– Admettons. Mais pourquoi ?

Rico ouvrit la bouche, la referma en laissant son regard se perdre dans le vide, puis gratifia Joe d'un sourire penaud.

– Aucune idée, avoua-t-il. C'est juste que ça ne tient pas debout.

– Possible. Pour autant, va essayer de dormir en sachant que t'es peut-être une cible.

– Tu te rappelles quand Claudio Frechetti croyait que je m'envoyais sa femme ?

– Tu te l'envoyais, je te signale, souligna Joe.

– Mais il n'avait pas de preuves. Quand il a cru pouvoir en obtenir, il a dit qu'il allait me descendre. À l'époque, je n'étais personne, je n'avais pas encore été intronisé, alors que lui, c'était un gagneur de première. Bon sang ! Je n'ai pas roupillé deux nuits de suite au même endroit pendant six semaines. Je me suis allongé sur plus de canapés qu'une mauvaise actrice. Et puis, un jour, je suis tombé sur Claudio à la sortie du Rexall, en ville. Il avait des valises sous les yeux et des tics nerveux parce qu'il avait entendu dire qu'on avait lancé un contrat sur lui. Durant tout ce temps, il n'en avait rien eu à foutre de moi. J'avais perdu six semaines à me planquer, et lui ne pensait qu'à la balle à son nom.

– Qui l'a expédié dans l'autre monde une semaine plus tard, pas vrai ?

– Exact. Il piochait dans la caisse, si je me souviens bien.

Joe fit non de la tête.

– C'était une balance.

– Claudio ?

– C'est à cause de lui qu'on a perdu tous ces chargements dans la 41e, à l'époque, confirma Joe. Cinquante mille dollars de marchandise partis en fumée derrière l'immeuble du bureau des Narcotiques ! Forcément, tu cherches d'où vient la fuite et tu t'arranges pour la colmater.

Ils gardèrent le silence quelques instants, les yeux de nouveau rivés sur la pendule. Rico fut le premier à reprendre la parole.

– Pourquoi tu ne quitterais pas la ville pendant deux ou trois semaines ? Tu pourrais faire un petit séjour à Cuba, non ? Au moins, tu ne seras pas obligé de roupiller sur un canapé…

– Et si c'était ça, le plan ? Le tueur m'attend peut-être là-bas.

– Ce serait bien vu, convint Rico. Mais est-ce qu'on connaît quelqu'un d'assez ingénieux pour y avoir pensé ?

– Le nom de King Lucius revient souvent.

– Alors va lui parler.

– C'est bien mon intention. T'as des projets pour demain ?

Rico DiGiacomo sourit de toutes ses dents.

– Comme au bon vieux temps, hein ?

– Comme au bon vieux temps.

– Ça nous rajeunirait.

– Alors, c'est oui ?

– Tu parles que c'est oui !

Au même instant, l'épaisse porte en chêne devant eux s'ouvrit, et Mike Aubrey leur fit signe d'entrer. Geoff le Finlandais attendait de l'autre côté. Il avait enlevé sa veste, révélant le revolver dans son holster d'épaule. Les deux gardes du corps avaient beau afficher leur mine la plus impassible devant les visiteurs, Joe doutait qu'ils puissent conserver leur sang-froid s'ils devaient affronter un jour des situations aussi foireuses que Dion et lui dans les années 1930.

Quand il alla se servir un verre, Rico l'imita. Le capitaine Dale Byner, du Cinquième District, arriva sur ces entrefaites et s'en servit un lui aussi. La Famille avait commencé à lui graisser la patte quand il n'était encore qu'un petit inspecteur. Un jour, il serait promu commissaire. Il n'était pas particulièrement corrompu – on ne pouvait cependant jamais être sûr de rien avec les flics –, il voulait juste maintenir la paix, et ce, par n'importe quel moyen. Il était également fin psychologue mais nul en affaires, une combinaison idéale.

Joe prit place sur le canapé en face du bureau de Dion, et Freddy vint s'installer à côté de lui, si près que leurs genoux se touchaient. Joe se hérissa aussitôt. Il ne pouvait supporter que ce crétin vienne s'asseoir là comme s'ils étaient tous les deux à la fois la partie lésée et le chiot qui s'était encore oublié sur le tapis – comme s'il voulait convaincre tout le monde de sa bonne foi et de son absence de responsabilité dans ce fiasco.

Dion alluma son cigare, considéra Freddy à travers la fumée, puis lança :

– Alors, qu'est-ce que t'as à dire pour ta défense ?

L'intéressé parut tomber des nues.

– Comment ça, pour ma défense ? Montooth Dix a descendu deux de mes gars, alors il doit disparaître. Point final.

– Le bruit circule depuis des mois que vous essayez de vous emparer du territoire de notre ami, Freddy, intervint le capitaine Byner.

– « Notre ami » ? répéta Freddy. Vous allez souvent boire un coup avec lui à l'Elks, Byner ? Me faites pas rigoler ! S'il se pointait dans votre quartier, vous l'abattriez sans sommation.

– Montooth Dix gère les loteries clandestines dans la Ville brune depuis que je suis arrivé ici en 1929, déclara Joe. C'est un homme d'affaires, il a toujours été réglo avec nous et il a même planqué les frères Sukulowski après ce vaste foutoir à Oldsmar il y a deux ans. Tous les flics de la ville les cherchaient, et Montooth les a mis à l'abri pour nous.

– Alors, c'est comme ça que les Sukulowski ont réussi à filer ? s'étonna le capitaine Byner.

– Oui, répondit posément Joe en allumant une cigarette.

– Et ils sont allés où ?

Joe expédia son allumette dans le cendrier.

– Il vaut mieux que vous ne le sachiez pas, croyez-moi.

– Messieurs, intervint Rico, je suis d'accord avec vous. Faut être un sacré trouduc pour s'attaquer à Montooth.

La mine de son aîné s'allongea encore.

– Oh oui, Freddy, insista Rico, qui le regarda droit dans les yeux et, du pouce et de l'index, forma un cercle. Un énorme trouduc ! Assez gros pour y fourrer un pot de peinture. (Il s'adressa ensuite aux autres.) Mais on ne peut pas accepter qu'un nègre tue un Blanc, même si c'est un nègre qu'on aime bien, et pour ma part j'aime bien Montooth. J'ai même rompu le pain avec lui. N'empêche. On ne peut pas laisser un homme qui n'est pas des nôtres éliminer l'un des nôtres. Dion ? Joe ? C'est vous qui m'avez appris ça : tu t'en prends à la Famille, la Famille s'en prend à toi. C'est une règle d'or.

Dion se tourna vers Joe.

– Qu'est-ce que t'en penses ? Sur le plan des affaires, pas des sentiments.

– Je me suis déjà laissé guider par mes sentiments, peut-être ? répliqua Joe.

Sans laisser à son ami le loisir de répondre, il précisa :

– Durant ces dix dernières années ?

– Admettons, marmonna Dion.

– Sur le plan des affaires, commença Joe, on peut craindre un désastre. Si les associés de Montooth se retournent tous contre nous, ils sont capables de nous foutre dedans pour ce qui est de la vente d'héroïne, de notre pourcentage sur les loteries et de notre contrôle sur certaines usines de cigares. En ce qui concerne les filles, ils ont la mainmise sur les réseaux d'approvisionnement jamaïcains et haïtiens, soit presque la moitié du secteur dans cette ville. On se dit toujours qu'on fonctionne de manière indépendante, mais ce n'est pas le cas. Tous ceux qui ont essayé de détrôner Montooth au cours des vingt dernières années ont connu une mort violente. Et il n'a pas de successeur désigné. Par conséquent, le vide laissé par sa disparition risque de rapidement dégénérer en lutte de pouvoir cauchemardesque. On pourra alors faire une croix sur nos gains dans ces quartiers.

– Il a des fils, souligna Freddy.

Joe s'adressa à lui en s'efforçant de dissimuler son mépris derrière un air raisonnable et respectueux.

– Parmi eux, un seul, Breezy, a les reins solides. Mais je vois déjà au moins deux ou trois gars là-bas qui n'hésiteraient pas à le renverser s'il accédait au trône.

– Avec une chance de s'imposer ? s'enquit Dion.

Tous se tournèrent vers Rico dont, en fin de compte, c'était le territoire.

– Non, déclara-t-il. (Il secoua la tête, marqua une pause, la secoua de nouveau.) Non, je ne crois pas. À part peut-être…

– Qui ? le pressa Dion.

Rico chercha le regard de Joe pour obtenir une confirmation.

– Tu penses à qui je pense ? demanda ce dernier.

Rico acquiesça, et les deux hommes répondirent à l'unisson :

– Little Lamar.

– Celui qui gère le transport des Chinetoques ? lança Dion.

– Exact, dit Joe. C'est le seul qui a une chance de rallier les troupes s'il s'empare du pouvoir assez vite.

– Ils le respectent à ce point ? s'étonna Dion.

– Non, ils le craignent à ce point, rectifia Joe.

– On peut traiter avec lui ? demanda Dion.

Ce fut au tour de Freddy et Rico de se regarder.

– Possible, dit Rico. À condition d'allonger assez de billets verts.

– C'est un homme d'affaires, renchérit Freddy. Il…

– C'est une putain de vipère ! s'exclama le capitaine Byner. Il serait prêt à massacrer ses propres gosses si ça pouvait lui rapporter dix dollars. Et à baiser leurs cadavres pour vingt. (Il se pencha en avant et remplit de nouveau son verre.) Je vais vous raconter comment il traite ses affaires, ce type-là ! L'année dernière, on a découvert un conteneur plein de bridés – neuf hommes, sept femmes, sept mômes – au fond de l'océan. L'enquête a révélé que parmi eux, il y avait le père d'une fille que Lamar avait mise sur le trottoir dans la 15e Rue. Elle s'était tirée à San Francisco avec un autre Chinetoque. Quand Lamar a entendu dire que le père arrivait sur un cargo dont il détenait des parts, il a donné l'ordre de jeter le conteneur par-dessus bord. Il a éliminé vingt-trois personnes simplement parce qu'une de ses putes avait pris la tangente. Et c'est ce fumier que vous voulez mettre au pouvoir ?

– Vous savez quoi ? répliqua Freddy. Fermez-la, Byner. (Il grimaça comme s'il avait mordu dans un citron.) D'accord ? Fermez-la.

– Ah oui ? Je propose qu'on se rencontre en dehors des heures de boulot, Freddy, répliqua Byner. On verra alors si vous pouvez me faire taire.

– Ça suffit ! ordonna Dion. Oh, bon sang… (Il porta son verre à ses lèvres, puis le brandit vers Joe et Rico.) Dans cette affaire, je m'en remets à vous deux. Les rues de la Ville brune, moi, j'y connais plus rien.

À ces mots, Joe devina sans peine la question qui venait à l'esprit de chacun : qu'est-ce que Dion connaissait encore aux rues de Tampa ?

Mais le dernier à avoir osé suggérer en public que le boss avait un peu trop tendance à s'en laver les mains s'était retrouvé avec ces mêmes mains autour de sa gorge jusqu'à ce que mort s'ensuive.

D'un coup d'œil, Joe céda la parole à Rico.

Celui-ci frotta ses paumes pour en faire tomber la poussière de cacahouète et se pencha en avant.

– J'aimerais qu'il y ait une autre solution, mais je n'en vois pas. Montooth Dix doit disparaître. Et pour limiter au maximum les risques de représailles, son fils doit disparaître aussi. On met Lamar à la barre, et s'il se révèle trop dingue pour tenir le cap, on confie le poste au remplaçant qu'on aura trouvé dans l'intervalle. La perte temporaire de profits durant la phase de transition sera largement compensée par ce que nous rapporteront les loteries de Montooth. Le jeu, là-bas, c'est une religion. (Il tendit de nouveau la main vers le bol de cacahouètes.) Comme je l'ai dit, je préférerais qu'il y ait une autre solution. Malheureusement, il n'y en a pas.

Tout le monde regarda Joe.

Celui-ci écrasa sa cigarette.

– Je ne crois pas qu'on puisse traiter avec Lamar, déclara-t-il. Il est beaucoup trop cinglé. Quant à Breezy Dix, il n'a pas la carrure nécessaire pour à la fois succéder à son père et repousser les attaques de Little Lamar. Dans tous les cas, je pense que nos profits seront bien plus affectés que ne semble le croire Rico. Montooth sait tenir ses troupes et tout le monde le respecte, là-bas. C'est grâce à lui que la paix règne à Ybor la Noire depuis 1920. Alors, je propose qu'on accorde à Freddy ce qu'il réclame : il reprend les loteries de Montooth, qu'il garde néanmoins comme associé. De son côté, Montooth acceptera le marché, parce qu'on lui aura fait comprendre que l'alternative est la mort.

Son discours terminé, Joe s'adossa au canapé tandis que Dion contemplait la pièce. Durant un moment, personne ne souffla mot. Pour finir, Dion se leva et emporta son verre et son cigare près de l'immense fenêtre circulaire qui dominait les grues de ponton, les silos à grain et les eaux paresseuses du canal. Quand il se retourna, Joe put lire la réponse sur ses traits.

– Il faut l'éliminer, affirma-t-il. (Il haussa les épaules.) Si on le laisse s'en tirer alors qu'il a liquidé deux des nôtres, on ne transmet pas le bon message.

– Ça n'aura rien de facile, objecta Byner. Montooth se terre dans sa forteresse. Il a des vivres en quantité et des soldats qui surveillent en permanence tous les accès. Certains sont même postés sur le toit. En l'état, elle est imprenable.

– Foutez-y le feu, suggéra Freddy.

– Oh, bon Dieu ! s'exclama Rico. Mais qu'est-ce que t'as dans le crâne ?

– Pourquoi tu dis ça ?

– Il vit là-bas avec ses trois femmes, répondit son frère.

– Plus six gosses, renchérit Joe.

– Et alors ?

Même Dion, qui avait pourtant à lui seul versé plus de sang que tous les chefs de gangs dont la ville gardait le souvenir, parut atterré.

– Mettons qu'une de ses régulières y passe, et un de ses mômes aussi, poursuivit Freddy. C'est la guerre, non ? Tout le monde sait que c'est moche, la guerre. Alors, où est le problème ?

– Tu vois des babouins dans cette pièce ? Ou des putains de chacals ? lança Dion. On n'est pas des bêtes, merde !

– C'est pas ce que…

– Si je t'entends encore une fois envisager de tuer des gosses, Freddy, je te bute moi-même, l'interrompit Joe d'un ton mesuré.

Il le regarda droit dans les yeux en souriant.

– Oh, tout doux, messieurs ! s'écria Rico en levant les mains. On se calme, d'accord ? Freddy ? Personne ne tuera de gosses. Joe ? Personne ne tuera Freddy. *Capice ?* (Il s'adressa à Dion.) Allez-y, patron, dites-nous ce qu'il faut faire.

– Postez des tireurs sur les bâtiments voisins. Si Montooth se montre, on le descend. S'il reste planqué, on attend quelques semaines qu'il en ait marre de tourner là-dedans comme un lion en cage et que l'ennui le pousse à sortir de son trou. On le descendra à ce moment-là. Entre-temps, commencez à préparer la transition en douceur. On est d'accord ?

– Et comment ! s'exclama Rico, dont le visage juvénile était réchauffé par un grand sourire. C'est pas pour rien que vous êtes le boss !

11

Une capacité infinie

Duncan Jefferts venait de quitter le bureau du légiste d'Hillsborough County et verrouillait la porte de derrière, quand un homme qu'il n'avait jamais pensé revoir émergea de derrière le fourgon mortuaire le plus proche et lança :

– Bonsoir.

Duncan se trouvait au sommet d'un quai de chargement quand Joe Coughlin monta vers lui. Le gangster, prétendument rangé, portait un costume crème, un panama assorti, une chemise blanche impeccable, une cravate au nœud parfait et des chaussures cirées qui réfléchissaient la clarté des lampes au-dessus de la rampe d'accès. Si son visage paraissait plus marqué qu'il ne l'était sept ans auparavant, son regard restait tout aussi vif, et presque candide. Ses yeux brillaient d'une lueur farouche qui semblait promettre de grandes choses. Duncan l'avait vue s'éteindre le jour où il avait fait la connaissance de Joe Coughlin, qui venait de perdre sa femme. Durant ce qui lui avait paru durer une éternité, ce dernier avait posé sur lui un regard vide, sans vie ni lumière, et il se rappelait encore avoir eu la certitude irrationnelle que le gangster allait, d'une seconde à l'autre, lui trancher la gorge. Au lieu de quoi, la mort avait déserté le regard de Coughlin, remplacée par la gratitude, parce que son interlocuteur s'était inquiété pour le jeune Tomas. Il lui avait pressé l'épaule et serré la main, puis il avait quitté le quai avec son fils.

Duncan parlait rarement de sa rencontre avec Joe Coughlin, le tristement célèbre gangster « retiré du milieu ». Il avait essayé un jour de la raconter à sa femme, mais il s'était empêtré dans ses propos, incapable de formuler des impressions trop confuses pour être exprimées par des mots : durant leur bref échange, il avait senti chez cet homme plus de chagrin, d'amour, d'autorité, de charisme et de potentiel pour le mal que chez n'importe lequel de ses semblables.

Ce qui semblait caractériser Joe Coughlin, avait-il tenté d'expliquer à son épouse, c'était une capacité infinie.

« À faire quoi ? avait-elle voulu savoir.

– Tout. »

Lorsqu'il atteignit le sommet de la rampe, Coughlin tendit la main.

– Vous vous souvenez de moi ?

Duncan la serra.

– Bien sûr. Monsieur Coughlin, l'importateur.

– Et vous êtes le docteur Jefferts, légiste.

Ils restèrent un moment silencieux sous la lumière crue diffusée par l'ampoule au-dessus de la porte, puis échangèrent un sourire embarrassé.

– Je, euh…, commença le médecin.

– Oui ?

– Je peux faire quelque chose pour vous ?

– Je ne sais pas. Qu'en pensez-vous ?

– Je ne suis pas sûr de comprendre ce qui vous amène ici à cette heure de la nuit.

– Pourquoi ? Il est quelle heure ?

– Deux heures du matin.

– Ma femme.

Au moment où il repoussait son chapeau, Duncan surprit le regard pénétrant de l'ancien gangster fixé sur lui.

– Comment ça ?

– C'est vous qui avez pratiqué l'autopsie, n'est-ce pas ?

– Vous le saviez déjà, monsieur Coughlin.

– Non, je ne le savais pas. Je savais seulement que vous aviez emporté le corps. J'imagine que vous êtes toute une équipe à travailler dans cet établissement. Mais c'est bien vous qui avez procédé à l'examen ?

– Oui.

Coughlin se jucha sur la balustrade en fer forgé qui bordait le quai de chargement. Il alluma une cigarette et lui tendit le paquet. Duncan en prit une, puis se pencha vers le briquet qu'on lui présentait.

– Vous êtes vous-même marié, aujourd'hui, déclara Coughlin.

Duncan ne portait jamais son alliance au travail, car il l'avait un jour perdue dans un corps. Il lui avait fallu trente minutes pour la retrouver, et quatre heures pour réparer les dégâts infligés à la dépouille.

– Comment avez-vous deviné ? s'étonna-t-il.

– Vous soignez votre mise. Les types débraillés ne changent pas leurs habitudes quand ils restent célibataires.

– Je le ferai remarquer à mon épouse. Elle sera contente.

Coughlin cracha un brin de tabac.

– Est-ce qu'elle était enceinte, docteur ?

– Pardon ?

– Ma femme. Graciela Corrales Coughlin, décédée le 29 septembre 1935. (Coughlin sourit, pourtant ses yeux bleus s'étaient teintés d'un gris minéral.) Était-elle enceinte ?

Duncan se perdit quelques instants dans la contemplation du parking. Il se demanda un instant si la question posait un quelconque problème d'éthique, mais aucun ne lui vint à l'esprit.

– Oui, répondit-il enfin.

– Fille ou garçon ?

Le médecin secoua la tête en signe d'ignorance.

– Ça remonte à sept ans, souligna Joe. Vous semblez bien sûr de vous.

– C'était…

Duncan relâcha son souffle avant de laisser tomber son mégot à ses pieds.

– C'était ma première autopsie, déclara-t-il en le regardant droit dans les yeux. Je me souviens de tout. Le fœtus était minuscule, il n'avait pas plus de six semaines. La partie qui doit devenir le pénis ou le clitoris n'était pas encore assez développée pour que je puisse me prononcer.

Son interlocuteur, qui avait fini lui aussi sa cigarette, l'expédia dans l'obscurité. Il sauta de la rambarde et tendit de nouveau la main.

– Merci, docteur.

Duncan la serra. Alors que Coughlin s'éloignait vers le parking, il ne put retenir la question qui lui brûlait les lèvres :

– Pourquoi vous en soucier maintenant ?

Les mains dans les poches, l'ancien gangster se retourna et le considéra un long moment en silence. Puis, sur un haussement d'épaules, il s'éloigna dans la nuit.

12

Bone Valley

Pour aller voir King Lucius, ils prirent la Route 5 vers le sud jusqu'à la Route 32, puis se dirigèrent vers l'est à travers un paysage détrempé sous un ciel violet foncé, presque noir. Plus loin à l'est, des nuages de pluie s'étaient amoncelés et crevaient les uns après les autres, tels de petits hématomes irriguant un plus gros. Quand l'orage éclaterait, ce qui n'allait plus tarder, l'eau serait tiède, devina Joe. Tiède et huileuse, comme si les dieux transpiraient. Il était dix heures du matin, et ils roulaient phares allumés. Le temps en Floride était toujours prévisible, jusqu'au moment où il ne l'était plus. Ensuite, il se muait en une force vengeresse : éclairs qui déchiraient le ciel, vent hurlant comme les fantômes d'une armée défunte, soleil chauffé à blanc, si implacable qu'il enflammait les champs à l'automne... De telles conditions climatiques avaient le pouvoir de rappeler à Joe qu'il n'était qu'un homme. Malgré toutes ses illusions de grandeur, il n'était rien de plus.

Une trentaine de minutes après leur départ de Tampa, Rico lui demanda s'il voulait qu'il le remplace au volant.

– Non, répondit Joe. Ça va pour le moment.

Rico s'enfonça dans son siège et inclina son feutre sur son front.

– Je suis content d'avoir l'occasion de te parler, dit-il. Je sens bien que supprimer Montooth te pose un problème, Joe. Si j'ai bien appris un truc quand je bossais pour toi, c'est que t'as plus de scrupules que n'importe qui d'autre dans ce milieu.

Joe fronça les sourcils.

– Il n'est pas question de scrupules, mais d'éthique, répliqua-t-il. Montooth ne nous avait jamais manqué de respect avant que Freddy empiète sur son territoire. Et aujourd'hui, il va falloir le refroidir parce que, sans vouloir te vexer, ton frère est une tête de con.

Un soupir échappa à Rico.

– Oh, je sais. Je sais. C'est une tête de con, et un trou du cul, mais c'est mon frangin. Qu'est-ce que tu veux que je fasse ?

Tous deux gardèrent le silence quelques instants.

– N'empêche, reprit Rico, je dirais que Montooth est le cadet de nos soucis pour l'instant.

– Ah oui ?

– D'abord, on a une taupe dans nos rangs. Nos chargements se font intercepter deux fois plus souvent que ceux de la concurrence. Et pas par d'autres gangs, mais par les fédéraux et les flics de la région. Bon, c'est vrai, on peut encore survivre un moment, parce qu'on est une famille de gagneurs, parce qu'on en veut. Et parce qu'on t'a, toi.

Joe lui jeta un coup d'œil.

– Et toi aussi.

Rico ouvrit la bouche pour protester, puis se contenta de hausser les épaules.

– D'accord. Admettons. J'apporte ma contribution.

– Et comment ! T'assures pas moins de vingt pour cent du chiffre d'affaires.

Après avoir repoussé son chapeau, Rico se redressa sur son siège.

– Y a pas mal d'histoires effrayantes qui circulent autour des feux de camp, Joe. Beaucoup trop, même.

– Au sujet de la taupe ?

– De toute l'organisation. On passe pour des faibles, prêts à se faire reprendre en main.

– Aux yeux de qui ?

– Par qui tu veux que je commence ? Tiens, la bande de Santo, par exemple.

Sur ce point, Joe n'aurait pu le contredire. Santo, qui avait installé son quartier général à l'Italian Social Club, dans la Septième Avenue, semblait de plus en plus insatiable, depuis quelque temps. Insatiable et dépourvu d'humour, une combinaison toujours dangereuse.

– Qui d'autre ?

Rico alluma une cigarette et jeta l'allumette par la vitre ouverte.

– Eh bien, ce type de Miami… ah, merde, comment il s'appelle, déjà ? marmonna-t-il en claquant des doigts.

– Anthony Crowe ?

– C'est ça. Nick Pisano sait qu'il va être obligé de lui refiler bientôt une grosse part du gâteau s'il tient à rester au pouvoir. Il pourrait lui suggérer de se servir chez nous.

– Crowe n'est pas italien à cent pour cent. Il ne sera jamais accepté.

– Il est bien rital, Joe, désolé de te l'annoncer. Ses parents s'appelaient Crochetti, un truc comme ça, et ils ont changé de nom quand ils sont arrivés, mais ce crétin est tout à fait en mesure de prouver qu'il est originaire de Sicile. Il est rusé, il est teigneux et il n'est pas satisfait de sa place à table. Il voudrait sa propre salle à manger.

Joe réfléchit quelques instants.

– On n'est pas si faibles… On est un peu fragilisés pour le moment, d'accord. Comme tout le monde. Les revenus en ont pris un coup à cause de ce petit Boche à moustache et de cette putain de guerre. N'empêche, on contrôle toujours un des ports les plus prospères du pays, les narcotiques dans la moitié de l'État, le jeu dans un quart, et les transports routiers sur presque tout le territoire.

– Sauf qu'on est mal gouvernés, souligna Rico. C'est un secret pour personne.

Joe prit son temps pour allumer une cigarette. Et pour entrouvrir sa vitre afin de laisser la fumée s'échapper.

– Tu me parles de trahison, Rico ?

– Quoi ?

– Tu suggères de renverser le boss ?

Les deux hommes se turent un long moment, puis Rico écarta les bras.

– Non, Joe ! Bien sûr que non. Dion est le boss, un point c'est tout.

– Exact. Un point c'est tout.

– Je sais.

– Mais ?

– Mais il faut que quelqu'un le raisonne, Joe. De préférence, quelqu'un qu'il écoute. Il faut le pousser à reprendre les rênes. Quand Dion t'a succédé à la tête de l'organisation, tous les gars l'appréciaient. Ils l'apprécient toujours, évidemment. En attendant, il ne les tient plus de la même manière. Tu vois ce que je veux dire ? Du coup, les rumeurs vont bon train.

– Précise.

Rico s'accorda un moment.

– Tout le monde est au courant qu'il a un problème avec les cartes. Et les canassons. Et la roulette.

– Noté.

– Il a tellement maigri ces dernières années que les gars le croient malade. Mourant, même.

– Non, il n'est pas malade. C'est autre chose.

– Moi, je le sais, affirma Rico en se tapotant l'aile du nez. Mais qui d'autre est au courant, en dehors de la Famille ? Et qu'est-ce que tu racontes aux gars, hein ? Non, le boss n'est pas malade, c'est juste qu'il ne peut plus se passer de la poudre ? (Il leva de nouveau les mains.) Ça reste entre nous, Joe, d'accord ? Je ne voulais pas lui manquer de respect.

Celui-ci garda le silence quelques instants, déterminé à ne pas dissiper le malaise tout de suite.

– Bon, t'as peut-être raison, admit-il enfin. Pour autant, ça ne te donne pas le droit de le dire.

– J'en suis conscient, crois-moi. (Rico jeta sa cigarette sur la route et relâcha longuement son souffle.) J'aime cette vie-là, Joe, tu comprends ? J'adore ça : me réveiller tous les matins en cherchant de nouveaux moyens de baiser le système, ne jamais mettre un genou à terre devant personne, ne jamais accepter de rentrer dans le rang… (Il appuya l'index sur le tableau de bord.) On décide de notre façon de vivre, on établit nos règles, on se comporte en hommes. (Il se pencha en avant.) Ça me botte d'être un gangster, merde !

Joe rit doucement.

– Quoi ?

– Rien.
– Non, quoi ?
Joe tourna la tête vers lui.
– J'adore ça, moi aussi.
– Alors… (Rico prit une profonde inspiration.) Si j'ai pris le risque de te parler des, euh, des problèmes avec…
– Des *supposés* problèmes.
– Si tu veux. Bref, si j'ai pris le risque de t'en parler, c'est parce que je ne veux pas que ça s'arrête. Je ne veux pas finir avec deux balles dans le crâne, ni moisir des années en taule et découvrir à ma sortie que plus personne ne me connaît et que je dois me dégotter un putain de boulot honnête. Je n'ai jamais gagné honnêtement un seul dollar, et je n'ai pas l'intention de commencer un jour.
Joe hocha la tête et se retrancha dans son mutisme jusqu'à la sortie de Sarasota.
– Bon, j'irai voir Dion, déclara-t-il enfin. J'insisterai sur la nécessité de débusquer cette taupe et de remettre de l'ordre dans l'organisation.
– Il t'écoutera.
– Possible.
– C'est certain, affirma Rico. Parce que ça viendra de toi. Il t'admire toujours, Joe.
– Toi, tu vas descendre de cette bagnole vite fait.
– Non, je t'assure…
– Laisse-moi te dire un truc sur Dion : c'était le chef de notre bande quand on était gosses. C'était le plus impitoyable et le plus terrifiant de nous tous. S'il s'est retrouvé sous mes ordres, c'est uniquement à cause d'un braquage de banque qui a mal tourné. Il a fini en cavale, j'ai fini en taule, où je me suis fait des amis

puissants. Mais, sauf durant cette brève… interruption, il a toujours été mon boss, et non l'inverse.

– Peut-être, admit Rico. N'empêche, t'es le seul dont l'avis semble compter pour lui.

Cette fois, Joe s'abstint de tout commentaire, et ils roulèrent un moment sur une portion de route fantomatique, sous un ciel couleur de prune trop mûre.

– Au fait, reprit Rico, c'est pas croyable ce que Tomas a grandi. Il pousse plus vite que le chiendent, ce gosse ! J'ai presque eu du mal à le reconnaître quand je l'ai revu, l'autre jour.

– M'en parle pas ! Sa mère était grande, ses oncles le sont aussi.

– T'es pas petit non plus.

– Mais je risque de faire figure de nain à côté de lui, un jour.

– C'est pas trop dur ? demanda Rico d'un ton plus sérieux.

– D'être père, tu veux dire ?

– Oui.

– Au contraire, ça me plaît beaucoup. Bon, c'est vrai, la plupart du temps je m'y prends comme un manche. Jamais je n'aurais cru perdre mon calme aussi souvent.

– Je ne t'ai jamais entendu élever la voix, pourtant.

– Oh, je sais. (Joe secoua la tête.) La plupart des gens seraient surpris. Tomas, lui, est tellement habitué à mes colères qu'il se contente de lever les yeux au ciel quand je me mets à crier. Mais c'est plus fort que moi. D'accord, c'est un chouette gosse, sauf qu'il ne peut pas s'empêcher de faire des conneries, du style grimper sur le toit de la grange alors qu'il y a des trous partout et qu'il faut le réparer. C'est comme ça qu'il s'est cassé le bras l'année dernière dans notre ferme à Cuba. Quand il était plus petit, il essayait tout le temps d'avaler des cailloux. Ou alors, je lui donnais un bain, je détournais les yeux une seconde, et je le retrouvais debout dans la baignoire en train de danser. Et, patatras, il s'étalait ! Dans ces cas-là, t'as envie de gueuler : « Mon boulot, c'est de te protéger, de t'empêcher de te casser un autre bras ou de perdre un œil. Alors, arrête de danser dans cette putain de baignoire, bordel ! »

Rico s'esclaffa et Joe rit à son tour.

– T'as peut-être du mal à te l'imaginer pour le moment, mais quand t'auras un gosse, Rico, prépare-toi à te faire secouer.

– Je vais en avoir un.

Pris de court, Joe tourna la tête vers lui.

Son compagnon haussa les sourcils, et Joe lui assena un coup de poing dans l'épaule.

– Aïe ! s'exclama Rico en se frottant le haut du bras.

– Avec qui ?

– Kathryn Contarino. Tu vois qui je veux dire ? Celle que tout le monde appelle Kat…

– La fille de South Tampa ?

Grand sourire juvénile, plein de fierté.

– C'est ça.

– Elle est superbe, approuva Joe. Félicitations.

– Merci. Oui, je… oui. (Rico regarda par la vitre.) J'ai de la chance.

– Eh ! Je rêve ou t'es amoureux ?

Rico leva les yeux au ciel, puis hocha la tête.

– Je vais l'épouser.

– Hein ? s'écria Joe, qui fit une légère embardée sur la gauche.

– Ben quoi ? Les gens se marient tous les jours.

– Pour moi, t'étais du genre incasable.

– Comment ça, « incasable » ? répliqua Rico en lissant sa chemise qui bouffait au niveau du ventre. Tu manques pas de culot, dis donc ! Et toi, au fait ?

Comme Joe se bornait à rire, il insista :

– Je déconne pas. T'as pas eu de liaison stable depuis sept ans. Ça cache quelque chose ?

– Non.

– Sûr ?

– Je te le dirais, affirma Joe, l'air sérieux.

Rico lui brandit son index sous le nez.

– Tu ne vas presque jamais voir les putes, Joe. Et celles que tu vois disent que tu les emmènes dîner et que tu leur achètes des belles fringues ou des boucles d'oreilles, mais que la moitié du temps tu ne les baises même pas.

– Je fréquente quelqu'un à Cuba, éluda Joe pour faire diversion. Pas à La Havane. Une fille dans un village à l'ouest, près de ma ferme. Elle cuisine bien, elle est jolie comme un cœur et elle me laisse aller et venir sans poser de questions. C'est pas de l'amour, mais ça me convient.

– Tant mieux pour toi. Bon, maintenant, faudrait qu'on trouve une fille pour mon frangin.

Une très jeune, alors, songea Joe. Ou un garçon.

– Mouais, je vais y réfléchir, prétendit-il.

À une demi-heure environ de Zolfo Springs, Rico demanda :

– Tu penses qu'on est prêts pour cette rencontre ?

– Avec Lucius ? Toi et moi, on a déjà eu affaire à lui, souligna Joe.

– Mais pas sur son bateau. T'es déjà monté à bord ?

Joe fit non de la tête.

– Certains n'en redescendent pas, poursuivit Rico. T'as entendu parler de ces Androcalese ou je ne sais quoi ?

– Androphages.

La garde princière de King Lucius, un groupe d'une vingtaine d'hommes dont il s'entourait en permanence.

– J'ai entendu dire que si on ne retrouve pas les corps, poursuivit Rico, c'est parce qu'ils les bouffent.

Joe se força à rire.

– Leur nom le laisse supposer, en tout cas.

– Comment ça ?

– En grec, ça signifie « mangeurs d'hommes ». Cannibales, quoi.

– Merde ! lâcha Rico dans un souffle. Où t'as appris un truc pareil ?

– Éducation jésuite, répondit Joe. La mythologie grecque est au programme.

– Y avait des cannibales chez les Grecs ?

– Non. En fait, il s'agissait d'un peuple nomade. Certains disent qu'ils venaient d'Afrique, d'autres qu'ils étaient d'origine finlandaise ou russe. Quoi qu'il en soit, ils ont aidé Darius le Grand dans ses conquêtes. Et, oui, on raconte qu'ils mangeaient de la chair humaine. (Joe essaya d'adopter un ton plus léger, sans y parvenir tout à fait.) Alors, Lucius a appelé ses gars les « Androphages » pour flanquer la frousse à tout le monde.

– C'est réussi !

Ils avaient parcouru un peu plus d'un kilomètre quand Joe déclara :

– T'es pas obligé de monter sur ce rafiot avec moi. T'auras qu'à me déposer devant et m'attendre. Je te demande seulement de rester bien en vue.

Un sourire narquois aux lèvres, Rico secoua la tête.

– Je parle, mais c'est juste pour me calmer les nerfs. C'est pas pour autant que je suis du genre à abandonner un copain dans la mouise. Putain, Joe, à nous deux, et même s'ils étaient toute une armée, ces foutus Androcalese…

– Androphages.

– C'est pareil, je les emmerde. D'accord ? Même s'ils étaient toute une armée, je disais, c'est pas ce qui arrêterait deux durs à cuire comme nous. (Il sortit sa flasque et la tendit à Joe.) On boit un coup ?

Joe leva la flasque.

– Heureux de t'avoir avec moi, Rico.

Il but une gorgée d'alcool et la lui rendit.

– Heureux d'être là, Joe. (Rico avala une longue rasade.) Qu'ils nous cherchent, ces ploucs ! On leur montrera de quel bois se chauffent les gars de la ville !

L'orage éclata à quelques kilomètres de Zolfo Springs, cinglant la voiture et noyant la route sous des trombes d'eau. Les deux hommes, qui avaient baissé leurs vitres pour fumer, s'empressèrent de les remonter. La pluie mitraillait le toit, le bitume chuintait sous les pneus. De temps à autre, de brusques rafales secouaient la Pontiac.

Arrivés à Zolfo Springs, ils quittèrent la route principale, et Rico dut lire les indications que Joe avait placées sur le siège entre eux : « À droite, ensuite prochaine à gauche, ah non, celle d'après, désolé. » Le ciel bas et les palmiers courbés semblaient envelopper la voiture. La pluie diminua rapidement d'intensité, mais les gouttes grossirent, au point que les deux hommes eurent l'impression de rouler à travers une sorte de potage épais.

Charlie Luciano en personne avait dit un jour qu'il ne tenait pas à rencontrer le diable sur cette terre, puisqu'il avait déjà rencontré son gardien, King Lucius. Meyer Lansky refusait de traiter en face à face avec Lucius, et Joe lui-même avait fait son possible pour l'éviter au cours des quinze années écoulées.

King Lucius était apparu sur la scène durant le boom immobilier de la Floride, en 1923 – venu, selon certains, de Russie en passant par La Nouvelle-Orléans. Il était impossible d'identifier son accent, parce qu'il était à peine perceptible ; il pouvait tout aussi bien dénoter des origines russes que monténégrines ou même albanaises. Quoi qu'il en soit, il ajoutait au raffinement du personnage, tout comme le soin que celui-ci apportait à l'entretien de ses sourcils et de ses ongles.

Au fil des ans, sa bande et lui avaient réussi plus de coups spectaculaires dans le pays que tous les autres gangs. Néanmoins, quel que soit l'endroit où ils opéraient – dans des endroits aussi éloignés que Santa Barbara, en Californie, ou aussi proches que Key West –, Lucius versait toujours un tribut aux chefs de famille des territoires concernés. Il payait les Bartolo à Tampa, les Pisano à Miami et les frères Nicolo à Jacksonville. Pas *chaque fois*, évidemment – une telle honnêteté aurait été considérée comme suspecte –, mais dans bien quatre-vingt-dix pour cent des cas. Jusque-là, il avait fait gagner tellement d'argent aux trois familles de Floride qu'il bénéficiait d'une certaine impunité, dont il savait profiter. Lorsqu'on lui avait rapporté en

1936 qu'Eliot Fergs avait contesté ses goûts en matière de femmes, Lucius avait personnellement battu à mort l'insolent dans l'arrière-salle de sa station-service. À la fin de l'automne 1938, il avait jeté Jeremy Kay aux alligators. Quand, près d'un mois plus tard, le frère de Jeremy était venu poser des questions, quelques personnes l'avaient vu monter à bord du bateau de King Lucius. Aucune ne l'avait vu en redescendre.

Si un autre gangster avait ainsi éliminé trois employés de la Famille, il aurait été exécuté à son tour. Or King Lucius n'avait même pas été convoqué devant la Commission, ce qui témoignait de sa toute-puissance. En 1939, cependant, peu après la disparition des frères Kay, Joe avait fait le voyage jusqu'en Floride centrale pour lui dire qu'il avait eu droit à trois bonus ; il n'y en aurait pas de quatrième.

King Lucius était, avant tout, un roi du phosphate, dont le royaume s'étendait sur environ cent kilomètres en aval de la Peace River, de Fort Meade à Port Charlotte. Pendant des années, il avait investi ses profits illicites dans le dragage et l'exploitation des eaux de la Bone Valley, en Floride centrale. Il était actionnaire majoritaire de la Bone Valley Fertilizer Company et, grâce à des sociétés fictives, il avait racheté des parts dans douze autres exploitations minières implantées le long de la Peace River, qui produisaient toutes des phosphates destinés à la fabrication d'engrais ou, depuis le début de la guerre, de munitions.

Joe aussi était actionnaire de la BVFC, tout comme Dion et Rico. Tous trois restaient minoritaires, mais ils n'avaient pas besoin d'augmenter leur participation : pour ce qui était des phosphates en Floride, la moitié du travail consistait à les produire, l'autre à les transporter. Quand la prohibition avait été abolie, au début des années 1930, Joe et les hommes comme lui s'étaient retrouvés avec un surplus de camions et de bateaux – auxquels venaient parfois s'ajouter quelques hydravions –, alors qu'il n'y avait aucun acheteur intéressé et plus aucune cargaison illégale à transporter. En 1935, Joe, Esteban Suarez, Dion et Rico – qui n'était encore qu'un gamin futé au visage poupin ayant grandi à Port Tampa – s'étaient unis pour fonder la Bay Area Transport Company. Dix ans plus tard, plus rien – pas même un galet – ne quittait les rives de la Peace River sans passer par leur société, placée sous la direction de Joe et la supervision de Rico.

Les avoirs de King Lucius, aussi rentables fussent-ils, se limitaient à la BVFC. Il ne possédait pas une seule action de la Bay Area Transport, ce qui imposait une certaine parité dans les échanges. Même s'il extrayait tout le phosphate du secteur, il ne pouvait rien en faire s'il lui était impossible de le transporter jusqu'à une voie ferrée ou de l'autre côté de l'océan.

King Lucius avait une suite réservée à l'hôtel Commodore à Naples et une autre au Vinoy, à St. Petersburg, pourtant il dormait le plus souvent sur son *houseboat*, qui sillonnait la Peace River. Le bateau, qui comportait deux ponts, avait été importé d'Inde. Construit plus d'un siècle auparavant dans la région du Kerala, il était fait de bois d'*anjili*, aussi lisse et sombre qu'un chocolat glacé, et sa structure ne comportait ni vis ni clous, juste des nœuds en fibres de coco enduits de résine d'anacardier bouillie. Avec son toit incurvé, constitué de tiges de bambou et de feuilles de palmier, ses six chambres et sa salle à manger sur le pont supérieur capable d'accueillir quatorze convives, il avait fière allure sur les eaux argentées de la rivière. À le voir ainsi, on pouvait facilement s'imaginer transporté sur les bords du Gange.

Joe et Rico se garèrent sur le parking de coquillages écrasés et contemplèrent le bateau à travers la pluie, jusqu'au moment où Al Butters apparut dans la petite pente séparant les vestiges de la jungle derrière eux du site minier lui-même. Beaucoup d'arbres avaient été abattus et beaucoup d'autres brûlés – autant de cyprès et de banyans séculaires, qui étaient là bien avant que les hommes aient inventé les mots pour les nommer ou les outils pour les détruire. Butters, qui conduisait la même Packard d'un vert passé que lors de sa précédente rencontre avec Joe, se gara près d'eux, le capot de sa voiture pointé vers le coffre de la leur, sa vitre parallèle à celle de Joe.

Au même moment, la pluie cessa, comme si quelqu'un avait actionné un interrupteur.

Al Butters baissa sa vitre, et Joe faisait de même quand son regard fut attiré par Ogden Semple, l'aide de camp de King Lucius depuis des années, qui venait d'apparaître sur le pont et observait les nouveaux venus.

– Je devrais peut-être vous accompagner, les gars, déclara Butters, que cette perspective ne semblait pas réjouir outre mesure.

– Non. (Joe fit rouler sa langue dans sa bouche desséchée.) Il y a une Thompson dans le coffre au cas où on ne redescendrait pas.

– Qu'est-ce que je dois en faire ? Je monte vous chercher ?

– Non, répéta Joe, conscient d'un étrange fourmillement au fond de sa gorge, comme s'il avait avalé une abeille. Tu canardes à tout-va jusqu'à ce que celui qui nous a butés soit mort lui aussi. Après, tu prends le bidon d'essence rangé à côté de la mitraillette, tu fous le feu à ce rafiot et t'attends qu'il coule. (Il regarda Butters droit dans les yeux.) Tu feras ça pour nous, Al ?

– Y a une armée à bord.

Du siège passager, Rico se pencha vers lui.

– Et toi, t'auras une Thompson. Si on y passe, tu les dessoudes. Compris ?

Butters finit par hocher la tête, les lèvres remuant en silence, les yeux écarquillés.

– T'as quelque chose à dire ? lança Joe. Vas-y, on t'écoute.

– On peut pas tuer le diable, marmonna Butters.

– Ce n'est pas le diable, répliqua Joe. Au moins, le diable est charmant.

Il descendit de voiture, imité par Rico, lissa sa cravate et rajusta sa veste dans la foulée. Il ôta son chapeau, un canotier orné d'un ruban de soie noire, et le leva vers le ciel chargé qui renvoyait la lumière d'un soleil invisible, caché derrière des nuages couleur d'étain. De l'autre côté de la rivière, après la berge dévastée et l'étendue de terre brûlée au-delà, une lumière brilla à deux reprises. Rico la vit aussi.

– Ils sont combien ? demanda-t-il.

– Six, répondit Joe. Tous des pros, armés de fusils à longue portée. Si j'enlève ma cravate sur le bateau, tu te jettes à plat ventre.

– C'est pas assez, affirma Rico en ajustant sa propre cravate.

– Je sais. Mais au moins, si ça tourne mal, on ne sera pas les seuls à y rester. Allez, merde, on y va.

– C'est toi qui décides.

Joe recoiffa son chapeau, puis Rico et lui s'avancèrent vers la passerelle.

Lorsqu'ils arrivèrent au sommet, Ogden Semple se porta à leur rencontre. Il avait perdu l'œil droit dans une bagarre au couteau une douzaine d'années plus tôt, et ses paupières étaient cousues. Son œil valide était laiteux, clair et intensément scrutateur. Il s'en servait pour observer tout ce qui l'entourait avec la même attention qu'un scientifique penché sur son microscope. Joe lui tendit son Savage .32 automatique et le cran d'arrêt qu'il avait sorti de sa poche. Rico lui remit son .38 Smith & Wesson.

– J'espère que vous l'attraperez, dit Semple.

Les deux autres le dévisagèrent sans comprendre.

– Qu'on attrapera quoi ? demanda Joe.

– Son rhume. Il devrait être au lit, à se reposer, mais non, faut qu'il assiste à cette réunion que vous avez réclamée. Ça pourrait aggraver son état… (Semple laissa tomber les armes dans une sacoche en cuir qu'il avait apportée à cet effet.) Alors, j'espère que vous choperez ce qu'il a, en pire.

Beaucoup croyaient que Semple était l'amant de King Lucius, mais Joe savait qu'il était amoureux d'une certaine Matilda, une fille qui travaillait dans l'un de ses bordels à Tampa. Semple aimait lui lire des histoires au lit et la laver longuement dans son bain. Matilda avait rapporté à Joe que c'était un amant doux et attentionné, monté comme un cheval. Sa seule bizarrerie, c'était son insistance à l'appeler Ruth. Si Matilda n'en avait pas la preuve, elle pensait que Ruth était la sœur de Semple, ou peut-être sa fille, décédée dans un lointain passé. Des larmes brillaient dans ses yeux lorsqu'elle avait confié ce détail à Joe et, juste avant qu'il ne quitte sa chambre, elle lui avait demandé : « Est-ce que tous ceux qu'on connaît sont brisés de l'intérieur ? »

Après l'avoir regardée un petit moment, Joe avait opté pour la vérité :

« Presque tous, oui. »

Sur le bateau, Ogden Semple leur fit signe de gravir l'échelle jusqu'au pont supérieur. Lui demeura en bas, la sacoche contenant les armes posée près de ses pieds, à surveiller Al Butters sur le parking tandis que le bateau s'écartait du ponton puis descendait le courant.

13

Pas de maladie

Sur le pont supérieur, vingt hommes formaient un rempart entre Joe, Rico et le reste du bateau. Deux d'entre eux s'écartèrent du groupe pour aller fouiller les nouveaux venus, tandis que les autres, le regard complètement éteint, demeuraient immobiles sous un dais marron clair. La plupart étaient grands. Tous, torse nu, avaient les bras sillonnés de traces de piqûres aussi noires que des trous de vers dans le bois. Leurs côtes saillaient.

Ils représentaient diverses nationalités : il y avait des Turcs, des Russes, deux Orientaux, trois ou quatre bouseux blancs américains. Celui qui fouilla Joe avait une peau couleur caramel, des cheveux jaune paille coupés court et un bec-de-lièvre. De l'étui en cuir sur sa hanche dépassait un long couteau incurvé à manche d'ivoire. Celui qui fouillait Rico avait des traits anguleux typiquement slaves et des cheveux aussi noirs que le ciel. Tous deux se distinguaient par la longueur de leurs ongles. En y regardant de plus près, Joe s'aperçut qu'il en allait de même pour les dix-huit autres gardes. Quelques-uns les avaient même taillés en pointe. Beaucoup avaient glissé des couteaux derrière la ceinture de leur pantalon déchiré, certains y avaient logé des revolvers. Une fois la fouille terminée, le rempart se scinda, révélant Lucius de l'autre côté, assis dans un fauteuil de planteur en acajou.

Joe avait entendu un chef de table dans un casino de La Havane le décrire comme pesant « facilement plus de cent cinquante kilos. Il a une tête énorme, et pas un poil sur le caillou ». Une autre fois, il avait surpris une conversation entre un barman de Tampa et trois pochetrons, durant laquelle le barman avait affirmé que Lucius King était « plus squelettique que la Faucheuse et plus grand que le bon Dieu ».

Mais Joe, qui le connaissait depuis quinze ans, était toujours frappé par son apparence quelconque : environ un mètre soixante-quinze, comme lui, une tête en forme de pêche, des joues et des oreilles perpétuellement rouges, des cheveux blonds clairsemés. Des lèvres pleines, qui auraient pu être sensuelles chez une femme. Des petites dents grisâtres. Des yeux vert clair, qui exprimaient toujours un léger étonnement. Même lorsqu'ils étaient immobiles, ils donnaient l'impression d'être en mouvement. Joe s'était souvent senti cerné par le regard de King Lucius.

Ce jour-là, il portait une ample *guayabera* cubaine blanche sur un pantalon large en seersucker, et d'épaisses sandales. Difficile d'imaginer une allure plus passe-partout.

Une fille était allongée à plat ventre sur la chaise longue à côté de lui. Il lui donna une petite tape sur les fesses avant de se lever.

– Tire-toi, Vidalia. Il faut qu'on parle affaires.

Alors que la fille se redressait, il s'avança vers Joe et Rico, la main tendue.

– Messieurs…

Vidalia s'approcha d'eux à son tour, en titubant légèrement, à moitié endormie ou à moitié camée.

– Dis bonjour à mes amis, Vidalia.

– Bonjour, murmura-t-elle.

Son peignoir de soie blanche, dénoué, laissait voir un costume de bain noir à volants.

– Serre-leur la main.

Si Lucius ne l'avait pas nommée, Joe n'aurait sans doute pas fait le rapprochement. Mais il n'avait rencontré qu'une seule Vidalia dans sa vie – celle que Bobby O fréquentait l'année précédente – et, en la regardant plus attentivement, il s'aperçut que c'était bien elle. Cette révélation le consterna. Vidalia Langston telle qu'il l'avait vue douze ou quatorze mois auparavant était lycéenne, comme toutes les petites amies de Bobby à l'époque. Fraîchement débarquée de l'Iowa ou de l'Idaho, croyait-il se rappeler. Élève en terminale au lycée d'Hillsborough, membre de l'équipe des *pom-pom girls*, elle avait raconté à Joe qu'on l'avait nommée trésorière de sa classe, parce qu'elle était un peu trop fofolle pour qu'on lui confie la charge de déléguée. Tout, chez elle, témoignait d'une nature exubérante : son rire tonitruant, son déhanché lorsqu'elle se lançait dans une danse improvisée au club, l'opulence de sa chevelure brune, dont une mèche lui dissimulait un œil.

Elle avait tellement ensorcelé Bobby O qu'elle aurait pu le guérir de son penchant pour les jeunettes ; de fait, après elle, il avait commencé à fréquenter des serveuses d'âge mûr. Même Joe, qui n'avait jamais vu l'intérêt de coucher avec une fille dont le développement du cerveau avait plusieurs années de retard sur celui du corps, se souvenait encore du trouble agréable qu'il avait quelquefois ressenti en présence de Vidalia Langston.

Mais ce jour-là, quand elle lui tendit la main, il eut l'impression de serrer celle d'une vieille femme. Chancelante, elle fit claquer ses lèvres comme si elle avait la bouche beaucoup trop sèche. Il n'aurait su dire si elle le reconnaissait. Après avoir retiré ses doigts, elle alla s'allonger sur une autre chaise longue plus loin sur le pont. Lorsqu'elle se défit du peignoir de soie, il aperçut ses omoplates saillantes. Ses cheveux lui tombaient presque jusqu'à la taille. Lucius les choisissait toujours sur le même modèle : jeunes, avec de longues chevelures luxuriantes. C'était du moins l'image qu'elles offraient au début ; à la fin, elles étaient devenues quelqu'un de différent. Malheureusement, et Joe regretta de ne pas avoir eu l'occasion de l'avertir un an plus tôt, il en va souvent ainsi des rêves débridés : ils finissent irrémédiablement bridés.

Lucius invita les deux hommes à le suivre sous le dais. Il leur fit signe de s'asseoir sur des chaises à gauche et à droite de la sienne. Lorsqu'ils eurent tous pris place, il frappa dans ses mains comme pour saluer une certaine forme d'harmonie établie.

– Ah ! Quel plaisir de recevoir mes partenaires.

Joe hocha la tête.

– Heureux de te revoir, Lucius.

– De même, Joe.

– Tu te sens mieux ? demanda Rico.

– Je me porte à merveille, Enrico. Pourquoi ?

– J'ai entendu dire que tu t'avais la crève.

– Qui t'a raconté une connerie pareille ?

Conscient d'avoir fait une gaffe, Rico tenta d'éluder.

– Bah, j'espère que tu te remettras vite. Les rhumes de chaleur, c'est une vraie cochonnerie.

– J'ai pas la crève.

Sur la table à côté de lui, Joe remarqua du thé chaud, un citron et une boîte de mouchoirs en papier. Lucius posa sur ses deux invités son regard le plus candide.

– C'est vrai que t'as bonne mine, reprit Rico.

– Ça a l'air de t'étonner.

– Non.

– Est-ce que quelqu'un a laissé entendre que j'étais souffrant ?

– Non, pas du tout, prétendit Rico.

– Affaibli, peut-être ? Fragilisé ? Terrassé par la maladie ?

– Non, je disais simplement que t'as l'air en forme.

– Tout comme toi, Rico. (Lucius se tourna vers Joe.) Mais toi, Joe, tu me parais fatigué.

– Il n'y a aucune raison, pourtant.

– Tu dors bien ?

– Comme un loir.

– Ah oui ? J'ai l'impression qu'on va être obligés de payer pour se faire réformer, tous les trois, tellement on pète le feu ! (Lucius sourit de toutes ses dents grises.) Alors, qu'est-ce qui vous amène ? Vous avez dit que c'était urgent.

Alors que Joe lui parlait de l'entretien qu'avait sollicité Theresa Del Fresco et des craintes qu'elle nourrissait pour sa sécurité, plusieurs Androphages installèrent une grande table basse entre eux, sur laquelle ils disposèrent des sets, des assiettes et des couverts. Ils apportèrent ensuite des serviettes en lin, une cruche d'eau et une bouteille de vin blanc, ainsi qu'un seau de glace.

Lucius écouta Joe sans l'interrompre, un sourcil légèrement relevé, les lèvres s'arrondissant parfois en un « O » de surprise. À un certain moment, il adressa un signe de tête à l'un de ses gardes, qui leur servit à chacun un verre de vin.

Lorsque Joe lui eut exposé la situation, il déclara :

– J'avoue que je suis perplexe, Joe. Est-ce que Theresa pense que j'ai quelque chose à voir avec ces tentatives de meurtre sur sa personne ? Et toi, tu le penses aussi ?

– Non, absolument pas.

– « Absolument pas », répéta Lucius, qui sourit à Rico. C'est drôle, j'ai déjà constaté que les gens ont tendance à en rajouter dans l'emphase quand ils racontent des craques. (Il reporta son attention sur Joe.) Franchement, pourquoi tu viendrais me raconter tout ça, si tu n'étais pas convaincu que je suis derrière ces actes inexcusables ?

– Parce que tu es le seul à avoir suffisamment d'influence dans la région pour y mettre un terme.

– Tu as des amis puissants, Joe. Tu l'es toi-même.

– Mon pouvoir a des limites.

– Et pas le mien ?

– Pas dans le comté d'Union.

Lucius saisit son verre et leur fit signe de l'imiter. Il porta un toast.

– À un partenariat durable.

Rico et Joe hochèrent la tête, levèrent leurs verres et avalèrent une gorgée de vin. Au même moment, les Androphages apportèrent des plats : deux poulets rôtis, des pommes de terre bouillies, des épis de maïs cuits à la vapeur. L'un d'eux découpa les volailles à l'aide de son long couteau, fendant la chair aussi facilement que des faisceaux lumineux transpercent l'obscurité d'une grotte. Quelques instants plus tard, une montagne de morceaux de viande s'élevait sur un plateau au milieu de la table. Les carcasses disparurent prestement.

– Si je comprends bien, récapitula Lucius, tu voudrais acheter la sécurité de Theresa Del Fresco.

– Tout juste.

– Pourquoi ?

Lucius attaqua le poulet et, sans laisser à Joe le loisir de répondre, déclara :

– Servez-vous. Rico ? Commence par le maïs. Joe, prends des patates.

Chacun remplissait son assiette quand Vidalia passa près d'eux et glissa à Lucius qu'elle allait faire la sieste. Elle gratifia Joe et Rico d'un sourire distant, désenchanté, et Lucius d'un petit signe de la main. Alors qu'elle s'éloignait, Joe se demanda une nouvelle fois si les hommes de leur milieu souillaient toutes les femmes dont ils croisaient la route, ou si certaines venaient à eux parce qu'elles voulaient être souillées. Ce sourire lointain qu'elle leur avait adressé n'appartenait pas à son répertoire d'expressions un an plus tôt ; à l'époque, elle avait un rire tonitruant, dont il n'était pas près d'oublier le son. Mais elle, s'en souvenait-elle seulement ?

– Pourquoi je suis venu te voir ? demanda-t-il à Lucius. C'était ça, ta question ?

– Non, ma question est : pourquoi aiderais-tu une femme que tu connais à peine ?

– Parce qu'elle me l'a demandé. Je me suis dit que je pouvais lui rendre ce petit service et transmettre sa requête à un associé d'affaires. Je…

Lucius fut soudain saisi d'une toux grasse, mouillée, qu'il étouffa dans son poing, l'autre main levée pour lui faire signe d'attendre. Une fois la crise calmée, il s'appuya contre le dossier du fauteuil, sa paume plaquée sur la poitrine. Puis son regard recouvra sa vivacité, et il s'éclaircit la gorge.

– Elle compte m'offrir une compensation en échange ?

– Oui, répondit Joe.

– Et t'en offrir une à toi aussi ?

– Elle affirme posséder des informations cruciales pour ma survie.

– Comment ça ?

– D'après elle, il y aurait un contrat lancé sur moi, déclara Joe, qui goûta le poulet.

Le regard de Lucius se porta sur Rico, de nouveau sur Joe, et enfin sur son assiette. Le bateau descendait paresseusement la rivière. Des monceaux de phosphogypse s'élevaient le long de la berge, pareils à des collines de cendres humides. Derrière s'étendait un paysage de désolation : arbres morts et tas de palmes desséchées et noircies. Le soleil blanc, reparu dans l'intervalle, éclairait la scène d'une lumière impitoyable.

Après avoir bu un peu de vin, Lucius observa Joe par-dessus son verre.

– Ça me paraît pour le moins étrange, dit-il.

– Pourquoi ? C'est les risques du métier.

– Pas pour les petits génies comme toi, qui ne menacent personne. T'as renoncé au pouvoir, t'es pas connu pour avoir un sale caractère ou un problème avec le jeu. Tu ne baises pas la femme des autres, ou du moins pas celle de nos associés. Et tout le monde sait que tu t'es débarrassé en un jour des derniers ennemis que t'avais, alors y a pas de danger qu'on te prenne à la légère sur ce terrain-là. (Il avala une gorgée de vin avant de se pencher en avant.) Est-ce que tu te considères comme un homme mauvais ?

– Je n'y ai jamais trop pensé.

– Tu tires tes revenus de la prostitution, des narcotiques, des prêts à usure, du jeu…

– Beaucoup de ces activités sont tout à fait légales à Cuba.

– Légal ne veut pas dire moral.

Joe confirma d'un signe de tête.

– De même, illégal ne veut pas forcément dire immoral, répliqua-t-il.

Lucius sourit.

– Tu ne t'es pas chargé de faire passer clandestinement des Chinois de La Havane à Tampa, il y a quelques années ? Quelques centaines, je crois, peut-être même quelques milliers.

– Exact.

– On s'en est chargés à deux, intervint Rico. C'était une opération conjointe.

Une précision que Lucius ignora. À aucun moment il n'avait quitté Joe des yeux.

– Il y a eu des morts, non ?

Pendant quelques secondes, Joe observa les oiseaux, des chevaliers, qui filaient le long d'une étendue boueuse sur la rive. Puis il affronta le regard de Lucius.

– Pendant une traversée, oui.

– Des femmes, des enfants… dont un bébé d'un an, si je me souviens bien, cuit comme un jambon dans la cale du cargo…

Joe hocha la tête.

– Alors, on peut ajouter le trafic d'êtres humains à la liste de tes péchés. Et tu as tué, bien sûr. Entre autres, ton propre mentor. T'as ordonné la mort de son fils et de certains de ses hommes le même jour.

– Ils avaient assassiné plusieurs des miens, précisa Joe.

Sourire crispé de Lucius. Suivi d'un autre regard intense par-dessus son verre.

– Mais t'es pas mauvais ?

– J'ai surtout un peu de mal à comprendre où tu veux en venir, Lucius.

Celui-ci contempla la surface de la rivière.

– Tu penses qu'il te suffit de regretter tes péchés pour être quelqu'un de bien. Certains jugeraient méprisable ce genre d'illusion. (Lucius reporta son attention sur les deux hommes.) Et si ça se trouve, mon incrédulité initiale en apprenant qu'il pourrait y avoir un contrat sur toi – j'imagine que t'as eu la même réaction, Joe ? Et toi aussi, Rico ?

– En effet.

– Eh bien, si ça se trouve, cette incrédulité initiale était naïve. Tu as fait beaucoup de mal autour de toi, Joe. Peut-être que tu dois t'attendre à un retour de bâton. Peut-être que les hommes comme nous, pour être des hommes comme nous, sacrifient à jamais la paix de l'esprit.

– Peut-être, admit Joe. C'est une hypothèse à laquelle je veux bien réfléchir durant mon temps libre le mois prochain, si je suis toujours de ce monde.

Lucius joignit les mains et se pencha en avant.

– Bien, commençons par le commencement : comment as-tu appris qu'il y avait un contrat sur toi ?

– Par Theresa.

– Pourquoi a-t-elle partagé cette information avec toi ? Elle n'a jamais rien fait sans contrepartie.

– Elle voulait que j'aille négocier avec toi le prix de sa vie.

– D'où ta visite, donc. (Lucius s'interrompit quand l'un de ses hommes silencieux remplaça la bouteille de vin entamée par une nouvelle.) Qu'est-ce qu'elle m'offre en échange ?

– Quatre-vingt-dix pour cent de ce qu'elle devait toucher quand ta bande a attaqué ce bateau allemand à Key West.

– Quatre-vingt-dix…

– C'est ça. Les dix autres me seront versés, afin que je puisse les placer sur un compte destiné à son fils. Sa propre mère y aura accès pendant que Theresa sera en prison.

– Quatre-vingt-dix pour cent, répéta Lucius.

– Pour une protection totale le temps qu'elle purge sa peine.

– Sauf qu'on a un petit problème.

King Lucius se carra dans son fauteuil et posa sa cheville gauche sur son genou droit.

– Lequel ? demanda Joe.

– Elle m'offre de l'argent que j'ai déjà, et toi tu ne m'offres rien. Dans ces conditions, je ne vois pas trop l'intérêt de poursuivre cette conversation.

– Toi et moi, on est partenaires, lui rappela Joe. Tu peux extraire tout le phosphate que tu veux, mais tu ne peux pas le transporter sans moi.

– Ce n'est pas tout à fait vrai, objecta Lucius. S'il devait t'arriver malheur – Dieu nous garde ! –, je suis bien persuadé que tes associés finiraient par mettre de côté leur immense chagrin pour continuer comme avant. Est-ce que tu t'estimes satisfait des termes de notre accord actuel ?

– Très, répondit Joe.

Lucius éclata de rire.

– Évidemment, ils sont à ton avantage ! Et si, moi, je les trouvais prohibitifs ?

– C'est le cas ? s'enquit Rico.

– Disons que cette pensée a déjà perturbé mon sommeil à deux ou trois reprises.

– Tu paies beaucoup moins que le tarif habituel pour utiliser nos camions, affirma Joe. On te demande…

Il interrogea Rico du regard.

– Vingt *cents* la livre, quatre dollars par *mile*.

– On ne fait aucun profit là-dessus, souligna Joe.

– Quinze *cents* la livre, suggéra Lucius.

– Dix-sept.

– Et trois dollars par *mile*.

– Tu rêves !

– Trois dollars vingt-cinq.

– Tu sais combien coûte l'essence, aujourd'hui ? lança Joe. Trois dollars soixante-quinze.

– Trois cinquante.

– Trois soixante-cinq.

Lucius se concentra sur son assiette et avala quelques bouchées de nourriture. Il se tourna ensuite vers Rico, sourit et pointa sa fourchette sur Joe.

– Jeune Rico, tu as beaucoup à apprendre de cet homme. Il a toujours été brillant.

Après avoir reposé ses couverts, il tendit la main par-dessus la table.

Joe dut se pencher en avant pour la serrer.

– J'espère que tu compteras parmi les vivants aussi longtemps que moi, Joe.

Les deux hommes rompirent leur poignée de main.

Sur la berge, plusieurs enfants noirs pêchaient au bout d'un ponton affaissé, dans des eaux auxquelles les débris de phosphate avaient donné une coloration blanchâtre. Derrière eux, la jungle vert et jaune était parsemée de masures, et encore derrière, on apercevait la croix blanche de l'église locale, qui ne paraissait pas plus grande ni en meilleur état que les habitations. Sur la rive opposée, les arbres avaient tous été abattus, dégageant la vue sur la route qui longeait le cours d'eau. Joe aperçut Al Butters dans sa voiture, qui roulait au pas.

– Et toi ? demanda soudain Lucius à Rico.

– Moi, quoi ?

– T'es le gardien de ton frère ?

– Pas que je sache.

– Alors, qu'est-ce que tu fous là ?

Rico lui adressa un sourire incertain.

– J'avais envie de sortir de la ville une journée, de profiter un peu de la campagne. Tu sais ce que c'est.

– Pas vraiment, non, rétorqua Lucius sans sourire. T'es un chef de gang, non ?

– Oui.

– Le plus jeune de l'organisation.

– Possible.

– Un petit prodige, comme l'a été ton mentor ici présent.

– Je fais mon boulot, c'est tout.

– Oh, t'es en train de bosser, là ? Donc, t'es venu pour affaires.

Rico alluma une cigarette en s'efforçant de paraître détendu.

– Non. Je suis venu apporter mon soutien.

– À qui ? À Joe ?

– C'est ça.
– Pourquoi aurait-il besoin de ton soutien ?
– Il n'en a pas besoin.
– Alors, je te repose la question : qu'est-ce que tu fous là ?
– Je te l'ai dit.
– Redis-le-moi.
– J'avais envie de partir en balade.
Lucius observait une immobilité totale.
– Tu ne serais pas plutôt là en tant que témoin ? demanda-t-il.
– De quoi ?
– De ce qui se passe ici aujourd'hui.
Rico redressa légèrement les épaules et plissa les yeux.
– Je ne vois ici que trois associés ayant des intérêts communs qui échangent les dernières nouvelles.
– Dont l'un est prêt à en soudoyer un autre pour protéger un tiers.
– Aussi.
Lucius se servit un troisième verre de vin.
– Je pense que t'es là afin de rendre compte de mes promesses, ce qui signifie que tu me crois capable de revenir sur ma parole. Ou alors, t'es là parce que t'espères pouvoir protéger ton ami au besoin, auquel cas tu me prends pour le genre d'individu qui offrirait à ses hôtes de la nourriture et du vin, pour ensuite les attaquer – ce qui serait une infraction déshonorante aux lois de l'hospitalité, tu en conviendras. Bref, quel que soit l'angle sous lequel j'analyse la situation, Rico, ta présence chez moi est une insulte. (Il se tourna vers Joe.) Et toi, t'es encore pire. Tu t'imagines que je n'ai pas remarqué la présence de ces tireurs embusqués

parmi les arbres ? Ce sont mes arbres, Joe. C'est ma rivière. Avilka ?

L'Androphage aux cheveux paille s'approcha. Il se pencha vers Lucius, qui lui glissa quelques mots à l'oreille. Avilka hocha la tête, se redressa et se dirigea vers le pont inférieur.

Lucius sourit à Joe.

– T'envoies un des trolls du gang Bunsford nous surveiller ? Qu'est-ce que tu fais du respect, Joe ? De la plus élémentaire courtoisie ?

– Je n'ai jamais eu l'intention de te manquer de respect, Lucius. J'ai voulu ainsi en témoigner aux Bunsford, parce que j'ai posé mon avion sur leur territoire la semaine dernière.

– C'est une raison pour les laisser répandre leur sale odeur sur le mien ? rétorqua Lucius.

Il but encore un peu de vin, la mâchoire en mouvement, le regard se portant tour à tour vers l'eau et en lui-même.

– T'as de la chance que je ne me vexe pas facilement, Joe.

Ogden Semple et Avilka apparurent près de la proue. Semple s'avança vers la table avec une grande enveloppe en papier kraft qu'il remit à Lucius.

Celui-ci la jeta sur les genoux de Joe.

– Les dix pour cent de Theresa. Tu peux compter si tu veux.

– Inutile, dit Joe.

Le bateau vira vers la berge, puis poursuivit le mouvement jusqu'à effectuer une rotation complète. Ils rebroussaient chemin, comprit Joe. Les moteurs, davantage sollicités, grondaient plus fort à présent.

– Tu ne me prends pas pour un idiot, n'est-ce pas, Joe ?

– Je n'imagine même pas qu'on puisse avoir une opinion pareille de toi, Lucius.

– Certains ont eu cette audace. Ça t'étonne ?

– Oui, répondit Joe.

Lucius ouvrit son étui à cigarettes et, avant même qu'il en ait porté une à ses lèvres, Semple lui avait tendu un briquet allumé.

– Et toi, Ogden, ça t'étonne ?

Ce dernier referma le briquet.

– Beaucoup, monsieur.

– Et pourquoi, s'il te plaît ?

– Parce que personne vous prend pour un idiot.

– Pourquoi ?

– Parce que vous êtes un roi.

Lucius inclina la tête. Sur le moment, Joe crut qu'il s'agissait d'un signe d'assentiment, mais soudain il vit deux des Androphages s'écarter du groupe. Le premier planta un couteau dans le dos de Semple, le second dans sa poitrine. Ils frappèrent vite, le poignardant à seize ou dix-sept reprises en autant de secondes. Les petits glapissements aigus de leur victime se muèrent bientôt en grognements étouffés. Lorsque les tueurs reculèrent, ils avaient le torse éclaboussé de rouge. Semple tomba à genoux sur le pont. Il leva vers Lucius un regard chargé d'incompréhension, tout en essayant en vain de retenir d'une main des parties de lui qui s'échappaient des plaies ouvertes dans son ventre.

– Ne t'avise jamais, dans cette vie ou dans l'autre, de dire que je ne suis pas bien portant ! gronda Lucius.

Semple s'apprêtait à répondre, quand Avilka s'accroupit derrière lui et lui trancha la gorge, faisant jaillir le sang sur son corps mutilé. Semple s'effondra sur le pont, avant de fermer définitivement son œil valide.

Plus loin sur la rivière, un héron blanc battit des ailes. Puis il prit son essor et passa près du bateau.

Lucius riva son regard à celui de Joe en indiquant le cadavre.

– Qu'est-ce que ça me fait, à ton avis ?

– Comment veux-tu que je le sache ?

– Devine.

– De la peine.

– Pourquoi ?

– Il bossait pour toi depuis longtemps.

Lucius haussa les épaules.

– La vérité, c'est que je n'éprouve rien du tout. Ni pour lui ni pour personne. Je ne me rappelle même pas avoir éprouvé quelque chose un jour. Et pourtant, sous l'œil vigilant de Dieu, ajouta-t-il en levant la tête vers le soleil, je prospère.

14

Dans la ligne de visée

– Tu crois qu'ils l'ont bouffé ? demanda Rico quand ils reprirent la Route 32 en direction de l'ouest.

– Aucune idée.

Joe avala une rasade du whisky acheté à trois Indiens, une vieille femme et deux enfants, qui tenaient un stand de fruits au bord de la route. Il tendit la bouteille à Rico, qui but à son tour.

– Qu'est-ce qui déconne chez lui, bordel ?

– Aucune idée non plus.

Ils roulèrent en silence un moment, en s'échangeant la bouteille si souvent que la végétation autour d'eux leur parut de plus en plus verte et luxuriante.

– Bon, c'est vrai, moi aussi j'ai tué, reprit Rico. Attention, jamais une nana ni un môme.

Joe le gratifia d'un regard appuyé.

– Pas intentionnellement, en tout cas, se défendit Rico. Le petit Chinetoque, c'était pas de bol. Toi aussi, t'as tué, pas vrai ?

– Bien sûr.

– Mais t'avais toujours une bonne raison.

– C'est ce que je pensais sur le moment, en tout cas.

– Là, y avait aucune raison. Ce pauvre couillon nous sort que son patron a la crève, et on le saigne comme un foutu porc ? Qu'est-ce que Lucius a dans le crâne ? Il a pas de principes, pas d'honneur ?

Joe avait l'impression que l'odeur du bateau lui collait à la peau et aux cheveux. Il aurait voulu se récurer pour s'en débarrasser.

– J'ai l'impression d'avoir déjà vu cette fille quelque part, poursuivit Rico. C'est pas celle qui s'envoyait en l'air avec Georgie B ?

– Non, avec Bobby O.

Rico claqua des doigts.

– Ah oui, c'est ça…

– Elle venait souvent au Calypso Club.

– Exact, je me rappelle, maintenant. Merde, elle faisait son effet, celle-là !

– Plus maintenant.

– Non, plus maintenant.

Rico émit un petit sifflement.

– Elle avait de l'influence, pourtant.

Joe acquiesça d'un signe de tête, puis ils se regardèrent et répétèrent en chœur :

– Plus maintenant.

– Les nanas s'imaginent que leur cul leur donne un certain pouvoir. Pour certaines, c'est peut-être vrai, au moins pendant un temps. Nous, on s'imagine qu'il réside dans nos couilles et dans nos muscles. Et peut-être que c'est vrai. Pendant un temps. (Il secoua la tête d'un air mélancolique.) Un temps très, très court.

Joe acquiesça. Pour lui, le pouvoir – le pouvoir en général, et plus particulièrement celui que croyait détenir Vidalia – était comme une mouche qui se prend pour un aigle ; il ne pouvait s'exercer que sur ceux qui acceptaient d'appeler une mouche un aigle, un chat un tigre, ou un homme un roi.

La route blanche, sur laquelle l'eau s'évaporait déjà, s'étendait devant eux, chauffée par un soleil tout aussi blanc, bordée de chaque côté par une profusion de cyprès étiolés. Personne n'avait encore aménagé cette partie de l'État. Elle foisonnait d'une végétation exubérante, d'alligators, de panthères et de marécages huileux qui luisaient sous de fins voiles de brume verte.

– Il reste combien de temps avant le mercredi des Cendres ? Une semaine ? lança soudain Rico.

– Mouais.

– Putain, Joe. Putain.

– Quoi ?

– Rien.

– Non, vas-y, crache.

– Ce serait une insulte à ton intelligence.

– Te gêne pas, insulte-moi.

Rico réfléchit encore quelques instants, les yeux fixés sur la route.

– Je n'y croyais pas trop jusqu'à ce que je revoie Lucius, tout à l'heure, et que je me rappelle à quel point il est tordu. S'il n'avait pas tué Semple aujourd'hui, il aurait liquidé Al Butters, ou la fille, ou encore l'un de nous deux, simplement parce qu'il avait envie de se débarrasser de quelqu'un. Alors, s'il est derrière ce contrat lancé sur toi, il vaudrait mieux que tu disparaisses en attendant que l'horizon se dégage. Planque-toi dans ta ferme une semaine ou deux, pendant qu'on cherche qui te menace et pourquoi, et qu'on règle le problème. (Il tourna la tête vers Joe.) Je t'assure, on se fera une joie de rayer ces types de la carte.

– Merci pour ta proposition.

– Pas de « mais », Joe ! s'exclama Rico en frappant le volant. T'avise pas de me sortir un « mais ».

– Mais j'ai des affaires à régler en ville.

– Tu les régleras plus tard. (Rico le regarda.) J'ai un mauvais pressentiment, Joe. J'ai toujours été un hors-la-loi, et mon instinct a eu tout le temps de se développer. Là, il me dit que t'aurais sacrément intérêt à te mettre aux abris.

Joe se borna à jeter un coup d'œil par la vitre.

– Y a pas de honte à ça, insista Rico. Tu ne t'enfuis pas, tu pars en vacances.

– On verra. Je dois d'abord m'occuper de certains trucs.

– Bon. Alors, promets-moi au moins une chose : tu vas nous laisser, Dion ou moi, à toi de choisir, envoyer des gars surveiller ta baraque.

– La baraque, oui. Moi, non. Si j'ai envie de prendre l'air sans eux, je le fais. On est d'accord ?

– Comme tu voudras.

Un sourire éclaira soudain le visage de Rico.

– Maintenant, je suis sûr que tu baises une fille d'ici. Qui c'est ?

– Laisse tomber, rétorqua Joe. Roule.

– Compris. (Rico étouffa un petit rire.) Je le savais.

Ils parcoururent quelques kilomètres sans échanger un mot. Quand Rico relâcha longuement son souffle entre ses lèvres serrées, Joe devina à qui il pensait.

Ses doigts avaient blanchi sur le volant.

– Encore une fois, c'est vrai, j'ai déjà tué. Mais ce type-là, c'est qu'un putain de sauvage.

Les yeux fixés sur la flore préhistorique autour d'eux, Joe songea que son voisin avait précisément mis le doigt sur le point qui le tracassait, qui rongeait son âme : y avait-il une différence entre lui et un sauvage ?

Il se dit – se jura, même – qu'il y en avait une.

Il y en avait une.

Il y en avait une.

Après encore deux ou trois rasades de whisky, il arriva presque à s'en convaincre.

À Raiford, Rico attendit dans la voiture pendant que Joe et le directeur adjoint se serraient de nouveau la main sur la piste de terre battue qui entourait la prison. Cummings se borna à le surveiller pendant que Joe gravissait la colline jusqu'au grillage. Theresa s'approcha de l'autre côté, et Joe ouvrit l'enveloppe pour lui en montrer le contenu.

– Vos dix pour cent, annonça-t-il. Je les porterai à la banque demain matin.

Elle hocha la tête et le dévisagea quelques instants.

– Vous êtes bourré ?

– Qu'est-ce qui vous fait dire ça ?

– L'extrême prudence avec laquelle vous êtes monté jusqu'ici.

– J'ai éclusé quelques verres, admit Joe, qui alluma une cigarette. Bon, venons-en à mon affaire.

Elle passa ses doigts à travers les maillons.

– Billy Kovich. Le contrat doit être exécuté à Ybor. Chez vous, j'imagine.

– Je ne laisserais jamais Kovich entrer chez moi.

– Alors il se servira d'un fusil. C'est une sacrée bonne gâchette. Tireur d'élite pendant la Grande Guerre, à ce que j'ai entendu dire.

Fini, le temps où il s'asseyait près de la fenêtre dans son bureau, pensa Joe.

– Ou alors, il vous descendra dans la rue, peut-être près de ce café que vous aimez bien ou de n'importe quel autre endroit que vous fréquentez régulièrement, poursuivit Theresa. Si vous changez vos habitudes, il saura que vous soupçonnez quelque chose.

– Et il renoncera ?

Elle lâcha un petit rire.

– Non, il avancera la date. C'est ce que je ferais à sa place.

Joe garda le silence. En baissant les yeux, il s'aperçut que ses chaussures étaient tout éraflées après sa journée dans la cambrousse.

– Vous pourriez peut-être prendre un congé ? suggéra-t-elle.

– Non, parce que je pense que c'est le but recherché : quelqu'un veut m'éloigner de la ville. Tous ces éléments s'emboîtent un peu trop facilement.

– Vous ne croyez pas à cette histoire de contrat ?

– Si je devais parier, je dirais que ça se joue à deux contre un.

– Et ça ne vous effraie pas ?

– Vous plaisantez ? J'ai une trouille bleue.

– Foutez le camp, alors.

Il haussa les épaules.

– J'ai toujours cru que mes méninges m'étaient plus utiles que mes couilles. Mais c'est bien la première fois que je suis incapable de déterminer lesquelles guident mes décisions.

– Donc, vous allez rester.

Il confirma d'un signe de tête.

– Eh bien, contente de vous avoir connu. (Elle indiqua le sac qu'il tenait à la main.) Si vous pouviez vous occuper de ce dépôt sans trop tarder…

Il sourit.
– À la première heure demain matin.
– Au revoir, Joe.
– Au revoir, Theresa.
Il redescendit la colline en imaginant une lunette de visée braquée sur son dos, sur sa poitrine, au milieu de son front.

Vanessa n'était pas dans la chambre 107 lorsqu'il arriva à l'hôtel. Il l'aperçut sur le ponton et, quand il s'y engagea, les planches grincèrent sous ses pas. L'image du petit garçon qui l'attendait au même endroit la fois précédente lui traversa l'esprit, mais il ne ralentit pas l'allure pour autant. Un sourire aux lèvres, il s'assit en face d'elle.
– Si je te disais que je ne suis pas d'humeur aujourd'hui, tu le prendrais mal ? lança-t-elle sans préambule.
– Non, répondit Joe, lui-même surpris par la sincérité de sa réponse.
– T'as tout de même le droit de te rapprocher.
Elle tapota le bois près d'elle.
Il la rejoignit à quatre pattes, s'installa à côté d'elle, hanche contre hanche, et lui saisit la main. Tous deux contemplèrent l'eau.
– Qu'est-ce qui te tracasse ? demanda-t-il.
– Oh, tout et rien.
– Tu veux en parler ?
– Pas spécialement, non. Et toi ?
– Mmm ?
– Tu veux me parler de tes problèmes, Joe ?
– Qui te dit que j'en ai ?
Elle étouffa un rire en lui pressant la main.
– D'accord. On a qu'à rester comme ça, sans parler.

Ce qu'ils firent.

Au bout d'un moment, Joe déclara :

– On est bien.

– C'est vrai, admit-elle d'un ton mélancolique. Étonnant, non ?

15

Rafistole-toi

Nuit blanche.

Chaque fois qu'il fermait les yeux, Joe voyait les Androphages s'avancer vers lui, armés de leurs longues lames incurvées. Ou alors, il voyait une balle jaillir d'un fusil et fendre l'obscurité vers son front. Il ouvrait les yeux, entendait des grincements dans la maison, des grondements dans les canalisations, des craquements peut-être produits par des pas dans l'escalier.

Dehors, les arbres bruissaient.

La pendule dans le salon sonna deux heures. Joe ouvrit de nouveau les yeux – il ne s'était pas rendu compte qu'il les avait refermés –, pour découvrir le petit garçon blond à l'entrée de la chambre, un doigt sur les lèvres. Quand il tendit le bras, Joe crut d'abord qu'il le désignait, avant de s'apercevoir que l'enfant indiquait un point derrière lui. Il se tourna dans son lit et regarda par-dessus son épaule droite en direction de la cheminée.

Le petit garçon se tenait devant, à présent, les traits indistincts, les yeux aveugles. Il portait une chemise de nuit blanche qui laissait voir ses pieds nus, couverts d'hématomes violets et jaunes. Il tendit de nouveau le bras, et Joe reporta son attention sur le seuil de de la pièce.

Vide.

Il jeta un coup d'œil à la cheminée.

Personne.

– Suivez mon doigt.

Le Dr Ned Lenox approcha son index du visage de Joe et le fit aller de droite à gauche, puis de gauche à droite.

C'était le médecin attitré de la famille Bartolo depuis l'époque où Joe dirigeait l'organisation. De nombreuses rumeurs circulaient sur les raisons qui l'avaient obligé à abandonner une carrière médicale prometteuse à St. Louis – interventions chirurgicales pratiquées alors qu'il avait bu, négligence ayant entraîné la mort d'un fils de bonne famille dans le Missouri, coucheries avec une femme, coucheries avec un homme, coucheries avec un enfant, vol et revente illégale de produits pharmaceutiques –, mais, aussi diverses fussent-elles dans le milieu de Tampa, elles étaient toutes fausses.

– Bien. Montrez-moi votre bras.

Joe lui présenta son bras gauche. Le praticien, un petit homme frêle et doux, le saisit juste au-dessus du coude et le fit tourner de façon à en exposer l'intérieur. Il donna ensuite de légers coups de marteau à réflexe sur le tendon, à la jonction de l'avant-bras et du coude, puis renouvela la manœuvre sur l'autre bras et sur chaque genou.

Ned Lenox n'avait pas été chassé de St. Louis, il avait quitté la ville de son propre chef, alors qu'il jouissait d'une telle réputation d'excellence que ses confrères de l'époque à l'hôpital St. Luke se demandaient encore parfois à haute voix ce qui avait bien pu le pousser à partir à l'automne 1919, et ce qu'il était devenu. Il était question, bien sûr, de sa jeune épouse morte en couches, mais le cas avait été soumis au conseil de l'ordre des médecins, et le Dr Lenox, héros infatigable durant cette période marquée par l'épidémie de grippe espagnole, avait été déclaré irréprochable quant aux circonstances ayant conduit au décès de la femme et de l'enfant. La prééclampsie s'était manifestée au départ par les mêmes symptômes que la grippe. Quand le pauvre homme s'était rendu compte de la réalité du mal dont souffraient sa femme et l'enfant dans son ventre, il était déjà trop tard. Les gens mouraient au rythme de quinze par jour, et trente pour cent des habitants de la ville étaient touchés. Même un médecin n'avait pas le pouvoir d'obliger quelqu'un à décrocher le téléphone aux urgences, ni de convaincre un confrère de se déplacer. Aussi le Dr Lenox était-il seul chez lui avec sa femme bien-aimée quand elle lui avait été enlevée. De l'avis général, il n'avait pu supporter la cruelle ironie du sort voulant qu'un praticien tel que lui, tenu par tous en si haute estime, n'ait pas été en mesure de la sauver. Pourtant, selon toute probabilité, une équipe de spécialistes au grand complet n'aurait rien pu faire.

– Vous avez souvent eu la migraine, la semaine dernière ? demanda-t-il à Joe.

– Une fois.

– C'était violent ?

– Non.

– Vous l'attribuez à une cause particulière ?

– Je fume comme un pompier.

– Oh, dans ce cas, pas de problème. Je connais un remède imparable.

– Ah bon ?

– Arrêtez de fumer comme un pompier.

– On voit que vous avez fréquenté la meilleure des facs de médecine.

Ned Lenox avait raconté à Joe une autre version de son histoire en 1933, au terme d'une très longue nuit passée à panser les plaies des soldats après l'une des échauffourées les plus violentes de la guerre du rhum. Joe lui avait prêté main-forte dans la salle de bal d'un hôtel reconvertie pour la circonstance en salle d'opération de fortune. Au matin, alors qu'ils étaient tous les deux assis sur un quai à regarder les bateaux de pêche et les navires de transport du rhum mettre le cap sur le large, le médecin lui avait dit que sa femme était pauvre quand il l'avait rencontrée – d'une condition bien inférieure à la sienne.

Elle s'appelait Greta Farland, et elle vivait à Gravois Creek dans une cabane de métayer, avec une mère au visage dur, un père au visage en lame de couteau, et quatre frères ayant pour la plupart le visage en lame de couteau. Tous, à l'exception de Greta, avaient les épaules tombantes, le menton en galoche, le front aussi haut et lisse que les parois d'un canal de drainage, et un regard à la fois inquiétant et avide. Greta en revanche avait tout ce qu'il fallait là où il le fallait. Son teint de porcelaine luisait à la lumière des réverbères, et son sourire, quoique rare, était celui d'une jeune fille qui sent naître en elle des désirs de femme.

– Descendez de la table, jeune homme.

Joe s'exécuta.

– Faites quelques pas.

– Hein ?

– Allez-y, marchez. En déroulant bien le pied, du talon à la pointe. De ce mur à l'autre.

Joe obéit.

– Maintenant, revenez vers moi.

Joe retraversa la pièce.

Il savait que Greta n'était pas amoureuse de lui, mais il espérait qu'elle le deviendrait en se rendant compte de tout ce qu'il avait à lui offrir. Il n'avait pas eu à la courtiser longtemps ; le vieux Farland avait bien conscience qu'un parti comme Ned Lenox ne se présentait qu'une fois, au mieux, pour les filles de bouseux originaires du Basin. Après le mariage, Greta s'était facilement habituée à son nouvel environnement, apprenant très vite à faire la différence entre une fourchette à salade et une fourchette à dessert, et à gifler la bonne de temps à autre. Il lui arrivait de se montrer agréable envers Ned pendant trois ou quatre jours, avant de céder de nouveau à l'acrimonie. C'étaient néanmoins ces bons moments qui incitaient Ned à penser qu'elle finirait par ouvrir les yeux et par s'apercevoir que ce qu'elle prenait pour une sorte de rêve était réel : elle ne manquerait jamais ni d'un toit, ni de nourriture, ni de l'amour d'un homme honnête et respectable. Alors ses accès de mauvaise humeur s'évaporeraient. À sa conception impitoyable du genre humain succéderait l'empathie.

Le Dr Lenox ajusta ses lunettes et inscrivit quelques mots sur la feuille fixée à son écritoire à pince.

– Détendez-vous, Joe.

– Je peux baisser mes manches ?

– Faites. (Le stylo crissa de nouveau sur le papier.) Pas de bourdonnements d'oreilles, d'essoufflements inhabituels ou de saignements de nez ?

– Non, non et non.

Le médecin le considéra quelques instants.

– Vous avez maigri, constata-t-il.

– C'est mauvais signe ?

Le Dr Lenox secoua la tête.

– Vous pouviez vous permettre de perdre quelques kilos.

Joe grommela en allumant une cigarette. Il tendit le paquet au médecin, qui déclina d'un mouvement de tête, avant de sortir son propre paquet et d'allumer une des siennes.

Lorsque Greta tomba enceinte, Ned se persuada qu'un changement positif était imminent. Malheureusement, la grossesse la rendit encore plus acariâtre. Ses seuls moments de bonheur – un bonheur amer, plein de ressentiment – étaient ceux qu'elle partageait avec ses parents et ses frères, car les Farland n'étaient jamais aussi heureux que lorsqu'ils laissaient libre cours à leur amertume et à leur ressentiment. Après chacune de leurs visites, Ned constatait la disparition de bibelots de famille ou de pièces d'argenterie. Il savait bien que les Farland lui en voulaient de posséder tout ce qu'ils convoitaient, et dont ils s'étaient passé pendant tellement longtemps qu'ils n'en auraient pas eu l'usage même si on le leur avait donné.

Le Dr Lenox souffla un long jet de fumée, puis rangea le paquet dans sa poche de poitrine.

– Bon, redites-moi ce qui ne va pas.

– Non, ne m'obligez pas à me répéter.

– Vous avez des visions, si j'ai bien compris.

Joe se sentit rougir. Il fronça les sourcils.

– Est-ce qu'il s'agit d'une tumeur au cerveau ?

– Je n'ai relevé aucun signe le laissant supposer.

– Ce qui ne veut pas dire que je n'ai rien.

– Non, mais ça veut dire que la probabilité est extrêmement faible.

– De quel ordre, au juste ?

– À peu près égale à celle d'être frappé par la foudre dans une plantation de caoutchouc sous un ciel parfaitement dégagé.

Ned ne fut pas surpris – choqué, certes, mais pas surpris –, le jour où il rentra chez lui à l'improviste, de découvrir Greta, enceinte de quatre mois, en train de s'envoyer en l'air avec son père, qui l'avait prise par-derrière, tous deux se vautrant comme des porcs dans la fange sur un lit qui appartenait à la famille Lenox depuis trois générations. Ils n'eurent même pas la décence de s'interrompre lorsqu'ils virent son reflet accablé dans le miroir de la commode qu'il avait achetée à Greta en cadeau de fiançailles.

– Vous arrivez à dormir, au moins ?

– Pas beaucoup, non.

Le médecin prit encore des notes sur sa feuille.

– Ce qui explique les valises sous vos yeux.

– Merci. Je commence aussi à perdre mes cheveux, je suppose ?

Le Dr Lenox l'étudia par-dessus ses lunettes.

– Oui, mais ce n'est pas notre préoccupation aujourd'hui. Alors, à quand remonte votre dernière, euh, vision ?

– Avant-hier.

– Où était-ce ?

– Chez moi.

– Que se passait-il dans votre vie à ce moment-là ?

– Rien de spécial. Ou plutôt…

– Oui ?

– Non, rien.

– Vous êtes ici pour une raison, Joe. Alors, dites-moi.

– Une rumeur circule, selon laquelle un de mes associés serait furieux contre moi.

– Pourquoi ?

– Je l'ignore.

– Cet associé, vous pourriez le raisonner ?

– Je ne sais pas non plus. Je ne sais même pas qui c'est.

– Et dans votre secteur d'activité, dit le Dr Lenox d'un ton prudent, les associés en colère ne gèrent pas toujours les conflits de façon…

Il s'interrompit pour chercher le terme.

– … pacifique, compléta Joe.

Le médecin hocha la tête.

– C'est ça.

Lorsque le père de Greta, Ezekiel Farland, dit « Easy », rejoignit Ned au salon quelques minutes plus tard, il tira une chaise pour s'installer en face de son gendre et mordit à belles dents dans une pêche qu'il avait prise sur la table de la salle à manger.

« Je suis sûr que tu crois avoir des tas de trucs à me dire, commença-t-il, mais ton avis, nous, on s'assoit dessus. On a notre façon de vivre, et j'espère bien que tu vas vite l'accepter.

– Je ne tolérerai rien de tel. » La voix de Ned tremblait et chevrotait comme celle d'une femme. « Pas question. Je vais chasser votre fille de cette… »

Easy bondit, lui appuya la pointe de son couteau sur le scrotum et lui serra la gorge de son autre main. « Fais ça, et je te jure que je t'exploserai le troufignon, et mes gamins aussi. Compris ? T'es de la famille, maintenant. T'es des nôtres. C'est le contrat que t'as passé avec nous. »

Pour mieux souligner ses propos, il entailla le bas-ventre de Ned, juste au-dessus des testicules et à droite du pénis.

« T'es toubib, déclara-t-il en essuyant la lame sur la chemise de son gendre. Rafistole-toi. »

Joe inséra un bouton de manchette dans les boutonnières de son poignet droit.

– Donc, vous pensez que cette vision pourrait provenir de quoi ?

– Une trop grande pression.

– Merde, marmonna Joe quand l'attache tomba par terre. Merde, merde et merde. (Il se pencha pour la ramasser.) Vous êtes sûr ?

– Sûr de quoi ? Que vous êtes sous pression, ou qu'une tension excessive peut engendrer des visions ? Je peux vous parler franchement ?

Joe se concentra de nouveau sur son bouton de manchette.

– Bien sûr.

– Vous apprenez qu'un ou des inconnus en veulent à votre vie, vous élevez seul votre fils depuis la mort brutale de votre femme, vous voyagez trop, vous fumez trop, j'imagine que vous buvez trop aussi, et vous ne dormez pas assez. Alors, entre nous, je suis surpris que vous n'ayez pas encore vu une armée de fantômes.

Le mois suivant, Ned marcha, mangea et travailla sans en avoir conscience. Pendant trente jours, du moins dans le souvenir qu'il devait en garder, il lui sembla que son corps se mouvait par habitude, et non parce qu'il le lui ordonnait. Il portait mécaniquement la nourriture à sa bouche, et les aliments avaient un goût de cendres froides. Il continuait ses visites à domicile et enchaînait les gardes à l'hôpital dans une ville décimée par l'épidémie de grippe. Toutes les familles comptaient au moins un malade, et cinquante pour cent d'entre eux succombaient. Ned soignait les plus gravement atteints, assistait à la guérison de certains, en déclarait d'autres officiellement décédés. Sans que ses actes se gravent dans son esprit. Tous les soirs, il rentrait au domicile conjugal. Tous les matins, il le quittait.

Au cours d'un des examens quotidiens auquel il soumettait sa femme, il remarqua que sa pression artérielle était montée en flèche. Il décida de ne plus y penser et partit travailler. Quand il revint, l'état de Greta avait empiré. Ned fit des analyses d'urine, qui lui révélèrent clairement une insuffisance rénale. Il lui assura néanmoins que tout allait bien. Il écouta son cœur et s'aperçut qu'il battait trop vite, écouta ses poumons et entendit le liquide à l'intérieur. Il lui prit la main en affirmant qu'il s'agissait seulement des symptômes normaux de toute femme au deuxième trimestre de sa grossesse.

– Je ne suis pas spécialement sous pression, pourtant, objecta Joe.

L'air sceptique, le médecin poussa un long soupir.

– Disons, pas tellement plus que d'habitude, ajouta Joe. En tout cas, beaucoup moins qu'il y a dix ans.

– Quand vous étiez bootlegger pendant la guerre du rhum, c'est ça ?

– Prétendument bootlegger, rectifia Joe.

– Vous n'aviez pas d'enfant à charge, en ce temps-là. Et vous aviez dix ans de moins.

– Les jeunes n'ont pas peur de la mort ?

– Certains, si, mais la plupart s'imaginent que ça ne leur arrivera pas. (Le Dr Lenox écrasa sa cigarette.) Bon, que pouvez-vous me dire sur ce petit garçon qui vous apparaît ?

Joe hésita, cherchant la plus petite trace d'amusement dans le regard de son interlocuteur. Il n'y lut cependant que de la curiosité. Et il se rendit soudain compte – ce qu'il aurait été bien embarrassé d'admettre – qu'il avait envie de parler de l'enfant. Il ajusta son second bouton de manchette et s'assit en face du médecin.

– Le plus souvent, commença-t-il, c'est comme si les traits de son visage avaient été gommés. Il a un nez, une bouche et des yeux, sauf que je n'arrive pas à les distinguer. Ne me demandez pas pourquoi, je n'en sais rien. Mais une fois, je l'ai aperçu de profil, et je lui ai trouvé un air de famille.

– Ah oui ? (Le médecin alluma une autre cigarette.) Il ressemble à votre fils ?

– Non, plutôt à mon père ou à des cousins que j'ai rencontrés un jour. Ou peut-être à cette photo de mon frère tout gosse.

– Ce frère, il est toujours vivant ?

– Oui. Il est à Hollywood, il écrit pour le cinéma.

– Ce serait votre père, alors ?

– C'est ce que j'ai pensé au début mais, à la réflexion, ça ne colle pas : mon père faisait partie de ces hommes qui viennent au monde déjà adultes. Vous voyez le genre ?

– Pourtant, ce n'est pas ce que vous dit votre esprit.

– Je ne vous suis pas, docteur.

– Vous croyez aux fantômes ?

– Avant, je n'y croyais pas.

Le Dr Lenox agita la main qui tenait sa cigarette.

– Vous n'êtes pas allé voir un médium ni une diseuse de bonne aventure pour parler de vos problèmes, Joe. Vous êtes venu me voir moi, un médecin. Vous aviez peur d'avoir une tumeur, mais je vous affirme que c'est la conséquence d'une grande tension. Cette apparition a une signification pour vous. Quelle que soit l'image que vous gardiez de votre père, vous avez peut-être au fond de vous de bonnes raisons de vouloir l'imaginer jeune. À moins qu'il ne se soit passé quelque chose avec l'un de ces cousins que vous avez mentionnés, un incident lointain qui vous perturbe toujours…

– Ou peut-être que c'est bel et bien un putain de fantôme !

– Auquel cas, alléluia ! Dieu existe.

Joe fronça les sourcils.

– Pardon ?

– Si les fantômes existent, ça signifie qu'il y a un au-delà ou quelque chose d'approchant. Et s'il y a un au-delà, alors on peut raisonnablement supposer qu'il y a aussi un être suprême. Donc, les fantômes sont la preuve de l'existence de Dieu.

– Vous ne croyez pas aux fantômes, pourtant…

– En effet, je n'y crois pas. Par conséquent, je ne crois pas en Dieu.

Lorsque Greta commença à crier trop fort, Ned la bâillonna. Il l'attacha à leur lit et lui entrava également les chevilles. Consumée par la fièvre, elle délirait, et il lui épongeait le front en lui chuchotant à l'oreille des paroles de haine, auxquelles il ajoutait tout ce qu'il avait appris à la fac de médecine sur la fréquence des problèmes de retard mental, de mongolisme, de tendances suicidaires et de dépression grave observés chez les enfants issus de relations incestueuses.

« La lignée doit s'éteindre », murmurait-il en lui mordillant le lobe. Il malaxait ses seins gonflés, la giflait ou lui pinçait la gorge pour la maintenir éveillée, tandis que l'éclampsie s'installait. Quand Greta mourut, après trois heures et onze minutes de travail, elle restait la plus belle femme qu'il eût jamais vue.

Son bébé, fruit d'un péché si terrible qu'il était condamné par toutes les civilisations connues sur cette terre, vint au monde mort-né, les traits crispés et les paupières closes pour ne pas voir les horreurs auxquelles il aurait été confronté.

Le Dr Lenox se redressa sur son tabouret et lissa le pli de son pantalon au niveau du genou.

– Je vais vous dire pourquoi je ne crois pas aux fantômes, Joe : c'est ennuyeux à mourir.

– Pardon ?

– À mourir, répéta-t-il. Franchement, vous imaginez être un fantôme ? Comment on passe le temps, hein ? On se retrouve à trois heures du matin, à traîner dans des endroits où on n'a rien à faire, on flanque la frousse au chat, voire, avec un peu de chance, à la maîtresse de maison, et après on disparaît dans un mur… Tout ça prend, quoi, une minute maximum ? Et ensuite, comment on s'occupe ? Comme je vous l'ai dit, si vous croyez aux fantômes, vous croyez aussi à l'au-delà. Forcément. Les deux vont de pair. Sans eux, on n'est tous que de la viande pourrie destinée à nourrir les vers. Mais s'il y a des fantômes, alors il y a un au-delà, un monde des esprits, des limbes ou je ne sais quoi. Et, franchement, j'ose espérer qu'on y fait des choses un peu plus intéressantes que d'errer toute la journée chez quelqu'un, à attendre qu'il rentre pour pouvoir le regarder fixement sans rien dire.

Joe gloussa.

– Dit comme ça, évidemment…

Le médecin remplit une ordonnance.

– Portez-la au pharmacien de la Septième Avenue.

Joe la glissa dans sa poche.

– C'est quoi ?

– Des gouttes d'hydrate de chloral. Ne dépassez pas la dose, ou vous dormirez un mois. Mais ça vous aidera le soir.

– Et la journée ?

– Si vous êtes bien reposé, vous n'aurez plus de visions, ni le jour ni la nuit. (Les lunettes du Dr Lenox glissèrent le long de son nez.) Si les visions ou l'insomnie persistent, appelez-moi, je vous prescrirai un sédatif plus puissant.

– D'accord. Merci.

– De rien.

Après le départ de son patient, Ned Lenox alluma une cigarette et, ce faisant, constata une nouvelle fois à quel point la nicotine avait jauni la peau entre l'index et le majeur de sa main droite. Les ongles aussi. Il continua d'ignorer le bébé frissonnant assis sous la table d'examen. La fillette était demeurée là tout le temps qu'avait duré la consultation, à se balancer et à trembler sur place, ne manifestant pas d'autre réaction même quand son père avait prétendu que l'au-delà était un endroit trop ennuyeux pour qu'un fantôme ait envie d'y vivre. Contrairement au jour de sa naissance, elle avait les yeux ouverts et les traits détendus. Elle ressemblait un peu à sa mère, surtout au niveau du bas du visage, mais sinon elle tenait indéniablement des Lenox.

Ne sachant pas trop combien de temps elle allait rester, cette fois, Ned s'accroupit en face d'elle, parce qu'il aimait sa compagnie. Durant les premières années après qu'il les eut tuées, sa mère et elle, elle venait souvent le voir le soir, rampant sur le sol, sur le lit et même parfois sur les murs. Au début, elle ne faisait pas de bruit mais, dès la deuxième année, elle avait commencé à geindre, à pousser de petits cris aigus, insistants, affamés. Pour éviter de rentrer chez lui, Ned multipliait les consultations dans son cabinet et les visites à domicile. C'était aussi pour cette raison qu'il était devenu le médecin attitré des membres de la famille Bartolo et de leurs amis. Cette activité-là lui plaisait particulièrement. Pour autant, il n'idéalisait pas les hommes comme Joe Coughlin et la vie qu'ils menaient, laquelle n'était gouvernée que par la loi de la cupidité et du châtiment ; tous connaissaient une mort violente ou l'infligeaient à d'autres. Ils n'avaient ni principes ni code moral, sauf ceux qui servaient leurs intérêts personnels tout en entretenant l'illusion du contraire – à savoir que, s'ils agissaient ainsi, c'était pour le bien de la Famille.

Pourtant, Ned avait l'impression qu'il existait chez eux une honnêteté qu'on ne trouvait pas ailleurs. Tous les hommes qu'il rencontrait étaient prisonniers de leurs péchés, otages de leurs blessures intérieures. On ne devenait pas Joe Coughlin, Dion Bartolo ou Enrico DiGiacomo en conservant une âme intacte et un cœur libre. On entrait dans ce monde parce qu'on avait accumulé tant de fautes et de chagrins qu'on n'avait plus aucune place ailleurs.

Au cours d'une des journées les plus sanglantes de la guerre du rhum à Tampa, le 15 mars 1933, vingt-cinq hommes avaient trouvé la mort. Certains avaient été abattus, d'autres pendus, poignardés ou écrasés par des voitures. C'étaient tous des soldats, des adultes qui avaient fait le choix de cette existence, pourtant quelques-uns étaient morts en criant, et plusieurs avaient supplié qu'on les épargne parce qu'ils avaient femme et enfants. Douze avaient été massacrés sur un bateau dans le golfe du Mexique, puis jetés en pâture aux requins. Quand Ned avait entendu parler de cette curée, il avait espéré qu'aucune des victimes n'était encore en vie au moment de toucher l'eau. C'était Joe Coughlin qui avait ordonné leur exécution – ce même Joe Coughlin tiré à quatre épingles, à l'air raisonnable et au regard empreint de douceur, qui était venu le consulter au sujet de ses visions.

En cas de péché grave, Ned était bien placé pour le savoir, la culpabilité ne disparaissait pas, elle ne faisait que grandir. Elle prenait d'autres formes. Parfois, elle en venait à menacer la structure même de l'univers, qui alors se rebellait.

Ned croisa les jambes sans quitter des yeux son enfant qui le regardait – un presque-nourrisson difforme et malveillant. Lorsqu'elle ouvrit sa bouche sans dents et prit la parole pour la première fois en vingt-quatre ans, il n'en fut pas étonné. Pas plus qu'il ne fut étonné d'entendre qu'elle avait la voix de sa mère.

– Je suis dans tes poumons, lui dit-elle.

16

Cette fois-ci

Après sa journée de travail au central radio de la Bay Palm Taxi Service, Billy Kovich s'arrêta au Tiny Tap, dans Morrison Avenue, pour s'offrir une bière accompagnée d'un petit verre de whisky. Le whisky, c'était toujours de l'Old Thompson, la bière, de la Schlitz, et Billy n'en buvait jamais deux. Il reprit ensuite le volant pour aller chercher son fils Walter à l'école Gorrie, où il répétait avec l'orchestre de l'établissement. Walter jouait du tambour ténor, pas suffisamment bien pour pouvoir décrocher une bourse, mais à un niveau qui lui permettait néanmoins d'assurer sa place dans l'orchestre. Compte tenu de ses notes, de toute façon, il n'aurait pas besoin d'une bourse. Walter, douze ans et myope comme une taupe, était depuis sa naissance la grande surprise que la vie avait réservée à Billy Kovich. Ses deux autres enfants, Ethel et Willie, étaient déjà au lycée lorsque Penelope était tombée enceinte pour la troisième fois. Comme elle avait quarante-deux ans à l'époque, Billy et les médecins s'étaient inquiétés des risques liés à un accouchement pour une femme de cet âge, aussi menue et fragile. En privé, l'un d'eux avait averti Billy que la grossesse n'arriverait sans doute pas à terme. Pourtant, le bébé s'était présenté au jour dit, et l'accouchement s'était relativement bien passé. Mais si Walter était né deux mois plus tard, la tumeur à l'ovaire aurait sans doute pu être découverte à temps.

Penelope était morte alors que Walter venait d'avoir un an et commençait tout juste à marcher. Billy le revoyait encore à la veillée funèbre de sa mère, tanguant sur ses petites jambes comme un Indien ivre. Dès son plus jeune âge, il s'était distingué par un caractère réservé, moins introverti que solitaire, autant que par une remarquable vivacité d'esprit. À douze ans, il avait déjà sauté une classe, et un de ses professeurs cette année-là, un jeune homme nommé Artemis Gayle, fraîchement arrivé de Vanderbilt, avait suggéré à Billy de l'envoyer au lycée de Tampa Catholic à l'automne s'il l'estimait prêt. Sur le plan intellectuel, il l'était, lui avait assuré Gayle ; toute la question était de savoir s'il serait émotionnellement capable de gérer la transition.

« Le gamin n'a jamais été très démonstratif, avait dit Billy.

– Le problème, c'est qu'on n'a plus grand-chose à lui apprendre ici », avait souligné Gayle.

Ce soir-là, sur le trajet jusqu'à la maison de style colonial hollandais, dans Obispo Street, où ses trois enfants avaient grandi, Billy demanda à Walter ce qu'il pensait de la possibilité d'entrer au lycée à l'automne. Son fils délaissa le manuel scolaire qu'il avait posé sur ses genoux et remonta ses lunettes sur son nez.

– Ce serait bien, Billy.

Walter avait cessé d'appeler son père « papa » quand il avait eu neuf ans, en défendant l'idée que le terme plaçait forcément un enfant en position désavantageuse, puisqu'il impliquait une supériorité paternelle. Si Ethel ou Willie lui avaient présenté le même genre d'argument, Billy leur aurait ordonné de l'appeler « papa » jusqu'à la fin de leurs jours, ou il leur collerait une bonne raclée. Mais ce genre de menace ne fonctionnait pas avec Walter. La seule fois où Billy lui avait donné une fessée, l'expression de stupéfaction indignée puis de désarroi méprisant qu'il avait lue sur les traits de son fils l'avait hanté – et le hantait toujours – bien plus que le regard de tous les hommes qu'il avait tués dans sa vie.

Une fois la voiture garée sous l'abri qui jouxtait leur maison, père et fils rentrèrent chez eux. Walter monta son tambour et ses livres à l'étage pendant que Billy faisait cuire des tranches de foie de veau accompagnées d'oignons, de haricots verts et de pommes de terre coupées en rondelles. Il adorait cuisiner, et ce, depuis l'armée. Il s'était engagé en 1916, et avait été assigné à la popote à Camp Custer durant les premières années. Quand la guerre avait éclaté, il avait été envoyé en France, où son commandant d'unité n'avait pas tardé à découvrir à quel point le caporal William Kovich, armé d'un fusil, était doué pour atteindre des cibles à grande distance.

Après la guerre, Billy avait séjourné un moment à La Nouvelle-Orléans où, au cours d'une rixe dans un bar, il avait tué un homme en se servant juste de son pouce. Si les clients se faisaient souvent amocher dans l'établissement, c'était néanmoins le premier en six ans qui y restait. Lorsque la police était arrivée, tous les habitués avaient affirmé que le meurtrier du pauvre Delson Mitchelson était un Cajun fêlé, nommé Phillippe Boudreaux, qui avait déguerpi aussitôt, sans doute pour retourner à Algiers. Billy devait apprendre plus tard que le Cajun en question avait été descendu des mois auparavant, après une partie de cartes durant laquelle ses adversaires avaient découvert un cinquième valet sur lui. Il avait été jeté aux alligators par une nuit de pleine lune, et depuis, il avait assumé la responsabilité de presque tous les homicides commis dans le Vieux Carré et de deux autres à Storyville. Ce soir-là, le propriétaire du bar, assis à une table d'angle, s'était présenté : Lucius Brozjuola (« Mes amis m'appellent King Lucius »). Il avait confié à Billy que, d'après ses informations, l'interdiction de l'alcool dans le pays était imminente. Or il avait une idée pour exploiter la situation de manière lucrative plus au sud, à Tampa, et il cherchait à recruter des hommes qui n'avaient pas froid aux yeux.

C'est ainsi que Billy s'était retrouvé à Tampa, où il menait l'existence paisible et respectable d'un représentant de la classe moyenne inférieure, sauf quand on le chargeait d'exécuter un contrat. L'argent ainsi gagné lui avait permis d'investir dans des terres pendant le boom immobilier au début des années 1920. Alors que d'autres achetaient des étendues marécageuses et des portions du littoral, Billy s'était concentré sur des parcelles dans le centre de Tampa, de St. Petersburg et de Clearwater. Il les choisissait toujours près des tribunaux, des postes de police et des hôpitaux, car il avait remarqué que les quartiers environnants avaient tendance à se développer rapidement. Ainsi, se disait-il, il y aurait toujours quelqu'un pour vouloir acquérir l'un de ses petits terrains, qu'il entretenait sans pour autant les aménager en attendant une offre. Billy ne réalisait jamais de gros bénéfices sur ses ventes, mais il s'assurait toujours un profit substantiel qui, entre autres, permettait d'expliquer comment un simple dispatcheur dans une compagnie de taxis pouvait se permettre d'envoyer sa fille à Hunter Teachers College à Miami, un de ses fils à l'université d'Emory, et de s'offrir une nouvelle Dodge tous les trois ans. Personne, dans les villes où Billy effectuait ses transactions, ne risquait d'aller regarder de trop près les finances d'un homme qui vendait ses terres à un prix raisonnable.

Après le dîner, Billy et Walter firent la vaisselle et parlèrent, comme tout le monde, de la guerre « là-bas » et du temps qu'il faudrait pour la gagner.

– Et si on ne gagne pas ? demanda soudain Walter en essuyant le dernier plat.

Enlisés comme ils l'étaient en Russie, Billy ne voyait pas comment les nazis pourraient tenir plus de quelques années. Pour lui, c'était avant tout lié au pétrole : plus ils en gaspillaient en Russie, moins ils seraient capables de protéger leurs sites d'approvisionnement en Afrique du Nord et en Roumanie.

Il exposa son point de vue à son fils qui, ainsi qu'à son habitude, s'absorba longuement dans ses réflexions.

– Mais si Hitler s'empare des champs de pétrole soviétiques à Bakou ?

– Dans ce cas, c'est vrai, les Soviétiques pourraient perdre, et l'Europe s'effondrer, admit Billy. En attendant, qu'est-ce que ça changerait pour nous ? Ils ne risquent pas de débarquer ici !

– Pourquoi ?

Pour le coup, Billy n'avait pas de réponse à lui fournir.

Telles étaient les inquiétudes des jeunes garçons en cette période : Hitler, le croquemitaine, était en marche et risquait de traverser l'océan.

Il pressa tendrement la nuque de son fils.

– Si ça devait arriver, et c'est un « si » de taille, alors on avisera. Pour le moment, tu as des devoirs à faire.

Ils montèrent ensemble au premier. À peine entré dans sa chambre, Walter se dirigea droit vers son bureau, où un manuel était déjà ouvert sur sa table, et trois autres empilés à côté.

– Ne lis pas trop tard, lui recommanda Billy.

Le jeune garçon hocha la tête d'une manière laissant supposer qu'il ignorerait le conseil.

Billy longea le couloir jusqu'à la pièce où ses trois enfants avaient été conçus et où Penelope avait rendu l'âme. La mort lui était beaucoup plus familière qu'à la plupart de ses semblables. Pour autant qu'il le sache, il avait tué vingt-huit hommes dans sa vie – peut-être même près du double, si on voulait vraiment chipoter sur le nombre de balles qui avaient jailli de son fusil ou de ceux des autres membres de sa compagnie pendant les quatre jours de carnage à Soissons. Il avait senti sur son visage le dernier souffle d'une demi-douzaine de ses victimes. Il avait vu la lumière s'éteindre dans leurs yeux. Il l'avait vue s'éteindre dans ceux de sa femme.

Or tout ce qu'il avait appris sur la mort, c'était qu'on a raison de la craindre. Il n'avait jamais perçu le moindre signe d'un éventuel au-delà, jamais lu l'apaisement dans le regard d'un mourant, ni le soulagement à la perspective d'avoir enfin des réponses à toutes ses questions. Il n'avait décelé sur les traits de ses victimes que la certitude de la fin. Une fin qui arrivait toujours trop tôt, à la fois comme une mauvaise surprise et la confirmation lugubre de ce qu'on soupçonnait depuis le début.

Dans la chambre qu'il avait partagée avec sa femme, Billy troqua sa tenue contre un vieux sweat-shirt aux manches coupées et un pantalon taché de peinture, puis il redescendit faire du sac de frappe.

Le sac était accroché à une chaîne près de l'abri où il garait la voiture. Billy enchaînait les coups sans finesse, mais avec une certaine fluidité. Ce soir-là, il ne cogna pas particulièrement fort, ni particulièrement vite. Au bout d'une demi-heure, pourtant, ses bras pesaient aussi lourd que s'ils étaient remplis de sable mouillé, son cœur battait à tout rompre et son sweat-shirt était trempé de sueur.

Il prit une douche rapide – comme toujours en ces temps difficiles –, et se mit en pyjama. Il se rendit ensuite dans la chambre de Walter, qui lui assura qu'il se coucherait bientôt et lui demanda de fermer la porte derrière lui. Laissant son fils à son manuel de géographie, Billy s'engagea dans l'escalier, bien décidé à s'offrir les deux bières qu'il s'autorisait après chaque séance d'entraînement.

Joe Coughlin, assis dans la cuisine, tenait un flingue muni d'un silencieux Maxim. Il avait sorti de la glacière deux bières qu'il avait posées sur la table à côté d'un ouvre-boîtes, devant une chaise vide, lui signifiant ainsi qu'il connaissait ses habitudes du soir. Il lui indiqua d'un coup d'œil le siège inoccupé, et Billy y prit place.

– Vas-y, ouvre-toi une bière.

Docilement, Billy perça un premier trou dans le couvercle, puis un second pour laisser le liquide s'écouler. Il en avala une gorgée, et reposa la boîte.

– Si on sautait l'étape où tu me demandes ce que je fais là ? suggéra Coughlin.

Billy réfléchit un instant, avant de hocher la tête. À quelques centimètres de son genou droit, un couteau était scotché sous le plateau. Il ne lui servirait pas à grand-chose dans sa position actuelle, mais s'il parvenait à le glisser dans sa manche et à s'avancer vers Coughlin d'ici à quelques minutes, tout en continuant de bavarder comme si de rien n'était, il aurait peut-être une chance de frapper.

– Bon, si je suis là, c'est parce qu'on t'a engagé pour me tuer, reprit Coughlin.

– Non. Mais j'ai entendu parler du contrat.

– Si ce n'est pas toi, alors qui ?

– Je pencherais pour Mank.

– Il est à l'asile de Pensacola, Billy.

– Ah. Ce n'est pas lui, donc.

– Ça me paraît hautement improbable.

– Qu'est-ce qui vous a fait penser à moi ?

– Il fallait que ce soit quelqu'un qui puisse m'approcher.

– Pfff ! On ne peut pas vous approcher. Vous n'auriez pas eu des soupçons si je m'étais pointé un jour dans votre bureau, ou si je vous avais croisé à Ybor, dans ce café que vous aimez bien ? Vous n'êtes pas le genre de cible qu'on peut atteindre de près. Il faut vous abattre de loin.

– Et t'es doué pour le tir à longue distance, pas vrai ?

Ils entendirent un léger raclement au-dessus de leurs têtes quand Walter changea de position sur sa chaise. Ils levèrent tous les deux les yeux, et Billy en profita pour glisser sa main droite sous la table.

– Mon fils, dit-il.

– Je sais.

– Il risque de descendre chercher un verre de lait ou un truc comme ça…

Coughlin hocha la tête.

– On l'entendra dans l'escalier. Les marches craquent, surtout celles du haut.

S'il était au courant de ce détail, qu'avait-il appris d'autre ? songea Billy.

– Et que se passera-t-il, dans ce cas ? demanda-t-il.

Son interlocuteur fit légèrement rouler ses épaules.

– Si j'estime que t'es toujours une menace pour moi, Billy, je te logerai une balle entre les deux yeux et je disparaîtrai par cette porte, là, qui donne sur la rue. Dans le cas contraire, ton gosse nous trouvera en train de bavarder.

– De quoi ?

– Du business des taxis.

– Vous portez un costard à quatre-vingts dollars.

– Cent dix, rectifia Coughlin. On n'aura qu'à dire que je suis ton patron.

Nouveau raclement à l'étage, suivi cette fois d'un bruit de pas. Ils entendirent une porte grincer, puis Walter s'engager dans le couloir, en direction de l'escalier.

Billy tendit la main vers le couteau.

Au premier, Walter entra dans la salle de bains et ferma la porte derrière lui.

Sous la table, les doigts de Billy ne rencontrèrent que le vide. Il venait de retirer sa main et de saisir sa bière lorsqu'il surprit le regard de Coughlin fixé sur lui.

– Il est dans la remise à outils, déclara ce dernier en calant sa cheville droite sur son genou gauche. Avec le calibre 22 qui était planqué derrière la glacière, l'autre calibre 22 qui était posé sur l'étagère au-dessus des assiettes, le .38 que t'avais glissé sous le canapé du salon, le .32 que j'ai trouvé dans ta chambre et le Springfield dans ta penderie.

À l'étage, Walter tira la chasse d'eau.

– Si j'ai omis quelques-unes de tes armes, reprit Coughlin, considère que c'est délibéré. Quoi qu'il en soit, je crois qu'on gagnerait du temps si tu te contentais de répondre à mes questions, plutôt que d'essayer à toute force de mettre la main sur une lame ou un flingue.

Billy avala une gorgée de bière quand Walter sortit de la salle de bains puis longea le couloir en sens inverse. La porte de sa chambre grinça de nouveau lorsqu'il la referma, les pieds de sa chaise raclèrent encore une fois le plancher.

– Je vous écoute, monsieur Coughlin.

– Joe.

– Je vous écoute, Joe.

– Qui t'a engagé ?

– Je vous ai déjà dit qu'on ne m'avait pas engagé. J'ai entendu parler du contrat, c'est tout. Vous devriez plutôt vous renseigner sur Mank.

– Qui est le commanditaire ?

– King Lucius, mais j'ai l'impression qu'il a sous-traité pour le compte de quelqu'un d'autre.

– Qui ?

– Aucune idée.

– Et t'étais censé agir mercredi ?

Billy garda le silence, se bornant à pencher la tête sur le côté.

– Non ? insista Coughlin.

– Non. Je vous répète que je n'ai pas le boulot. On ne me l'a même pas proposé. Et comment pourriez-vous être au courant de la date ?

– Laisse tomber. Mais j'ai entendu dire que le contrat devait être exécuté le mercredi des Cendres.

Billy s'esclaffa et but encore un peu de bière.

– Qu'est-ce qui te fait rire ?

– Rien. (Billy haussa les épaules.) C'est ridicule, c'est tout. Le mercredi des Cendres ? Pourquoi pas le dimanche des Rameaux ou même le jour de l'Arbre ? Quand on veut descendre quelqu'un, on le descend, et que ce soit un lundi ou un vendredi, c'est le dernier de sa vie ! Bon sang, Joe, vous êtes à la Commission, vous savez très bien comment ça se passe !

Joe le regarda finir sa première Schlitz et percer l'autre. Billy Kovich avait un visage des plus ouverts. Du genre à inspirer une confiance immédiate. À la fois juvénile et buriné, c'était celui d'un honnête travailleur. Un gars qui aide son prochain à changer un pneu crevé, accepte sa proposition d'aller boire un coup, et finit par payer lui-même la deuxième et la troisième tournée. Qu'il se présente comme entraîneur de foot au lycée, mécanicien au garage du coin ou responsable de la quincaillerie, et on penserait forcément : Bien sûr.

Lorsque King Lucius avait voulu faire passer un message, en 1937, Billy Kovich avait emmené Edwin Musante sur un bateau, lui avait attaché les mains dans le dos, entravé les chevilles, tailladé au rasoir les jambes et l'abdomen, puis enroulé une chaîne autour du torse. Edwin Musante était vivant et pleinement conscient quand Billy l'avait jeté à l'eau, avant de mettre les gaz et de le traîner lentement dans la baie de Tampa. Paudric Dean qui, cinq ans plus tard, deviendrait lui-même une victime de Billy, était également à bord ce jour-là, et ne parlerait qu'à voix basse, d'un ton choqué, de ce qu'il avait entendu après l'arrivée des deux premiers requins. Ceux-ci, perturbés par les cris de leur proie, ne lui avaient infligé au début que quelques morsures hésitantes. Mais quand les trois autres étaient apparus, une centaine de mètres plus loin, les deux premiers s'étaient déchaînés. Une fois les cinq squales rassemblés pour la curée, Billy avait tranquillement expédié la chaîne dans l'océan et mis le cap sur le port.

Pourtant, songea Joe, il était difficile d'imaginer une apparence plus débonnaire que celle de l'homme assis en face de lui.

– Vous ne vous êtes jamais dit que c'était tout l'intérêt, Joe ? De répandre la rumeur ?

– Je ne te suis pas.

– Bien sûr que si.

– On voudrait me faire croire qu'il y a un contrat sur moi, c'est ça ?

– C'est ça.

– Pourquoi ?

– Vous embrouiller, foutre le bordel dans votre tête.

– Dans quel but ?

– Comment je le saurais ? (Billy haussa les épaules.) Je ne suis pas le genre de gars qu'on convoque dans la salle du conseil pour lui expliquer la situation. Moi, je ne suis qu'une petite abeille, une ouvrière. (Il montra sa canette vide.) Une ouvrière qui a le gosier sec. Permettez que j'en prenne une autre ?

Marston, le détective privé que Joe avait engagé pour surveiller la maison pendant quelques jours, l'avait informé que Billy Kovich buvait deux bières tous les soirs. Jamais trois.

Joe lui en fit la remarque.

– En temps normal, c'est vrai, je m'en tiens à deux, reconnut Billy. Mais quand un homme s'introduit chez moi et me menace de son arme alors que mon garçon fait ses devoirs à l'étage, et qu'en plus cet homme est persuadé que j'ai été recruté pour le tuer… Ben, ça me donne envie de changer mes habitudes. Je vous en offre une ?

– Volontiers.

Billy s'approcha de la glacière et fourragea à l'intérieur.

– J'ai l'impression que vous avez perdu quelques kilos… Je me trompe ?

– Peut-être, je ne sais pas. Je n'ai pas de balance.

– Ça vous va bien.

Une bière dans chaque main, Billy se redressa. Il les posa sur la table, referma la glacière et saisit l'ouvre-boîtes.

– Quel âge a votre fils ? demanda-t-il.

– Neuf ans, répondit Joe.

Un sifflement s'échappa de la première canette quand Billy la perça.

– Il est un peu plus jeune que le mien.

– Walter est brillant, à ce que j'ai entendu dire.

Billy poussa la boisson vers Joe en se rengorgeant.

– Son école veut lui faire sauter encore une classe pour entrer directement au lycée. À Tampa Catholic, vous imaginez ?

– Félicitations !

Billy perça sa propre boîte à deux reprises et porta un toast.

– À nos gamins !

Les deux hommes burent.

– Dès le premier jour, on sait déjà quel sera leur caractère, reprit Billy. Vous avez remarqué ?

– C'est vrai.

Un léger sourire aux lèvres, Billy secoua la tête.

– C'est drôle, on dit toujours aux parents de ne pas faire ceci ou cela, sinon leur gosse aura telle ou telle personnalité... Mais la vérité, c'est que tout est déjà joué dans le ventre maternel.

Joe marqua son approbation d'un signe de tête. Un silence détendu s'ensuivit.

– J'ai été désolé d'apprendre la mort de ta femme, à l'époque, dit Joe.

– Je me souviens que vous étiez à la veillée. Merci. Et moi, j'ai été désolé d'apprendre la mort de la vôtre. Je serais venu à l'enterrement si je n'avais pas été retenu hors de la ville.

– Je sais. Les fleurs que t'as envoyées étaient magnifiques.

– Je les avais commandées chez le fleuriste de Temple Terrace. Il bosse bien.

– Exact.

– Ça vous dérange si j'allume une cigarette ?

– J'ignorais que tu fumais.

– J'évite de le faire en présence de mon fils. Le toubib pense que c'est mauvais pour son asthme, et de toute façon Walter ne supporte pas l'odeur. Mais bon, de temps en temps, quand je me sens un peu... tendu – il s'esclaffa, et Joe lâcha lui aussi un petit rire –, j'aime bien en griller une.

Joe sortit de sa poche intérieure un paquet de Dunhill, ainsi qu'un Zippo en argent.

– T'as un cendrier ?

– Bien sûr. (Billy se leva, se dirigea vers le plan de travail et s'arrêta devant le tiroir du milieu.) Permettez ?

– Vas-y.

Billy ouvrit le tiroir et, toujours de dos, y plongea la main. Lorsqu'il se retourna, il tenait un petit cendrier en verre. Il le plaça sur la table avant de repousser le tiroir.

– Je ne vois pas qui pourrait vouloir votre mort, Joe. C'est absurde.

– T'en reviens à l'hypothèse d'un plan pour me mettre la pression ?

– Pour vous embrouiller, ouais.

Souriant, Billy se rassit.

Joe ouvrit son paquet de cigarettes et le lui présenta.

– C'est quoi ?

– Des Dunhill, répondit Joe. Une marque anglaise.

– Elles font chic.

– Possible.

– Je suis fidèle aux Lucky, moi. Depuis toujours.

Joe garda le silence, les yeux fixés sur le paquet entre eux.

– Je peux ?

– Hein ?

– Je peux aller chercher mes Lucky Strike ?

– Te gêne pas, répondit Joe en ramenant sa main à lui.

Petit raclement de chaise au-dessus d'eux.

Billy s'approcha d'un des placards, ouvrit la porte du haut puis jeta un coup d'œil à Joe par-dessus son épaule. D'où il était, Joe ne voyait que des bols et deux tasses à café.

– Je les planque à cause du gamin. Faut que je les récupère tout au fond.

– D'accord.

– Y a aucune raison pour qu'on veuille vous éliminer, Joe, reprit Billy en plongeant la main dans le placard, vers la droite.

– Ce ne serait qu'une rumeur sans fondement, alors.

Joe se déplaça légèrement sur sa gauche.

– C'est mon avis, en tout cas.

Le bras de Billy ressortit du placard beaucoup plus vite qu'il n'y était entré, et la lumière de la cuisine se réfléchit sur un objet métallique dans sa main. Joe lui tira dans la poitrine. Ou plutôt, il avait visé la poitrine, mais la balle le toucha plus haut et lui arracha la pomme d'Adam. Billy glissa le long du placard et se retrouva assis par terre, les paupières papillotant frénétiquement, le regard fou.

Ses doigts serraient toujours l'étui à cigarettes en argent. Il l'ouvrit avec son pouce pour montrer à Joe la rangée de Lucky Strike.

– D'accord, cette fois-ci, c'était pas la bonne, dit Joe.

Les paupières de Billy cessèrent de battre, et ses lèvres s'arrondirent en un « O » de surprise tandis que son menton tombait sur sa gorge déchiquetée. Joe vida sa bière dans l'évier, rinça la boîte et l'empocha. Il essuya le robinet à l'aide d'un torchon, dont il se servit ensuite pour ouvrir la porte qui donnait dehors. Après l'avoir glissé dans une autre poche, il sortit.

Il remonta la rue jusqu'à sa voiture, déposa son manteau sur la banquette arrière et son chapeau sur le siège du passager, puis verrouilla de nouveau les portières et retourna vers la maison en longeant le trottoir d'en face. Parvenu à destination, il s'adossa à un poteau téléphonique et leva les yeux vers la lumière qui brillait dans la chambre de Walter Kovich.

Au bout de quelques minutes, il alluma une cigarette. Il savait que c'était de la folie pure, ou de l'inconscience totale : il aurait déjà dû mettre des kilomètres entre cette maison et lui.

Il songea à tous les enfants qui grandiraient sans père, parce qu'il existait des hommes comme eux. Son propre fils avait perdu sa mère à cause de lui. Dix ans plus tôt, lors de la journée la plus sanglante de toute l'histoire de la pègre de Tampa, vingt-cinq hommes avaient été fauchés entre midi et minuit. Parmi eux, dix au moins étaient pères. Si lui-même mourait demain, ou le jour d'après, Tomas serait orphelin. Il existait une règle dans leur milieu : on ne touche pas à la famille. C'était une règle sacrée, qui primait sur toutes les autres, sauf celle leur imposant de gagner toujours plus. Elle leur permettait de croire que quelque chose les séparait des animaux. Un code moral. Une limite à leur cruauté et à l'obsession de l'intérêt personnel.

Ils respectaient la famille.

Mais la vérité était autre : ils ne tuaient pas les proches, non. Ils les amputaient.

Joe attendait que la lumière s'éteigne, parce qu'il voulait s'assurer que le gosse aurait droit à une dernière nuit de sommeil paisible. Quand il aurait découvert le corps de son père, la paix le fuirait pendant longtemps. Le sommeil aussi.

Dans la matinée, Walter Kovich, douze ans, sur le point d'entrer au lycée, trouverait son père effondré dans la cuisine, la gorge béante, baignant dans un sang noir et visqueux. Il y aurait des mouches. Walter n'irait pas à l'école. À la même heure demain soir, il se coucherait dans un lit qu'il ne reconnaîtrait pas. Sa maison serait devenue un endroit inquiétant, hanté. La nourriture n'aurait plus de goût pour lui. Il n'aurait pas d'autre conversation avec son père. Il ne saurait sans doute jamais pourquoi on le lui avait enlevé.

Et si je disparaissais demain, songea Joe, Tomas ne le saurait pas non plus.

Walter Kovich avait-il une tante ou un oncle susceptible de l'accueillir ? Des grands-parents ? Joe l'ignorait.

Il regarda de nouveau la fenêtre. Elle était toujours éclairée.

Il se faisait tard. Le gosse avait dû s'endormir à son bureau, la joue appuyée sur les pages de son manuel.

Joe descendit du trottoir et repartit vers sa voiture. Le plus profond silence régnait dans la rue quand il démarra. Il n'y eut même pas un aboiement pour signaler son départ.

17

Archipel

Lundi 8 mars 1943, deux jours avant le mercredi des Cendres.

Billy Kovich avait beau être à la morgue, Joe fut surpris à son réveil de ne pas se sentir plus en sécurité pour autant. Aussi n'opposa-t-il guère de résistance lorsque Dion l'appela pour lui expliquer que, même s'il recrutait un bataillon de gardes du corps, il ne vivait pas dans une maison suffisamment protégée, et qu'il ferait mieux de venir chez lui.

Une heure plus tard, Tomas et lui montaient en voiture et quittaient Ybor. L'enfant ouvrit le journal du matin, le haut du quotidien appuyé sur le tableau de bord, le bas sur ses genoux. Au-dessus de la pliure, il était question de la bataille de la mer de Bismarck ; dessous, dans l'angle droit, de la mort de Billy Kovich, dispatcheur pour une compagnie de taxis, soupçonné d'avoir entretenu des liens avec certaines figures du milieu.

– C'est quoi, un arpichel ? demanda soudain Tomas.

– Un quoi ?

De la tête, Tomas montra le journal.

– Ah non, un ar… chipel.

Joe lui donna une tape sur la jambe.

– C'est ça. Un archipel. C'est le nom qu'on donne à un groupe d'îles.

– Alors pourquoi pas l'appeler un groupe d'îles ?

Joe sourit.

– Ah ça ! Pourquoi dire « douze » pour désigner une douzaine de choses ? Pourquoi appeler un chien un « canin » ?

– Ou un chat un « félin » ?

– Ou un enfant un « gamin » ?

Une fois lancés, Joe le savait, ils pouvaient continuer ainsi toute la journée. Ce matin-là, cependant, il avait trop de soucis en tête, sans compter que l'heure tournait.

Par chance, Tomas se lassa vite de leur petit jeu.

– P'pa ? C'est où, la Nouvelle-Gui... née ?

– Au nord de l'Australie.

Depuis deux jours, les journaux n'en avaient que pour l'oncle Sam et l'aviation australienne qui pilonnaient un convoi maritime japonais près de l'archipel Bismarck. Les comptes rendus de l'édition matinale rapportaient qu'une nouvelle offensive venait de s'engager près de Bougainville, dans les îles Salomon.

– Ils se battent comme des lions, hein ? fit remarquer Joe.

– Je voudrais être soldat, un jour.

Joe manqua de percuter le trottoir.

– C'est vrai ? lança-t-il d'un ton néanmoins léger.

– Oui.

– Pourquoi ?

– Pour défendre mon pays.

– Et tu crois que ton pays te défendrait ?

– Je comprends pas.

– À ton avis, Tomas, pourquoi on habite à Ybor ?
– Parce qu'on a une belle maison là-bas.
– D'accord. Mais aussi parce que c'est le seul endroit où les Cubains ne sont pas traités comme des citoyens de second ordre. Tu connais cette expression, « de second ordre » ?
– Oui. Ça veut dire moins bien que les autres.
– Exactement. Quand ta mère vivait ici, on la traitait comme une citoyenne de second ordre. Elle n'avait pas le droit d'entrer dans beaucoup de restaurants ou d'hôtels. Si elle voulait boire de l'eau quand elle allait au cinéma en ville, on l'obligeait à utiliser la fontaine réservée aux gens de couleur.
Rien que d'y penser, Joe en avait la gorge nouée.
– Et ? le pressa Tomas.
– Ce pays ne lui a jamais fait de cadeaux.
– Je sais, affirma l'enfant, même si Joe le sentait profondément troublé.
Jamais auparavant son père n'avait mentionné les fontaines à eau.
– T'en es sûr ?
Tomas ouvrait de grands yeux, à présent, révélant à quel point il était bouleversé.
Joe décida de changer de tactique.
– Attends un peu, fiston… De quel pays tu parles, d'abord ? Ici ou Cuba ?
Le jeune garçon regarda par la vitre un long moment – si longtemps à vrai dire qu'ils avaient déjà dépassé les gardes postés à la grille de la propriété de Dion et remontaient l'allée bordée de palmiers et de magnolias imposants, quand il reprit enfin la parole. C'était une question que Joe n'avait encore jamais posée à son fils tant il redoutait la réponse. Graciela était une Cubaine

pure souche. La grand-mère et les tantes de Tomas l'étaient aussi. Tomas avait fait ses deux premières années d'école primaire à La Havane. Il maîtrisait l'espagnol aussi bien que l'anglais.

– Ici, déclara-t-il. En Amérique.

La réponse étonna tellement Joe qu'il oublia de débrayer quand ils se garèrent devant la maison, et la voiture hoqueta quelques secondes avant qu'il puisse passer au point mort.

– C'est en Amérique que tu te sens chez toi ? demanda-t-il. Je croyais…

– Non, c'est à Cuba que je me sens chez moi.

– J'ai du mal à te suivre, Tomas.

Imperturbable, comme si tout était parfaitement logique dans son esprit, celui-ci posa la main sur la poignée de la portière.

– L'Amérique mérite qu'on se batte pour elle jusqu'à la mort.

– Je viens de t'expliquer comment elle avait traité ta mère.

– D'accord, mais…

Tomas s'interrompit pour chercher ses mots, en agitant les mains de manière inhabituelle.

– … personne n'est parfait, déclara-t-il, avant de pousser la portière.

Au moment où il descendait de voiture, Dion ouvrit la porte d'entrée, un cigare déjà logé au coin des lèvres à huit heures du matin. Il s'avança vers Tomas, le souleva sans un mot et le cala sur sa hanche pour retourner dans la maison.

– J'ai appris que t'avais été malade, gamin ?

– Pose-moi, oncle D.

– T'as pas l'air malade.

– Je suis pas malade, j'ai eu la varicelle.

– On m'a raconté que tu ressemblais à une créature de cirque.

– Non, c'est pas vrai !

Joe les suivit à l'intérieur, distrait par leurs bavardages qui atténuaient un peu la peur qu'il sentait monter en lui depuis l'aube – et peut-être même depuis le début du mois, quand il y songeait. Pas seulement à cause de la menace de mort qui pesait sur lui, même si elle était bien présente dans son esprit. Ni du petit garçon fantôme, même s'il redoutait bien plus qu'il n'aurait voulu l'admettre une autre de ses apparitions. Il s'agissait en fait d'une peur plus vaste et diffuse, sur laquelle il n'avait aucune prise, et qui l'étreignait depuis des semaines : le sentiment que le monde entier se transformait, sous l'action de démons-esclaves trimant nuit et jour en son centre pour tout réagencer, tout remodeler. Ils œuvraient dans des puits de flammes, et ils ne dormaient jamais.

Il avait en permanence l'impression que des pans entiers du sol se dérobaient sous ses pieds. Pourtant, chaque fois qu'il regardait, rien ne semblait avoir bougé.

– Alors, tu vas te faire embaucher par un cirque ? demanda Dion à Tomas.

– Non.

– Tu pourrais avoir un petit singe rien qu'à toi. Ou un bébé éléphant, pourquoi pas ? Ce serait marrant.

– C'est pas possible, un bébé éléphant.

– Pourquoi ?

– Il deviendrait trop gros.

– Et ce serait un sacré problème pour nettoyer tout son caca, hein ?

– Non, c'est surtout qu'il serait trop gros pour que je puisse le garder à la maison.

– Peut-être, mais ton père et toi, vous avez une ferme à Cuba, répliqua Dion qui, d'une main, le remonta sur sa hanche, et de l'autre repoussa son cigare entre ses lèvres. Remarque, tu serais sûrement obligé d'arrêter le cirque. Les éléphants ont besoin de beaucoup d'attention.

Sur le seuil de la cuisine, il reposa Tomas par terre.

– J'ai quelque chose pour toi, mon grand.

Dion s'approcha du plan de travail et prit dans l'évier un ballon de basket qu'il lui lança.

– Chouette ! s'exclama le garçonnet, qui le fit rouler entre ses mains. Et j'en fais quoi ?

– Tu l'expédies dans un panier.

Froncement de sourcils perplexe.

– Je sais bien, oncle D. Sauf qu'y a pas de panier ici.

– Y en avait pas, rectifia Dion, qui le gratifia d'un regard appuyé.

– J'y crois pas, marmonna Joe.

Dion lui jeta un coup d'œil.

– Quoi ?

– Où ? Où ? s'écria Tomas en sautillant d'excitation.

De la tête, Dion lui indiqua les baies vitrées coulissantes.

– Dans le jardin. Juste après le bassin.

Tomas s'élança.

– Eh ! l'interpella Joe.

L'enfant s'arrêta.

– Qu'est-ce qu'on dit ?

– Merci, oncle D. !

– De rien, gamin. Tout le plaisir est pour moi.

Cette fois, Tomas se rua hors de la maison. Joe le suivit des yeux.

– T'as fait aménager un putain de terrain de basket, D. ?

– Pas un terrain entier, juste un emplacement pour le panier. J'ai cimenté le bassin des carpes koï et arraché un rosier. (Dion haussa les épaules.) De la poiscaille et des fleurs... Des trucs qui savent que crever, de toute façon.

– Tu pourris ce gosse comme si c'était ton unique petit-fils.

– Je suis pas encore assez vieux pour être grand-père, abruti ! (Dion versa du jus d'orange dans une flûte à champagne et la leva vers son ami.) T'en veux ?

Joe secoua la tête en entrant avec lui dans le salon. Il salua d'un geste les hommes qui s'y trouvaient : Geoff le Finlandais et Mike Aubrey, dit Bloc de granite. Le Finlandais était un excellent soldat lorsqu'il restait sobre, ce qui lui arrivait toutefois de plus en plus rarement. Quant à Aubrey, on ne pouvait rien en tirer. On l'avait surnommé « Bloc de granite » parce qu'il paraissait taillé dans le roc. Personne ne rivalisait avec lui dans la salle de musculation au Philo. Il racontait bien les blagues, et il était prompt à sortir son briquet pour allumer la cigarette ou le cigare des visiteurs et de son patron, mais c'était avant tout une montagne de muscles sans cervelle. Pire, une montagne de muscles sans couilles. Joe l'avait déjà vu sursauter quand une voiture avait pétaradé.

Pourtant, Dion aimait s'entourer d'individus de ce genre, parce qu'ils l'amusaient et avaient tout comme lui une bonne descente autant qu'un solide appétit. Joe estimait néanmoins qu'il avait tendance à faire trop ami-ami avec ses hommes. Résultat, lorsqu'il devait les remettre à leur place ou en réprimander un, ils le prenaient comme un affront personnel. De son côté, si Dion décelait de la rancœur sur leurs traits, il le ressentait comme une trahison ou une manifestation d'ingratitude, ce qui suffisait parfois à déclencher sa fureur. Et la fureur de Dion n'était pas quelque chose qu'on avait envie de subir deux fois ; de toute façon, rares étaient ceux qui vivaient assez longtemps pour en avoir l'occasion.

– Je me doute bien que t'as pas mal de trucs en tête pour le moment, Joe, mais est-ce qu'on a avancé sur cette histoire de taupe ? demanda-t-il en avalant une gorgée de jus de fruit.

– J'en sais autant que toi.

– D'accord, t'en sais autant que moi. Et ? T'as pris des mesures, au moins ?

– Eh ! Je suis ton conseiller, pas ton lieutenant.

– Tu bosses pour moi, je te le rappelle. Autrement dit, y a aucune limite à tes obligations.

Ils entrèrent dans la salle de billard, prirent place dans des fauteuils et contemplèrent la table vide.

– Avec tout le respect que je te dois, D…

– Oh, ça commence mal.

– T'es au courant depuis des mois que cette taupe ne peut venir que d'ici.

– Ou du Nord, pourquoi pas ? De chez Donnie, par exemple.

– Sauf que Donnie dirige Boston *pour toi*. Donc, la taupe vient de chez nous. Et elle est sortie de son trou pour se balader tranquillement dans la baraque.

– Alors, attrape un balai et chasse-la.

– Je ne suis plus dans la rue, souligna Joe. Je suis à La Havane, à Boston, dans la Grosse Pomme… Je suis partout, merde ! Je sers de façade, D. Je gère les affaires légales et le jeu. La rue, c'est ton domaine.

– Mais la taupe est là, maintenant.

– N'empêche, elle vient de dehors.

Dion se pinça la peau entre les sourcils en poussant un profond soupir.

– Tu crois qu'il me faut une femme ?

– Quoi ?

Le regard de Dion se porta vers le jardin.

– Tu sais, quelqu'un qui me mitonnerait de bons petits plats, me donnerait des gosses et tout…

Depuis l'époque où ils faisaient ensemble l'école buissonnière dans les rues de Boston, juste après la Première Guerre mondiale, Joe l'avait toujours vu s'envoyer des vendeuses, des danseuses de cabaret et des marchandes de cigarettes. Dion n'était jamais resté avec une fille plus de quelques semaines.

– À moins d'être amoureux, je crois vraiment que c'est trop d'emmerdes, répondit Joe.

– T'as bien emménagé avec Graciela, toi.

– Justement, j'étais amoureux.

Dion tira une bouffée de son cigare. Ils entendaient Tomas dehors, qui lançait son ballon contre le panneau du panier.

– Et t'as jamais envisagé de t'installer avec quelqu'un d'autre ?

Joe pensa à la maison démesurée de son ami. Dion avait beau être célibataire, il lui fallait de la place pour loger ses gardes du corps, aussi habitait-il une demeure de plusieurs centaines de mètres carrés – dont la cuisine ne lui servait que pour cacher un ballon de basket dans l'évier.

– Non, répondit-il.

– Ça fait plus de sept ans qu'elle est morte, Joe.

– C'est une conversation entre copains, là ? Ou entre un boss et son conseiller ?

– Entre copains.

– Je sais qu'elle est partie depuis presque huit putains d'années ! Je les ai comptées. Je les ai vécues…

– D'accord, d'accord.

– … jour après jour.

– J'ai dit d'accord.

Ils gardèrent le silence quelques instants, puis Dion poussa un grognement sonore.

– Comme si c'était pas assez le bordel en ce moment, maugréa-t-il. Wally Grimes est au cimetière, Montooth Dix se planque dans sa forteresse, les syndicats s'agitent à Ybor, y a une espèce de grippe intestinale qui ravage trois de mes bordels, et la guerre nous a privés de la moitié de nos meilleurs clients.

– C'est pas un métier facile, observa Joe, qui fit semblant de jouer du violon. Bon, je crois que je vais aller me reposer un peu. Je ne dors plus depuis des jours.

– Ça se voit.

– Je t'emmerde.

– T'es pas le seul, mon grand !

Joe ne parvint cependant pas à fermer l'œil. Quand il ne s'angoissait pas au sujet d'une éventuelle balle de fusil à son nom, il s'inquiétait de la présence d'une taupe dans l'organisation. Et quand il ne s'inquiétait pas de la présence d'une taupe dans l'organisation, il se torturait l'esprit en se demandant ce que deviendrait son fils s'il se retrouvait orphelin. Ce qui le ramenait à la balle à son nom.

Pour se changer les idées, il essaya de penser à Vanessa, mais il n'en retira pas le même réconfort que d'habitude. Quelque chose avait changé entre eux, ou peut-être seulement en elle... Avec les femmes, comment savoir ? Quoi qu'il en soit, c'était une Vanessa différente qu'il avait retrouvée sur le ponton. Il émanait d'elle une impression de regret, ou du moins de désarroi total, qui semblait ancrée au plus profond d'elle-même. Ils étaient restés assis sans rien dire, main dans la main, pendant une bonne heure. Lorsqu'elle s'était levée pour rejoindre sa voiture, Joe avait eu le sentiment étrange qu'une éternité s'était écoulée durant cet intervalle de temps.

Au moment de prendre congé, elle s'était bornée à lui poser sa paume sur la joue, tandis qu'elle scrutait intensément ses traits à la recherche de... de quoi, au juste ?

Il ne voyait pas.

Ensuite, elle était partie.

Résigné à ne pas pouvoir dormir, Joe déambula toute la journée dans un état semi-comateux. Il recouvra un peu d'énergie après le dîner. Alors que Dion et lui venaient de s'installer dans le bureau pour s'offrir un brandy, ils parlèrent de Billy Kovich pour la première fois. Tomas dormait dans une chambre à l'étage.

Dion leur servit à chacun une généreuse dose d'alcool, avant de déclarer :

– T'avais pas le choix, c'est clair.

– Le problème, c'est qu'il était vraiment allé chercher ses cigarettes.

Joe grimaça, puis avala une longue gorgée de brandy.

– Cette fois-là, lui rappela son ami.

– Je sais, je sais.

Dion s'approcha de la fenêtre derrière sa table de travail.

– Je peux ouvrir ?

– Hein ? (Joe regarda Dion, et aussi la végétation sombre derrière la vitre.) Oui, oui, bien sûr… Ce n'est même plus pour moi que je m'inquiète, à vrai dire. Avant tout, je veux éviter que Tomas soit blessé parce qu'il est trop près de son père.

Dion ouvrit la fenêtre, laissant entrer une brise nocturne agréablement fraîche pour un mois de mars dans l'ouest de la Floride. Le bruissement qu'elle produisait dans les palmes évoquait des chuchotements d'écolières.

– Personne ne va faire de mal à Tomas, Joe. Et personne ne te fera de mal non plus. Quand tu te réveilleras jeudi matin, tu te demanderas comment t'as pu tomber dans le panneau. Cette garce à Raiford t'a manipulé pour te persuader d'aller négocier sa vie avec Lucius, c'est tout. Tiens, c'est peut-être Lucius lui-même qui a échafaudé ce plan – il est suffisamment malin pour ça –, histoire de garder les quatre-vingt-dix mille dollars tout en laissant croire à cette Theresa que c'était son idée de se servir de toi. Entre-temps, t'as perdu le sommeil depuis une semaine…

– Deux.

– Deux semaines. Tu maigris, t'as les yeux au milieu de la figure… Merde, j'ai même l'impression que t'as moins de cheveux ! Et tout ça pour quoi ? Pour permettre à un riche salopard malfaisant de devenir encore plus riche et à une de ses recrues d'éviter une mort que, par ailleurs, elle méritait.

– Tu crois vraiment que c'est l'explication ?

Après s'être assis sur un coin de sa table, Dion fit tourner le brandy dans son verre.

– T'en vois une autre ? (Il se pencha en avant et tapota le genou de Joe avec son verre.) Personne – et je dis bien personne, tu m'entends ? – ne veut ta mort. Alors, pourquoi cette menace, sinon pour t'obliger à te démener jusqu'à ce que ces deux-là aient obtenu satisfaction ?

Joe se carra dans son fauteuil, posa sa boisson sur le guéridon voisin, chercha ses cigarettes et en alluma une. Il sentait l'air de la nuit sur son visage et entendait un animal d'une certaine taille – un écureuil ou un rat, sans doute – filer entre les arbres.

– Bon, si je suis toujours vivant jeudi à midi et une minute, je boufferai n'importe quel chapeau que tu poseras devant moi, D. Sans rechigner, promis ! En attendant, je suis sûr que je vais continuer à entendre des pas précipités derrière moi partout où je vais.

– Je comprends. (Dion leur resservit du brandy.) Bon, qu'est-ce que tu dirais de te concentrer sur autre chose, demain ?

– Sur quoi ?

– Montooth Dix.

Les deux hommes trinquèrent.

– Il est condamné et tu le sais, expliqua Dion en allant ouvrir l'humidificateur sur son bureau. Il faut qu'on l'élimine. Tant qu'il restera terré dans sa tanière alors que deux de mes gars sont entre quatre planches, ça donnera de moi l'image d'un faible.

– Tu viens de le dire : il se terre. Je ne pourrai pas l'approcher.

Dion alluma son cigare et tira de courtes bouffées jusqu'à l'embraser.

– Les hommes te respectent à Ybor, comme partout ailleurs à Tampa. Je te connais, Joe, t'es un des rares à pouvoir passer sa porte. Alors, t'entres là-dedans et tu lui dis de sortir prendre l'air. Ce sera rapide, il ne verra rien venir.

– Et s'il refuse ?

– Dans ce cas, je déclencherai l'offensive. Ça ne peut plus durer, ma crédibilité est en jeu. S'il ne se décide pas à sortir, je tomberai sur sa planque comme les Boches sont tombés sur Leningrad. Ses gamins sont là-dedans, ses femmes aussi ? Tant pis, c'est pas mon problème. Je transformerai cette baraque en putain de parking !

Joe garda le silence pendant quelques instants. Il vida son brandy en écoutant les feuilles bruire et l'eau glouglouter dans la fontaine qui occupait le coin nord-ouest du jardin.

– D'accord, je lui parlerai, dit-il enfin. Je ferai de mon mieux.

Le jour de mardi gras, alors que le compte à rebours dans sa tête était noyé par l'écho de ses battements de cœur, Joe s'entretint au téléphone avec les hommes de Montooth afin d'organiser une rencontre le lendemain matin.

Pour ne pas changer, il ne ferma pratiquement pas l'œil de la nuit. Il s'assoupissait quinze minutes tout au plus, puis se retrouvait à contempler le plafond. Il attendit en vain de revoir l'enfant blond. Il se rendait désormais compte que le caractère aléatoire de ses visites – certaines espacées d'une semaine, d'autres regroupées le même jour – le perturbait presque autant que ses apparitions elles-mêmes. Impossible de prévoir à quel moment il allait se montrer. Et si l'enfant avait un message à lui transmettre de l'au-delà, il ne comprenait toujours pas lequel.

Il descendit dans la chambre où dormait Tomas, s'assit sur le lit et regarda la poitrine de son fils, si menue et fragile, se soulever régulièrement. De sa paume moite, il lui aplatit son épi, puis se pencha pour humer son odeur. Tomas ne remua même pas, et Joe dut résister au désir de le réveiller pour lui demander s'il avait été un bon père. Il finit par s'allonger sur le lit lui aussi, le visage tourné vers celui de son fils, et somnola un petit moment. Il fit un semblant de rêve dans lequel il voyait un lapin filer le long d'une clôture, essayant d'échapper à un danger indistinct. Puis le lapin disparut, et Joe, bien réveillé, regarda de nouveau son fils.

Le lendemain matin, il le conduisit au Sacré-Cœur et, comme les huit cents autres fidèles, tous deux prirent place dans la file jusqu'à l'autel. Le père Ruttle trempa son pouce dans le calice rempli de cendres humides et leur dessina une croix sur le front.

Devant l'église, les paroissiens furent moins nombreux à s'attarder qu'après la messe du dimanche. Tous paraissaient un peu étranges. Le père Ruttle avait un gros pouce, de sorte que les croix grises tracées sur les fronts étaient épaisses. Sous la chaleur, certaines étaient déformées par la sueur.

Revenu chez Dion, Joe alla se rafraîchir. Quand il entra dans la cuisine, il trouva son ami et Tomas en train de manger des cornflakes à table.

Il s'accroupit près de son fils.

– Je serai de retour dans deux ou trois heures, dit-il.

Tomas lui retourna ce regard imperturbable qu'il tenait de sa mère.

– Deux ou trois, t'es sûr ? Ou plutôt cinq ?

Joe sentit la culpabilité faire vaciller son sourire.

– Tâche d'être sage avec ton oncle.

Le jeune garçon hocha la tête en feignant un air solennel.

– Ne te gave pas de sucre, d'accord ? lui recommanda Joe. Je sais qu'il va t'emmener à la pâtisserie.

– Hein ? fit Dion. Quelle pâtisserie ?

– Tomas ? insista Joe en regardant son fils droit dans les yeux.

– D'accord, papa. Je me gaverai pas de sucre.

Joe lui tapota l'épaule.

– À tout à l'heure.

La bouche pleine de céréales, Dion demanda :

– Comment tu sais que je vais l'emmener à la pâtisserie ?

– Le mercredi, c'est pas le jour où tu t'offres ton quatre-quarts ?

– C'est pas un quatre-quarts, espèce d'ignare ! C'est une *torta al cappuccino*. (Dion posa sa cuillère et leva l'index pour appuyer ses propos.) Un biscuit trempé dans le cappuccino, nappé de ricotta et surmonté de crème fouettée. Et ils le font plus qu'un seul mercredi par mois, à cause de cette foutue guerre. Ça tombe pile aujourd'hui.

– Si tu le dis… N'en donne pas trop au gamin quand même. Il a un estomac d'Irlandais.

– Je croyais que j'étais cubain, intervint Tomas.

– T'es un sang-mêlé, lui assura Joe.

– Bon, ben je ferai goûter au sang-mêlé les *sfogliatelle*, c'est tout. (Dion pointa sa cuillère vers Tomas.) Que penserais-tu d'un match de basket pour t'ouvrir l'appétit ?

Le visage du jeune garçon s'illumina.

– D'accord !

Joe déposa un dernier baiser sur la tête de son fils, puis sortit.

18

Les hommes partent

Comme convenu, les gardes du corps de Dion ne le suivirent pas quand Joe pénétra dans le quartier nègre d'Ybor City. Si les gangs sur place voyaient deux voitures de porte-flingues blancs s'aventurer au sud de la Onzième Avenue, ils risquaient de penser que la trêve était rompue, et de les descendre tous. Joe avait donc préféré s'y rendre seul.

Pendant le trajet, il avait senti grandir sa colère à l'idée du traitement réservé à Montooth. Peut-être parce qu'il avait de la sympathie pour lui, ou parce qu'il n'avait aucun mal à s'identifier à quelqu'un qui vivait en permanence dans l'ombre de son propre nœud coulant… Après tout, il avait pour mission de le convaincre de sortir à découvert et dc se laisser tuer, alors que lui-même tentait désespérément de retarder le jour fatidique. Et pour quel crime Montooth devait-il payer ? Il n'avait fait que se défendre contre des individus entrés dans son fief pour l'éliminer.

Joe n'avait rien d'un parangon de vertu, loin s'en fallait, mais il était capable de reconnaître une injustice flagrante quand il en avait une sous les yeux. Or la décision prise à l'encontre du grand nègre relevait de cette catégorie.

Montooth Dix habitait au-dessus de l'académie de billard qu'il possédait dans la Cinquième Avenue. Le bâtiment comportait trois étages et occupait tout un pâté de maisons. Montooth vivait avec ses neuf gosses, ses trois femmes et son bataillon de gardes du corps dans les deux étages du haut, tellement vastes qu'ils ne donnaient pas l'impression d'être surpeuplés. Tellement vastes, et aussi tellement sombres qu'on pouvait facilement s'y perdre, Montooth ayant une prédilection pour les épais rideaux de couleur foncée – surtout marron et rouges – tirés devant les fenêtres.

Joe ralentit à l'approche de l'académie de billard. En le voyant, l'un des hommes de Montooth enleva la chaise en rotin qui gardait la place devant l'entrée – une précaution que Joe jugea superflue, car il doutait que quiconque dans le quartier, voire dans tout Tampa, puisse être assez stupide pour laisser son automobile juste devant le repaire du roi d'Ybor, ou même à proximité de l'endroit où Montooth garait la sienne, une Packard Deluxe Eight jaune canari de 1931, aussi longue qu'un petit yacht et probablement assez spacieuse pour accueillir sa progéniture au grand complet. Peut-être pas ses trois femmes, néanmoins, plutôt bien en chair et dont on disait qu'elles avaient du mal à se supporter. Quand Joe s'arrêta le long de la Packard afin de pouvoir reculer, il aperçut des parties de sa propre voiture reflétées dans les enjoliveurs chromés.

La chaise à la main, le garde de Montooth le guida pendant la manœuvre. Alors que la plupart des nègres dans les quartiers plus chic de la ville arboraient des costumes extravagants, les *zoot suits*, des chaussures bicolores et des chapeaux à large bord, les hommes de Montooth portaient tous la même tenue depuis dix ans : costume noir impeccable sur chemise blanche impeccable, le premier bouton ouvert mais jamais le deuxième, pas de cravate, chaussures noires lustrées par le cireur installé devant l'académie de billard – qui, en l'occurrence, s'évertuait à faire briller comme des miroirs celles de deux autres gardes.

Joe sortit lentement de voiture, conscient de tous les regards braqués sur lui – ceux des soldats de Montooth, mais aussi ceux qu'il avait sentis peser sur lui en arrivant. Des regards qui disaient : « T'as pas ta place ici et tu l'auras jamais. » Un rejet qui s'expliquait en partie par le fait qu'il était blanc dans un quartier noir. À Ybor, pourtant, le racisme n'avait pas de raison d'être. Cette partie de la ville avait d'abord été peuplée par les Espagnols et les Cubains ; les Italiens et les Noirs les avaient suivis de près. Joe avait épousé une Cubaine, dont le père avait des ancêtres espagnols et la mère descendait d'esclaves africains. Son propre fils avait dans les veines du sang irlandais, espagnol et africain. Il n'avait jamais eu aucun problème avec les personnes de couleur, et néanmoins, pour la première fois depuis des années, il avait bien conscience, en posant le pied sur le trottoir, de n'avoir croisé aucun visage blanc dans les rues voisines.

Après tout, rien ne lui garantissait que les hommes de Montooth n'allaient pas lui défoncer le crâne à coups de barre de fer et le laisser agoniser devant l'immeuble. Montooth Dix et Freddy DiGiacomo s'étaient déclaré la guerre ; autrement dit, à Tampa aujourd'hui, tous les gangs noirs étaient en conflit avec tous les gangs blancs.

Le garde plaça la chaise contre le mur de brique derrière le stand du cireur puis revint vers Joe.

Il avait presque fini de le fouiller, quand il jeta un coup d'œil appuyé à son entrejambe.

– Faut que je vérifie du côté de ta queue, vieux. J'ai entendu certaines histoires sur ton compte.

Joe avait un jour trompé la vigilance des frères John dans le comté de Palmetto. Il avait dissimulé un Derringer derrière ses bourses et l'avait sorti dix minutes plus tard pour le pointer sur leur père, assis en face de lui à table.

– Je comprends. Mais tâche de faire vite.

– Pourquoi ? T'as peur qu'elle change de taille ?

Joe crut voir sourire l'un des hommes assis sur le siège du cireur. Le visage détourné et déformé par une grimace, le garde lui passa sa paume sous les testicules et sur le bas-ventre.

– C'est bon, dit-il en s'écartant. J'ai pas traîné, et ton bazar a pas enflé.

– Peut-être qu'il est jamais plus gros.

– Alors Dieu devait être bourré le jour où il t'a créé. Condoléances.

Joe rajusta sa veste et lissa sa cravate.

– Il est où ?

– En haut. Tu peux pas le rater.

Joe entra dans le bâtiment. Sur sa droite se trouvait la porte donnant sur l'académie de billard, d'où s'échappait de la fumée de tabac. À huit heures et demie du matin, la salle, réputée pour ses parties marathon et les fortunes que les joueurs y avaient gagnées ou perdues, résonnait déjà du claquement des billes. Il gravit seul l'escalier. La porte métallique rouge au sommet était grande ouverte, révélant derrière une pièce quasiment nue, où la teinte sombre du plancher rappelait celle des boiseries. Les épais rideaux de velours, d'une nuance de violet si foncée qu'elle paraissait presque noire, étaient tirés devant les fenêtres. Une penderie peinte en kaki style surplus militaire se dressait contre le mur du fond.

Le reste du mobilier se composait d'une table et de deux chaises. Ou, plus exactement, d'une table, d'une chaise et d'un trône où le maître des lieux avait pris place.

Vêtu d'un pyjama en satin blanc sous une robe de chambre assortie, et chaussé de pantoufles également en satin blanc, Montooth Dix en imposait. Son éternelle pipe de cannabis à la main, il regarda Joe s'installer sur la chaise en face de lui – identique à celle dont le garde s'était servi pour réserver la place de stationnement. Sur la table entre eux étaient posées deux bouteilles : brandy et rhum. S'il s'était offert du Hennessy Paradis, le meilleur brandy du monde, Montooth n'avait pas lésiné sur la qualité du rhum non plus, choisissant le Barbancourt Réserve du Domaine, le meilleur des Caraïbes après celui produit par Joe et Esteban Suarez.

Joe indiqua la bouteille.

– Je vais devoir avaler la concurrence, c'est ça ?

Montooth souffla un fin jet de fumée.

– Si seulement c'était toujours aussi simple… (Il tira une autre bouffée de sa pipe.) Pourquoi vous vous baladez avec des croix sur le front, vous, les Blancs ?

– C'est le mercredi des Cendres, aujourd'hui.

– On dirait que vous avez tous découvert le vaudou. Je suis sûr que les poulets vont bientôt disparaître de nos rues !

Joe sourit en le regardant droit dans les yeux, qu'il avait vairons : l'un couleur d'huître, l'autre brun foncé, comme le parquet. Montooth paraissait défait, bien différent de l'homme qu'il connaissait depuis près de quinze ans.

– Tu ne peux pas gagner cette partie-là, commença-t-il.

Montooth accueillit cette remarque d'un haussement d'épaules paresseux.

– Dans ce cas, ce sera la guerre. Je vous tomberai dessus dans les rues, je ferai sauter tous vos clubs, je repeindrai cette ville en…

– À quoi ça t'avancera ? l'interrompit Joe. Tu y perdras beaucoup d'hommes, c'est tout.

– Vous aussi.

– Peut-être, mais les nôtres sont plus nombreux. Entre-temps, t'auras tellement affaibli ton organisation qu'elle sera condamnée à disparaître. Et toi, tu seras quand même mort.

– Alors, quelles sont mes options ? Moi, j'en vois pas.

– Pars en voyage.

– Où ?

– N'importe où. L'essentiel, c'est que tu sois ailleurs, le temps que les choses se tassent.

– Sauf qu'elles se tasseront pas tant que Freddy DiGiacomo sera en vie.

– On n'en sait rien. Alors, emmène tes femmes et fais-toi oublier un moment.

– « Emmène tes femmes »… (Montooth partit d'un gros rire.) T'en as déjà rencontré une qui supporte bien les voyages, toi ? Franchement, tu voudrais que j'embarque sur un putain de bateau avec trois foldingues ? Sûr que, pour le coup, j'y laisserais ma peau.

– Je te répète qu'il est temps pour toi de voir du pays.

– Dis donc, gamin, j'ai pas végété dans cette rue depuis que ma mère m'a mis au monde ! Je me suis battu avec le 369e régiment d'infanterie pendant la Grande Guerre, moi ! Les Harlem Hellfighters, t'en as entendu parler ? Tu sais pourquoi on est célèbres, en plus d'avoir été les seuls nègres à qui le gouvernement ait jamais filé un flingue ?

Joe avait beau le savoir, il répondit « non » pour ne pas le priver du plaisir de raconter une fois de plus son histoire.

– On a essuyé les tirs de l'ennemi pendant six mois de suite, on a perdu quinze cents hommes, mais on n'a pas cédé un pouce de terrain. Pas un, bordel ! Et aucun de nos hommes n'a été fait prisonnier non plus. Penses-y. On a tenu nos positions jusqu'à ce qu'ils en aient marre de crever. Pas nous, hein ? Non, eux ! Je pataugeais dans le sang, y en avait partout sur mes bottes, partout à l'intérieur aussi. J'ai passé six mois à me battre, à pas dormir et à racler de la viande ennemie sur ma baïonnette. Et maintenant, tu voudrais que j'aie peur ?

Montooth vida sa pipe dans le cendrier sur la table, puis plongea les doigts dans l'urne en cuivre à ses côtés afin de la bourrer de nouveau.

– Tout le monde prétendait que ce serait différent après la guerre, reprit-il. On rentrerait en héros, on serait traités en hommes… Bah ! Moi, je me doutais bien que tout ça, c'était que des rêves de nègres, alors je me suis tiré. J'ai vu Paris, et aussi l'Allemagne, pour essayer de comprendre pourquoi y avait eu tant de morts. Quand je suis revenu, en 22, j'avais vu l'Italie et une bonne partie de l'Afrique. Tiens, tu veux que je t'en raconte une bonne, à propos de l'Afrique ?

Personne là-bas m'a jamais pris pour un Africain. Eux, ils s'y trompent pas, ils sont capables de reconnaître un Américain, quelle que soit la couleur de peau. Y a fallu que je rentre ici pour m'entendre dire que j'étais au mieux à moitié 'ricain ! Bref, j'ai roulé ma bosse, gamin, et aujourd'hui j'ai eu tout ce que je voulais ici même. T'as pas autre chose à me proposer ?

– Je réfléchis. Tu ne m'as pas laissé une grande marge de manœuvre, Montooth.

– À l'époque, quand c'était toi qui dirigeais tout, tu te serais débrouillé pour négocier un accord.

– C'est toujours dans mes cordes.

– Sauf que tu peux pas me sauver la mise, hein ? lança Montooth, qui se pencha en avant comme pour mieux l'entendre énoncer la réponse.

– Non, admit Joe. Ça, je ne peux pas.

Montooth encaissa le coup. S'il avait affronté la mort tous les jours pendant les six mois qu'il avait passés sur les champs de bataille en France, plus de vingt ans s'étaient écoulés depuis, et aujourd'hui la mort était plus proche de lui que jamais. Assise sur son épaule, elle lui taquinait les cheveux.

– Mais le grand patron m'écoute toujours, souligna Joe.

Son interlocuteur se redressa.

– Le problème, c'est qu'il est peut-être plus aussi puissant qu'il le pense…

Joe sourit, comme s'il jugeait l'idée absurde.

– Oh, parce que toi, tu crois qu'il l'est encore ? lança Montooth en lui rendant son sourire.

– Je sais qu'il l'est.

– Tu t'es jamais dit que l'embrouille entre Freddy et moi était prévue depuis le début ? (Montooth se réinstalla plus confortablement sur son trône.) À ton avis, quel Blanc contrôle les loteries dans cette ville ?

– Dion.

– Non. Rico DiGiacomo.

– Pour le compte de Dion.

– Et qui contrôle les docks ?

– Dion.

– Non. Rico.

– Pour le compte de Dion.

– Ben dis donc, Dion a sacrément du pot qu'ils soient si nombreux à bosser pour lui, vu qu'il en a plus rien à foutre de rien !

La remarque prit une résonance sinistre dans la tête de Joe. Fallait-il y voir l'explication de la peur qui ne le quittait plus depuis le début de la matinée – de la semaine, et peut-être même du mois ? De ce poids énorme qui le paralysait quand il se réveillait en sursaut, arraché à des rêves dont le souvenir lui échappait aussitôt ?

Au cours de son existence, il avait au moins découvert une vérité fondamentale à propos du pouvoir : ceux qui le perdent ne s'aperçoivent en général de rien jusqu'au moment où il est trop tard.

Il alluma une cigarette pour s'éclaircir les idées.

– T'as que deux options, Montooth. La première, c'est de t'enfuir.

– Pas question. Et l'autre ?

– Tâcher de mettre un peu d'ordre dans tout ce que tu vas laisser derrière toi.

– T'es en train de me dire de désigner un successeur ?

– Oui. Sinon, Freddy DiGiacomo héritera de tout ce que t'as bâti.

– Freddy et son frère Rico…

– À mon avis, Rico ne trempe pas là-dedans.

– Tiens donc ! D'après toi, ce serait Freddy le plus malin des deux ?

Cette fois, Joe garda le silence.

Montooth agita les mains.

– T'étais où, y a un mois ?

– À Cuba, répondit Joe.

– On vivait dans une chouette ville quand tu la dirigeais. Elle ronronnait comme elle a jamais plus ronronné depuis. Pourquoi t'en reprendrais pas les rênes ?

Joe indiqua les taches de rousseur sur ses joues.

– Mes racines ne sont pas dans le bon pays.

– Je vais te dire, Joe : tu te débrouilles pour rassembler les Espingouins et les Irlandais, vous nous rejoignez, mes nègres et moi, et à nous tous on te la rend, cette ville.

– C'est un beau rêve, Montooth.

– Qu'est-ce que tu lui reproches ?

– On serait comme une épicerie de quartier face au géant Sears & Roebuck. On tiendrait une semaine, peut-être deux au maximum, avant qu'ils débarquent et nous écrasent.

Montooth se servit un brandy et l'invita d'un geste à faire de même avec le rhum. Puis les deux hommes levèrent leurs verres.

– On boit à quoi ? demanda Montooth.

– À ce que tu veux.

L'air songeur, Montooth considéra d'abord sa boisson, ensuite la pièce autour de lui.

– À l'océan, dit-il.

– Pourquoi ?

Il haussa les épaules.

– J'ai toujours aimé le regarder.
– C'est une bonne raison.
Ils trinquèrent.
– Je t'assure, Joe, quand tu le regardes, t'as l'impression que tout ce qu'il y a de l'autre côté – tous les autres mondes – sont des endroits meilleurs. Des endroits où tu seras bien accueilli et traité en homme.
– Ça ne se passe jamais comme ça, souligna Joe.
– Nan, je sais bien. N'empêche, c'est le sentiment que ça me donne quand je vois toute cette eau... (Montooth avala une gorgée de brandy.) Ces mondes-là, j'aurais peut-être pu y aller, mais aujourd'hui ils ont disparu. Comme tout le reste, j'imagine.
– Je croyais que t'en avais fini avec les voyages.
– C'est le cas. Parce que je connais la vérité : y a pas d'autre monde que celui-ci. Pourtant, devant tout ce bleu qui semble s'étendre à l'infini...
Un petit rire lui échappa.
– Quoi ? fit Joe.
Montooth balaya d'un geste la question.
– Bah, tu vas me prendre pour un dingue.
– Dis toujours.
Le regard soudain plus vif, Montooth carra les épaules.
– Tu sais que la Terre se compose surtout d'eau, pas vrai ?
Joe hocha la tête.
– Ben, les gens pensent que Dieu vit au ciel, mais moi ça m'a jamais convaincu, parce que le ciel, c'est très, très loin de nous.
– Contrairement à l'océan ?
– C'est la peau du monde, Joe. Et je crois que Dieu vit en lui, qu'il se laisse porter par les vagues comme

l'écume. Alors, quand je regarde l'océan, je Le vois qui me regarde aussi.

– Merde, ça mérite un autre toast !

Ils trinquèrent de nouveau, et Montooth replaça son verre vide sur la table.

– T'as déjà compris que je choisirai Breezy comme successeur.

Joe acquiesça de la tête. Breezy, le second des enfants de Montooth, était aussi roué qu'une assemblée de banquiers.

– Je m'en doutais.

– Il est menacé ?

Joe haussa les épaules.

– Pas plus que moi.

– Il supporte pas de faire couler le sang.

– Freddy pourrait négocier avec lui. Mais il est possible qu'il décide de le renverser et de mettre un de ses nègres à la tête des opérations.

– Et le nègre de Freddy, c'est… ?

Joe fronça les sourcils.

– Montooth, s'il te plaît…

Celui-ci se resservit du rhum, reposa la bouteille, saisit celle de Joe et le resservit aussi.

– Little Lamar.

Joe hocha la tête. Certains disaient que Little Lamar était une version nègre de Freddy DiGiacomo. Ils étaient tous les deux natifs de la région, et ils avaient tous les deux débuté leur carrière en acceptant les boulots dont personne d'autre ne voulait. Little Lamar avait ainsi mis la main sur une bonne partie du commerce de l'héroïne, et il avait appris à abuser les Chinois arrivés clandestinement sur le territoire, faisant de la moitié des femmes des prostituées droguées à l'opium, qu'il cantonnait dans des *casitas* à l'est. Quand Montooth Dix s'était rendu compte que Lamar ne se satisfaisait plus de travailler pour lui, ce dernier avait déjà constitué un gang beaucoup trop solide pour être démantelé par la force. Il avait gagné son indépendance trois ans plus tôt et, depuis, une trêve extrêmement fragile avait été établie.

– Merde, gronda Montooth. Tu veux dire que Freddy va s'accaparer mon territoire, me couper la tête et s'emparer de tout ce que j'ai construit pour le refiler à cette espèce d'enfoiré de Lamar ?

– C'est l'idée.

– Et après ma mort, ils assassineront mon fils ?

– Oui.

– C'est pas normal, bordel !

– Je suis d'accord. Mais c'est pas des tendres.

– Je sais bien que c'est pas des putains de tendres ! C'est pas pour autant qu'ils doivent faire le mal... (Montooth termina son verre.) Ils descendraient mon garçon ?

Joe avala une gorgée de rhum.

– Je pense, oui. Sauf s'ils n'ont pas d'autre solution que de traiter avec lui.

Montooth le dévisagea en silence.

– On ne peut pas avoir accès à West Tampa sans vous, poursuivit Joe. Par conséquent, Freddy sera bien obligé de négocier avec quelqu'un. Pour le moment, son plan consiste probablement à t'éliminer, ensuite à éliminer ton fils, et à installer Little Lamar sur le trône. Maintenant, laisse-moi te poser une question : qui prendrait le pouvoir si vous étiez tous morts – Lamar, ton fils et toi ?

– Personne. Ce serait le chaos total. C'est pour le coup que le sang coulerait.

– Et la marchandise finirait aux chiottes, les putes iraient voir ailleurs et les gens arrêteraient de jouer à la loterie parce qu'ils auraient trop la trouille.

– Exact.

– Ça, Freddy l'a compris.

– Alors, si on disparaît tous les trois…, commença Montooth.

– C'est le désastre garanti.

– En attendant, je suis mort dans tous les cas de figure.

Joe se borna à hocher la tête en attendant qu'il aille jusqu'au bout de son raisonnement.

Montooth s'adossa à son trône, l'air impassible et le regard vide, jusqu'au moment où une ébauche de sourire transforma son expression.

– Le plus important, c'est pas de savoir si je vais vivre ou mourir. C'est de décider lequel des deux y passe – mon fils ou Little Lamar.

– Quelqu'un sait où est Lamar, en ce moment ? demanda Joe en croisant les mains sur ses cuisses.

– Là où il est toujours à cette heure de la matinée.

Joe inclina son chapeau vers la fenêtre.

– Chez le barbier dans la 12e ?

– Tout juste.

– Il n'y a pas de civils dans le coin ?

– Non, le barbier part se chercher du café pendant que Little Lamar tient conseil. C'est un de ses hommes qui le rase.

– Ils sont combien, au total ?

– Trois. Armés jusqu'aux dents.

– Bien. Little Lamar est assis dans son fauteuil pendant qu'un de ses gars lui fait une beauté. Reste donc deux porte-flingues à l'entrée.

Montooth réfléchit quelques instants, puis confirma d'un signe de tête.

– T'as envoyé tes femmes ailleurs ? demanda Joe.

– Pourquoi tu dis ça ?

– Normalement, j'aurais déjà dû en entendre au moins une.

Son interlocuteur l'observa un moment par-dessus sa pipe.

– T'as raison.

– Pourquoi ?

– Je me suis dit que tu trouverais un moyen de me buter – que si quelqu'un en était capable, ce serait toi. Ce matin même.

– Je n'ai tué personne depuis 1933, mentit Joe.

– Peut-être, mais ce jour-là c'est un roi que t'as tué. Un roi qui avait entamé sa journée avec vingt hommes.

– Vingt-cinq. Bon, maintenant que tu sais que je ne suis pas là pour te tuer, tu veux rappeler tes femmes ?

– Je ne fais jamais deux fois mes adieux, rétorqua Montooth, les sourcils froncés.

– Oh ! Tu les as déjà faits ?

– Pas à tous. (Montooth leva les yeux vers le plafond en entendant des pas assourdis au-dessus de leurs têtes. Des pas légers, des pas d'enfant.) Il m'en reste encore quelques-uns à faire, et après…

– Little Lamar a des affaires à régler à Jacksonville cette semaine. Il prendra le train à midi. Ensuite, il ne sera plus là. À son retour, qui sait de quel côté soufflera le vent ?

Une nouvelle fois, Montooth contempla le plafond, la mâchoire en mouvement. Il n'y avait plus aucun bruit en provenance de l'étage.

– Tu t'es bien renseigné, Joe.

– Comme toujours.

– Donc, c'est pour maintenant.

– Ou jamais, affirma Joe. Auquel cas, tu passeras le reste de ta vie à attendre celui qui y mettra un terme. Sans aucun contrôle sur les événements, sans aucune possibilité d'influer sur leur cours.

Montooth inspira un grand coup, tandis que ses yeux s'arrondissaient exagérément. Il se frappa les cuisses à plusieurs reprises et étira sa nuque jusqu'à faire craquer ses vertèbres.

Pour finir, il se leva et s'avança vers la penderie kaki.

Après avoir ôté sa robe de chambre, il la suspendit sur un cintre et, du plat de la main, en effaça un pli. Il se débarrassa ensuite de ses pantoufles, qu'il disposa à l'intérieur du placard, enleva son pantalon de pyjama et le replia soigneusement. Fit de même avec la veste. Puis il s'attarda un petit moment devant la penderie, en caleçon, comme s'il avait du mal à se décider.

– Je vais choisir le marron, je crois, dit-il enfin. Un homme à la peau marron en costume marron, c'est pas une cible si facile…

Il sortit une chemise fauve tellement raidie par l'amidon qu'elle serait sans doute restée toute droite s'il l'avait laissée tomber par terre. Alors qu'il l'enfilait, il jeta un coup d'œil à Joe.

– Il a quel âge, aujourd'hui, ton gosse ?

– Neuf ans.

– Il aurait besoin d'une mère.

– C'est toi qui le dis.

– C'est un fait, mon gars. Tous les garçons ont besoin d'une mère. Sinon, ils deviennent des loups en grandissant, traitent les filles comme de la merde et n'ont pas le moindre sens de la nuance.

– Tiens donc…

Montooth Dix glissa une cravate bleu foncé sous son col et entreprit de la nouer.

– Tu l'aimes, ton fils ?

– Plus que tout.

– Alors, arrête de penser qu'à toi et donne-lui une maman.

Joe le regarda enfiler un pantalon brun.

– Un jour, il partira, poursuivit Montooth en bouclant sa ceinture. C'est dans l'ordre des choses. Même si tes gamins restent dans la même pièce que toi jusqu'à la fin de tes jours, il arrive un moment où tu les perds.

– Je sais, c'est ce qui s'est passé entre mon père et moi. (Joe avala une gorgée de rhum.) Et pour toi ?

Montooth ajusta ses holsters d'épaule.

– Pareil. C'est comme ça qu'on devient un homme. Les garçons s'accrochent, les hommes partent.

Il logea un calibre 44 dans l'étui de gauche et un autre dans l'étui de droite.

– Tu ne réussiras jamais à leur dissimuler ton artillerie, fit remarquer Joe.

– C'est pas mon intention.

Après avoir coincé un .45 automatique sur ses reins, Montooth mit sa veste de costume – une tenue qu'il compléta par un pardessus fauve et un chapeau assorti dont il lissa la bordure. Il alla ensuite chercher deux revolvers supplémentaires qu'il fourra dans les poches du pardessus, puis récupéra un fusil sur l'étagère la plus haute avant de se tourner vers Joe.

– Alors, j'ai l'air de quoi ?

– De la dernière chose que Little Lamar verra en ce monde.

– Tu sais quoi, fiston ? C'est foutrement vrai !

Ils prirent l'escalier de service pour descendre dans la ruelle de derrière, où se trouvaient l'homme qui avait fouillé Joe et un deuxième garde. Deux autres avaient pris place dans une voiture garée à l'entrée du passage. Tous tournèrent vivement la tête vers eux en découvrant leur patron armé pour une nouvelle guerre mondiale.

Montooth s'adressa à celui qui avait fouillé Joe.

– Chester ?

Ce dernier contemplait d'un air ébahi le fusil qui pendait le long du flanc de Montooth et les crosses des 44 qui pointaient sous son pardessus.

– Oui, patron ?

– Y a quoi, à l'autre bout de cette ruelle ?

– Cortlan le barbier.

– C'est ça.

Les quatre gardes échangèrent des regards éperdus.

– Bon, va y avoir un peu de bordel d'ici à trois minutes, déclara Montooth. Pigé ?

– Attendez, patron, on…

– Je t'ai demandé si t'avais pigé.

Chester cilla plusieurs fois, avant de prendre une profonde inspiration.

– J'ai pigé.

– Tant mieux. Dans quatre minutes à partir de maintenant, vous irez là-bas à plusieurs pour achever tout ce qui bouge encore. C'est bien compris ?

Les larmes montèrent aux yeux de Chester, qui les détourna rapidement. Ils étaient secs quand il reporta son attention sur son chef.

– Y aura plus rien de vivant, m'sieur Dix.

Montooth lui tapota la joue et indiqua d'un geste les trois autres.

– Quand ce sera fini, vous recevrez vos ordres de Breezy. Ça pose un problème à quelqu'un de bosser pour mon fils ?

Les hommes firent non de la tête.

– Parfait. Ce sera un bon capitaine, juste avec ses hommes.

– Mais ce sera pas vous, souligna Chester.

– On est toujours différent de son père, mon garçon.

Tête basse, Chester fit mine de vérifier le chargeur de son arme.

Montooth se tourna vers Joe, la main tendue. Joe la serra.

– Freddy va savoir que tu m'as offert ce choix.

– Possible.

Sans lui lâcher la main, Montooth soutint son regard un long moment.

– Je te reverrai sûrement de l'autre côté, Joe. Je t'apprendrai à boire du brandy comme un homme civilisé.

– J'espère bien.

Montooth retira sa main et se détourna sans un mot.

Joe le vit s'éloigner dans la ruelle d'un pas de plus en plus rapide, en levant son fusil.

19

Le droit de vivre

Joe quitta la Ville brune en regrettant un peu de ne pas avoir suivi Montooth Dix chez ce barbier, juste pour voir la tête de Little Lamar au cas où son adversaire réussirait à franchir le rempart de ses gardes du corps. Il savait cependant que si on l'apercevait dans les parages, Freddy DiGiacomo crierait au scandale et utiliserait ce prétexte pour se retourner contre la famille Bartolo.

Ce qui était peut-être le but recherché depuis le début. Sauf que Freddy était incapable d'élaborer une telle stratégie : il pensait petit, depuis toujours. Il avait voulu s'approprier les loteries de Montooth, et aujourd'hui il était sur le point d'y parvenir. S'il avait eu l'ambition de conquérir le royaume tout entier, Joe aurait presque été obligé de lui accorder son respect. Au lieu de quoi, ce crétin allait sacrifier une dizaine de vies, au minimum, pour des clopinettes.

À moins que, comme le soupçonnait Montooth, Freddy n'ait un appui de taille.

Pourtant, songea Joe, s'il devait nommer dans leur milieu un seul homme en plus de Dion méritant le titre de véritable ami, ce serait Rico. De même, s'il devait en nommer un seul possédant assez d'intelligence et de cran pour avoir orchestré la chute de Montooth, ce serait encore Rico. Or renverser Montooth n'était pas un objectif à la hauteur des ambitions de Rico DiGiacomo. Renverser Dion, en revanche, c'était viser un peu trop haut.

Quoique…

« Il est trop jeune », affirma Joe à la voix qui s'était élevée dans sa tête. Mais Charlie Luciano lui-même était jeune lorsqu'il avait monté son organisation. Meyer Lansky aussi. Et ne dirigeait-il pas lui-même à vingt-cinq ans toutes les opérations de Tampa ?

C'était cependant une autre époque.

« Les temps changent, lui souffla la voix. Pas les hommes. »

Quand il retraversa la Onzième Avenue, Joe vit les deux gardes du corps de Dion l'attendre. C'étaient Bruno Caruso et Chappi Carpino. Il s'arrêta près d'eux, et baissa sa vitre en même temps que Carpino baissait la sienne du côté passager.

– Il n'y avait pas deux voitures ? demanda Joe.

– Mike et le Finlandais sont repartis après qu'on a fait le point avec le boss.

– Un problème ?

Carpino bâilla.

– Non. Angelo est malade, et le boss les a rappelés, parce qu'il s'est dit que vous voudriez des gardes du corps auprès de votre garçon.

– Et c'est là que vous devriez être aussi.

– On est chargés de vous suivre.

– Non. Je dois me rendre à un entretien privé. Vous ne pouvez pas venir.

Bruno Caruso se pencha en avant pour le regarder.

– On a reçu des ordres.

– Tu m'as déjà vu conduire, Bruno. Je serai au coin de la rue avant même que t'aies passé la première. Et comment tu veux faire demi-tour avec tous ces camions de livraison garés en double file ? Tu tiens vraiment à ce qu'on se lance dans une course-poursuite ?

– Mais…

– Je te répète que c'est « privé », Bruno. Genre, entre un homme et une femme. Archi-secret. Et je préférerais vous savoir là où vous serez utiles. Dites à Dion que je vous ai obligés à partir et que je le verrai chez lui dans deux heures.

Les deux hommes se consultèrent du regard. Joe fit rugir le moteur et leur sourit.

Caruso leva les yeux au ciel.

– Vous appellerez le patron pour le prévenir ?

– Entendu, répondit Joe, qui enclencha la première.

– Au fait, reprit Carpino, il a dit que Rico voulait vous joindre. Il est au bureau.

– Lequel ?

– Les docks.

– D'accord. Merci. Dès que je trouve une cabine téléphonique, je passe un coup de fil à Dion et je lui explique que c'est ma décision.

– Merci.

Joe démarra avant qu'ils puissent changer d'avis, puis tourna à gauche dans la 10e Rue pour retraverser la ville.

En s'engageant dans le passage derrière le Sundowner Motel, Joe ne savait toujours pas quoi penser. Vanessa l'avait appelé la veille au soir, très froide, pour lui demander de la retrouver à midi. Il ne pouvait se défaire du sentiment d'avoir reçu une convocation officielle. Dans la fièvre de leurs ébats et la légèreté de leurs discussions post-coïtales, il en arrivait presque à oublier que c'était une femme jouissant d'un pouvoir considérable, qui attendait des autres qu'ils se conforment sans délai à ses exigences.

Le fonctionnement du pouvoir était décidément déroutant. Celui de Vanessa ne s'étendait pas au-delà de la ville de Tampa et du comté d'Hillsborough. Pourtant, c'était le sol que lui-même foulait, aussi devait-il s'y soumettre. Le pouvoir détenu par Montooth Dix avait paru inattaquable, jusqu'à ce qu'il tue deux hommes pour le défendre – des hommes qui appartenaient à une organisation-pieuvre beaucoup plus puissante que lui. La Pologne, la France, l'Angleterre et la Russie s'étaient sans doute crues suffisamment puissantes pour ne pas craindre le tyran ridicule qui leur infligeait à présent une leçon d'humilité dont les effets se faisaient ressentir dans presque tout le monde libre. Le Japon s'était cru suffisamment puissant pour bombarder les États-Unis. Les États-Unis s'étaient crus suffisamment puissants pour se venger, et ouvrir un deuxième front en Europe puis un troisième en Afrique. Or tous ces conflits ne faisaient qu'illustrer une vérité fondamentale : l'un des camps avait largement sous-estimé la force de l'autre.

Quand Joe frappa à la porte de la chambre 107, ce ne fut pas Vanessa qui lui ouvrit, mais l'épouse du maire. Elle portait un tailleur austère et avait tiré ses cheveux en arrière, ce qui faisait ressortir la croix de cendres sur son front. Les traits figés, elle le gratifia d'un regard distant, comme s'il était un garçon d'étage qu'elle soupçonnait d'avoir mal compris sa commande.

– Entre.

Il ôta son chapeau, avant d'aller se poster près du lit en fer forgé sur lequel ils avaient si souvent fait l'amour.

– Tu veux boire quelque chose ? demanda-t-elle d'un ton suggérant qu'elle ne se souciait pas de la réponse.

– Non, merci.

Elle lui servit néanmoins un verre, avant de remplir de nouveau le sien, qu'elle leva pour trinquer.

– On boit à quoi ? demanda-t-il.

– À ce qui appartient déjà au passé.

– C'est-à-dire ?

– Nous.

Si elle porta le verre à ses lèvres, Joe se contenta de poser le sien sur la commode.

– C'est du bon scotch, fit-elle remarquer.

– Je ne sais pas ce qui se passe, mais…

– Non, tu n'en as aucune idée.

– Mais je ne renoncerai pas à toi.

– Comme tu voudras. En attendant, moi, je renonce à toi.

– Tu aurais pu me l'annoncer par téléphone.

– Tu n'aurais pas accepté. Il fallait que tu le voies sur mon visage.

– Que je voie quoi ?

– Que je suis sérieuse. Que, quand une femme décide d'aller de l'avant, elle ne regarde pas en arrière.

– D'où… (Joe se sentait étrangement gauche, tout d'un coup.) D'où ça vient ? Qu'est-ce que j'ai fait ?

– Tu n'as rien fait. J'ai rêvé, c'est tout. Maintenant, je suis réveillée.

Il plaça son chapeau près de son verre et voulut lui prendre les mains, mais Vanessa recula.

– Ne réagis pas comme ça, dit-il.

– Pourquoi ? Donne-moi une seule bonne raison.

– Parce que…

D'un geste vague, Joe montra les murs autour d'eux.

– Je t'écoute, Joe.

– Parce que, sans toi… sans la perspective de te retrouver, toi – je ne parle pas de sexe, pas seulement, mais de toi –, la seule raison qu'il me reste de me lever le matin, c'est mon fils. Sans toi, tout n'est plus que…

Il indiqua la croix sur son front.

– Un crucifix ? suggéra Vanessa.

– Des cendres.

Elle vida son verre.

– T'es amoureux de moi ? C'est ce que tu essaies de me vendre aujourd'hui ?

– Quoi ? Non !

– Non, tu n'es pas amoureux de moi ?

– Non. Non, je veux dire… j'en sais rien.

Elle se resservit.

– Comment vois-tu les choses entre nous, Joe ? Tu t'amuses avec moi jusqu'à ce qu'on soit découverts ?

– On ne sera pas forcément…

– Bien sûr que si ! J'ai ruminé ça toute la semaine, sans comprendre comment j'avais pu être aussi aveugle. Et quand ça se produira, tu pourras toujours aller faire un petit tour à Cuba un moment, en sachant qu'à ton retour le scandale sera oublié. Entre-temps, j'aurai été renvoyée à Atlanta, où l'entreprise familiale aura été reprise par le comité directeur, parce que personne ne voudra faire confiance à une vulgaire traînée qui a couché avec un gangster et cocufié son politicien de mari.

– Ce n'est pas ce que je veux, protesta Joe.

– Alors, qu'est-ce que tu veux ?

Il la voulait, elle, bien sûr. Il la voulait là, tout de suite, sur le lit. Et s'ils trouvaient le moyen de garder le secret – pourquoi n'y parviendraient-ils pas ? –, il voulait continuer à la voir plusieurs fois par mois, jusqu'au moment où une décision s'imposerait : soit ils ne pouvaient plus se passer l'un de l'autre et prenaient le risque d'affronter ensemble l'opinion publique, soit ils s'apercevaient que leur passion n'avait été qu'une belle fleur de serre déjà en train de faner.

– J'en sais rien, répéta-t-il.

– Bien. Parfait.

– Je sais juste que je ne peux pas te chasser de mes pensées.

– Ah oui ? Ce doit être terriblement pénible...

– Non, non, pas du tout. Écoute, on pourrait au moins essayer, tu ne crois pas ?

– Comment ça, « essayer » ?

– De voir où ça nous mène. On s'entendait bien, jusque-là.

– Par « ça », tu veux dire ce qui se passait ici ? demanda-t-elle en indiquant le lit.

– Oui.

– Je suis mariée au maire de cette ville, Joe. « Ça » ne peut nous mener qu'au déshonneur.

– Peut-être que le jeu en vaut la chandelle.

– Seulement s'il y a une compensation à la hauteur de ce qu'on risque de perdre.

Ah, les femmes..., songea-t-il.

Peut-être qu'il était amoureux d'elle. Peut-être. Auquel cas, était-il censé lui demander de quitter son mari ? Ce serait un scandale mémorable. S'il faisait du séduisant maire de cette ville un cocu notoire, il deviendrait un paria. Il ne pourrait plus jamais traiter d'affaires dans le centre-ouest de la Floride. Il risquait même d'être proscrit dans tout l'État. On souriait plus dans le Sud, avait-il appris, mais on pardonnait moins. Un homme qui avait volé la femme d'un héros de guerre, fils d'une des plus vieilles familles de Tampa, verrait toutes les portes se fermer. Il n'aurait alors plus d'autre choix que de redevenir un gangster à plein temps ; le problème, c'est qu'à trente-six ans, il était trop vieux pour être soldat, et qu'on ne permettrait jamais à un Irlandais d'occuper le fauteuil de boss.

– Je ne comprends pas ce que tu attends de moi, dit-il enfin.

Le regard de Vanessa lui révéla que cette réponse la confortait dans ses soupçons. Il n'avait pas eu conscience de passer un examen, mais de toute évidence il avait échoué.

Alors qu'il la contemplait de l'autre côté du lit, une voix murmura à son oreille : « N'insiste pas. »

Il ne l'écouta pas.

– Il faudrait que j'apporte une échelle sous ta fenêtre, pour qu'on puisse se sauver pendant la nuit ?

– Non. (Elle avait les doigts légèrement tremblants, remarqua-t-il.) Mais ça m'aurait fait plaisir de savoir que t'avais envisagé d'en acheter une.

– Tu veux t'enfuir, c'est ça ? Je me demande bien comment réagiraient ton mari et tous ses amis haut placés. Et comment…

– Arrête de parler.

Les lèvres pincées, elle le gratifia d'un regard noir.

– Pourquoi ?

– Tu as raison, Joe. Je suis d'accord avec toi. Ce n'est pas la peine de discuter. Alors, s'il te plaît, tais-toi.

Il cilla à plusieurs reprises, puis avala une gorgée de scotch en attendant de connaître le châtiment qu'elle lui réservait pour le punir d'un crime qu'il ne se rappelait pas avoir commis.

– Je suis enceinte, révéla-t-elle enfin.

Joe reposa son verre.

– En…

– Enceinte, oui.

– Il est de moi ?

– Oui.

– Tu en es sûre ?

– Certaine.

– Ton mari est au courant ?

– Sans le moindre doute.

– Il pourrait se tromper dans les dates ou…

– Il est impuissant, Joe.

– Quoi ?

Elle lui adressa un sourire crispé.

– Il l'a toujours été.

– Alors, vous n'avez jamais…

– Deux fois. Une fois et demie, à vrai dire, quand j'y repense. La seconde tentative, c'était il y a plus d'un an.

– Qu'est-ce que tu comptes faire ?

– Oh, je connais un médecin compétent, répondit-elle d'un ton faussement enjoué. (Elle claqua des doigts.) Voilà. Problème résolu.

– Attends. Attends.

Joe se leva.

– Il n'est pas question que tu tues mon enfant.

– Ce n'est pas encore un enfant, répliqua-t-elle.

– Bien sûr que si. Et je t'interdis de le tuer.

– Combien d'hommes as-tu assassinés, Joe ?

– Ça n'a rien à voir avec…

– Même si la moitié seulement des histoires qu'on raconte sur toi sont vraies, je dirais au moins plusieurs, exécutés de ta main ou sur tes ordres. Et tu crois que tu vas…

Il fit le tour du lit si vite que, de surprise, elle renversa sa chaise en se redressant.

– Tu n'as pas le droit, Vanessa.

– Oh si.

– Je connais tous les avorteurs de cette ville. Je leur donnerai des consignes.

– Qui te dit que je vais m'adresser à quelqu'un d'ici ? (Elle leva les yeux vers lui.) Tu veux bien reculer, s'il te plaît ?

Il écarta les bras, prit une profonde inspiration, et finit par s'exécuter.

– D'accord. Quitte ton mari et viens vivre avec moi. On élèvera ensemble cet enfant.

– Tu me rattrapes, Joe ? Je sens que je vais me pâmer.

– Non, écoute…

– Pourquoi est-ce que je quitterais mon mari pour aller vivre avec un gangster ? Tes chances d'être encore de ce monde l'année prochaine ne sont guère plus grandes que celles d'un soldat à Bataan.

– Je ne suis pas un gangster.

– Ah non ? Tu peux me parler de Kelvin Beauregard ?

– Qui ?

– Kelvin Beauregard, répéta-t-elle. Un homme d'affaires à Tampa qui possédait une conserverie dans les années trente.

Joe garda le silence.

Vanessa avala une gorgée d'eau.

– Censé appartenir au Ku Klux Klan, ajouta-t-elle.

– Et ?

– Il y a deux mois, mon mari m'a demandé si toi et moi étions intimes. Il n'est pas idiot, tu sais. J'ai répondu : « Non, bien sûr que non. » Il a dit : « Eh bien, si vous deviez devenir intimes un jour, je l'enverrais en prison jusqu'à la fin de sa putain de vie ! »

– Il n'a rien contre moi, affirma Joe. Ce n'est que du vent.

Elle secoua lentement la tête.

– Détrompe-toi. Il a les dépositions de deux témoins qui certifient t'avoir vu dans le bureau de Kelvin Beauregard le jour où quelqu'un lui a logé une balle dans le crâne.

– Il bluffe.

Nouveau mouvement de dénégation.

– Il me les a montrées, Joe. D'après ces deux témoignages, tu as adressé un signe de tête au tireur juste avant qu'il presse la détente.

Joe s'assit sur le lit en essayant de réfléchir à des arguments plausibles, mais rien ne lui venait. Au bout d'un moment, il leva les yeux vers elle, les mains immobiles sur ses genoux.

– Je refuse de finir à la rue, chassée par mon mari et par ma famille, et d'accoucher dans un refuge d'un enfant qui grandira sans voir son père ailleurs que derrière des barreaux. (Elle lui adressa un sourire triste.) Dans le meilleur des cas, s'entend – si les juges à la solde de mon mari ne t'ont pas condamné à mort avant.

Le silence entre eux se prolongea cinq bonnes minutes. Joe se creusait toujours les méninges en vain, sous le regard impitoyable de Vanessa.

– Présenté comme ça, évidemment…, risqua-t-il.

– Je savais que tu serais de mon avis.

Cette fois, il garda le silence.

Vanessa récupéra son sac et son chapeau-cloche en velours puis, la main sur la poignée de la porte, se retourna.

– Pour un homme intelligent, il me semble que tu as beaucoup de mal à voir ce qui se trouve juste sous ton nez. Tu devrais tenter d'y remédier.

Elle ouvrit la porte.

Un instant plus tard, elle était partie.

Au bout de quelques minutes, Joe alla chercher le verre qu'il avait laissé sur la commode et s'assit dans le fauteuil près de la fenêtre. Il n'arrivait plus à réfléchir, comme si un nuage gris s'était formé dans sa tête, bloquant ses pensées, s'insinuant jusque dans ses veines. Au fond de lui, il comprenait qu'il était sous le choc, sans parvenir à déterminer précisément quelle nouvelle – la grossesse de Vanessa, son choix d'avorter, sa décision de rompre ou l'existence de ces documents que son mari pouvait utiliser contre lui – l'avait plongé dans un tel engourdissement.

Pour s'éclaircir les idées, ou du moins émerger de sa torpeur, il décrocha le téléphone et demanda un numéro à l'opératrice. Il avait oublié d'appeler Dion pour l'informer qu'il avait congédié Caruso et Carpino. Ce serait le pompon si les deux gardes du corps se faisaient virer à cause de lui.

Personne ne répondit chez son ami, et il se souvint soudain de l'expédition prévue à la pâtisserie Chinetti.

Il décida de retourner chez Dion après l'appel suivant ; d'ici là, tout le monde serait revenu, et le gâteau serait probablement encore tiède.

Il raccrocha, souleva de nouveau le combiné et demanda un autre numéro. Lorsqu'il fut mis en relation avec sa secrétaire, il voulut savoir s'il avait des messages.

– Rico DiGiacomo a téléphoné deux fois, répondit Margaret. Il faudrait que vous le rappeliez de toute urgence.

– Bien. Rien d'autre ?

– Il y a aussi ce monsieur du renseignement naval…

– Matthew Biel ?

– C'est ça. Il vous a laissé un message plutôt bizarre.

Et Dieu sait que Margaret, qui travaillait pour lui depuis 1934, avait entendu toutes sortes de choses bizarres au fil du temps.

– Oui ? Je vous écoute, la pressa Joe.

Elle s'éclaircit la gorge, avant de prendre une voix grave pour réciter :

– « Ce qui doit être fait est déjà fait. » Vous avez une idée de ce que ça veut dire ? reprit-elle de sa voix normale.

– Pas vraiment. En tout cas, ces messieurs du gouvernement ont l'art de bien tourner leurs menaces.

Après avoir coupé la communication, Joe fuma une cigarette en essayant de se remémorer son unique conversation avec Matthew Biel. Il ne lui fallut pas longtemps pour se souvenir du moment où Biel lui avait assuré qu'il n'allait pas aimer « ce que nous allons faire ».

Apparemment, quel qu'ait été leur projet, il avait déjà été exécuté.

Faites ce que vous voulez, songea Joe, du moment que vous ne m'expédiez pas six pieds sous terre.

À ce propos…

Il téléphona à Rico DiGiacomo et tomba sur sa secrétaire, qui transféra l'appel.

– Joe ? Merde ! T'étais où ?

– Pourquoi ?

– Mank n'est pas à l'asile.

– Bien sûr que si.

– Non. Il est revenu à Tampa et il te cherche partout. On l'a vu à une centaine de mètres de chez toi. Deux heures plus tôt, il était passé en voiture devant ton bureau. Alors, où que tu sois, t'y restes. Compris ?

Joe balaya la pièce du regard. Au moins, Vanessa avait eu le bon goût de lui laisser la bouteille de scotch.

– D'accord.

– On va le retrouver. Au besoin, on le descendra. Toi, tu ne bouges pas tant que le problème ne sera pas réglé.

Joe songea à Mank rôdant en ville. Mank, avec ses yeux chassieux, ses pellicules et son haleine fétide, qui puait le tord-boyaux et le salami… Il n'agissait pas en finesse, comme Theresa Del Fresco ou Billy Kovich. Non, Mank fonçait sur sa cible dans un rugissement de moteur, en faisant cracher ses armes.

– Entendu, dit-il. Je ne bouge pas. Appelle-moi dès que ce sera fini.

– Bien sûr. À plus tard.

– Eh ! Rico ?

– Oui ? Quoi ?

– Il faut que je te donne mon numéro, pour que tu puisses me joindre.

– Ah oui. Merde ! (Rico éclata de rire.) Attends, je prends un stylo. C'est bon, vas-y.

Joe lui dicta le numéro de la ligne directe de la chambre.

– Parfait, je te tiens au courant, déclara Rico, avant de raccrocher.

Les rideaux étaient tirés, mais Joe remarqua une fente entre ceux qui masquaient la fenêtre donnant sur la jetée. Il s'allongea à plat ventre sur le lit et rapprocha les pans jusqu'à les faire se chevaucher.

Puis il se releva d'un bond, craignant que le mouvement du tissu ne l'ait trahi au cas où Mank serait dehors et tenterait de le situer dans la pièce.

Il se jucha sur la commode, d'où il contempla le seul tableau qui ornait les murs fauves : une scène montrant des pêcheurs sur le point de quitter un littoral battu par la tempête. Les Cantillon avaient placé des reproductions de la même peinture dans toutes les chambres. Dans celle-ci, le tableau était trop bas, et tout de guingois. Deux semaines plus tôt, Vanessa l'avait cogné par mégarde en changeant de position tandis qu'il la prenait par-derrière. En remarquant l'entaille dans la peinture faite par l'angle du cadre, Joe revit les cheveux de Vanessa ce jour-là, les pointes humides de sueur collées sur sa gorge. Il avait l'impression de sentir l'alcool dans son haleine – c'était du gin, cette fois-là –, et d'entendre le bruit de la chair frappant la chair… Il était surpris par l'acuité de sa mémoire, et par l'intensité de la douleur que les souvenirs suscitaient en lui. S'il restait assis dans cette chambre toute la journée, à ne rien faire d'autre que penser à Vanessa en vidant une bouteille de scotch, il allait devenir dingue. Il avait besoin de se concentrer sur autre chose, n'importe quoi. Par exemple…

Quel genre de tueur entrait à l'asile alors qu'il n'avait pas encore rempli le contrat qui lui avait été confié ?

S'agissait-il d'une sorte de stratagème ayant uniquement pour but de l'éloigner ? se demanda Joe une nouvelle fois. Ou Mank avait-il eu un véritable accès de démence ? Lorsqu'il avait laissé tomber l'affaire pour aller chez les fous, le commanditaire avait dû être pris de court… Non, décidément, difficile d'imaginer qu'un tueur ayant accepté un contrat décide soudain d'aller se faire soigner le cerveau et reparaisse le jour de l'exécution pour terminer le boulot. Ça n'avait pas de sens.

Joe envisagea un instant de sortir et d'aller parler à ceux des hommes de Rico qui avaient vu Mank, parce qu'il était prêt à parier mille dollars qu'ils l'avaient confondu avec quelqu'un d'autre. Deux mille dollars, même, tellement il en était sûr.

Pour autant, serait-il prêt à parier sa vie ? C'était tout l'enjeu, il ne devait pas l'oublier. Par conséquent, le mieux qu'il avait à faire, c'était de rester dans cette chambre – cette boîte, comme il en venait à la considérer –, en attendant que le problème soit réglé. Rico et ses hommes allaient bientôt mettre la main sur ce sosie de Mank – ou, d'accord, peut-être sur Mank lui-même –, et il pourrait retrouver le sommeil.

Jusque-là, il resterait enfermé dans cette boîte.

Il portait la bouteille à ses lèvres, quand il suspendit brusquement son geste.

Une boîte…

Qu'avait dit Vanessa au juste quand elle lui avait envoyé sa pique finale ? Il avait du mal à voir ce qui était juste sous son nez.

Si quelqu'un avait réellement eu l'intention de le tuer au cours des deux semaines écoulées, il serait déjà mort. Avant d'être informé de ce supposé contrat, il s'était promené dans les rues sans se douter de rien. Il faisait alors une cible facile. Et même après avoir été averti du danger éventuel, il avait essayé de ne pas en tenir compte. Il avait négocié la vie de Theresa sur le bateau de King Lucius, entouré de vingt tueurs drogués jusqu'aux yeux. On aurait aussi pu facilement le descendre lors de ses différents déplacements – à Raiford, au bord de la Peace River, ou même en ville.

Alors, qu'attendait le tueur ?

Le mercredi des Cendres.

Mais pourquoi attendre ?

La seule réponse possible, c'est qu'il n'attendait pas. Parce qu'il n'y avait pas de tueur. Ou alors, il n'avait pas pour objectif de l'éliminer.

Seulement de l'isoler.

Une nouvelle fois, Joe décrocha le téléphone. Il demanda cette fois à l'opératrice de le mettre en relation avec l'asile de Lazworth, à Pensacola. Lorsqu'une femme décrocha à l'accueil, il se fit passer pour l'inspecteur Francis Cadiman, de la police de Tampa, et lui annonça qu'il devait parler immédiatement au chef du personnel dans le cadre d'une enquête pour meurtre.

Son interlocutrice transféra aussitôt l'appel.

Quand le Dr Shapiro prit la communication, Joe lui raconta qu'un meurtre avait été commis dans la nuit à Tampa, et qu'il avait besoin d'interroger au plus vite l'un de ses patients.

– Nous pensons que cet homme est susceptible de recommencer, ajouta-t-il.

– Et de tuer mon patient, vous voulez dire ?

– Non, docteur. En fait, c'est votre patient qui est notre principal suspect.

– Je ne vous suis pas.

– Nous avons deux témoins qui affirment avoir vu Jacob Mank sur les lieux du crime.

– C'est impossible.

– Désolé, docteur, c'est tout à fait possible, au contraire. Bon, nous arrivons. Je vous remercie de m'avoir accordé du temps.

– Attendez, ne raccrochez pas ! Ce meurtre a été commis quand ?

– Tôt ce matin. À deux heures et quart, très exactement.

– Alors vous vous trompez. Le patient en question, Jacob Mank, a tenté de se suicider il y a deux jours. Il a brisé une fenêtre et s'est sectionné la carotide avec un morceau de verre. Depuis, il est dans le coma.

– Vous en êtes sûr ?

– Je suis en ce moment même à son chevet.

– Merci, docteur.

Joe raccrocha.

Qui avait le plus à gagner en éliminant Montooth Dix ?

Pas Freddy DiGiacomo. Lui n'hériterait que des loteries et des taxes de protection.

C'était à Rico que reviendrait le territoire.

Qui avait suggéré qu'il parte avec Tomas à Cuba ?

Rico.

Qui avait cherché à le joindre pour lui donner le seul nom susceptible de le dissuader de mettre le nez dehors ?

Rico.

Qui était assez rusé pour vouloir le mettre à l'écart, et ainsi se ménager la possibilité d'accéder au trône ?

Rico.

Et pourquoi Rico avait-il autant insisté pour qu'il reste enfermé en ce mercredi des Cendres, sinon pour l'empêcher de se rendre…

À l'église ?

Non. Il y était allé et en était revenu sans encombre.

La pâtisserie.

– Oh merde ! lâcha Joe dans un souffle, avant de se précipiter vers la porte.

20

La pâtisserie

Lorsque Carmine, le chauffeur de Dion, s'arrêta devant la pâtisserie Chinetti, il était midi et demie et l'air était devenu poisseux. Le soleil se dissimulait derrière un ciel cotonneux d'une couleur indéfinissable, située entre le gris clair et le blanc sale. Sur la banquette arrière, Tomas sentit son oncle lui tapoter le genou.

– Je te rapporte des *sfogliatelle*, gamin ? lança-t-il.

– Je peux venir avec toi ?

Mike Aubrey et Geoff le Finlandais se garèrent derrière eux.

– Non, répondit Dion. Je m'en occupe. Des *sfogliatelle*, alors ?

– Oui, je veux bien.

– Je vais essayer de négocier pour qu'ils rajoutent un *pasticiotti*.

– Merci, oncle D.

Carmine contourna le véhicule pour venir ouvrir la portière de son patron.

– Je vous accompagne, monsieur ?

– Non, reste avec le gosse.

– Vous voulez pas que j'y aille à votre place ?

Tomas leva les yeux vers le visage jovial de son oncle au moment où celui-ci virait à l'écarlate.

– Je t'ai demandé d'apprendre le français, Carmine ? gronda-t-il.

– Non, boss. Bien sûr que non.

– Ou de repeindre la quincaillerie de l'autre côté de la rue ?

– Non, boss. Vous m'avez pas demandé ça.

– Ou de sauter une girafe ?

– Hein ?

– Réponds.

– Non, boss, vous m'avez pas demandé de…

– Donc, je t'ai pas demandé d'apprendre le français, ni de repeindre le magasin d'en face, ni de sauter une girafe. Juste de rester dans la bagnole. (Dion assena une petite tape sur la joue de son chauffeur.) Alors, reste dans cette putain de bagnole !

Sur le court trajet jusqu'à la pâtisserie, il ajusta le tombé de son costume et lissa sa cravate. Carmine se rassit au volant et orienta le rétroviseur de façon à pouvoir regarder Tomas.

– T'aimes les *bocce*, fiston ?

– Je sais pas. J'y ai jamais joué.

– Ah bon ? Crois-moi, faut que t'essaies. C'est quoi, le sport qu'ils pratiquent à Cuba ?

– Le base-ball.

– Tu sais jouer ?

– Oui.

– T'es bon ?

Tomas haussa les épaules.

– Pas aussi bon que les Cubains.

– Je devais avoir ton âge quand j'ai commencé à jouer aux *bocce*, là-bas, au pays, raconta Carmine. Tout le monde pense que c'est mon paternel qui m'a appris, mais en fait, c'est ma mère. Tu vois un peu le tableau ? Ma mère, dans sa robe marron. Elle adorait le marron, figure-toi. Robes marron, godasses marron… même le service de table était marron. Elle était de Palerme, et mon père disait toujours que ça expliquait son manque d'imagination. Lui, il venait de…

Tomas cessa de l'écouter. Son propre père lui avait dit à de nombreuses reprises qu'un homme qui sait écouter les autres – les écouter vraiment – gagne leur respect et souvent aussi leur gratitude. « Ils veulent que tu les voies comme ils voudraient qu'on les voie. On a tous envie d'être considéré comme quelqu'un d'intéressant. » Mais Tomas avait du mal à prêter une oreille attentive quand son interlocuteur était assommant ou incapable d'établir un véritable échange. À certains moments, il aurait donné cher pour posséder la moitié des qualités paternelles ; à d'autres, néanmoins, il le savait dans l'erreur. Pour ce qui était de supporter les raseurs, il n'aurait pu dire qui, de son père ou de lui, avait raison. Les deux, peut-être.

Alors que Carmine poursuivait son monologue, le facteur donna un coup de sonnette en longeant leur voiture sur son vélo jaune. Il en descendit après la pâtisserie, l'appuya contre le mur et chercha dans sa sacoche le courrier à distribuer dans cette partie de la rue.

Un homme de haute taille aux joues creuses, arborant une croix grise sur le front, s'arrêta près du facteur pour renouer son lacet – qui n'était pas défait, remarqua Tomas, intrigué. Pourtant, l'inconnu ne changea pas de position, même quand il croisa le regard du jeune garçon. Ses yeux se posaient partout sauf sur ses chaussures, et Tomas constata que le haut de son col était humide. Comme si de rien n'était, l'homme tripota de nouveau son lacet.

Un autre, beaucoup plus petit et corpulent, avançait sur le trottoir derrière leur voiture. D'un pas aussi pressé que déterminé, il se dirigea droit vers la pâtisserie.

– Ma tante Concetta, elle, c'était…

La voix de Carmine se perdit dans un murmure inaudible quand son attention fut soudain attirée par quelque chose dans la rue.

Deux hommes en pardessus violet foncé noué lâchement descendirent du trottoir opposé. Ils s'arrêtèrent sur la chaussée pour laisser passer une automobile, puis se remirent en marche d'un même mouvement, en portant la main à leur ceinture.

– Attends-moi une seconde, gamin, ordonna Carmine, qui poussa la portière pour sortir de la voiture.

Celle-ci fut légèrement ébranlée lorsqu'il fut projeté contre la carrosserie, et Tomas vit le dos de son pardessus changer de couleur, en même temps que l'écho des coups de feu lui révélait leur nature. Carmine, touché une seconde fois, glissa le long de la portière. Son sang avait éclaboussé la vitre.

Mike Aubrey et Geoff le Finlandais n'eurent même pas le temps de quitter leur véhicule. Les deux hommes dans la rue s'occupèrent d'Aubrey, puis Tomas entendit une détonation – un coup de fusil, cette fois –, et il ne resta plus à la place de Geoff le Finlandais qu'une vitre fracassée et du sang sur le pare-brise.

Les deux tireurs postés au milieu de la Septième Avenue étaient armés de Thompson. Quand ils se tournèrent vers Tomas, entraînant les mitraillettes dans leur mouvement, l'un d'eux plissa les yeux d'un air surpris, comme s'il ne s'attendait pas à voir un enfant.

Tomas entendit derrière lui une cacophonie de cris et de détonations sonores. Des vitrines volèrent en éclats, projetant des bouts de verre partout. Il distingua des tirs de revolver et aussi des décharges de fusil. Il ne se retourna pas, et ne se réfugia pas non plus sur le plancher, parce qu'il ne pouvait détacher les yeux de sa propre mort. Les canons des Thompson demeuraient rivés sur lui, et les deux hommes se consultaient toujours du regard, s'efforçant manifestement de prendre une décision déplaisante sans échanger un mot.

Lorsque la voiture les percuta tous les deux, Tomas vomit. Pas beaucoup, juste un peu de bile expulsée en un hoquet. L'un des hommes devant lui s'envola littéralement, avant de retomber sur le capot de la voiture, la tête tournée dans une direction, le corps dans l'autre. Tomas n'aurait su dire ce qu'il était advenu du second tireur à la mitraillette, mais celui sur le capot le contemplait, le côté droit du visage appuyé sur son épaule gauche comme si c'était la pose la plus naturelle du monde. En reconnaissant l'homme qui avait paru surpris de le voir, Tomas sentit de nouveau la bile remonter dans sa gorge. Le mort le fixait de ses yeux clairs, aussi éteints qu'ils l'avaient été de son vivant.

Les balles volaient comme des nuées de guêpes. Tomas songea encore une fois qu'il ferait mieux de se tapir derrière le siège, mais la scène à laquelle il assistait dépassait de si loin son entendement et son expérience qu'elle exerçait une étrange fascination sur lui. Jamais il ne reverrait une chose pareille, il en était certain. Tout se produisait par brusques saccades. Rien ne semblait relié à rien, pourtant tout l'était.

La voiture qui avait percuté les deux tireurs s'était encastrée dans un camion, et un homme en costume clair la mitraillait.

Sur le trottoir, celui qui avait fait semblant de renouer son lacet tirait dans la pâtisserie.

Le facteur gisait sur sa bicyclette renversée, tachant de son sang le courrier éparpillé.

L'homme qui avait fait semblant de renouer son lacet poussa brusquement un cri de stupeur et de déni, aussi aigu que celui d'une fille. Il tomba à genoux, lâcha son arme et se couvrit les yeux de ses doigts. La sueur déformait la croix de cendres au milieu de son front. L'oncle Dion émergea en titubant de la pâtisserie, le bas de sa chemise bleue maculé de rouge. D'une main, il tenait une boîte à gâteau, de l'autre une arme. Il la pointa sur l'homme agenouillé, visa la croix et tira. L'autre s'affaissa.

L'oncle Dion ouvrit la portière à la volée. En cet instant, il ressemblait à un monstre furieux sorti de sa grotte pour dévorer les petits enfants. Quand il prit la parole, il grondait comme un chien.

– Planque-toi !

Docilement, Tomas se recroquevilla sur le plancher. Dion passa le bras au-dessus de lui pour placer le carton derrière le siège du conducteur.

– Ne bouge pas de là. T'entends ?

Tomas ne répondit pas.

– T'entends ? rugit son oncle.

– Oui, oui…

L'oncle Dion poussa un grognement sourd. À peine avait-il claqué la portière que des grêlons crépitaient sur l'aile du véhicule. Mais ce n'étaient pas des grêlons, Tomas le savait bien.

Le vacarme était assourdissant : fusils, revolvers et mitraillettes faisaient tous feu en même temps, et les adultes touchés par les balles poussaient des gémissements suraigus.

Un martèlement de chaussures sur le trottoir. Les hommes couraient, à présent, presque tous dans la même direction : ils s'éloignaient de la voiture. Le bruit des détonations diminua rapidement ; il y eut encore un tir plus loin dans la rue, un autre quelque part devant la voiture. Tomas eut l'impression qu'on avait appuyé sur un bouton pour couper le son.

Autour de lui régnait maintenant ce même silence empli d'échos que dans les rues où vient de passer un défilé.

La portière s'ouvrit soudain, et Tomas leva les yeux, s'attendant à voir son oncle. Ce fut cependant un inconnu qu'il découvrit, en imperméable vert et feutre vert foncé. Il avait des sourcils très fins et une petite moustache. Tomas lui trouva un air vaguement familier, sans toutefois parvenir à l'identifier. Il sentait l'after-shave bon marché et le bœuf séché. Il avait entouré d'un mouchoir sa main gauche en sang, mais de la droite il tenait un revolver.

– Tu n'es pas en sécurité, dit-il.

Tomas garda le silence. Il avait reconnu l'homme qui, après la messe du dimanche, venait parfois dans la cour de récréation rejoindre la vieille dame en noir aux allures de sorcière.

De sa main blessée, celui-ci lui tapota l'épaule.

– Je t'ai vu du trottoir d'en face. Je vais t'emmener dans un endroit sûr. Ici, ce n'est pas sûr. Viens avec moi. Allez, viens.

Tomas se tassa un peu plus sur lui-même.

– Je veux te sauver, insista l'homme.

– Allez-vous-en.

– Tu ne peux pas me dire ça. Tu ne peux pas. Je vais te sauver. (Il tapota de nouveau l'épaule et la tête de Tomas comme s'il flattait un chien, puis le tira par sa chemise.) Viens.

De toutes ses forces, le jeune garçon lui repoussa la main.

– Doucement, gamin, calme-toi. Écoute-moi, d'accord ? Écoute-moi. On n'a pas beaucoup de…

– Freddy !

L'homme se figea, les yeux exorbités.

– Freddy ! appela-t-on de nouveau.

En reconnaissant la voix de son père, Tomas éprouva un tel soulagement qu'il fit dans son pantalon pour la première fois depuis cinq ans.

– J'en ai pour une seconde, chuchota Freddy, qui se redressa. Salut, Joe.

– C'est mon fils qui est dans cette voiture, Freddy ?

– Ton fils ?

– Tomas !

– Je suis là, papa !

– Tu n'as rien ?

– Non, je… je vais bien.

– Il a posé la main sur toi ?

– Sur mon épaule, mais…

Freddy se mit à danser sur place.

Tomas apprit plus tard que son père avait fait feu à quatre reprises, mais les tirs s'étaient succédé si rapidement que, sur le moment, il n'aurait pu en deviner le nombre. Il n'avait conscience que d'une chose : la tête de Freddy DiGiacomo était tombée sur le siège au-dessus de lui, et son corps s'étalait sur le trottoir.

Son père attrapa le mort par les cheveux pour le dégager de la voiture. Après l'avoir abandonné dans le caniveau, il se pencha vers Tomas, qui l'agrippa par le cou et, sans prévenir, se mit à hurler. En même temps, le jeune garçon sentit les larmes jaillir de ses yeux en un flot intarissable. Impossible de les retenir. Impossible. Et le son qui montait de sa gorge lui paraissait complètement étranger tant il exprimait de colère et de terreur.

– Tout va bien, murmura Joe. Je suis avec toi. Papa est là, mon grand. Je suis là.

21

S'en aller

Joe contempla le carnage en serrant contre lui son fils qui tremblait et pleurait comme il ne l'avait plus fait depuis qu'il avait eu une otite, à six mois. La voiture avec laquelle il avait percuté Anthony Bianco et Jerry Tucci était inutilisable. Ce n'était cependant pas la collision avec le camion qui l'avait le plus endommagée, mais les rafales de Thompson dont Sal Romano l'avait arrosée. Joe avait surgi de derrière un autre véhicule et l'avait touché à la hanche alors qu'il rechargeait. Il l'entendait encore gémir au milieu de la chaussée. Romano avait joué au poste de *quarterback* dans son lycée du New Jersey. Il s'entraînait toujours à soulever de la fonte et, à l'en croire, s'imposait cinq cents pompes par jour – un exercice qui, compte tenu de sa blessure, paraissait pour le moins compromis.

En traversant la rue, Joe avait vu un type en veste de cuir souple pointer un fusil vers l'intérieur de la pâtisserie et faire feu. Il lui avait tiré une balle dans le dos sans ralentir le pas. Il l'entendait aussi, qui hurlait sur le trottoir à environ quinze mètres derrière lui, réclamant un médecin ou un prêtre. Sa voix, de même que sa silhouette, lui rappelait Dave Imbruglia. Il ne distinguait cependant pas son visage.

Son fils, qui s'était calmé dans l'intervalle, tentait de reprendre son souffle.

– Chut, murmura Joe en lui caressant les cheveux. Tout va bien, je suis là, avec toi.

– Tu…

– Oui ?

Tomas s'écarta légèrement et indiqua le corps de Freddy DiGiacomo.

– Tu l'as tué, p'pa.

– Exact.

– Pourquoi ?

– Pour des tas de raisons, mais surtout parce que je n'ai pas aimé la façon dont il te regardait. (Joe sonda les grands yeux bruns de son fils, si semblables à ceux de Graciela.) Tu comprends ?

Le jeune garçon fit lentement non de la tête.

– T'es mon fils, Tomas. Je ne laisserai personne s'en prendre à toi. Jamais.

Quand Tomas cilla, Joe comprit qu'il découvrait chez son père quelque chose qu'il n'avait encore jamais vu : cette fureur redoutable et glacée qu'il avait tout fait pour dissimuler au cours de son existence. Cette même fureur qui habitait aussi ses frères et leur père – la marque de naissance des hommes de la famille Coughlin.

– On va aller chercher Dion, et après on s'en ira d'ici. Tu peux marcher ?

– Oui.

– Tu sais où est ton oncle ?

Tomas tendit la main.

Dion, assis sur le rebord de fenêtre de la boutique du chapelier, dont la vitrine avait volé en éclats, les observait. Livide, la chemise trempée de sang, il respirait laborieusement.

Joe reposa Tomas, et tous deux se dirigèrent vers lui, écrasant des bouts de verre sous leurs pieds.

– T'es touché où ?

– Au mamelon droit, répondit Dion. Mais la balle a traversé. Je l'ai sentie ressortir, tu te rends compte ?

– T'es blessé aussi au bras, remarqua Joe. Merde.

– Quoi ?

– Ton bras, bordel ! (Joe dénoua sa cravate.) Il y a une artère, là, D.

Le sang jaillissait du trou à l'intérieur du bras droit de Dion. Joe fit un garrot au-dessus.

– Tu peux marcher ?

– Tu rigoles ? C'est tout juste si j'arrive à respirer.

– J'entends. Tu peux essayer de tenir debout quand même ? On ne va pas loin.

Joe plaça son épaule sous le bras gauche de son ami et l'aida à se redresser.

– Tomas ? Ouvre la portière arrière, d'accord ?

Le jeune garçon courut vers la voiture de son oncle, mais pila net devant le corps de Freddy, comme s'il risquait de se relever et de se jeter sur lui.

– Tomas ! le pressa Joe.

Son fils ouvrit la portière.

– C'est bien. Grimpe à l'avant.

Joe assit Dion sur la banquette arrière.

– Allonge-toi.

Son ami obéit.

– Remonte tes jambes.

Dion s'exécuta, et Joe claqua la portière.

Il s'apprêtait à monter en voiture à son tour quand il remarqua Sal Romano de l'autre côté de la rue, qui s'était relevé et, la respiration sifflante, s'appuyait contre le véhicule qu'il avait mitraillé. Il n'avait posé qu'un pied par terre ; l'autre pendait, inutile. Joe braqua son arme sur lui.

– T'as buté le frangin de Rico, lâcha Romano en grimaçant de douleur.

– Exact.

– On savait pas que ton gosse était dans la bagnole, bordel !

– Dommage, parce qu'il l'était.

– C'est pas ça qui te sauvera. Rico va t'arracher la tête et y foutre le feu !

– Désolé pour ta hanche, Sal.

Ne voyant rien à ajouter, Joe haussa les épaules et se glissa au volant. Il démarra, puis recula en trombe dans la rue alors que les sirènes se rapprochaient, arrivant de l'ouest et du nord.

– Où on va ? demanda Tomas.

– Pas loin, répondit Joe. Il faut qu'on planque cette voiture. Ça va, D. ?

– Au poil, déclara Dion, qui poussa un léger grognement.

– Tiens bon.

Joe tourna dans la 24e Rue, passa en première et prit la direction du sud.

– J'en reviens pas que tu te sois pointé, reprit Dion. T'as toujours détesté te salir les mains.

– C'est pas mes mains, le problème, c'est mes cheveux. Regarde-moi le désastre ! Et, bien sûr, je suis à court de Brylcreem.

– Peuh ! Espèce de tapette !

Un léger sourire aux lèvres, Dion ferma les yeux.

Tomas, qui n'était pas encore remis de sa frayeur, les regarda tour à tour, manifestement stupéfait qu'ils puissent blaguer en de telles circonstances.

– P'pa ?

– Oui ?

– Est-ce que t'es un méchant ?

– Non, fiston. (À cet instant seulement, Joe remarqua les taches de vomi sur la chemise du garçonnet.) Mais je ne suis pas spécialement gentil non plus.

Il les conduisit chez un vétérinaire nègre qui avait son cabinet dans la Ville brune, le long d'une partie défoncée de la Quatrième Avenue. Un abri à voitures était construit dans la ruelle de derrière, perdu au milieu des rouleaux de grillage et de barbelés rouillés que le praticien partageait avec ses voisins, une casse automobile et une entreprise d'extermination de nuisibles. Joe ordonna à son fils de rester avec Dion, remonta le passage en courant et disparut à l'intérieur du cabinet après avoir poussé une porte blanche déformée par la chaleur.

Tomas jeta un coup d'œil à la banquette arrière. Son oncle s'était assis, mais il avait les yeux mi-clos et respirait par saccades. Il regarda ensuite la porte du cabinet, puis la ruelle où deux chiens errants bondissaient chacun d'un côté de la clôture, montrant les dents quand l'un d'eux s'approchait un peu trop de l'autre.

Il se tourna vers son oncle.

– J'ai peur, avoua-t-il.

– Faudrait être idiot pour pas avoir peur, répliqua Dion. On n'est pas encore tirés d'affaire.

– Pourquoi ils voulaient te tuer, ces hommes ?

Dion étouffa un petit rire.

– Dans ce boulot, gamin, on ne se fait pas virer.

– Ce « boulot »..., répéta lentement Tomas d'une voix toujours tremblante. Papa et toi, vous êtes des gangsters ?

Un autre rire.

– On l'a été, oui.

Tomas vit son père et un Noir en blouse blanche sortir du cabinet en poussant une civière. Celle-ci n'était pas très longue, mais les deux hommes parvinrent néanmoins à y installer Dion. Ses jambes pendaient dans le vide quand ils l'emmenèrent à l'intérieur.

Le vétérinaire était un certain Carl Blake, qui avait exercé la médecine dans une clinique pour gens de couleur à Jacksonville avant de perdre sa licence et de venir s'établir à Tampa. Il travaillait pour Montooth Dix, remettait ses hommes en état et veillait à la bonne santé de ses prostituées. En contrepartie, Montooth lui fournissait cet opium qui lui avait valu de perdre sa licence des années plus tôt.

Le Dr Blake faisait souvent claquer ses lèvres et se mouvait avec une grâce étrange, tout en retenue, comme un danseur faisant son possible pour ne pas se cogner aux meubles. Tomas nota que son père l'appelait « docteur », alors que son oncle, avant d'être endormi, l'appelait juste « Blake ».

Lorsque Dion fut inconscient, Joe déclara :

– Il me faudra beaucoup de morphine. Je vais sans doute vider vos réserves, docteur.

Ce dernier hocha la tête et versa de l'eau sur la blessure à l'intérieur du bras de Dion.

– La balle a touché l'artère brachiale. À l'heure qu'il est, il devrait être mort. C'est votre cravate ?

– Oui.

– Elle lui a sauvé la vie.

– Je vais avoir besoin d'un truc plus fort que le soufre.

Le Dr Blake le regarda droit dans les yeux.

– En temps de guerre ? Eh bien, bonne chance !

– J'insiste, docteur. Qu'est-ce que vous pouvez me donner ?

– Du Protonsil. C'est tout ce que j'ai.

– Alors, va pour le Protonsil. Merci.

– Vous voulez bien approcher cette lampe, s'il vous plaît ?

Joe alla lui chercher la lampe pour qu'il puisse examiner de plus près le bras de Dion.

– Le gosse va le supporter ?

Joe jeta un coup d'œil à son fils.

– Tu veux nous attendre dans une autre pièce ?

Tomas fit non de la tête.

– T'es sûr ? Ça risque de te rendre malade.

– Je serai pas malade.

– Ah non ?

Tomas fit de nouveau non de la tête, en pensant : *Je suis ton fils.*

Le Dr Blake explora la plaie, puis déclara :

– C'est propre, sans aucun corps étranger à l'intérieur. Bon, tâchons maintenant de réparer cette artère.

Ils s'activèrent un moment en silence. Joe tendait au médecin les instruments qu'il réclamait, déplaçait la lampe, ou encore lui épongeait le front sur sa demande.

Tomas, qui les observait, acquit peu à peu une certitude : jamais, sous la pression, il ne parviendrait à rester aussi calme que son père. Il le revit faire marche arrière alors que les sirènes se rapprochaient, ignorant les gémissements de Dion, jetant un œil aux plaques de rue comme n'importe quel conducteur qui se serait égaré au cours d'une promenade dominicale.

– Vous avez entendu parler de la dernière de Montooth ? demanda soudain le Dr Blake.

– Non, répondit Joe d'un ton léger. Qu'est-ce qu'il a fait ?

– Il a descendu Little Lamar et trois de ses porte-flingues. Il s'en est sorti sans une égratignure.

Joe éclata de rire.

– C'est une blague ?

– Sans une égratignure, je vous dis. Peut-être que c'est vrai, finalement, toutes ces conneries sur le vaudou, dit le Dr Blake en finissant de recoudre la plaie.

– Quelles conneries ? demanda Joe d'un ton cassant.

– Hein ? Oh, vous savez bien, toutes ces rumeurs qui circulent depuis des années, comme quoi Montooth pratiquerait le vaudou dans une pièce spéciale au fond de sa forteresse, jetterait des sorts à ses ennemis et tout le bazar. Vous imaginez ? Il entre tout seul chez ce barbier et, quand il en ressort, c'est le seul survivant. Je disais juste qu'y a peut-être un fond de vérité dans tout ça.

– Je peux utiliser votre téléphone ?

– Bien sûr. Il est là-bas.

Joe ôta les gants en caoutchouc qu'il avait enfilés, puis passa son coup de fil pendant que le Dr Blake soignait les blessures au thorax. Tomas entendit son père dire dans le combiné : « Je t'attends ici dans quinze minutes. » Il le vit ensuite raccrocher, enfiler une nouvelle paire de gants et rejoindre le vétérinaire.

– Vous pensez disposer de combien de temps ? demanda celui-ci.

– Deux heures au grand maximum, répondit Joe d'un air soucieux.

La porte de la salle d'examen s'ouvrit, et un Noir en salopette avança la tête dans l'entrebâillement.

– C'est fait.

– Merci, Marlo.

– Y a pas de quoi, docteur.

– Merci, Marlo, renchérit Joe.

Après le départ de l'assistant, Joe se tourna vers Tomas.

– Il y a un pantalon et un caleçon pour toi dans la voiture. Va les chercher.

– Maintenant ?

– Oui.

Tomas quitta la salle d'examen et s'engagea dans le couloir bordé de cages. Les chiens à l'intérieur aboyèrent sur son passage. Il ouvrit la porte tout au bout, sortit sous le soleil blanc et retourna à l'endroit où ils avaient laissé la voiture. Elle était toujours là, sauf que ce n'était plus la même. C'était une Plymouth quatre portes de la fin des années 1930, recouverte seulement d'une couche d'enduit, sans aucune caractéristique particulière. Sur le siège avant, Tomas trouva un pantalon noir à sa taille, ainsi qu'un caleçon, et se rappela à cet instant seulement qu'il s'était fait dessus juste avant que son père tire sur l'homme à l'haleine fétide et aux yeux laiteux. Il se demanda comment il avait pu oublier, car l'odeur l'incommodait à présent, tout comme la sensation de fraîcheur humide sur ses cuisses irritées par le tissu mouillé. Pendant près d'une heure, pourtant, il n'avait rien remarqué.

En s'écartant de la voiture, il aperçut son père dans la ruelle, qui parlait à un inconnu tout petit. Ce dernier hochait la tête encore et encore. En approchant, Tomas entendit son père demander :

– T'as toujours des liens avec Boch ?

– Ernie ? dit l'inconnu. (Nouveau hochement de tête.) Il a épousé ma sœur aînée, après il a divorcé, et encore après il a épousé ma plus jeune sœur. Ils sont heureux.

– Il est toujours dans les faux ?

– Y a un Monet exposé à la Tate de Londres depuis 1935 qu'il a peint en un week-end.

– Tu vas avoir besoin de lui sur ce coup. Je suis prêt à payer le prix fort.

– Je veux pas être payé, Joe. La seule chose que je vous demande, c'est de pas appeler ce sorcier que vous connaissez.

– C'est ton beau-frère que je paie, pas toi. Lui, il ne me doit rien. Alors, tu lui dis bien qu'il touchera le pactole. Mais c'est une commande urgente.

– Compris. C'est votre garçon ?

D'un même mouvement, ils se tournèrent vers Tomas, qui vit le regard de son père se charger de tristesse et de regret.

– Oui. Ne t'inquiète pas, il a appris aujourd'hui comment tournait le monde. Tomas ? Dis bonjour à Bobo.

– Bonjour, Bobo.

– Salut, gamin.

– Je vais me changer, déclara Tomas.

– D'accord, fiston, je t'attends.

Tomas se déshabilla dans les toilettes au fond du bâtiment et mouilla le bas de son pantalon pour se nettoyer les cuisses. Il enfila ensuite les vêtements propres et, après avoir roulé ensemble le pantalon et le caleçon souillés, il les rapporta dans la salle d'examen, où il trouva son père en train de tendre une liasse de billets au Dr Blake.

– Tu n'as qu'à les jeter, dit Joe en indiquant les habits en boule.

Tomas se dirigea vers la poubelle placée dans un coin de la pièce et y flanqua les vêtements, par-dessus les compresses de gaze ensanglantée et les lambeaux de la chemise de Dion.

Il entendit le Dr Blake dire à son père que Dion avait un poumon perforé et que son bras devrait être immobilisé au moins une semaine.

– Il ne pourra pas bouger du tout ?

– Si, mais il vaudrait mieux qu'il évite de cavaler partout. Sinon, les sutures de l'artère risquent de se déchirer.

– Et il pourrait mourir.

– Non.

– Non ?

Le Dr Blake secoua la tête.

– Il mourra.

Dion était toujours inconscient quand ils l'étendirent sur la banquette arrière. Ils entassèrent de vieilles couvertures pour chiens sur le plancher afin de l'empêcher de tomber et de se faire mal. Après avoir pris congé du vétérinaire, Joe et Tomas baissèrent les vitres, sans parvenir à chasser les odeurs de poils de chien, de pisse de chien et de vomi de chien.

– Où on va ? demanda Tomas.

– À l'aéroport.

– On rentre à la maison ?

– On va essayer de retourner à Cuba, oui.

– C’est fini, alors ? Ces hommes essaieront plus de te faire du mal ?

– Ça, je n’en sais rien. En tout cas, ils n’ont aucune raison de s’en prendre à toi.

– T’as peur ?

Joe sourit.

– Un peu.

– Tu le montres pas, pourtant…

– Parce que je ne peux pas me laisser envahir par les émotions. Je dois réfléchir.

– À quoi ?

– Eh bien, je me disais qu’on devrait vite quitter ce pays. Et que l’homme qui est derrière cette attaque est en mauvaise posture. Il a essayé de tuer l’oncle Dion, et il n’a pas réussi. Il avait prévu de tuer un autre de mes amis, qui a eu l’avantage lui aussi. La police ne va pas apprécier du tout ce qui s’est passé à la pâtisserie aujourd’hui. Le maire et la chambre de commerce non plus. Alors, je pense que si on arrive à rejoindre Cuba, cet homme va sans doute vouloir négocier une trêve.

– Et le gâteau ?

– Hein ?

Tomas, à genoux sur le siège passager, regardait les couvertures à l’arrière.

– Tu sais, la *torta al cappuccino* de l’oncle Dion. Elle était sur la banquette arrière.

– Ah bon ? Je croyais qu’il avait été blessé dans la pâtisserie.

– Ben oui, il y était. Mais il est venu poser le gâteau dans la voiture.

Joe jeta un coup d’œil à son fils.

– Après le début de la fusillade ?

– Oui. Il est venu me dire de me cacher. Il a crié : « Planque-toi ! »

– D'accord, d'accord. Et pendant ce temps-là, les hommes tiraient ?

– Oui.

– Et après ?

– Après, il a laissé la boîte et il est reparti.

– Je ne comprends pas, marmonna Joe. T'es sûr que tu ne te trompes pas ? Il se passait beaucoup de choses à ce moment-là, et tu…

– Je suis sûr, p'pa.

22

Fuite

La société Coughlin-Suarez transportait une bonne partie de ses marchandises dans un hydravion Grumman Goose. À la fin des années 1930, Esteban Suarez l'avait racheté à Joseph Kennedy, banquier, ambassadeur et producteur de films, après que celui-ci eut décidé de renoncer à la vente illégale d'alcool qui lui avait permis de faire fortune.

Joe l'avait rencontré plusieurs fois. Ils étaient tous les deux irlandais, prénommés Joseph et natifs de Boston ; Joe avait grandi dans les quartiers sud, Kennedy dans les quartiers est. Ils étaient aussi tous les deux des bootleggers et des fonceurs. Des hommes ambitieux.

Ils s'étaient détestés au premier regard.

Kennedy, supposait Joe, le détestait parce qu'il incarnait presque jusqu'à la caricature le stéréotype du bootlegger irlandais et ne faisait rien pour s'en cacher. Joe le détestait pour la raison inverse : Kennedy avait choisi de suivre la loi de la rue par cupidité mais, à présent qu'il recherchait la respectabilité, il agissait comme si les richesses qu'il avait amassées lui avaient été accordées par une instance supérieure en récompense de sa piété et de sa fibre morale.

Quoi qu'il en soit, son avion leur était bien utile depuis maintenant cinq ans, d'autant qu'ils pouvaient compter sur les compétences aéronautiques de Farruco Diaz qui, s'il faisait partie des hommes les plus dingues que Joe ait jamais croisés, restait un pilote hors pair, capable de manœuvrer son appareil sous l'orage en passant à travers les gouttes.

Farruco les attendait à Knight Airfield, sur Davis Islands, à dix minutes en voiture du centre-ville, de l'autre côté d'un pont grinçant qui oscillait au plus léger souffle de brise. Knight Airfield, comme la plupart des aérodromes du pays, avait loué une bonne partie de son terrain et de ses pistes au gouvernement, et servait de base d'atterrissage auxiliaire au Third Army Airforce Group, qui utilisait aussi les aéroports militaires Drew et MacDill. À la différence des autres, cependant, Knight Airfield était régi par une autorité civile – susceptible néanmoins d'être remplacée dans l'instant par celle de l'oncle Sam, comme Joe le pressentit quand il quitta la route principale pour découvrir Farruco de l'autre côté du grillage, immobile près du Goose.

Il s'arrêta, descendit de voiture et rejoignit le pilote près du grillage.

– Pourquoi tu n'as pas fait tourner les moteurs ?

– Je peux pas, patron. Il m'a pas donné l'autorisation.

– Qui ?

Farruco lui indiqua la tour de contrôle, qui s'élevait derrière le bâtiment en préfabriqué où attendaient les passagers.

– Le type, là-haut. Grammers.

Joe et Esteban avaient versé à Lester Grammers au moins une bonne centaine de pots-de-vin au fil des ans, en particulier à l'époque où ils allaient chercher des chargements de marijuana à Hispaniola ou en Jamaïque. Depuis le début de la guerre, Grammers avait cependant commencé à pérorer un peu trop sur les responsabilités patriotiques associées à ses différentes fonctions : coordinateur d'urgence en cas de raids aériens, capitaine de surveillance d'une milice de quartier et chrétien *born again* convaincu de la supériorité ethnique des Anglo-Saxons.

Il empochait toujours leur argent, évidemment, mais en affichant un mépris de plus en plus évident.

Joe le trouva en haut de la tour, en compagnie de deux contrôleurs aériens. Par chance, il n'y avait pas de militaires présents.

– Est-ce qu'il y aurait un front actif quelque part ? interrogea-t-il.

– Non, répondit Grammers. Le temps est dégagé.

– Alors, qu'est-ce qui se passe, Lester ?

Celui-ci ôta ses pieds de son bureau et se leva. Il était plus grand que Joe, qui dut lever les yeux pour le regarder, ce qui était sans doute le but recherché.

– C'est simple : vous ne pouvez pas décoller, quelles que soient les conditions.

Joe enfonça la main dans sa poche, en veillant à maintenir les pans de son pardessus fermés sur sa chemise tachée de sang.

– Combien ?

Grammers leva les mains.

– Je ne vois pas de quoi vous voulez parler.

– Je m'en doute, répliqua Joe, qui regrettait de ne pas avoir demandé à Marlo, l'assistant du Dr Blake, de lui apporter une chemise propre quand il était allé chercher des vêtements pour Tomas.

– Je vous assure, je ne vois pas.

– Écoutez-moi bien, Lester. (La suffisance qu'il lisait dans le regard de ce dernier ne lui plaisait pas. Pas du tout, même.) Il faut que je parte tout de suite. Dites-moi votre prix.

– Il n'est pas question de prix, monsieur.

– Ne m'appelez pas « monsieur ».

Grammers secoua la tête.

– Je n'ai pas d'ordres à recevoir de vous… monsieur.

– Qui vous les donne, alors ?

– Les États-Unis d'Amérique. Et ils ne veulent pas que vous décolliez ce soir, monsieur.

Merde, songea Joe. C'était sûrement un coup de Matthew Biel, du renseignement naval. Il avait la rancune tenace, celui-là.

– Bien.

Il détailla Grammers de la tête aux pieds, en prenant son temps.

– Quoi ? Qu'est-ce que vous avez à me regarder comme ça ?

– J'évaluais votre taille, en prévision du choix d'un uniforme d'infanterie, déclara Joe.

– Je n'ai pas l'intention de m'engager dans l'infanterie. Je participe à l'effort de guerre ici même.

– Pour le moment, oui. Mais quand je vous aurai fait virer, Lester, vous y participerez sur le front, en première ligne.

Vanessa sortit dans la ruelle par la porte de service du motel. Joe avait écarté les pans de son pardessus pour prendre son briquet, et elle vit le sang sur sa chemise et sa veste.

– Mon Dieu, Joe ! T'es blessé ?

– Non.

– Mais ce sang…

Joe s'approcha d'elle et lui prit les mains.

– Ce n'est pas le mien. C'est le sien.

Elle jeta un coup d'œil derrière lui, à Dion avachi sur la banquette de la Plymouth.

– Il est vivant ?

– Pour le moment.

Vanessa retira ses mains et se gratta nerveusement le cou.

– Il y a des morts partout en ville, dit-elle.

– Je sais.

– Plusieurs nègres ont été abattus chez un barbier, et six Blancs – je crois que c'est six – dans une rue d'Ybor. Peut-être plus, même. Tu… tu y étais aussi ?

Elle leva les yeux vers lui.

Inutile de mentir.

– Oui.

– Ce sang est…

– Je n'ai pas beaucoup de temps, Vanessa. Ils risquent de me tuer, de tuer mon ami et peut-être aussi mon fils s'ils estiment que j'en ai trop vu. Je ne peux plus rester sur le territoire.

– Va voir la police.

Comme Joe éclatait de rire, elle insista :

– Pourquoi pas ?

– Parce que je ne parle pas aux flics. De toute façon, il en a beaucoup dans sa poche.

– Qui, « il » ?

– Celui qui essaie de m'éliminer.

– Tu as tiré sur des gens aujourd'hui, Joe ?

– Vanessa…

– Réponds-moi, le supplia-t-elle en se tordant les mains.

– Oui. Mon fils s'est trouvé pris au milieu de la fusillade, et j'ai fait ce que j'avais à faire pour le sortir de là. Je n'hésiterai pas à descendre tous ceux qui menacent mon enfant.

– Tu dis ça comme si tu en étais fier.

– Il n'est pas question de fierté, mais de détermination. (Joe relâcha lentement son souffle.) J'ai besoin de ton aide, Vanessa. Maintenant. Le sable est presque écoulé dans le sablier.

Sans un mot, elle jeta un coup d'œil derrière lui à Tomas agenouillé sur le siège avant et à Dion inconscient sur la banquette.

Quand elle reporta son attention sur Joe, son regard reflétait l'amertume et la tristesse.

– Ça va me coûter quoi ?

– Tout ce que t'as.

En haut de la tour, Joe resta en retrait, pardessus ceinturé, pendant que Mme Vanessa Belgrave demandait à Lester Grammers de reconsidérer sa position.

– Cet avion ne transporte pas seulement du maïs et du blé, dit-elle. Il doit faire parvenir un cadeau du maire de Tampa au maire de La Havane. Un présent personnel, monsieur Grammers.

Celui-ci paraissait à la fois nerveux et chagriné.

– Le représentant du gouvernement a été très explicite, madame.

– Pourriez-vous l'appeler ?

– Pardon ?

– Vous serait-il possible de lui passer un coup de téléphone, monsieur Grammers ?

– Pas à cette heure de la nuit, non.

– Bien. Moi, en revanche, je peux joindre le maire. Vous êtes prêt à justifier votre hostilité envers son épouse ?

– Ce n'est pas de l'hosti… Oh, bon sang !

– Ah non ?

Elle s'assit sur le coin du bureau et ôta sa boucle d'oreille droite en soulevant le combiné.

– Pourrais-je avoir un numéro, s'il vous plaît ?

– Madame Belgrave, je vous en prie…

– Hyde Park 789, dicta-t-elle à l'opératrice.

– J'ai besoin de ce travail, madame Belgrave. Je… j'ai trois gosses, tous au lycée.

Elle lui tapota le genou d'un air compréhensif, avant de plisser le nez.

– Ça sonne.

– Je ne suis pas un soldat.

– Drrring, drrring.

– Ma femme est…

L'écouteur collé à l'oreille, Vanessa haussa les sourcils.

Grammers appuya sur la fourche.

Vanessa leva les yeux vers lui, puis les baissa vers le bras qu'il avait tendu par-dessus son genou.

Il le ramena à lui.

– On va dégager la piste numéro deux.

– Vous avez pris la bonne décision, Lester. Merci.

– C'est quoi la prochaine étape, Joe ?

Vanessa se tenait devant lui, au pied de la passerelle. Tous deux devaient crier pour couvrir le vacarme des hélices.

Farruco avait aidé Joe à charger Dion dans l'avion. Ils l'avaient allongé sur les couvertures récupérées dans la voiture, tandis que Tomas allait s'installer près d'un hublot. Joe avait déjà enlevé les cales devant les roues, et l'appareil tremblait légèrement sous les rafales d'un vent chaud venu du Golfe.

– La prochaine étape ? répéta Joe. C'est le reste de notre vie commune. Toi, moi, Tomas et le bébé.

– Je te connais à peine.

– Même si on n'a passé que très peu de temps ensemble, tu me connais aussi bien que je te connais.

– T'es…

– Oui ? Je suis quoi ?

– Un tueur. Un gangster.

– En préretraite.

– Ne plaisante pas avec ça.

– Je ne plaisante pas ! cria-t-il, tandis que le vent et l'air brassé par les hélices faisaient voltiger ses cheveux et les pans de son manteau. Il ne te reste plus rien ici. Ton mari ne te pardonnera jamais.

Farruco Diaz apparut à la porte du Goose.

– Patron ? La tour m'ordonne d'attendre.

Joe ignora l'intervention.

– Je ne peux pas prendre cet avion et disparaître, tout simplement, protesta Vanessa.

– Tu ne vas pas disparaître.

– Non, décréta-t-elle en secouant la tête avec vigueur, comme pour mieux se persuader elle-même. Non, non et non.

– Ils veulent qu'on remette les cales devant les roues ! lança encore Farruco.

– Je suis plus vieux que toi, dit Joe dans une tentative désespérée pour la convaincre, et crois-moi, je sais qu'on regrette toujours les choses qu'on n'a pas faites : la boîte qu'on n'a pas ouverte, l'initiative qu'on n'a pas prise… Tu te vois dans dix ans d'ici, dans un salon d'Atlanta, en train de penser : « J'aurais dû monter dans cet avion » ? Ne te condamne pas à cette vie-là. Il n'y a plus rien pour toi dans cette ville, alors que le monde entier est à ta portée.

– Mais je ne le connais pas, ce monde !

– Je te le montrerai.

Une expression implacable figea soudain les traits de Vanessa, comme si elle venait d'emmurer son cœur.

– Tu ne vivras pas assez longtemps pour ça.

– Faut qu'on y aille, patron ! lança Farruco. Maintenant.

– Une seconde.

– Non, maintenant !

Joe tendit la main.

– Viens.

Elle recula.

– Au revoir, Joe.

– Ne fais pas ça.

Elle courut vers sa voiture, ouvrit la portière et se retourna.

– Je t'aime.

– Moi aussi, je t'aime, dit-il, la main toujours tendue vers elle. Alors…

– Ça ne nous sauvera pas, répliqua-t-elle, avant de se glisser au volant.

– Joe ! appela Farruco. La tour m'ordonne de couper les moteurs.

Au même moment, Joe vit les phares de l'autre côté du grillage – au moins quatre paires d'yeux jaunes qui flottaient au-dessus de la route en direction de l'aérodrome, fendant l'air nocturne, chaud et poussiéreux.

Lorsqu'il tourna de nouveau la tête vers la voiture de Vanessa, celle-ci s'éloignait déjà.

Il gravit la passerelle en hâte, claqua la porte et la verrouilla.

– Décolle ! cria-t-il à Farruco, avant de s'asseoir sur le plancher. Vas-y, décolle.

23

En récompense

Lorsque Charlie Luciano avait été envoyé en prison, en 1936, le contrôle de l'organisation avait été partagé entre Meyer Lansky à New York et à La Havane, Sam Daddano dit « Jimmy Turnips », à Chicago, et Carlos Marcello à La Nouvelle-Orléans. Ces trois hommes, assistés de trois dirigeants plus jeunes, Joe Coughlin, Moe Dietz et Peter Velate, présidaient la Commission.

Une semaine après avoir fui Tampa, Joe fut convoqué à une réunion de la Commission sur le *Gran Sueño*, un yacht appartenant au colonel Fulgencio Batista, qui le louait souvent à Meyer Lansky et à ses associés. Il fut accueilli sur l'un des quais de l'United Fruit Company par Vivian Ignatius Brennan, et embarqua sur une vedette pour rejoindre le yacht qui mouillait dans le port de La Havane, à dix minutes de là. Brennan, surnommé « Saint Viv » parce qu'il avait entendu plus d'hommes lui adresser leurs prières avant de mourir que saint Antoine ou la Vierge Marie, était un petit Irlandais soigné aux cheveux et aux yeux clairs, aux manières irréprochables et aux goûts raffinés en matière de vins. Depuis son arrivée à Cuba avec Meyer Lansky en 1937, il avait pris l'habitude de s'habiller à la mode cubaine – chemisettes en soie légèrement bouffantes à la taille, pantalon en soie, chaussures bicolores –, et avait même épousé une Cubaine. Il restait cependant totalement dévoué à l'organisation. Né dans le Donegal et élevé dans le Lower East Side à New York, Saint Viv accomplissait son devoir sans jamais se plaindre ni manquer son coup. Lorsque Charlie Luciano avait inventé le concept de Murder Inc. – à savoir, des tueurs à gages sans aucun lien avec les villes où ils exécutaient leur contrat –, il en avait confié la responsabilité à Vivian Ignatius Brennan, jusqu'au moment où Lansky l'avait convaincu de laisser ce dernier partir avec lui à Cuba, et de le remplacer par Albert Anastasia. Pour autant, quand Luciano ou Lansky voulaient être absolument certains que tel ou tel de leurs semblables ne serait plus de ce monde le lendemain, ils confiaient la mission à Saint Viv.

Joe lui tendit la sacoche qu'il avait apportée. Brennan l'ouvrit, jeta un coup d'œil aux deux classeurs identiques à l'intérieur, les sortit, puis palpa la sacoche sous toutes les coutures. La fouille terminée, il replaça les classeurs à l'intérieur et recula en faisant signe à Joe d'embarquer. Lorsqu'ils furent tous les deux à bord, il lui rendit son bien.

– Comment allez-vous ? demanda Joe.

– Oh, je me porte comme un charme, répondit Brennan, qui se fendit d'un sourire triste. Je souhaite sincèrement que tout se passe bien pour vous.

Un petit rire s'échappa des lèvres de Joe.

– Je le souhaite aussi.

– Je vous aime bien, Joe. Comme tout le monde, pas vrai ? Entre nous, ça me fendrait le cœur si je devais vous obliger à tirer votre révérence.

– Espérons qu'on n'en arrivera pas là.

– C'est ça. Espérons.

Brennan éloigna la vedette du quai, tandis que le moteur ferraillant crachait de petits nuages de fumée bleue vers le ciel d'un orange sale.

Conscient qu'il allait peut-être au-devant de sa fin, Joe se rendit compte qu'il redoutait moins de mourir que de laisser son fils seul au monde. Bien sûr, il avait pris des dispositions : il avait mis en sûreté suffisamment d'argent pour que Tomas ne soit jamais dans le besoin. Et, bien sûr, la grand-mère de Tomas et ses tantes l'élèveraient comme s'il était leur fils. Mais il ne le serait jamais ; il était le fruit des amours de Graciela et de Joseph, ses parents. Sans eux, il serait orphelin. Joe, qui l'avait lui-même été dans sa jeunesse, malgré la présence de son père et de sa mère biologiques, n'aurait souhaité à personne une existence aussi solitaire, même pas à Rico DiGiacomo ou à Mussolini.

Son regard fut soudain attiré par une autre vedette qui approchait, se dirigeant vers les quais de l'UFC. Il y avait une famille à bord : le père, la mère et leur enfant, tous trois droits comme des i. Quand Joe reconnut les cheveux blonds du garçonnet, il ne fut pas particulièrement surpris que le fantôme réapparaisse en ce jour décisif entre tous ; il y voyait même une sorte de logique.

Ce qui le surprit, en revanche, ce fut l'attitude de l'homme et de la femme, qui évitèrent son regard lorsque les deux embarcations se croisèrent. L'homme, mince et élégant, avait des cheveux gris coupés en brosse et des yeux du même vert que les eaux peu profondes. La femme, également mince et guindée, arborait un chignon strict qui lui dégageait le visage. Ses traits étaient tellement figés en un masque sévère dissimulant mal sa terreur et sa haine de soi qu'il fallut quelques secondes à Joe pour se rendre compte à quel point elle avait dû être jolie. Elle aussi l'ignora complètement, ce qui était sans doute l'aspect le moins déroutant de l'expérience, puisqu'il avait grandi sans qu'elle lui accorde la moindre attention.

Sa mère, son père et le petit garçon aux traits indistincts, traversant le port de La Havane avec une détermination implacable, digne de Washington traversant le Delaware…

Alors que Joe se retournait pour les suivre des yeux après leur passage, il sentit quelque chose en lui se ratatiner. À sa naissance, le mariage de ses parents n'était déjà plus qu'une comédie. Ils n'avaient pas prévu d'avoir un autre enfant, et son éducation représentait un fardeau dont le poids mettait leurs nerfs et leur patience à rude épreuve. Pendant dix-huit ans, ils s'étaient échinés à étouffer en lui tout élan de joie, d'ambition ou de tendresse spontanée. Ils avaient créé un être aussi instable qu'insatiable.

Je suis là ! eut-il envie de crier. *Peut-être plus pour très longtemps. Mais je suis bien là et j'en ai sacrément profité !*

Vous avez perdu ! eut-il encore envie de crier.

Non.

Vous avez gagné.

Il regarda de nouveau vers le large. Le *Gran Sueño* se dressait désormais devant eux, silhouette d'un blanc éblouissant qui se découpait sur fond de ciel bleu souillé.

– Bonne chance, Joe, déclara Brennan lorsqu'ils atteignirent le yacht. J'étais sincère tout à l'heure quand je vous ai dit que ça me fendrait le cœur.

– Ça vous fendrait le cœur d'arrêter le mien, Vivian ?

– En gros, oui.

– On fait quand même un drôle de boulot, hein ? lança encore Joe en lui serrant la main.

– Ah, d'un autre côté, c'est sûr qu'on ne s'ennuie pas ! Attention en grimpant à l'échelle. Ça glisse.

Joe monta à bord et, une fois sur le pont, récupéra la sacoche que lui tendait Brennan. Meyer Lansky était déjà là, fumant comme toujours, accompagné par quatre hommes – des gardes du corps, à en juger par leur allure. Joe ne reconnut que Burt Mitchell, un porte-flingue venu de Kansas City qui officiait comme garde du corps pour Carl le Bowler. Personne ne le salua. Dans la mesure où ils avaient peut-être prévu de jeter son corps en pâture aux requins à la fin de cette entrevue, quel intérêt d'échanger des amabilités ?

– Tout est là ? demanda Lansky, qui indiqua la sacoche.

– Oui, répondit Joe en la lui remettant.

Lansky la confia à Burt Mitchell.

– Portez-la au comptable qui attend dans ma cabine. (Il posa une main sur le bras du porte-flingue.) Vous ne la donnez qu'à lui, compris ?

– Oui, monsieur Lansky.

Lorsque Mitchell s'éloigna, Joe serra la main de Lansky, qui le gratifia d'un rude coup de poing dans l'épaule.

– Vous êtes un orateur brillant, Joseph. Vous aurez besoin de déployer tous vos talents aujourd'hui.
– Vous avez parlé à Charlie ?
– Un ami l'a fait pour moi.
– Qu'est-ce qu'il a dit ?
– Qu'il n'aime pas la publicité.

Or il y en avait eu beaucoup trop autour des événements survenus la semaine précédente à Tampa. Le bruit circulait que les fédéraux allaient former une autre commission pour enquêter sur le crime organisé en Floride et à New York. Les journaux avaient publié la photo de Dion Bartolo à la une pendant des jours, ainsi que des clichés sanglants des morts que Joe avait laissés dans la Septième Avenue et des quatre autres cadavres découverts chez le barbier nègre. Deux quotidiens avaient même associé Joe Coughlin aux fusillades, tout en veillant néanmoins à employer des termes tels que « prétendument », « supposé » et « soi-disant ». Tous les comptes rendus sans exception précisaient que ni Joe Coughlin ni Dion Bartolo n'avaient été revus en ville depuis le massacre à la pâtisserie.

– C'est tout ? Il n'a rien dit d'autre ? demanda Joe.
– Il s'exprimera par mon intermédiaire à la fin de cette entrevue.

En d'autres termes, c'était Lansky lui-même qui rendrait le verdict, songea Joe, désabusé. La situation ne manquait pas d'ironie, puisque celui qui allait peut-être prononcer sa condamnation à mort avait été à la fois son partenaire et son principal bienfaiteur au cours des sept années écoulées.

Mais, après tout, ça n'avait rien d'une exception dans leur milieu, c'était même la règle : quand un homme ne laisse pas ses ennemis se rapprocher suffisamment pour le tuer, c'est à ses amis que revient en général le sale boulot.

En bas, dans la cabine, Joe vit Sam Daddano et Carlos Marcello assis à table avec Rico DiGiacomo. Lansky entra à la suite de Joe et ferma la porte derrière eux. Ainsi, à part Rico et lui-même, les trois seuls autres participants à la réunion étaient les plus hautes instances de la Commission ; autrement dit, l'ordre du jour était on ne peut plus grave.

Carlos Marcello dirigeait les opérations de La Nouvelle-Orléans depuis la première décennie du siècle ; il avait hérité cette charge de son père et baignait dans le milieu depuis tout gosse. Tant qu'on restait en dehors de son territoire, qui incluait également le Mississippi, le Texas et la moitié de l'Arkansas, c'était le plus agréable des hommes. Mieux valait néanmoins s'abstenir d'aller renifler l'odeur de l'argent trop près de son fief : les bayous recrachaient de temps à autre des membres d'individus qui n'avaient pas su voir où commençaient ses frontières et où s'arrêtaient celles marquant leur droit à respirer. Comme la plupart des représentants de la Commission, il était connu pour son calme et sa volonté de se montrer raisonnable, au moins jusqu'à ce que la raison ne puisse plus rien pour la conduite des affaires.

Sam Daddano avait assuré les relations avec les syndicats et l'industrie du divertissement pendant une décennie, avant que ses succès dans ce domaine le propulsent au sommet de la hiérarchie à Chicago, quand le vieux Pascucci avait succombé à une crise cardiaque dans Lincoln Park par une matinée pluvieuse de printemps. Il avait développé les intérêts de l'organisation vers l'ouest et réussi à rallier tous les syndicats du cinéma. Il avait même fait figure de précurseur dans l'industrie du disque. On disait qu'il lui suffisait de jeter un coup d'œil à un *nickel* pour le transformer en *dime*. Très maigre, dégarni depuis l'adolescence, il n'avait qu'une cinquantaine d'années mais on lui en donnait facilement quinze de plus. Il avait toujours paru plus âgé, avec sa peau squameuse, parsemée de taches de vieillesse, comme si leurs activités consumaient toute son énergie vitale, le desséchant un peu plus chaque jour.

Lansky s'installa à l'autre bout de la table. Il plaça sa mallette par terre puis disposa soigneusement devant lui ses cigarettes, son briquet en or, son stylo en or et le calepin dans lequel il lui arrivait de noter des idées – jamais de faits, jamais de faits –, toujours codées, toujours en yiddish. Meyer Lansky, le Petit Homme. L'architecte de tout ce qu'ils avaient construit, le personnage le plus flegmatique qu'on puisse imaginer. Celui qui, pour Joe, s'apparentait le plus à un mentor. Lansky lui avait enseigné presque tout ce qu'il savait sur les casinos, Joe lui avait enseigné presque tout ce qu'il savait sur Cuba. Dès la fin de la guerre, ils pourraient y faire couler l'argent à flots.

Ou du moins, ils auraient pu. S'il ne parvenait pas aujourd'hui à convaincre ce jury qu'il méritait de profiter encore un peu de son séjour sur cette terre, se dit Joe, Lansky exploiterait seul la manne de Cuba.

Il s'assit en face de Rico qui, pour la première fois, lui révélait son vrai visage. Joe découvrit sur ses traits un appétit de pouvoir inassouvi qu'il aurait dû voir au moment de leur rencontre, quinze ans plus tôt, quand Rico n'était encore qu'un gamin. Mais déjà à l'époque, ce dernier possédait un talent inestimable pour un homme doté d'une telle ambition : la capacité d'empêcher les autres de lire en lui ; ils ne voyaient que leur propre image reflétée dans ses yeux. Il parvenait à ériger des barrières tout en donnant l'impression qu'il ne demandait qu'à les faire tomber. En cet instant, s'il le regardait en arborant un large sourire, il semblait prêt à se jeter sur lui pour le déchiqueter à mains nues.

Joe ne se faisait pas d'illusions sur ses propres capacités physiques : il s'était retrouvé mêlé à trois bagarres aux poings dans sa vie, et il ne l'avait jamais emporté. Rico, lui, fils, petit-fils et neveu de dockers, avait grandi à Port Tampa, dans un milieu rude. Joe s'efforça néanmoins de soutenir le regard du traître sans rien montrer de sa peur, car tout signe de faiblesse pouvait passer pour un aveu de culpabilité ou un manque de couilles, ce qui dans un cas comme dans l'autre scellerait son destin. Il savait néanmoins que, s'il réussissait à sortir vivant de cette pièce, Rico n'aurait de cesse de réclamer sa tête.

– Le problème pour nous aujourd'hui, Joe, commença Carlos Marcello en guise d'ouverture, consiste à évaluer les dégâts que vos hommes et vous avez causés la semaine dernière.

– Que j'ai causés, rectifia Joe. Moi seul.

– Vous avez eu un entretien avec ce nègre, Dix, et un quart d'heure plus tard il abattait quatre des associés nègres de Rico. Faut-il y voir une coïncidence ?

– J'ai informé Montooth Dix qu'il ne pourrait pas se sortir de cette impasse par la parole ou par la force, et qu'il avait besoin de faire la paix avec son créateur. Je…

– Ce qui se révélera peut-être un bon conseil pour toi aussi, l'interrompit Rico avec un sourire.

Une intervention que Joe ne releva pas.

– J'ignorais que Dix allait en déduire qu'il fallait éliminer Little Lamar.

– C'est ce qui s'est passé, pourtant, souligna Lansky. Bon, venons-en maintenant à cette fusillade à la pâtisserie.

– Il est mort, au fait, lança Rico à l'adresse de Joe.

Celui-ci lui jeta un coup d'œil interrogateur.

– Montooth. Il est monté dans sa voiture hier matin, et... boum ! On a retrouvé ses bourses collées à une borne d'incendie de l'autre côté de la rue.

Tout en allumant une cigarette, Joe lui opposa un regard vide. La semaine précédente, il avait fini par se résigner à la disparition de Montooth Dix. Or ce dernier n'avait pas été tué, et Joe avait secrètement nourri l'espoir qu'il survivrait encore quelques années.

Mais aujourd'hui, il n'était plus, parce qu'un serpent travesti en homme avait décidé qu'il n'était pas satisfait de ses jetons sur la table, et qu'il voulait mettre la main sur le casino tout entier. Je t'emmerde, Rico. Et j'emmerde tous ceux de ton espèce. On fait de toi un prince, tu veux être un roi. On fait de toi un roi, tu veux être un dieu.

Joe reporta son attention sur Lansky, au bout de la table.

– Vous souhaitiez discuter de ce qui est arrivé à la pâtisserie ?

– En effet.

– L'exécution avait-elle été approuvée, à propos ?

Sam Daddano le dévisagea quelques secondes.

– Oui.

– Pourquoi n'ai-je pas été consulté ? s'étonna Joe. Je suis membre de cette Commission.

– Malgré tout le respect qu'on vous doit, Joe, on ne pouvait pas vous faire confiance, répondit Lansky. Vous avez à plusieurs reprises parlé de Dion Bartolo comme de votre « frère ». Votre jugement risquait d'être faussé.

Joe encaissa le coup.

– Et ce complot pour m'assassiner ? Ce n'était qu'un écran de fumée ?

Lansky hocha la tête.

– C'était mon idée, intervint Rico, toujours prêt à se rendre utile. (Il s'exprima d'une voix douce, les mains croisées sur la table devant lui.) Je voulais que tu sois à l'abri du danger au moment de l'exécution. Incroyable, hein ? Je me disais que tu prendrais ton fils sous le bras et que tu viendrais te réfugier ici en attendant que la menace soit écartée. Je tenais à te protéger.

À court de repartie, Joe s'adressa aux trois autres.

– Vous avez approuvé l'élimination de mon ami et patron. Plus tard, mon fils s'est retrouvé pris au milieu des tirs quand tous ces tueurs ont débarqué de… de Brooklyn, je suppose ? De la confiserie Midnight Rose ?

Carlos Marcello battit des paupières en signe d'assentiment.

– Une poignée d'étrangers à la ville envahissent mon territoire et mitraillent mon patron alors que mon fils est assis dans une voiture garée tout près, et j'aurais dû m'abstenir de toute réaction ? reprit Joe.

– Vous avez tué trois de nos amis ce jour-là, souligna Daddano. Et vous en avez estropié un autre.

Joe plissa les yeux, déconcerté.

– Dave Imbruglia, précisa Daddano.

Ainsi, c'était bien Imbruglia qu'il avait touché dans le dos…

– Il est condamné à chier dans une poche jusqu'à la fin de sa vie, le malheureux.

– Quand je suis arrivé, raconta Joe, la première chose que j'ai vue, en plus de tous ces types qui tiraient partout comme s'ils se croyaient revenus à Chicago le jour de la Saint-Valentin, c'était la tête de mon gosse qui dépassait de la banquette arrière dans la voiture de Dion.

– On ne savait pas qu'il était là, se défendit Rico.

– Et tu crois que je vais me contenter de ça ? Tony Bianco le Gominé et Jerry le Tarin ont descendu Carmine Orcuioli, avant de pointer leurs Thompson sur mon fils ! Alors, oui, je leur ai foncé dessus. Après, j'ai tiré sur Sal Romano, parce qu'il vidait son chargeur sur ma bagnole. Et j'ai logé une balle dans le dos d'Imbruglia, parce qu'il faisait feu sur mon patron. Quant à Freddy, c'est vrai, je l'ai abattu…

– De quatre balles.

– Je l'ai abattu parce qu'il braquait une arme sur mon enfant.

– D'après Sal, il ne visait pas ton gosse, répliqua Rico.

– Il a dit que l'arme de Freddy était pointée vers le sol, renchérit Lansky.

Joe hocha la tête, comme si tout se tenait.

– Sal était de l'autre côté de la voiture, assis sur le trottoir d'en face, rapporta-t-il. Non, en fait, il n'était pas assis, il était roulé en boule parce que je lui avais explosé la hanche. Comment voulez-vous qu'il ait vu quelque chose ?

Carlos Marcello leva une main en un geste apaisant.

– Qu'est-ce qui vous a fait penser que Freddy avait l'intention de tuer votre fils ?

– Vous auriez pris le temps de penser, Carlos, si votre fils avait été à la place du mien ? rétorqua Joe, qui se tourna vers Sam Daddano. Ou le vôtre, Robert ? (Il s'adressa ensuite à Lansky.) Ou si ç'avait été Buddy ? J'ai vu un homme menacer mon garçon et j'ai pressé la détente avant lui, c'est tout.

– Joe ? appela Rico. Regarde-moi. Regarde-moi bien, dans les yeux. Parce que je vais te tuer, un jour ou l'autre. Je le ferai à mains nues, armé seulement d'une cuillère.

– Rico, intervint Carlos Marcello. S'il vous plaît.

– Nous sommes entre adultes, ici, décréta Lansky. Entre hommes, pour tenter de régler une affaire complexe. Il me semble que Joe n'essaie pas d'esquiver ses responsabilités. Il ne présente pas d'excuses.

– Il a tué mon frère, protesta Rico.

– Mais votre frère avait une arme braquée sur son fils, fit remarquer Carlos Marcello. Ce point semble clairement établi. Une arme braquée sur un enfant blanc, Rico, c'est une *infamia*, et vous n'avez foutrement pas intérêt à prétendre le contraire !

Rico blêmit. Il avait embarqué sur ce yacht persuadé que le seul à ne pas en redescendre serait Joe, mais c'était à présent son propre cadavre qu'il voyait reflété dans les yeux noirs de Marcello.

Ce fut au tour de Sam Daddano de s'adresser à Joe.

– En attendant, vous avez tué un membre de la Famille et deux associés de valeur. Vous nous avez fait perdre beaucoup d'argent.

– Beaucoup, confirma Lansky.

– Et on va en perdre encore beaucoup dans les années à venir, à cause de toute cette mauvaise publicité, poursuivit Daddano. Il y aura moins à manger sur nos tables, moins de billets dans nos poches. Tout cet argent, on comptait dessus, et vous n'avez aucun moyen de compenser les pertes.

– Je crois que si, répliqua Joe.

Marcello secoua sa grosse tête.

– Vous rêvez, Joseph. Le chaos que vous et Rico avez semé à Tampa la semaine dernière va nous ruiner.

– Et si je faisais sortir Charlie de Dannemora ?

Le briquet de Lansky s'arrêta à quelques centimètres de sa cigarette.

Marcello pencha la tête sur le côté.

Les lèvres entrouvertes, Daddano dévisagea Joe.

Rico parcourut la pièce du regard.

– Oh, rien que ça ? ironisa-t-il. Pourquoi ne pas séparer les eaux du golfe, tant que t'y es ?

Marcello agita la main entre lui et Rico comme s'il chassait une mouche.

– Expliquez-vous, Joseph.

– Il y a deux semaines, j'ai rencontré un envoyé du renseignement naval.

– On avait cru comprendre que ça ne s'était pas très bien passé, déclara Lansky.

– En effet. N'empêche, j'ai bien senti qu'il était intéressé. Il n'aurait pas fallu grand-chose pour le faire céder. Les États-Unis ont perdu quatre-vingt-douze navires, militaires et marchands, au cours des cinq derniers mois. Les gars ont beau avoir la trouille, pour le moment ils se disent : « Au moins, ça ne s'est pas produit le long de nos côtes. » Mais si on arrive à les convaincre que les seuls à pouvoir s'interposer entre eux et Hitler défilant dans Madison Avenue, c'est nous… Ils accepteront de libérer Charlie après la guerre, et ils nous ficheront la paix.

– Et comment on leur montre qu'ils ont besoin de nous ?

– On coule un de leurs bateaux.

Rico relâcha bruyamment son souffle.

– C'est quoi, ton problème avec les bateaux ? T'en as pas déjà fait sauter un, y a dix ans ?

– Plutôt quatorze, rectifia Joe. Un bateau du gouvernement est amarré à Port Tampa en ce moment même – un vieux paquebot de luxe qu'ils transforment en bâtiment de guerre.

– Il s'appelait *Le Neptune*, avant, dit Rico. Je le connais.

– T'as des gars sur le coup, non ?

Rico hocha la tête à l'adresse des autres participants.

– Oui, mais ce n'est pas particulièrement rentable. Un peu de métal par-ci, de cuivre par-là, beaucoup de vieilles couchettes qu'ils ont réussi à escamoter… Des conneries, quoi.

– Le gouvernement américain veut que le navire soit terminé en juin, déclara Joe. Je me trompe ?

– Non.

– Alors…

Un tressaillement agita les lèvres de Carlos Marcello. Sam Daddano lâcha un rire bref. Lansky sourit.

– Si quelqu'un sabotait ce bateau en s'arrangeant pour qu'on croie à un coup des Boches ? (Joe s'adossa à son siège, prit une cigarette et la tapota sur le côté de son Zippo en cuivre.) Le gouvernement sollicitera notre aide à genoux. (Il chercha le regard de chacun des hommes autour de la table.) Et ce sera grâce à vous que les portes du pénitencier s'ouvriront devant Charlie Luciano.

Hochements de tête approbateurs. Meyer Lansky porta la main à un chapeau imaginaire.

Joe sentit ses battements de cœur ralentir. Il redescendrait peut-être de ce bateau, finalement.

– D'accord, d'accord, dit Rico. Admettons qu'il ait raison, et que son plan fonctionne. Et je ne dis pas que l'idée est mauvaise ! Personne n'a jamais douté que Coughlin avait un cerveau ! Ce qu'il lui manque, c'est plutôt les tripes quand il s'agit de prendre les décisions difficiles… En attendant, qu'est-ce qui va se passer ici ?

– Pardon ?

– Ici même, insista Rico en appuyant le bout de son index sur la table. Il va créer un royaume avec Meyer sur cette île, maintenant que je l'ai chassé de Tampa et qu'il s'est fait prendre la queue entre les jambes de la femme du maire. (Il leva les yeux vers Joe.) Eh oui, Roméo, aujourd'hui, tout le monde est au courant ! C'est la grosse affaire du moment, là-bas… (Il haussa les sourcils à deux reprises, avant de reporter son attention sur les trois autres membres de la Commission.) Est-ce que je n'ai pas droit à une part de son gâteau ? Un modeste dédommagement ?

Joe chercha le regard de Lansky. Cuba était leur enfant chérie, qu'ils avaient protégée jusque-là de tout ce qui pouvait la souiller. Et voilà que Rico

DiGiacomo voulait poser ses sales pattes sur elle ? Lansky lui retourna un regard empreint d'une fureur fataliste, qui semblait dire : « Ça, je vous en tiens pour responsable. »

– Vous voulez un bout de Cuba ? demanda Marcello.

– Un tout petit bout, répondit Rico en rapprochant le pouce et l'index.

Marcello et Daddano se tournèrent à leur tour vers Lansky.

– Avec Joe, on possède des terres sur lesquelles on fera construire un hôtel après la guerre, déclara ce dernier. Un hôtel, un casino, la totale. Mais je n'apprends rien à personne.

– Quelle est votre part, Joe ?

– Vingt pour cent, comme Meyer. Le reste est détenu par un fonds de pension.

– Cédez-en cinq à Rico.

– Cinq…, répéta Joe.

– Ça me paraît acceptable, dit Rico.

– Non, trois, c'est acceptable, décréta Joe. Je te cède trois pour cent.

Rico prit la température autour de lui avant de déclarer :

– Va pour trois.

Une nouvelle fois, Joe échangea un coup d'œil avec Lansky. Ils savaient tous les deux ce qui venait de se produire. Même s'ils n'avaient accordé à Rico qu'un demi pour cent des parts, le résultat aurait été tout aussi désastreux : il avait coincé son pied dans la porte. Et ce qu'il avait fait à Tampa, il pourrait bien le faire un jour à La Havane.

Merde.

Rico n'en avait pas terminé.

– Il y a aussi la question de la récompense personnelle, reprit-il.

– Une part du mérite dans la libération de Charlie et un pourcentage sur les opérations cubaines, ça ne vous suffit pas ? demanda Marcello.

– À moi, si, répondit Rico d'un ton solennel. Mais pour ce qui est de mon frère ?

Durant quelques secondes, des coups d'œil furent échangés autour de la table.

– Il n'a pas tort, admit finalement Lansky.

– Mais je ne peux pas faire rentrer les balles dans mon chargeur, répliqua Joe.

– Rico a perdu un frère, observa Daddano.

– Je n'en ai pas à lui proposer en échange, fit remarquer Joe.

– C'est pourtant ce que je veux, affirma Rico.

Il fallut à Joe moins d'une seconde pour se rendre compte de ce qui aurait dû lui paraître évident dès qu'il avait été question de cet entretien. Il contempla Rico, qui souriait.

– Un frère contre un frère, dit celui-ci.

– Tu veux que je lâche Dion ?

Rico secoua la tête.

– Non ?

– Non, Joe. On veut que tu le supprimes.

– Dion n'est pas…

– Ne nous faites pas cet affront, Joseph, le coupa Marcello. S'il vous plaît.

Lansky, qui était capable de remplir un cendrier plus vite qu'une assemblée de drogués au jeu, alluma une cigarette au mégot de la précédente.

– Vous savez que la Commission ne décide jamais à la légère d'une exécution. Alors, évitez de nous déshonorer et de vous embarrasser en plaidant sa cause.

– C'est qu'un putain de minable ! gronda Daddano. Il faut se débarrasser de lui. La seule question, c'est comment et quand.

Conscient que la moindre pause serait aussitôt interprétée comme un signe de faiblesse, surtout si elle visait manifestement à lui accorder un délai de réflexion, Joe enchaîna aussitôt :

– Dans ce cas, je prendrai les dispositions nécessaires à la première heure demain matin. Inutile de perdre du temps. Vous voulez passer le chercher ou vous préférez que je l'envoie dans un endroit particulier ?

S'ils lui laissaient la nuit, il trouverait une solution, se disait-il. Pour l'instant, il ne voyait pas laquelle, mais il aurait bien une idée – sauf s'ils décidaient de le renvoyer accompagné d'un de leurs hommes, auquel cas il lui faudrait accomplir des miracles.

– Demain, ce sera bien, déclara Lansky.

Joe s'efforça de conserver un air impassible.

– Vous n'êtes pas obligé d'agir le matin, intervint Daddano. Ça peut attendre la fin de la journée.

– L'essentiel, c'est que ce soit fait, déclara Marcello.

– Par toi, précisa Rico, dont la chaise grinça quand il s'appuya contre le dossier.

Cette fois, Joe dut prendre sur lui pour ne rien montrer.

– Moi ?

Quatre hochements de tête.

– Toi, répéta Rico. Tu vas le descendre comme t'as descendu mon frangin. Avec le même flingue. Comme ça, chaque fois que tu poseras les yeux dessus, espèce de sale… chaque fois que tu poseras les yeux dessus, tu penseras à mon frère et au tien.

Une nouvelle fois, Joe regarda les trois représentants de la Commission.

– D'accord.

– Hein ? lança Rico. J'ai rien entendu.

Joe se borna à le dévisager.

– Sans blague, il m'arrive d'entendre un bruit bizarre, comme le sifflement d'une bouilloire dans mes oreilles. Qu'est-ce que t'as dit, Joe ?

Celui-ci laissa s'écouler quelques secondes.

– J'ai dit que j'exécuterai Dion. Considérez que c'est fait.

Rico donna une petite tape sur la table.

– Bon, eh bien, je crois que cette réunion a porté ses fruits, lança-t-il en se redressant.

– Vous n'avez pas à vous prononcer sur ce point, rétorqua Carlos Marcello. C'est nous qui organisons les réunions, et nous qui y mettons un terme.

Alors que Rico se rasseyait, trois hommes entrèrent dans la cabine. Saint Viv franchit le seuil le premier et longea le côté gauche de la table en direction de Joe, qu'il fixa de ses yeux de chien battu. Parvenu à sa hauteur, il se posta derrière sa chaise, et Joe l'entendit respirer.

Carl le Bowler s'avança de l'autre côté de la table et s'arrêta entre Sam Daddano et Rico, les mains croisées au-dessus de la taille. En voyant Saint Viv l'Exécuteur debout derrière Joe, le meurtrier de son frère, Rico ne put s'empêcher de sourire.

Le troisième homme était un inconnu, très maigre, l'air nerveux en diable, qui garda les yeux baissés en se dirigeant vers Lansky. Il plaça la sacoche de Joe devant lui, en sortit un classeur noir qu'il posa sur la table et lui parla à l'oreille pendant une bonne minute. Lorsqu'il eut terminé, Lansky le remercia et l'invita à aller se restaurer.

L'inconnu rebroussa chemin, la tête rentrée dans ses épaules étroites, son crâne dégarni réfléchissant la lumière.

Lansky poussa le classeur vers Rico.

– Ceci vous appartient, n'est-ce pas ?

Rico l'ouvrit et le feuilleta.

– Oui. (Il le referma.) Qu'est-ce qu'il fait là ?

– C'est votre livre de comptes, où vous inscrivez toutes les transactions effectuées pour nous ?

Le regard de Rico trahissait une certaine nervosité quand il alluma une cigarette. Pour la première fois depuis un bon moment, devina Joe, il ne maîtrisait plus le cours des événements.

– Oui, Meyer, confirma-t-il. C'est celui que je vous remets tous les mois, en même temps que le cash. Celui que Freddy vous apportait dans sa mallette en croco.

– Et c'est bien votre écriture ? demanda Carlos Marcello. Sans le moindre doute ?

De toute évidence, la tournure que prenait la discussion ne plaisait pas à Rico. Il était cependant bien obligé de répondre.

– Oui. C'est bien la mienne.

– Personne d'autre n'aurait pu griffonner là-dedans ?

– Non. Impossible. Vous avez vu mes pattes de mouche ? Ces gribouillis-là, c'est les miens.

Lansky hocha la tête, comme si la question était réglée.

– Merci, Rico.

– Pas de problème. Heureux d'avoir pu vous être utile.

Mais déjà, Lansky plongeait la main dans la sacoche. Il en sortit le second classeur et le flanqua sur la table.

Cette fois, Rico comprit enfin que le piège se refermait sur lui.

– Eh ! C'est quoi, ce bordel ?

– Un second livre de comptes. (Lansky le poussa vers lui.) Vous reconnaissez ces pattes de mouche ?

Rico ouvrit le classeur et en parcourut rapidement les pages.

– Je ne comprends pas, dit-il à Lansky. C'est une copie ?

– Au début, c'est ce que j'ai cru. Ensuite, on a demandé au comptable de l'examiner. D'après lui, vous avez truqué les comptes.

– Non !

– À hauteur de trente mille cette année, de quarante mille l'année dernière.

– Non, Meyer, bien sûr que non… (Rico jeta un regard éperdu autour de lui. Ses yeux s'arrêtèrent soudain sur Joe, et il eut une révélation.) NON !

Lorsque Carl le Bowler lui passa le sac en toile sur la tête, Rico tenta de lever les bras pour se dégager, mais Sam Daddano lui attrapa les poignets. Carl et lui le firent tourner sur sa chaise, puis Carl tira fort sur la corde glissée dans les passants du sac au niveau de la gorge.

– Qui va le remplacer ? lança Carlos Marcello à Joe. Ça ne peut pas être vous.

Le jour où Joe avait chargé Bobo Frechetti de s'introduire dans le bureau de Rico DiGiacomo, il pensait vraiment que le petit perceur de coffres y trouverait un second livre de comptes. Par précaution, néanmoins, il lui avait demandé d'avertir son beau-frère, Ernie Boch le faussaire, de se tenir prêt à intervenir au besoin.

Et le besoin s'était fait sentir.

La cigarette allumée de Rico roula au milieu de la table. Lansky la récupéra avant de l'éteindre dans le cendrier à côté de lui.

– Vous connaissez ce gars qui traîne toujours à l'Italian Social Club, à Ybor ? interrogea Joe.

– Trafficante ? fit Marcello.

– Oui. Il est prêt.

Bobo avait remis le livre de comptes à son beau-frère, qui avait reproduit l'écriture de Rico – ses majuscules arrondies, ses *i* et ses *j* sans points, ses *t* penchés et ses *n* aplatis. Pour le reste, il avait suffi de raboter quelques chiffres et d'enlever quelques zéros.

Les pieds de Rico frappaient la chaise de Daddano avec suffisamment de force pour renverser son occupant, mais ce dernier lui tenait toujours solidement les poignets.

– Trafficante est un bon gagneur, dit-il, un peu essoufflé.

Marcello regarda Lansky, qui déclara :

– Personnellement, je l'ai toujours trouvé raisonnable.

– Alors, ce sera Trafficante, conclut Marcello.

Les intestins de Rico se vidèrent, et l'odeur se répandit dans la pièce. Il cessa de donner des coups de pied. Ses bras se relâchèrent.

Tout en gardant la corde tendue, Carl le Bowler lui maintint le sac sur la tête encore quelques minutes, pour s'assurer que tout était fini, tandis que les membres de la Commission sortaient.

Joe se leva à son tour et jeta un dernier coup d'œil au cadavre avant de récupérer ses cigarettes. Il agita la main pour chasser la puanteur qui en émanait.

C'est tout ce que t'as su faire sur cette terre, Rico : polluer l'air.

Et t'en prendre au mauvais Irlandais.

24

Je t'enverrai une carte postale

Sur le trajet jusqu'à son appartement dans la vieille ville, Joe réfléchissait à ses options.

Il conclut qu'il en avait deux :

Tuer Dion, son plus vieil ami.

Ne pas le tuer, et mourir.

De toute façon, même s'il obéissait aux ordres, les membres de la Commission pouvaient très bien décider de l'éliminer. Il leur avait fait perdre de l'argent, et il avait semé une belle pagaille derrière lui. On l'avait laissé descendre de ce yacht, mais il n'était pas hors de danger pour autant.

Son chauffeur, Manuel Gravante, déclara soudain :

– Patron ? Angel est passé pendant que vous étiez sur le bateau. Il m'a dit qu'on vous avait apporté un paquet.

– Quel genre de paquet ?

– Une boîte, apparemment. Grande comme ça… (Gravante écarta les mains d'environ trente centimètres, avant de les replacer sur le volant.) Elle a été envoyée à votre nom. Ce sont les hommes du colonel qui l'ont livrée.

– Qui est l'expéditeur ?

– Un certain Montooth Dix.

Qui avait pris là l'une de ses dernières initiatives dans le monde des vivants, apparemment.

Et merde ! pensa Joe. Quand toute cette histoire sera terminée, combien d'entre nous seront encore debout ?

Il avait beau s'attendre à cette livraison, Joe alla néanmoins ouvrir le colis dans la cour derrière l'immeuble, au cas où. S'il avait vraiment neuf vies, comme beaucoup le supposaient, il en perdit au moins deux lorsque, en écartant les rabats, il découvrit de la fumée. Il fit un bond en arrière et, tandis que la transpiration imprégnait de nouveau son costume déjà auréolé de sueur, regarda la vapeur blanche libérée par la neige carbonique monter du paquet et se dissiper dans les palmes au-dessus de lui. Une fois certain qu'il s'agissait bien de neige carbonique, il attendit que les dernières émanations se soient dissipées, puis il récupéra à l'intérieur du carton une boîte plus petite qu'il posa sur la table de pierre.

Les quatre coins en étaient enfoncés, et l'un des bords était maculé de traînées grasses à l'endroit où le contenu s'y était appuyé. Des gouttes de sang tachaient l'inscription sur le dessus : « Pâtisserie Chinetti, Ybor ». La boîte était toujours entourée d'une ficelle, que Joe coupa avec les ciseaux dont il s'était servi pour ouvrir le colis. À l'intérieur se trouvait la *torta al cappuccino* de Dion, ou du moins ce qu'il en restait : une sorte de magma aplati, couvert d'une moisissure verte sur un côté, qui dégageait une odeur nauséabonde.

Toutes les semaines depuis deux ans, qu'il pleuve ou qu'il vente, Dion allait chercher à la pâtisserie Chinetti son dessert emballé dans une boîte semblable.

Seulement son dessert ?

Joe souleva le gâteau moisi.

Dessous, il n'y avait que du papier ciré souillé et un disque en carton. Il s'était trompé. Le cœur cognant toujours à grands coups sourds, il sentit le soulagement déferler en lui. Ses soupçons l'emplirent de honte. Il leva les yeux vers la fenêtre de la chambre où Dion avait logé le premier soir, avant que Meyer Lansky ne les prévienne de l'arrivée des hommes de Rico. Dès le lendemain matin, Dion avait été confié aux bons soins du colonel et de ses gardes, à une quarantaine de kilomètres plus au sud – un arrangement qui coûtait une fortune à Joe.

Il adressa des excuses silencieuses à son ami.

Puis, mû par la force la plus noire de son cœur, il se concentra de nouveau sur la boîte, ôta d'abord le papier ciré, ensuite le disque en carton.

Il y avait bien quelque chose.

Une enveloppe.

Il l'ouvrit, écarta plusieurs billets de cent dollars et découvrit derrière un petit papier blanc. Il n'y avait qu'un nom inscrit dessus, rien de plus. Mais c'était suffisant. Peu importait le contenu du message ; c'était sa présence même dans cette boîte qui était éloquente.

Toutes les semaines depuis deux ans, Dion s'était rendu à la pâtisserie Chinetti, dans la Septième Avenue, pour y acheter son dessert et recevoir l'ordre, donné par un agent fédéral ou un flic, de balancer tel ou tel de ses hommes.

Joe plia le papier, le rangea dans son portefeuille et replaça dans le colis la boîte à gâteau, le papier ciré et le gâteau moisi. Après l'avoir refermé, il alla s'asseoir près des rosiers, où la certitude d'être totalement seul dans son monde s'imposa à lui avec une telle force qu'il faillit tomber de sa chaise. Alors il se leva, déterminé à enfouir son chagrin et sa colère dans une nouvelle poche en lui. À trente-six ans, dont vingt passés du mauvais côté de la loi, il en avait accumulé beaucoup, toutes scellées au plus profond de son être. Il se demanda si, un jour, elles exploseraient toutes en même temps, provoquant sa mort, ou si elles deviendraient si nombreuses qu'il finirait étouffé.

Il s'endormit à son bureau, assis tout droit dans le grand fauteuil de cuir. Quand il ouvrit les yeux, au beau milieu de la nuit, le petit garçon se tenait près de la cheminée, où il ne subsistait du feu que quelques braises. Il portait un pyjama rouge semblable à celui que Joe avait eu enfant.

– Qui es-tu ? demanda-t-il. Est-ce que tu es mon jumeau mort-né ? Ou est-ce que tu es moi ?

L'enfant s'accroupit pour souffler sur les braises.

– Je n'ai jamais entendu dire qu'on pouvait voir son propre fantôme, murmura Joe. Je ne crois pas que ce soit possible.

L'enfant lui jeta un coup d'œil par-dessus son épaule, comme pour signifier : « Tout est possible. »

Il y en avait d'autres comme lui dans les ombres de la pièce. Joe sentait leur présence, même s'il ne les distinguait pas.

Quand il reporta son attention sur la cheminée, les braises s'étaient éteintes et le jour se levait.

La maison où il avait envoyé Dion et Tomas se situait à Nazareno, en plein cœur de la province de

La Habana. Derrière s'étendaient La Havane et l'Atlantique ; devant, il y avait des montagnes, la jungle et les eaux étincelantes des Caraïbes. Elle se nichait au plus profond du pays de la canne à sucre, ce qui avait permis à Joe de la découvrir. À l'origine, elle avait été construite pour accueillir le *commandante* espagnol qui avait dirigé l'armée chargée d'écraser la révolte des ouvriers agricoles cubains dans les années 1880. Les baraquements des soldats, abandonnés depuis des lustres, étaient envahis par la végétation, mais la propriété du *commandante* avait conservé sa majesté initiale : huit chambres, quatorze balcons, de hautes grilles et des clôtures en fer forgé.

El Presidente en personne, le colonel Fulgencio Batista, avait fourni à Joe douze soldats – un nombre suffisant pour repousser une éventuelle attaque de Rico DiGiacomo et de ses hommes au cas où ils auraient eu vent de cette planque. Mais Joe savait que le vrai danger ne serait pas venu de Rico, même s'il avait survécu à son passage sur le yacht. Il serait venu de Meyer Lansky. Et l'ennemi ne serait pas arrivé de l'extérieur, il aurait pris les traits d'un des soldats lourdement armés déjà à l'intérieur.

Il trouva Tomas dans la chambre de son oncle, qui lui apprenait à jouer aux échecs. S'il n'était pas très doué pour ce jeu, Dion en connaissait au moins les règles. Joe plaça sur le sol le sac en papier qu'il avait apporté en même temps que la sacoche remise par le Dr Blake à Ybor. Il garda cette dernière à la main tandis que, du seuil, il écoutait Dion expliquer à Tomas les origines du conflit européen. Il lui parla des rancœurs suscitées par le traité de Versailles, de Mussolini qui avait envahi l'Éthiopie, de l'annexion de l'Autriche et de la Tchécoslovaquie.

– C'est à ce moment-là qu'on aurait dû lui tomber dessus, dit-il. Si on laisse croire à un homme qu'il a le droit de voler, il ne s'arrêtera pas tant qu'on ne lui aura pas coupé la main. Mais si tu menaces de lui couper la main avant qu'il fauche ton morceau de pain, et qu'il voit dans tes yeux à quel point t'es sérieux, il apprendra à se contenter de ce qu'il a.

– Est-ce qu'on va perdre ? demanda Tomas.

– Perdre quoi ? On ne possède rien en France.

– Pourquoi on fait la guerre, alors ?

– Eh bien, on se bat contre les Japonais parce qu'ils nous ont attaqués. Et contre ce sale petit Boche d'Hitler parce qu'il s'en est pris à nos bateaux, mais surtout parce qu'il est complètement dingue et qu'il doit disparaître.

– C'est tout ?

– En gros, oui. Parfois, quand faut y aller, faut y aller. C'est tout.

– Pourquoi les Japonais nous ont attaqués ?

Dion ouvrit la bouche pour répondre, puis la referma. Quelques secondes plus tard, il déclara :

– À vrai dire, j'en ai pas la moindre idée. Je veux dire, c'est des Japs, alors ils ne sont pas comme toi et moi, mais je ne sais pas pourquoi ils se sont foutus en rogne contre nous. Tu veux que je me renseigne ?

– Oui.

– D'accord. Promis, la prochaine fois qu'on jouera, je saurai tout ce qu'il y a à savoir sur les Japonais et leurs attaques sournoises.

Tomas éclata de rire.

– Échec et mat ! s'exclama-t-il.

– En parlant d'attaque sournoise..., marmonna Dion, les yeux fixés sur l'échiquier. Je me demande si tu ne serais pas à moitié japonais !

Tomas tourna la tête vers son père.

– J'ai gagné, annonça-t-il.

– C'est ce que je vois. Bien joué.

– On va partir d'ici bientôt, papa ?

– Oui. Pour le moment, va te laver les mains, d'accord ? Je crois que Mme Alavarez t'a préparé à déjeuner.

– D'accord. À tout à l'heure, oncle Dion.

– À tout à l'heure.

– Échec et mat, répéta Tomas en quittant la pièce. Et paf !

Joe plaça le sac en papier au pied du lit et la sacoche sur la table de chevet. Il débarrassa ensuite Dion de l'échiquier en équilibre sur ses jambes.

– Comment tu te sens ?

– De mieux en mieux. Même si je suis toujours un peu faible, je me remets. Bon, j'ai préparé une liste de gars que je crois dignes de confiance. Il y en a quelques-uns à Tampa, mais la plupart bossent pour nous à Boston. Si tu pouvais faire un saut là-bas et les convaincre de nous rejoindre à Tampa dans un mois, ou mettons six semaines, on n'aurait pas trop de mal à reprendre la ville. C'est vrai, certains vont nous coûter cher. Tu sais, comme Kevin Byrne, qui ne lâchera pas ses huit gosses et son empire à Mattapan par pure loyauté. Il va falloir qu'on lui verse un sacré paquet de fric. Pareil pour Mickey Adams. En attendant, s'ils acceptent, ils n'ont qu'une parole. Et s'ils refusent, c'est pas eux qui iront raconter que t'es passé les voir. Ils sont...

Joe posa l'échiquier sur la commode.

– J'ai eu une entrevue hier avec Lansky, Carlos Marcello et Sammy Turnips.

Dion cala sa tête contre l'oreiller.

– Ah bon ?

– Oui.

– Et comment ça s'est passé ?

– Je suis toujours en vie.

– Ils ne risquaient pas de t'éliminer !

– En fait, répliqua Joe en s'asseyant sur le lit, ils avaient déjà choisi l'emplacement de ma tombe. J'ai flotté au-dessus pendant une bonne heure.

– Comment ça, « flotté » ? T'es allé les voir sur un bateau ? T'es dingue ou quoi ?

– Je n'avais pas le choix. Quand la Commission te convoque, t'as intérêt à rappliquer. Si j'avais ignoré le rendez-vous, ils nous auraient tous fait descendre.

– Avec le nombre de gardes postés dehors ? Ça m'étonnerait.

– Je te rappelle que ce sont les gardes de Batista. Batista prend mon fric et celui de Lansky. S'il devait y avoir un problème entre nous, il se rangerait du côté de celui qui lui offre le premier la plus grosse part, et laisserait les dieux décider du reste. Et personne n'aurait à affronter ses gardes, parce que ce seraient eux qui nous tueraient.

Dion changea de position, récupéra dans le cendrier son cigare à moitié fumé et le ralluma.

– Donc, t'as été convoqué devant la Commission.

– Rico était là aussi.

L'extrémité du cigare s'embrasa enfin dans un léger grésillement, et Dion leva les yeux.

– Il l'a mauvaise à cause de son frangin, j'imagine.

– C'est peu dire. Il est arrivé en réclamant ma tête.

– Comment tu t'es débrouillé pour la garder ?

– Je leur ai promis la tienne en échange.

Dion remua de nouveau, et Joe se rendit compte qu'il essayait de voir le contenu du sac.

– La mienne ? Qu'est-ce qui t'a pris, Joe ?

– C'était le seul moyen pour moi de quitter ce bateau vivant.

– Qu'est-ce qu'il y a dans ce sac ?

– Ils m'ont bien fait comprendre que ton exécution n'était pas l'idée de Rico. Elle a été approuvée.

Dion resta immobile un moment, les yeux étrécis, le visage livide et l'air absent. Il continuait de tirer sur son cigare, pourtant Joe se demanda s'il en avait conscience. Au bout de plusieurs minutes, il déclara :

– Je sais bien que nos revenus baissent depuis deux ans, et aussi que je joue trop aux courses, mais… (Il s'interrompit de nouveau pour tirer plusieurs bouffées de son cigare.) Ils ont dit pourquoi ils voulaient me refroidir ?

– Non. N'empêche, j'ai quelques idées sur la question.

Joe sortit du sac en papier la boîte de chez Chinetti. Il la posa sur les cuisses de Dion, dont la pâleur s'accentua.

– C'est quoi ?

La question arracha à Joe un rire amer.

– C'est quoi ? répéta Dion. Ça vient de chez Chinetti ?

Joe ouvrit la sacoche du Dr Blake pour y prendre une seringue de morphine. Elle était pleine – de quoi assommer un troupeau de girafes. Il la tapota contre sa paume sans quitter des yeux son plus vieil ami.

– Elle est dégueulasse, cette boîte, dit Dion. Y a du sang dessus.

– Dégueulasse, c'est le mot, confirma Joe. Qu'est-ce qu'ils ont sur toi ?

– Écoute, je ne vois pas ce que tu…

– Qu'est-ce qu'ils ont sur toi, D. ? insista Joe en lui tapotant la seringue sur la poitrine.

– Des fois, les choses sont pas ce qu'elles semblent être.

Cette fois, Joe lui tapota la seringue sur la jambe. *Tap, tap, tap.*

– Mais le plus souvent, elles le sont.

– On est frères, Joe. Tu ne vas pas…

En un éclair, Joe lui appuya la pointe de l'aiguille sur la gorge, au niveau de l'artère à gauche de sa pomme d'Adam.

– Tu m'as déjà trahi une fois, gronda-t-il. J'ai passé trois ans en prison à cause de toi. Et pas n'importe quelle prison ! Non, la pire, Charlestown. Pourtant, je ne t'ai pas laissé tomber. La seconde fois, on m'a donné le choix, et neuf de mes hommes ont été tués parce que j'avais décidé de ne pas te balancer. Tu te souviens de Sal ? De Lefty, d'Arnaz et de Kenwood ? D'Esposito et de Parone ? Ils sont tous morts parce que je ne t'ai pas livré à Maso Pescatore en 1933. (Il fit aller et venir la pointe de l'aiguille dans le cou de Dion, lui éraflant la peau.) Et aujourd'hui, on me redonne le choix. Sauf que j'ai un fils, D. (Il immobilisa la seringue et posa le doigt sur le piston.) Alors, tu vas me dire ce que les fédéraux ont sur toi, bordel ?

Dion cessa d'essayer de suivre les mouvements de l'aiguille pour scruter les traits de son ami.

– Qu'est-ce qu'ils ont toujours sur les types comme nous, Joe ? Des preuves. Ils ont surpris une conversation téléphonique où j'ordonnais qu'on explose les rotules de cette sous-merde à Pinellas l'année dernière. Ils ont aussi des photos de moi en train de décharger la cargaison de ce bateau que t'avais envoyé de La Havane en 41.

– T'as participé à un déchargement ? Mais qu'est-ce qui t'a pris, nom de Dieu ?

– J'ai déconné, d'accord. Je m'emmerdais.

Joe dut se retenir de lui plonger l'aiguille dans l'œil.

– Qui t'a abordé ?

– Un type qui bossait pour Anslinger.

Le bureau des Narcotiques, sous la direction zélée d'Harry Anslinger, était la seule agence gouvernementale capable de faire la différence entre son cul et un chapeau. Depuis longtemps déjà, des bruits circulaient, selon lesquels les succès d'Anslinger s'expliqueraient par la présence d'un de ses agents infiltrés dans l'organisation.

– Je ne t'aurais jamais balancé, Joe.

– Ah bon ?

– Jamais. Et tu le sais.

Sans un mot, Joe souleva de la boîte le gâteau moisi et le fit tomber sur les jambes de Dion.

– Eh ! Qu'est-ce que tu fous ?

– Chut. (Joe récupéra l'enveloppe qu'il avait découverte la veille au soir et la lui jeta au visage.) Ouvre-la.

Dion s'exécuta d'une main tremblante. Il sortit la liasse de billets – deux mille dollars en coupures de cent –, puis le papier plié. Après l'avoir déplié, il ferma les yeux.

– Montre-le-moi, D. Montre-moi le nom inscrit sur ce papier.

– C'est pas parce qu'ils me le demandaient que je l'aurais fait. C'est souvent que j'ignorais leurs ordres.

– Montre-moi ce nom, que je sache qui était leur prochaine cible.

Dion tourna le papier vers lui.

Coughlin.

– Jamais je…

– Combien de mensonges tu vas encore me servir ? Combien de temps tu vas encore jouer la comédie ? T'arrêtes pas de dire que tu ferais jamais ceci ou jamais cela. Qu'est-ce que t'attends de moi, hein ? Que je confirme ? Parfait, je confirme : t'es un homme de principe qui feint d'être un homme sans honneur. Moi, je suis juste le pauvre crétin qui a tout perdu – son foyer, son statut, sans parler de la menace qui pèse encore sur sa vie – pour protéger une balance.

– Un ami, rectifia Dion.

– Mon fils était dans cette voiture. T'as emmené mon gamin à un point de rendez-vous fixé par les fédéraux. Mon fils !

– Que j'aime comme un…

Joe se jeta sur lui et appuya l'aiguille sous son œil gauche.

– Ne prononce pas le mot « aimer ». Pas toi.

Dion n'ajouta rien, se bornant à respirer par le nez.

– À mon avis, tu balances les autres parce que c'est dans ton tempérament. Ça te donne le grand frisson. Je ne pourrais pas l'affirmer mais c'est ce que je pense. Quand on fait quelque chose trop souvent, ça finit par devenir une seconde nature. Les autres caractéristiques ne comptent plus.

– Écoute-moi. S'il te plaît, Joe, écoute-moi.

Celui-ci se sentit humilié quand il vit une larme tomber sur le visage de Dion. Une larme qu'il avait lui-même versée.

– Qu'est-ce que je suis censé croire, maintenant, hein ? Qu'est-ce qu'il reste ?

La question demeura sans réponse.

Joe renifla.

– Il y a une plantation de canne à sucre à quelques minutes de marche.

Dion cilla.

– Je sais, dit-il. Esteban et toi, vous me l'avez fait visiter il y a cinq ans.

– Angel Balimente va nous y rejoindre dans deux heures. Il t'escortera hors de la province, jusqu'à un bateau. Tu quitteras l'île ce soir. Si j'entends dire que t'es revenu dans le coin, je t'abats comme une putain de bête enragée. C'est clair ?

– Écoute…

Joe lui cracha à la figure.

Dion ferma les yeux. Il pleurait aussi, à présent, la poitrine soulevée par de gros sanglots.

– C'est clair, D. ?

Les yeux toujours clos, Dion agita la main devant son visage.

– C'est clair.

Joe se leva et marcha vers la porte.

– Fais ce que t'as à faire. Boucle tes bagages, dis au revoir à Tomas, mange un morceau, peu importe. Mais évite de quitter la maison avant que je revienne te chercher, les gardes ont reçu l'ordre de tirer à vue sur toi.

Sur ces mots, il sortit de la pièce.

Tomas, immobile sur le perron, regardait son oncle d'un air désemparé.

– Je te reverrai quand ?

– Oh, très vite, répondit Dion. Tu sais bien.

– Non, justement, je sais pas.

Dion s'accroupit devant lui. La manœuvre lui coûta, et il lui en coûterait plus encore pour se redresser.

– Tu sais ce qu'on fait comme métier, ton papa et moi.

– Oui.

– Et c'est quoi, d'après toi ?

– Illégal.

– Euh, oui, mais c'est aussi beaucoup plus que ça : des tas de gars comme ton père et moi impliqués dans un… ah, comment je pourrais dire… dans une entreprise. Un système, une chose qui nous appartient. On n'embête personne en dehors, on n'envahit pas ton pays et on ne vole pas ta terre non plus parce qu'on a les yeux plus gros que le ventre. On gagne de l'argent. Et, en échange d'une taxe, on protège les gens qui essaient de gagner de l'argent de la même façon. Quand on a des ennuis, on ne peut pas aller se plaindre à la police ni au maire. On est obligés de se débrouiller tout seuls, comme des hommes. Et parfois, la pilule est amère. Alors, oui, maintenant il faut que je parte. T'as vu ce qui s'est passé à Tampa, Tomas. T'as vu ce que ça donne quand il y a des désaccords entre nous. Ça peut devenir dangereux, pas vrai ?

Il éclata de rire, et Tomas l'imita.

– Très dangereux, même, hein ?

– Oui.

– Mais c'est pas grave, parce que c'est le danger qui rend la vie intéressante. Le reste – les femmes, les parties de rigolade, les jeux idiots et les jours où on se la coule douce –, c'est marrant, je le reconnais, sauf que ça ne te marque pas. Le danger, lui, il te marque. Grâce à lui, tu te sens plus vivant. Bref, la situation est compliquée pour moi en ce moment, et ton père a un plan pour me tirer de là. Alors il faut que je parte maintenant, et il est possible que je ne revienne jamais.

– Non…

– Si. Tomas ? (Il saisit le jeune garçon par les épaules et le regarda droit dans les yeux.) Un jour, tu recevras une carte postale. Une carte toute simple, sans rien d'écrit au dos. Et l'endroit en photo sur cette carte, ce ne sera pas celui où je suis, mais celui où j'étais. Tu sauras alors que ton oncle Dion vit toujours quelque part, et qu'il s'en sort plutôt bien.

– D'accord.

– Ton paternel et moi, Tomas, on ne croit pas aux rois, ni aux princes, ni aux présidents. On croit qu'on est tous des rois, des princes et des présidents. On est tous ce qu'on décide d'être et personne ne peut nous dire le contraire. Tu comprends ?

– Oui.

– Alors, ne te mets jamais à genoux devant personne.

– Tu l'es bien, toi !

– C'est pas pareil, t'es de la famille. (Dion gloussa.) Maintenant, aide-moi à me relever, gamin. Merde.

– Tu veux que je fasse quoi ?

– Garde la tête bien droite. Sans bouger.

Dion plaça sa grosse paluche sur la tête de Tomas et s'y appuya pour se redresser.

– Aïe, gémit le jeune garçon.

– Oh, cesse de pleurnicher et comporte-toi en homme, nom d'une pipe ! (Il se tourna vers Joe.) Va falloir l'endurcir un peu, ce gosse, dit-il en pinçant le biceps de Tomas. Pas vrai ?

Tomas lui repoussa la main.

– Au revoir, mon grand.

– Au revoir, oncle Dion.

Le jeune garçon vit son père soulever la valise posée sur le dallage. Quand les deux hommes traversèrent la cour en direction de la pente qui descendait vers la plantation, il espéra que la vie ne se résumait pas à une succession de séparations.

Au fond de son cœur, pourtant, il le pressentait.

25

Canne à sucre

Joe et Dion suivirent une petite piste centrale qui traversait la plantation. Les ouvriers l'appelaient Little House Lane car, tout au bout, se dressait une maisonnette jaune que le précédent propriétaire avait fait construire comme cabane de jeu pour sa fille. Pas plus grande qu'une remise à outils, elle était bâtie dans le style victorien. Le propriétaire avait vendu la plantation à Suarez Sugar Ltd., la société de Joe et d'Esteban, au début des années 1930, à la belle époque du transport du rhum, quand le sucre se monnayait au prix fort. Sa fille, devenue adulte, avait quitté l'île, et depuis la maisonnette jaune servait principalement à entreposer du matériel ou, de temps à autre, à abriter des hommes pour la nuit. Une année, les ouvriers avaient enlevé la vitre côté ouest et fixé une planche dessous, à l'extérieur, afin de transformer la construction en cantine. Ils avaient même disposé quelques tables en bois devant. Mais l'initiative, qui partait d'une bonne intention, s'était révélée malencontreuse quand certains ouvriers ivres avaient commencé à se bagarrer. L'expérience avait définitivement été arrêtée quand deux d'entre eux, après s'être battus à coups de machette, avaient fini estropiés et inaptes au travail.

Joe portait la valise de Dion. S'il n'y avait pas grand-chose dedans – quelques chemises et pantalons, des chaussettes et des sous-vêtements, une paire de chaussures, deux flacons d'eau de Cologne et une brosse à dents –, Dion était encore trop faible pour la traîner sur toute la longueur de la plantation dans la chaleur de l'après-midi.

Les plants de canne à sucre s'élevaient à plus de deux mètres du sol, et les rangées étaient espacées d'environ soixante-dix centimètres. Plus loin à l'ouest, des ouvriers faisaient brûler un champ. Le feu consumait les feuilles, mais pas les tiges contenant leur précieux jus sucré, qui seraient transportées jusqu'à la sucrerie. Par chance, le vent chaud venu de l'est empêchait la fumée de se répandre sur le reste des cultures. Certains jours, quand il soufflait dans l'autre sens, on avait l'impression que le ciel avait disparu, remplacé par une chape de gros nuages tourbillonnants couleur de fonte. Cet après-midi-là, le ciel était d'un bleu lumineux, néanmoins teinté à l'horizon d'un soupçon d'orange.

– Alors, c'est ça, ton plan ? demanda Dion au bout d'un moment. Angel va m'emmener de l'autre côté des collines ?

– C'est ça.

– Où est le bateau ?

– De l'autre côté des collines, j'imagine. Il te débarquera à Isla de Pinos. Tu y resteras un moment. Ensuite, quelqu'un d'autre viendra te chercher, pour t'emmener à Kingston ou à Belize.

– Tu ne sais pas où ?

– Non. Et je ne veux pas le savoir.

– Je prendrai Kingston, alors. Au moins, là-bas, ils parlent anglais.

– Tu parles espagnol, de toute façon. Alors, quelle importance ?

– J'en ai marre de l'espagnol.

Ils marchèrent un moment en silence, foulant la terre meuble qui leur donnait l'impression de tanguer. La sucrerie se dressait sur la plus haute colline devant eux, dominant tel un parent sévère les dix mille hectares de canne à sucre. Au sommet de la deuxième plus haute colline se trouvaient les demeures des régisseurs : des villas de l'époque coloniale, avec des galeries qui couraient sur toute la longueur du premier étage. Les contremaîtres habitaient des maisons semblables un peu plus bas, mais les leurs avaient été divisées en six à huit logements. Les ouvriers vivaient dans des cabanes au toit de tôle érigées sur la bordure des champs. À l'intérieur, presque toutes ne disposaient que d'un sol de terre battue, et quelques-unes seulement avaient l'eau courante. Il y avait des latrines derrière une cabane sur cinq.

Enfin, Dion s'éclaircit la gorge.

– Bon, admettons que j'aie de la chance et que j'arrive en Jamaïque. Et après ? Qu'est-ce que je suis censé faire après ?

– Disparaître.

– Comment tu veux que je disparaisse, sans un sou en poche ?

– T'as deux mille dollars sur toi. Deux mille dollars durement gagnés.

– Pas de quoi tenir longtemps quand on est en cavale.

– Tu veux que je te dise, D. ? C'est pas mon problème.

– Ben si, justement.

– Comment ça ?

– Si je suis fauché, je risque d'attirer l'attention. Je serai aussi à cran, forcément, et j'aurai du mal à ne pas m'emporter. Sans compter que… Bon sang ! On en a traité des affaires, en Jamaïque, dans les années vingt et trente ! Tu crois vraiment que je peux me balader là-bas incognito ?

– Possible. En fait, je n'ai pas réfléchi à…

– Non, non, le Joe que je connais y aurait déjà pensé. Il aurait fourré des liasses de billets dans un sac, avec quelques passeports en prime. Il aurait chargé un gars de me teindre les cheveux, peut-être aussi de m'apporter une fausse barbe, ce genre de trucs.

– Le « Joe que tu connais » n'a pas le temps de s'occuper de ça. Le « Joe que tu connais » doit te faire quitter ce pays au plus vite.

– Le « Joe que je connais » aurait déjà trouvé le moyen de m'expédier des fonds à Isla del Pinto.

– Isla de Pinos.

– C'est ridicule, comme nom.

– C'est espagnol.

– Je sais. Je dis juste que c'est ridicule. T'entends ? Ri-di-cu-le !

– En quoi c'est ridicule, « l'île des Pins » ?

Dion secoua la tête à plusieurs reprises sans répondre.

Alors qu'ils longeaient les rangées de plants, un animal fit bruire les tiges. Un chien, sûrement, lancé à la poursuite de sa proie. Ils étaient nombreux à sillonner la plantation – tous des terriers au pelage fauve et aux yeux brillants qui, de leurs crocs acérés, tuaient les rats.

Il leur arrivait d'attaquer en meute les ouvriers s'ils sentaient sur eux l'odeur d'un rongeur, tant ils étaient concentrés sur leur tâche. L'un d'eux, une chienne tachetée appelée Luz, était si célèbre parmi les travailleurs – elle avait tué deux cent soixante-treize rats en une seule journée – qu'on l'avait laissée dormir dans la petite maison jaune pendant un mois.

Des hommes armés surveillaient les champs, officiellement pour protéger les plants des voleurs. En réalité, ils étaient chargés de maintenir l'ordre parmi les ouvriers et d'empêcher ceux qui avaient des dettes de s'enfuir. Or ils en avaient tous. Ce n'est pas une ferme, c'est une prison, s'était dit Joe la première fois qu'il avait fait le tour de la plantation avec Esteban. Je possède des parts dans une prison. Voilà pourquoi il n'avait aucune raison de craindre les gardes : eux le craignaient tous.

– Je savais parler espagnol deux ans avant toi, reprit Dion. Tu te rappelles quand je t'ai expliqué que c'était le seul moyen de survivre à Ybor ? Toi, tu m'as répondu : « Mais on est en Amérique. Je veux parler ma langue ! »

Joe, qui n'avait jamais dit une chose pareille, hocha néanmoins la tête quand Dion lui jeta un coup d'œil par-dessus son épaule. Il entendit de nouveau le chien sur leur droite, qui agitait les tiges sur son passage.

– Je t'ai servi de guide en 29, tu te souviens, Joe ? Tu venais de descendre du train avec ton teint de cachet d'aspirine et ta coupe de taulard. Sans moi, t'aurais même pas été foutu de retrouver ton petit cul !

Joe le regarda lever les yeux vers le ciel orange et bleu au-dessus des hautes tiges. Le mélange de couleurs produisait un effet pour le moins curieux : on avait l'impression que le bleu de la journée essayait à toute force de résister, tandis que l'orange du soir s'acheminait lentement vers le rouge sang du crépuscule.

– Les couleurs, ici, c'est n'importe quoi, observa Dion. Y en a trop. Pareil à Tampa. À Boston, au moins, on s'y retrouvait : on avait du bleu, du gris et du jaune quand le soleil brillait. Les arbres étaient verts, l'herbe aussi, et en plus elle faisait pas trois mètres de haut. Y avait une logique dans tout ça.

– Mmm, fit Joe, convaincu que Dion avait surtout besoin d'entendre le son de sa voix.

La maison jaune n'était plus qu'à environ cinq cents mètres, soit à cinq minutes de marche sur une route en dur, mais à dix dans la terre meuble.

– Si j'ai bien compris, le père a construit ce truc pour sa fille ? lança Dion.

– C'est ce qu'on raconte.

– Elle s'appelait comment, la gamine ?

– J'en sais rien.

– Comment c'est possible que tu le saches pas ?

– Facile : j'en sais rien.

– T'as jamais entendu parler d'elle ?

– Peut-être que si, au moment où on a acheté la plantation. Le précédent propriétaire s'appelait Carlos, mais sa fille… Pourquoi j'aurais retenu son nom ?

D'un grand geste, Dion indiqua les champs et les collines alentour.

– Il me semble que ça compte, tu comprends ? Je veux dire, elle a habité ici, elle a joué, couru, bu et mangé dans cette plantation. (Il haussa les épaules.) Alors, on devrait se souvenir de son nom. (Il regarda de nouveau Joe par-dessus son épaule.) Qu'est-ce qu'elle est devenue ? T'en as une idée ?

– Elle a grandi.

Dion reporta son attention devant lui.

– Sans blague ! Mais qu'est-ce qu'elle est devenue, hein ? Est-ce qu'elle a vécu longtemps ? Embarqué sur le *Lusitania* ?

Joe sortit le revolver de sa poche et le laissa pendre le long de sa jambe droite. De la main gauche, il tenait toujours la valise de Dion, dont la poignée en ivoire était mouillée de sueur. Dans les films, lorsque Cagney ou Edward G. abattait un homme, celui-ci grimaçait, avant de plonger poliment vers le sol et de rendre l'âme, même s'il était touché au ventre – quand Joe savait par expérience que ce genre de blessure amène la victime à griffer l'air, à donner des coups de pied et à implorer sa mère, son père et son dieu, mais qu'elle n'entraîne jamais une mort *immédiate*.

– J'ignore tout d'elle, à part qu'elle a quitté l'île, dit-il. J'ignore quel âge elle a, et si elle est vivante ou morte.

La maison jaune se rapprochait.

– Et toi ? lança Dion. Tu vas la quitter aussi, un jour ?

Un homme touché en pleine poitrine ne meurt pas forcément tout de suite non plus. Une balle met souvent un certain temps à faire son œuvre, surtout si elle est déviée par un os et touche le cœur sans y pénétrer. Durant ses derniers instants, la victime ne perd pas conscience, elle se contorsionne en gémissant comme si on l'avait plongée dans une baignoire remplie d'eau bouillante.

– Je me demande bien où je pourrais aller, répondit Joe. Pour le moment, c'est encore ici l'endroit le plus sûr pour Tomas et moi.

– Tu veux que je te dise ? Boston me manque.

Joe avait vu des hommes blessés à la tête continuer de marcher en grattant la plaie, jusqu'au moment où leur corps lâchait prise et où leurs jambes se dérobaient.

– À moi aussi, admit-il.

– On n'était pas faits pour ça.

– C'est-à-dire ?

– Cette espèce de chaleur humide qui te ramollit le cerveau et te met la tête à l'envers.

– C'est pour ça que tu m'as trahi ? À cause du climat ?

Pour être sûr de tuer un homme sur le coup, il faut lui appuyer le canon d'une arme à l'arrière du crâne et tirer dans le cerveau. Sinon, les balles risquent de suivre une trajectoire fantasque.

– Je ne t'ai pas trahi, Joe.

– Tu nous as tous trahis. T'as trahi notre cause, nos valeurs, tout ce qui nous réunit. C'est pareil.

– Non, faux. (Dion se retourna, mais ne manifesta aucune surprise en remarquant l'arme dans la main de Joe.) Avant d'être cette cause-là, c'était juste un truc qui existait *entre nous* : toi, moi et mon pauvre couillon de frangin, Paulo, paix à son âme. Après, on est devenus… qu'est-ce qu'on est devenus, Joe ?

– Une partie d'un ensemble plus vaste, répondit Joe. Écoute, Dion, t'as dirigé toute l'organisation pendant huit ans, alors ne viens pas pleurer sur le bon vieux temps, ni me faire croire que tu regrettes ta piaule minable de Dorchester Avenue et les chiottes toujours bouchées à l'étage du dessous !

Dion regarda de nouveau devant lui.

– C'est quoi le mot pour dire que t'as beau être sûr de quelque chose, tu continues quand même à penser le contraire ?

– Je sais pas. Un paradoxe ?

Les épaules de Dion se soulevèrent, puis retombèrent.

– Mettons. Alors, oui, Joseph…

– Ne m'appelle pas comme ça.

– C'est vrai, j'ai passé huit ans à diriger l'organisation, et dix avant ça à gravir les échelons. Et peut-être que si j'avais une chance de tout recommencer, je ferais exactement pareil. Mais le… le quoi, déjà ?

– Le paradoxe.

– Le paradoxe, c'est que j'ai la nostalgie de l'époque où, toi et moi, on partait repérer les banques à la sortie de la ville, où on braquait les coffres les jours de paie… (Il lui adressa un sourire triste.) Je voudrais qu'on soit encore des hors-la-loi.

– Mais on ne l'est plus. On est des gangsters.

– Je ne t'aurais jamais balancé, Joe.

– Qu'est-ce que tu pourrais dire d'autre ?

Dion leva les yeux vers les collines devant eux, et les mots jaillirent de sa bouche comme une plainte.

– Oh, merde…

– Quoi ?

– Rien. Merde, c'est tout. C'est vraiment un monde pourri.

– Tu te trompes, répliqua Joe en lâchant la valise. Il y a aussi du bon dans cette vie.

– Peut-être, mais on n'en fait pas partie.

– Exact.

Joe tendit le bras derrière son ami et vit son ombre faire de même.

Dion l'avait vue aussi. Ses épaules se voûtèrent et son pas devint hésitant, mais il continua d'avancer.

– Je pense pas que t'en sois capable.

Joe ne le pensait pas non plus. Il sentait déjà des tressaillements dans son poignet et son pouce.

– J'ai déjà tué, objecta-t-il. Et je n'ai perdu le sommeil qu'une fois.

– Tué, peut-être. Mais là, c'est un meurtre.

– Ça ne t'a jamais arrêté, je te signale, répliqua Joe.

Il lui semblait que son cœur cognait dans sa gorge, l'empêchant presque de parler.

– Je sais. Sauf qu'il s'agit pas de moi. T'es pas obligé de faire ça, Joe.

– Je crois que si.

– Laisse-moi m'enfuir.

– Pour aller où ? Dans la jungle ? Ta tête sera mise à prix, et pour une somme telle qu'elle permettra à n'importe quel ouvrier dans ces champs d'acheter sa propre plantation. Quant à moi, je serai mort dans un fossé une demi-heure après toi.

– Alors, c'est ça… Tu vas me descendre parce que tu veux sauver ta peau.

– Non, parce que t'es une balance. Parce que t'as mis en danger tout ce qu'on a construit.

– On est amis depuis plus de vingt ans.

– Tu nous as vendus. (La voix de Joe tremblait encore plus que sa main.) Tu m'as menti tous les jours, et à cause de toi mon fils a failli mourir.

– T'étais mon frère, répliqua Dion d'une voix tout aussi tremblante.

– On ne ment pas à son frère.

Dion s'arrêta.

– Mais on peut le tuer ?

Joe s'arrêta à son tour, baissa son arme et ferma les yeux. Quand il les rouvrit, Dion examinait la petite cicatrice rose pâle sur la pulpe de son index droit.

– T'as toujours la tienne ? demanda-t-il.

Tout gosses, ils s'étaient cachés dans une écurie abandonnée à South Boston, où ils s'étaient entaillé le bout de l'index droit avec une lame de rasoir, avant de presser les deux coupures l'une contre l'autre. Un rituel idiot. Un pacte de sang dérisoire.

– Non, répondit Joe. Elle ne se voit plus.

– C'est drôle, parce que la mienne se voit toujours.

– T'irais pas loin.

– Je sais, murmura Dion. Je sais.

Joe sortit un mouchoir de sa poche et s'épongea le front. Il regarda les collines vert foncé par-delà les cabanes d'ouvriers, les demeures de planteurs et la sucrerie.

– Pourquoi tu m'as pas descendu dans la maison, Joe ?

– À cause de Tomas.

– Ah. (Dion hocha la tête en raclant le sol de la pointe de sa chaussure.) Tu crois que tout est écrit d'avance ?

– Quoi ?

– La façon dont on va mourir, répondit Dion. (L'avidité se lisait maintenant dans ses yeux qui essayaient de tout absorber – de boire le ciel, de dévorer les champs, d'inhaler les collines.) Quand le toubib nous met au monde, tu crois qu'il y a écrit quelque part : « Toi tu brûleras dans un incendie, toi tu passeras par-dessus bord, et toi tu finiras dans un champ en terre étrangère » ?

– Bonté divine..., murmura Joe.

Dion parut défait, soudain. Ses bras retombèrent le long de ses flancs, ses hanches s'affaissèrent.

Au bout d'un moment, ils se remirent en marche.

– Joe ? Tu penses qu'on reverra nos copains dans l'autre monde ? Qu'on se retrouvera tous comme avant ?

– J'en sais rien. Je l'espère.

– Moi, je pense que oui. (Dion leva de nouveau les yeux vers le ciel.) Je…

Le vent tourna, apportant de l'ouest de fines écharpes de fumée.

– Charlotte, dit soudain Joe.

– Hein ?

Joe sursauta quand un terrier bondit devant eux, car il était arrivé par la gauche, alors qu'il l'avait entendu à plusieurs reprises remuer sur leur droite. Le chien se jeta au milieu des tiges en grondant. Sa proie couina. Une seule fois.

– Ça m'est revenu. Le nom de cette fille… Celle du précédent propriétaire.

– Charlotte, répéta Dion avec un sourire. Ouais, j'aime bien.

L'écho d'un grondement de tonnerre leur parvint de derrière les collines, alors que dans l'air autour d'eux ne flottait que l'odeur de la terre humide et des feuilles de canne à sucre en train de brûler.

– C'est joli, cette baraque jaune, reprit Dion.

Ils n'en étaient plus qu'à une cinquantaine de mètres.

– Oui, c'est vrai, chuchota Joe.

Et de presser la détente. Il avait fermé les yeux au dernier moment, ce qui ne l'empêcha pas d'entendre la détonation claquer avec force. Dion tomba à quatre pattes sur le sol. Immobile à quelques pas de lui, Joe vit le sang jaillir du trou à l'arrière de son crâne, imprégner ses cheveux, couler sur le côté gauche de son cou et goutter sur la terre meuble. Il apercevait son cerveau, pourtant Dion continuait de respirer, avalant désespérément de grandes goulées d'air comme pour essayer d'étancher une soif inextinguible. Après avoir pris une inspiration mouillée, il tourna son visage vers Joe et posa sur lui un œil vitreux, d'où la conscience s'enfuyait déjà, effaçant le souvenir de ce qu'il était et de ce qui l'avait amené jusque-là – le souvenir d'une vie vécue, les noms des choses les plus simples. Ses lèvres remuèrent, mais il ne prononça pas un mot.

La seconde balle l'atteignit à la tempe. Sa tête fut projetée vers la droite, et il s'effondra sans un cri.

Joe leva les yeux vers la petite maison jaune.

Il espérait que les âmes existaient et que celle de Dion montait vers le ciel orange et bleu. Il espérait que la fillette qui avait joué autrefois dans cette maisonnette vivait aujourd'hui en lieu sûr. Il pria pour le salut de cette inconnue, et aussi pour le sien, même s'il se savait damné.

Il contempla longuement les champs qui s'étendaient à perte de vue, et Cuba au-delà, sauf que ce n'était plus Cuba. Tous les endroits où il avait vécu, tous ceux qu'il avait visités et tous ceux où il se rendrait à partir de maintenant seraient pour lui la terre de Nod.

Je suis maudit. Et seul.

Mais est-ce que tout est vraiment si noir ? se demanda-t-il. Ou y a-t-il quelque part un chemin que je ne vois pas encore ? Une issue ? Une autre route, semée d'embûches ?

La voix qui lui répondit était lasse et froide :

Regarde le corps à tes pieds. Regarde-le bien. C'est celui de ton ami. De ton frère. Maintenant, vas-y, repose-toi la question.

Il se retournait pour rentrer – les dispositions pour faire disparaître le cadavre avaient déjà été prises –, quand il se figea. En face de lui, à une trentaine de mètres entre les deux rangées de tiges, Tomas était à genoux sur le sol, la bouche ouverte, les joues inondées de larmes. Frappé de stupeur. Brisé. Perdu à jamais pour son père.

26

Orphelins

Une semaine plus tard, alors qu'ils faisaient leurs bagages dans l'appartement de La Havane, Manuel vint prévenir Joe qu'une Américaine, en bas de l'immeuble, demandait à le voir.

En se dirigeant vers la porte, Joe passa devant Tomas assis sur son lit, ses sacs posés à côté de lui. Quand il lui adressa un petit signe de tête, l'enfant détourna les yeux.

– Eh, fiston ! lança Joe du seuil.

Mais Tomas contemplait toujours le mur.

– Regarde-moi, fiston.

Son fils finit par lui obéir, révélant un visage altéré par l'expression qui ne le quittait plus depuis une semaine. Il n'y avait aucune trace de colère en lui. Joe avait escompté que la tristesse du petit garçon finirait par se muer en fureur ; la fureur, il aurait pu s'en accommoder. Sur les traits de Tomas ne se lisait cependant qu'un désespoir absolu.

– Ça va aller, lui dit-il, peut-être pour la quinzième fois depuis les événements survenus dans le champ de canne à sucre. La douleur disparaîtra, tu verras.

Tomas ouvrit la bouche.

Joe attendit, plein d'espoir.
– Je peux regarder ailleurs, maintenant ?

Joe descendit l'escalier, croisa les gardes postés dans le hall puis les deux autres, dehors, qui surveillaient la porte d'entrée.

Vanessa se tenait sur la chaussée, à deux pas du trottoir, indifférente aux quelques voitures qui soulevaient la poussière derrière elle. Elle portait une robe jaune clair, et ses cheveux auburn étaient relevés en chignon. Une petite valise dans chaque main, elle semblait mobiliser toutes ses forces pour maintenir sa posture guindée, comme si le simple fait de relâcher un muscle risquait d'anéantir la façade qu'elle s'était composée.

– T'avais raison, dit-elle.
– À quel propos ?
– Tout.
– Ne reste pas dans la rue.
– T'as toujours raison, Joe. Quel effet ça fait ?

Joe revit Dion gisant sur la terre meuble, éclaboussée par son sang.

– C'est horrible, répondit-il.
– Mon mari m'a flanquée dehors, évidemment.
– Désolé.
– Mes parents m'ont traitée de pute. Ils m'ont interdit de remettre les pieds à Atlanta. Ils ne veulent plus me voir.
– S'il te plaît, ne reste pas dans la rue.

Cette fois, elle s'avança et posa ses valises sur le trottoir devant lui.

– Je n'ai plus rien, Joe.
– Tu m'as, moi.

– Tu ne risques pas de te demander pourquoi je suis venue ? Si c'est vraiment parce que je t'aime, ou juste parce que je n'avais pas d'autre solution ?

– Peut-être. (Il lui prit les mains.) Mais ça ne m'empêchera pas de dormir la nuit.

Un rire bref, sans joie, échappa à Vanessa. Elle recula d'un pas, lui lâchant presque les mains, ne les tenant plus que par le bout des doigts.

– T'as changé.

– Ah bon ?

– Il te manque quelque chose. (Elle scruta ses traits.) Non, non, attends… J'ai plutôt l'impression que t'as perdu quelque chose. Mais quoi ?

Seulement mon âme, si tu crois à son existence, songea-t-il.

– Rien dont je ne puisse me passer, déclara-t-il.

Après avoir saisi les deux valises, il précéda Vanessa vers l'immeuble.

– Joseph !

Il posa les bagages dans le hall et se retourna vers la voix qu'il avait entendue dehors, et qui ressemblait beaucoup à celle de Graciela.

Non. C'était celle de Graciela.

Elle s'éloignait vers le coin de la rue, coiffée de cet immense chapeau qu'elle aimait tant porter l'été, s'abritant sous une ombrelle orange clair. Elle était vêtue d'une robe blanche toute simple, une robe de paysanne. Après lui avoir jeté un coup d'œil par-dessus son épaule, elle tourna à droite et disparut.

Joe fit un pas sur le trottoir.

Derrière lui, Vanessa l'appela, mais il continua d'avancer vers la chaussée.

Le petit garçon blond venait d'apparaître un peu plus loin, entre l'immeuble et le cinéma. Comme toujours, sa tenue était démodée depuis au moins vingt ans, sinon vingt-cinq : knickerbockers en serge gris, veste et casquette assorties. Mais cette fois, ses traits étaient parfaitement distincts : yeux bleus légèrement enfoncés dans leurs orbites, nez fin, pommettes saillantes, mâchoire volontaire, taille moyenne pour son âge.

Avant même de lui sourire, Joe sut qui il était. À vrai dire, il l'avait déjà compris la dernière fois où il l'avait vu, même si, sur le moment, ça lui avait semblé absurde. Ça lui semblait toujours absurde.

L'enfant lui rendit son sourire, accompagné d'un signe de la main, mais Joe n'avait d'yeux que pour le « trou de Cumberland » à l'endroit où il lui manquait deux dents.

Son père et sa mère passèrent sur le trottoir, main dans la main. Ils étaient jeunes, et portaient des habits victoriens de moins bonne qualité que ceux dont Joe conservait le souvenir. Ils ne le regardèrent pas. Ils avaient beau se tenir par la main, ils n'avaient pas l'air particulièrement heureux.

Sal Urso, disparu depuis dix ans, appuya son pied sur une borne d'incendie pour pouvoir renouer son lacet. Dion et son frère Paulo jouaient aux dés contre le mur de l'immeuble. Joe reconnut des habitants de Boston qui avaient été emportés par l'épidémie de grippe espagnole en 1919, et aussi une bonne sœur de l'école des Portes du Paradis dont il ignorait qu'elle était décédée. Les non-vivants étaient partout autour de lui : il y avait des hommes morts à la prison de Charleston, ainsi que des hommes morts dans les rues de Tampa, qu'il avait tués personnellement ou dont il avait ordonné l'exécution. Il remarqua également quelques inconnues, des suicidées à en juger par les entailles sur le poignet de l'une et la trace rouge d'une corde sur le cou d'une autre. Il vit aussi Montooth Dix, un peu plus loin, coller une bonne raclée à Rico DiGiacomo, tandis qu'Emma Gould, une femme qu'il avait aimée autrefois mais à laquelle il ne pensait plus depuis des années, titubait sur le trottoir, une bouteille de vodka dans sa main bleuie, la robe et les cheveux trempés.

Tous ses morts étaient là. Ils se pressaient sur la chaussée, encombraient les trottoirs…

Immobile au milieu de cette rue animée de la vieille ville, Joe baissa la tête et ferma les yeux.

J'espère que tout va bien pour vous, leur dit-il. *Je le souhaite sincèrement.*

Mais je ne vous présenterai pas d'excuses.

Lorsqu'il releva les yeux, il vit Hector, l'un de ses gardes du corps, s'éloigner inexplicablement et tourner au même endroit que Graciela quelques minutes plus tôt.

Entre-temps, tous ses fantômes s'étaient évanouis.

Sauf le petit garçon blond, qui inclina la tête comme s'il était surpris de le voir s'approcher.

– Tu es moi ?

La question parut dérouter l'enfant.

Sauf que ce n'était plus lui. C'était Vivian Ignatius Brennan. Saint Viv. Le Gardien de la porte. Le Fossoyeur.

– Trop d'erreurs ont été commises, dit-il avec douceur. Il est trop tard pour pouvoir revenir en arrière et les effacer toutes. Beaucoup trop tard.

Joe ne découvrit l'arme dans la main de Brennan qu'au moment où celui-ci lui tirait une balle dans le cœur. Le bruit fut à peine perceptible – juste un claquement assourdi.

Sous l'impact, Joe sentit ses jambes se dérober, et il s'effondra. Il posa une main sur les pavés pour tenter de se redresser, mais ses pieds ne trouvaient pas de prise sur la pierre. Le sang qui coulait du trou au milieu de sa poitrine dégoulinait sur ses genoux. Il entendait ses poumons siffler à travers la plaie.

Une voiture s'arrêta derrière Brennan, prête à l'emmener. Une femme, tout près, se mit à hurler.

Si tu nous vois, Tomas, pour l'amour de Dieu, ne regarde pas.

Brennan lui braqua son arme sur le front.

Joe appuya ses paumes sur les pavés en s'efforçant de ranimer la flamme dans son regard.

Mais il avait peur. Si peur…

Et il brûlait de dire ce qu'ils disaient tous : « Non, attendez… »

Les mots ne franchirent pas ses lèvres.

L'éclair qui jaillit du canon ressemblait à une gerbe d'étoiles tombées du ciel.

Lorsqu'il rouvrit les yeux, il était assis sur une plage. Il faisait nuit. Autour de lui, tout était sombre, hormis le blanc de l'écume et le blanc du sable.

Il se leva et marcha vers la mer.

Il marcha, et marcha encore.

Sans jamais se rapprocher de sa destination. Il ne distinguait pas l'eau elle-même, il entendait juste le bruit des vagues qui venaient se briser contre le mur de ténèbres devant lui.

Au bout d'un moment, il se rassit.

Il attendit les autres. Il espérait qu'ils viendraient. Il espérait qu'il n'y avait pas seulement une nuit noire, une plage déserte et des vagues qui n'atteignaient jamais la côte.

Mise en pages
PCA – 44400 Rezé

Achevé d'imprimer en septembre 2016
sur les presses de Normandie Roto Impression s.a.s.
à Lonrai (Orne)
pour le compte des Éditions Payot & Rivages
18, rue Séguier - 75006 Paris
N° d'imprimeur : 1604111
Dépôt légal : octobre 2016

Imprimé en France